고요도

정치다

손종업 산문집

고요도 정치다

초판인쇄 2021년 1월 10일 **초판발행** 2021년 1월 15일

글쓴이 손종업 **펴낸이** 박성모 **펴낸곳** 소명출판 **출판등록** 제13-522호

주소 서울시 서초구 서초중앙로6길 15, 2층

전화 02-585-7840 **팩스** 02-585-7848

전자우편 somyungbooks@daum.net **홈페이지** www.somyong.co.kr

값 21,000원

ISBN 979-11-5905-555-3 03810

ⓒ 손종업, 2021

고요도 정치다

손종업 산문집

소리가 완벽히 사라진 곳에는

한 점 고요가 없다.

처마 끝에 매달린 풍경은 고요다.

언제 첫 소리를 낼지 모른다.

바람이 언제 지나갈지 알지 못하는 것처럼

언제 잦아드는지를 또 누가 알겠는가.

모든 리듬은 자유롭다.

마음이 소란한 사람의 귀엔

풍경 소리가 들릴 리 없다.

비워내야 겨우 들어와 앉는 작은 소리다.

풍경 소리를 들으며

우리는 삶 속에 있다고 느끼면서

아득히 먼 세계로 이동한다.

작은 물고기는 마음의 강을 따라 헤엄치고

하늘 저편으로 적멸해 간다.

첫 산문집을 내면서

산문집의 제목이 '고요도 정치다'가 될 거라고 말하자, 아내
는 왠지 조금 안쓰러운 느낌이 난다고 하더군요. 보잘것없는 저 자
신을 전면에 내세운 글들이 그런 느낌과 겨뤄서 얼마나 버텨줄지
솔직히 잘 모르겠습니다. 어쩌면 좁고 비루한 삶에 대한 변명처럼
받아들여질 수도 있다고 생각합니다.

사실, 이 제목을 떠올린 것은 김수영의 유명한 산문 「삼동유
감」의 마지막 구절에서였습니다. 다음의 구절을 오래 사랑해 왔습
니다. "이튿날 아침에 일어나서 마루의 난로 위의 주전자의 물 끓
는 소리를 들으면서 가만히 생각해보니, 역시 원수는 내 안에 있구
나, 하는 생각이 또 든다. 우리 집 안에 있고 내 안에 있다. 우리 집
안에 있고 내 안에 있는 적敵만 해도 너무나 힘에 겨웁다. 너무나
도 나는 자디잔 일들에 시달려왔다. 자디잔 일들이 쌓아올린 무덤
속에 내 자신이 파묻혀 있는 것 같다. 그러다가 문득 옛날의 어느
성인의 일까지도 생각이 나고는 한다. 자기 집 문앞에서 집안의 사
람들도 모르게 한평생을 거지질을 하다가 죽은 그 성인은 아마 집
안의 자디잔 일들이 얼마나 무서운 것인가를 뼈저리게 느낄 수 있
었던 사람이었을 것이다……."

고요란 말은 한 마디도 나오지 않습니다. 오히려 격렬하기 이를 데 없습니다. 격렬함은 마루의 난로 위의 주전자의 물 끓는 소리와 함께 합니다. 술에서 깨어난 이가 부끄러움 속에서 자기 삶을 응시합니다. 이 구절을 통해 제가 떠올리고 또 느끼는 고요는 모든 삶의 제약들로부터 벗어나서 자유로운 존재로 남고자 하는 이의 고요입니다. 그는 삶의 밑바닥까지 내려가서 모든 걸 다시 시작하려고 하고, 아득히 먼 곳까지를 꿈꿉니다.

'현대의 제악講惡'과 싸우는 행위는 곧잘 자기 안의 바닥을 망각하곤 합니다. 내면의 어둠을 아우르지 못하면서 가볍게 외부로 튕겨져 나가는 소리여서, 빠르지만 경박합니다.

여기서 모든 걸 다 설명할 수는 없을 듯합니다. 여기 실린 글들을 모두 읽는다고 해서 명료한 의미를 얻을 수 있으리라고 장담할 수도 없습니다. 글들은 부분이면서 서로 얽혀서 전체를 이루도록 짜여져 있습니다. 이런 점을 염두에 두신다면, 여기 실린 글들 전체에서 희미하게나마 난로 위의 주전자의 물 끓는 소리를 들으실 수 있으리라, 감히 우겨봅니다.

한마디만 더 보태자면, 책 전체에서 저는 '침묵'과 '고요'를 다른 의미로 사용하고 있습니다. 그게 얼마나 객관적인 어법이 되는지는 모르겠으나, 침묵에는 '제로'의 개념이 있는 반면에, 고요는 소리들과 주체가 절제와 리듬 속에 생동하는 상태라고 생각합니다.

고요도 정치다

그런 의미에서 '침묵'은 강요해서 만들어낼 수 있으나, '고요'
는 그렇지 않습니다. 고요는 삶 속에, 여러 다른 소리들 속에서 오
는 것이지, 소리들을 억압해서 얻을 수 있는 것이 아닙니다.

그렇다면 '고요도 정치'라는 말은 '조용히 살고 싶다'는 이기
적인 욕망의 표현이 아니라, 고요함을 회복하려는 치열한 싸움까
지를 의미한다고 할 수 있지 않을까요? 당연히 어떤 작은 소리들
을 억압하거나 외면한 결과로 얻은, 안락한 내실의 평화와는 거리
가 멉니다.

'정치 이야기는 지겹다'는 말을 자주 만납니다. 현실 정치와
그에 대해 오가는 이야기들에는 그런 면이 없는 것도 아닙니다. 조
용히 살면서 일상이나 문화 속에서 마주치는 아름다움들에 대해서
만 이야기해도 모자랄 정도로 우리의 삶은 짧습니다. 그래도 우리
는 그 말이 튀어나오려는 순간을 견뎌야만 합니다. '정치 이야기는
지겹다'라는 내 말이 어디론가 가서, 누군가로 하여금 정치 이야기
를 불편하게 만들고, 정치에 대한 무관심을 불러오고, 부당한 자가
정치권력을 지니게 될 때, 우리가 소망했던 세계가 파탄에 이를 수
도 있으니까요. 우리는 어떤 순간에도 항상 정치 속에 있습니다. 결
국 고요도 정치입니다.

오래 고요를 꿈꾸어왔다고 할 수 있을 듯합니다. 여러분도
그렇지 않나요? 소란함은 어디에나 있었습니다. 자유로운 자기 표

첫 산문집을 내면서

현이 불가능한 세계에서는 흔히 주인은 아무렇게나 호통을 쳤고 노예는 가슴을 치며 풀 수 없는 억울함을 하늘 아래 드러내고자 했습니다. '한강의 기적'이라 불리는 시간들은 우리가 살아온 세계를 '소란한 공사장'으로 만들어 버렸지요. 그러한 세계의 시민들로서 우리는 모두 어느 정도쯤은 신경증 환자가 되었습니다.

그리하여 스스로 끊임없이 부박한 소음들을 유발하면서 다른 한편으로는 모든 세계와 절연된 '소리 없는 상태'를 갈망하게 되었습니다. '이제부터 나는 외부의 아무런 간섭도 받지 않고 쉬지 않으면 안 된다. 그래야 내일 일을 할 수 있으니까.' 이렇게 서로 모순된 욕망들이 충돌하는 세계가 바로 '충간지옥'이라 불리는 곳 아닐까 싶습니다.

우리들 존재가 전력을 다해 그리워하고 찾아 헤매는 상태는 아주 오래전에 떠나온 바로 그곳, 모태 속을 닮아있는 것이 아닐까 생각하곤 합니다. 그런 비슷한 세계에 대한 열망을 저는 '고요의 정치'라고 부르는 것이구요.

그토록 놀라운 저력으로 여러 차례 '방'을 바꾸어 왔으면서도 왜 이 나라의 '정치'는 크게 변하지 않는가라는 물음으로부터 고요에 이르렀습니다. 현대의 무수한 소음으로부터, 다른 모든 소리들을 억압하며 자기 소리만을 강요하는 크고 작은 지배 욕망에서 벗어나서, 우리가 '각자 그리고 함께' 고요함에 이르려는 싸움을, 치열하면서도 고요하게 해냈으면 좋겠습니다.

아마도 이 책은 소명출판의 박성모 사장님이 아니었다면, 생겨나지 않았을 것 같습니다. 그저 페북 낙서로 사라질 것들을 책으로 붙잡을 수 있도록 응원해 주셨습니다. 더 힘을 빼고 쉽게 썼어야 하는 게 아닐까 싶기도 합니다. 첫 교정지를 받아들었을 때, 거기에 적힌 여러 주서들을 보며 기쁘게 감탄을 흘리게 한 편집부의 윤소연 선생께도 감사 인사를 전합니다.

고요에 관한 이런저런 이야기들이 반복되고 변주되는 만큼, 어렵게 여겨지는 부분이 있다면 그냥 건너뛰어도 좋으리라 생각합니다. 그건 여러분의 자유입니다. 그러나 어려운 것들을 자꾸 없애 가려 하는 것, 이것이야말로 이 시대의 타락의 징후일지도 모릅니다.

마지막으로, 아내 크리스티나와 세 아이에게 이 책이 작으나마 인사가 되기를 희망해 봅니다. 특히, 가난해지는 것에 대한 두려움 속에서 자란 탓인지 서둘러 사회생활을 시작한 첫째 아이 프란치스코를 생각합니다. 우리가 땀 흘려 일하면서 이웃사람들과 나누는 삶을 살면, 아무에게도 빼앗기지 않는 부를 지닌 진짜 부자가 되리라는 말을 이 자리를 통해 전하고 싶습니다.

2020년 가을
초원의 자이열재自怡悅齋에서

안녕, 지구?

1

이 모든 이야기는 명왕성을 지나서 — 그것은 얼마나 멀고 작고 흐릿할까. 인간들은 곧잘 명왕성에 행성의 지위를 줄 것인가를 놓고 논쟁을 벌인다. 명왕성에서 보면 참 멀고 작고 흐릿한 것들이. — 우리의 시야 밖으로 영원히 사라져 간 어떤 우주선 같은 운명일 수도 있었다. 거대한 무^{nihil} 속으로 흔적도 없이 사라져버린다는 것. 이것은 우리 모두의 운명이지만, 그 운명을 기꺼이 받아들이는 사람은 언제나 극소수다.

우주선에 탑승했던 유일한 승객에 대해서 이야기해 보자. 심지어 그 유일한 승객이 인간이 아니라 한 마리 개라고 상상해 볼 수도 있다. 1957년에 러시아 우주선 스푸트니크 2호를 타고 우주 저편으로 소실되어 버린 개 라이카처럼. 라이카는 지구행성에서 우주로 나아간 최초의 생명체이긴 하지만, 슬프게도 그리 오래 생존하진 못했다.

아이러니컬하게도 스푸트니크는 '동반자'라는 뜻이니, 지구의 개들이여, 그대들의 동반자를 너무 믿지 말기를.

라이카보다 더 멀리 우주 공간으로 나아간 또 다른 개 한 마리에 대해서 상상해본다. 통신설비를 포함한 모든 기계장치들이 온전하게 작동하고 있지만, 우주 미아가 된 개로서는 지구로부터 들려오는 주인의 다정한 목소리를 향해 꼬리를 흔드는 일 말고는 딱히 할 일이 없었을 것이다. 이따금 개는 무시무시한 속도로 날아가는 우주선의 창밖 검은 우주를 향해 "멍멍" 짖어댔을지도 모르지만, 참으로 두렵고 무력했으리라. "저게 뭐야?" "나는 누구지?" "나는 어떤 상태에 빠져 있는 거야?" 이런 의문들이 개에게도 떠오르는지, 그렇다면 어떤 언어로 표현될지 알 수 없지만.

"무한한 우주의 영원한 침묵"을 처음 이야기한 인간 철학자 파스칼조차도 실은 그 정도로 막막한 우주의 침묵은 대해보지 못했으리라. 개는 전력을 다해 짖겠지만, 지구와의 거리가 아득히 멀어지면서, 모든 신호는 끊겨서, 지구 쪽에서 보자면 더 이상 존재하지 않는 것이나 다를 바 없는 존재로 잊혀졌을 것이다.

게다가, 승객은 고작 한 마리 개일 뿐이니까.

(어느 순간부터 나는 결코 이 숨 막히는 우주의 메타포를 깊은 바다의 심연에서 가져올 수 없게 되었다. 나는 그것을 최소한의 윤리라고 생각한다.)

2

어쩌면 지금까지 늘어놓은 이야기는 그저 한 마리 개에 관한 이야기가 아닐 수도 있다. 어머니 그리고 나의 스페이스 오디세이.

나를 이 세상에 실어다 놓고 떠나가버린 존재에 이르면, 나는 무어라 말할 수 없을 만큼 아득한 느낌에 사로잡힌다. 내가 지방에서의 교수 생활을 시작하던 무렵에, 그분은 천천히 내게서 멀어져갔다. 말씀이 부쩍 줄어드는 걸로 시작되었고 늘 다니던 길 위에서 길을 잃는 것으로 이어졌다. 목에 걸어드린 휴대전화로 실제로 일어나지 않은 어떤 일들로 오래 하소연하시곤 했다.

마침내 더 이상 전화로는 통화할 수 없는 상태로 악화된다. 그 순간부터 내가 사는 천안과 의정부 사이의 거리는 아득해지고, 이따금씩 나는 '우주 미아'가 된다. 유행가 가사처럼 "점점 더 멀어져간다." 그리고 한 번 생겨난 모든 거리는 불가역적인 것이 된다.

어느 날 어머니는 병실 벽을 보고 누워 알 수 없는 말을 웅얼거리시다가, 침대 옆에 앉아 있던 나를 향해 환한 미소를 던지며 반갑게 말씀하신다. "동생 왔네." 요양병원 작은 철제 침대에 손발이 묶이는 날들이 오면, 어머니의 눈동자에서는 모든 빛들이 꺼져간다. 사람이 죽는다는 것은 멀어진다는 것이구나. 우울한 푸른 우주가 그렇게 나와 어머니 사이에, 그리고 내 안에서 자라난다.

3

그렇게 또 하나의 우주선이 미아처럼 떠돌게 된다. 우주는 아득히 넓어서 모든 존재를 각자 홀로, 외로이, 버려지게 한다. 신은 반드시 존재해야 한다고 말한 이가 있었다. 그렇지 않다면 이 우주 공간은 거대한 낭비일 것이므로. 우리는 대부분 바깥에 거대한 우주 공간이 펼쳐져 있다는 사실을 외면한 채, 좁고 비루한 우주선 안에 갇혀 살다가 죽는다. '밤하늘에 빛나는 별'들은 인공조명에 의해 가려져서 우리에게는 당도하지 못한다. 현대인들은 자연이나 어둠에 대한 공포를 품은 존재들이다. 그럴 바에야 정교하게 꾸며진 관棺 하나가 더 적당했을지도 모른다.

우주선엔 개보다 크게 상태가 나을 것 없는, 보잘것없는 인간 하나가 타고 있었는데, 불행히도 우주선은 사고를 당해 심각한 손상을 입었다. 아마도 비상 탈출 장치가 제대로 작동했다면 탑승객은 기꺼이 우주선을 버렸을 것이다. 그러나 애초에 그런 것은 없었다. 그는 육중한 안전도어를 하나씩 닫으며 필사적으로 비행선의 내부로 도망칠 수밖에 없었는데, 그럴 때마다 중앙제어장치는 기계적인 음성으로 그가 포기한 영역들이 방금 전에 파괴되었고, 전혀 복구할 수 없다고 알려온다. 환한 대낮에 벌레 한 마리가 사과의 과육 속으로 파고들어가는 이미지를 떠올려도 되리라. 물론, 그 사과에는 아무런 맛이 없다.

아무튼, 이렇게 해서 그는 마침내 불길에 휩싸인 채 우주의 심연 속으로 날아가는 비행선의 가장 깊은 곳, 비행선이 완전히 파괴되는 순간까지만 겨우 견딜 수 있는 자그마한 방 하나에 이른다. 더 이상 도망갈 곳은 없다. 어디선가 연달아 폭발음들이 들려오고 음울한 경고음들이 울려 퍼진다.

누군가 자신을 구하러 올 거라는 헛된 믿음조차 그는 지니지 않았다. 그럼에도 불구하고 다른 할 일이 없었기 때문에 그는 조금은 담담한 심정으로 기계장치의 채널을 이리저리 돌리며 지구별을 향해 짧고 무의미한 메시지를 보냈다. '안녕, 지구?'

조금 더 길게 쓰고 싶은 유혹은 그러나 자판을 두드릴 때마다 강렬한 전류와 함께 찾아드는 격심한 손가락 통증 앞에서 좌절되었다. 그리고 기적처럼 그는 들었다. 개가 짖는 소리. 아이가 우는 소리. 어느 중국인 사내가 흥얼거리는 의미를 알 수 없는 노래 같은 것들을.

유리창 밖 멀리 이제는 유리구슬 만해진 지구별은 고요하고 아름다웠으나 잡음과 함께 전해지는 소식들은 끔찍했으므로, 가끔씩 그는 언젠가 정말로 기회가 온다면 진심으로 그 별로 돌아가고 싶은가를 자문해 보곤 했다. 알 수 없었다. 그래도 그는 아득한 우주 공간을 떠다니면서, 아직은 소멸하지 않은 불타는 우주선의 깊은 내부에서, 자주 무언가를 써서 송신하고, 어떤 메시지들을 받으며 기뻐했다. 그는 개 소리 흉내를 곧잘 냈다. "멍멍"

어렸을 때 그런 만화를 본 적이 있다. 우주인 하나가 우주여행 끝에 팻말 하나를 발견한다. 거기에는 이렇게 쓰여 있었다. '이곳은 우주의 끝, 돌아가시오.' 그렇다고 팻말 앞에서 여행을 끝내고 돌아오는 인간은 없다. 그 팻말 너머의 세계가 무엇인가를 우리는 끝도 없이 묻는다.

그 무렵 자주 빠져들던 다른 몽상들이 기억난다. 어쩌면 이 세계는 한 아이가 집어던져 바닥에 닿는 순간에 산산조각 나서 사라질 유리구슬 속일지도 모른다고. 그렇지만, 우리는 너무 작아서 세계의 속도를 느끼지 못하는 것일 뿐이라고.

혹은 거대한 우주의 끝에 이르면 블랙홀을 만나게 되는데, 그 아득한 검은 통로는 우리들 뇌 속으로 다시 이어지는 그런 구조를 하고 있을지 모른다고. 정말로 이해할 수 없는 여행자는 더 이상 이 세계에 대한 궁금증을 지니지 않은 채, 금고 속의 재산을 세는 사람이 아닐까? 어디서 왔는지도 모르고 언제 끝날지도 모르는 존재에 대한 거대한 망각.

똑똑똑

어느 날 누군가가 창문을 두드려 죽음과도 같은 잠 속에 빠져

15

들어 가는 나를 깨운다. 우주여행 따윈 없었다. 그러니 우주의 심연 앞에 넋을 잃은 개도 없고, 화염 속에서 궤도를 벗어난 채 소실되어 가는 우주선도 있을 리 없다. 나는 그냥 어두워져 가는 낮들과 잠들지 못하는 밤들 속에서 '소진한 인간'이었을지도 모르겠다.

어느 봄날에 세월호가 바닷속으로 가라앉기 전에 이미 내 가슴은 마른 종이처럼 산산이 바스라버렸던 것인지도 모른다. 자주 악몽을 꾸었는데 그 악몽이 한 치의 오차도 없이 현실 속에 실현될 때, 어떤 사람은 차라리 멍청한 표정을 지음으로써 자신의 내부에서 악몽이 빚어지는 것을 막으려 할 것이다. 내가 그랬다. 한 사람의 묵언수행자처럼 흔적 없이 지내다가 사라지고 싶었다.

자주 어디선가 들려오는 SOS 신호가 들려 왔다. 내가 할 수 있는 일은 없다고 생각했다. 그날 이후로 그렇게 생각하던 그때마다 누군가가 절망 속에서 죽어갔을 수도 있다는 생각이 나를 괴롭혔다. 여전히 SOS 신호를 듣는다. 그 봄날 이후로 나는 성당에도 나가지 않았다. 무언가가 산산조각이 났다. 인간은 괴물로 변해버렸다. 그들을 손가락질하던 내 피부가 가려웠다. 거울 속의 내 얼굴을 가만히 문지르면 피부 아래로 파란 비늘들이 비쳤다. 나는 누구인가. 당신들은 내가 하는 말을 알아듣는가. 그런데도 당신들은 왜 내게 손을 내미는가.

고요도 정치다

4

단지 선진 산업사회에서 향수^{perfume}를 소비하는 비용만으로도, 지구인들 전체가 기아의 위험으로부터 벗어날 수 있다는 사실을 생각하면, 인간의 삶이 참 잔인하게 느껴진다. 그러나 저녁 거리에서 스쳐가는 여인의 향기는 얼마나 유혹적인가.

『21세기 자본』의 저자는 이제 나누는 법을 배우지 않고는 인간에게 미래가 없다고 말하지만, 이 세계의 지배자들은 변함없이 인간은 이기적^{selfish}인 존재라고 주장하며 경쟁에서 이긴 자만이 살아남는다고 외친다. 오로지 죽음만이 이 어처구니없는 게임을 멈출 수 있다면 죽음은 너무 늦게 오는 게 아닐까. 왜 현생 인류는 아직도 살아있는가.

책에 실린 글들은 우울증과 극심한 손가락 통증 때문에 어떤 방식으로도 자판을 누르기가 힘들었던 한 은둔 폐부커의 교신 내용들이 주를 이룬다. '그'의 죽음은 나를 침묵하게 했고, 인간으로부터 멀어지게 했는데, '그날 봄바다'의 사건은 내게 가만히 있으면 안 된다는 걸 아프게 깨닫게 했다. 운명이 그대를 패배시키는 순간까지 싸우라고 누군가가 속삭였다. 그게 존재의 이유라고. 나는 투사였던 적이 없다. 다만 내게 맡겨진 불씨를 품고서 어두운 숲을 건너가는 일이 싸움이라면, 그 일들에 기꺼이 나를 바치고 싶다. 문학은, 책 읽기와 글쓰기는, 내게 그런 일의 일종이었다. "그대

계속해서 걸어가라, 어딘가에 닿게 되리라." 우주 미아가 되지 않
기 위해서는 '지금 여기'에서의 삶을 포기하지 않아야 한다고 어
떤 목소리는 내게 속삭인다. 설령 내가 중증 환자일지라도 말이다.
그래서 나는 약간의 전기적 통증을 견디며 다시 이렇게 쓴다.

'안녕, 친구들.'

고요도 정치다

차례

05　고요를 찾아서

01

고요와 나

1

흐릿한 흑백사진 속의 한 젊은이를 본다. 정확히 말하자면 그 젊은이의 뒷모습과 움켜 쥔 주먹을. 그가 언제 어디서 누구의 자식으로 태어나서 어떤 삶을 살았는지 알 길은 없다. 당연히 어느 처자를 사랑했으며 어떤 생각과 사상들을 키우며 살았는지도 모른다. 왜냐하면 그에게는 얼굴이 없기 때문이다. 그만이 없는 게 아니다. 사진 속의 모든 인물들에게는 얼굴이 없다.

그들에게서 읽을 수 있는 표지란 같은 꾀죄죄한 옷차림이라는 것, 빡빡 깎은 머리에 고무신을 신고 있다는 사실, 그리고 아마도 별 모양의 표식이 박혀 있는 트럭 위에 올라타고 있다는 사실뿐이다. 그들의 숫자를 가만히 세어본다. 이 사진에조차 담기지 못한 이들을 생각한다.

사진 속 인물들 중 한 젊은이만이 트럭 난간에 올라서 무리

위 1950년 부산형무소 수용 중인 정치범들. 1950년 9월 1일
아래 1945년 1월 국제 적십자군에 의해 구출된 생존자 어린이들

고요도 정치다

들에게 무언가를 지시하는 것처럼 보인다. 하지만 그도 그들 중의 일부임에 틀림없다. 사실, 그를 왜 젊은이라고 생각하는지도 의심스럽다.

어떤 이유에선지, 위의 사진은 아우슈비츠의 사진들을 잠시 떠올리게 한다. 다음 사진은 극적인 순간에 소련군에 의해 '건져 올려진' 아이들이다. 그들이 겪어낸 참극을 생각할 때 아이들의 무심한 표정은 놀라워 보인다. 이제 어떤 일들이 벌어져도 놀라지 않겠다고 말하는 것처럼.

그래도 얼굴은 등대와 같다. 등대의 불빛이 어두운 바다를 힘겹게 비출 수도 있지만, 바다 위를 떠돌던 어부들이 등대의 불빛을 따라올 수도 있는 것이다. 얼굴이 그렇다.

그러한 탓에 르네 마그리트의 그림 〈연인들〉은 제목과 달리, 폭력적인 느낌을 준다. 그들은 서로를 모르면서 키스할 수도 있다. 어쩌면 영원히 다시 못 보게 될 상황에서 간절하게 연인의 존재를 감촉하기를 원하는 것인지도 모른다. 심지어 이 연인들이 남녀라는 확증도 없다. 얼굴은 이렇게 모든 존재의 자기 증명이다.

다시 사진 속의 젊은이에게로 돌아가자. 그에게는 얼굴이 없다. 그러므로 그는 바로 옆에 있는 익명의 무리들 속에서 고유성을 지니지 못한다. 다만, 그를 눈여겨 보게 하는 것은 오로지 엄청난

르네 마그리트, 〈연인들〉, 1928

고요도 정치다

힘으로 꼭 쥐고 있는 주먹이다. 힘줄이 돋아 있다. 그 주먹만이 그의 무언가를 드러내 보여줄 뿐이다.

하지만 그를 향해 나아갈 길은 여기서 막혀버린다. 더 나아갈 수 없다. 이런 점에서 그는 무심한 표정으로 카메라를 응시하고 있는 아우슈비츠의 희생자들과도 다르다. 그러니 내가 겨우 얻어낸 정보가 정확한 것인지를 확인할 길도 없다.

그 간략한 정보는 내게 이렇게 알려주고 있다. 사진 속의 젊은이들은 부산형무소에 수용되었던 보도연맹원들로 한국전쟁이 발발한 1950년 6월에 예비 검속되었다가 끌려가 처형당했다는 것이다.

일찍이 작가 유미리는 그런 젊은이에게 이름 하나를 주었다. 『8월의 저편』이라는 소설이 왜 그토록 쉽게 잊혀져버렸는지 나는 잘 모르겠다. 소설은 재일한국인 3세로서 작가 자신의 뿌리 찾기이면서 동시에 우리들 자신이 잊고 있는 기억을 복원하려는 시도였다. 우리는 그런 과거 따위엔 관심이 없는가.

소설 속에서 손기정처럼 달리기로 민족을 온 세상에 알리고 싶었던 젊은이는 그 날렵한 몸으로도 자신을 덮친 운명의 올가미를 벗어날 수 없다. 집요한 탐문과 환시를 통해, 그의 형은, 그리고 작가 유미리는 그의 처참한 최후를 본다.

젊은이는 생매장되는 그 순간에도 싸움을 포기하지 않는다.

전쟁터에서 죽어가는 병사들은 언제나 젊다

"우리의 죽음은 어느 누구에게도 보고되지 않고, 증언도 없을 것이다. 그리고 세월이 흐르면 네놈들은 입을 다물 것이다. 그러나 우리는 네 놈들을 보았다. 죽음으로 입은 봉인되지만, 네놈들 네 개의 눈에 우리들 예순 개의 눈을 새겨 주겠다."

그의 싸움은 다음과 같은 희망을 버리지 않는 데서 가능해진다. "귀로 들어온 말은 반드시 입으로 나간다. 입에서 귀로, 입에서 귀로, 어쩌면 아버지와 어머니, 남동생과 여동생, 아내와 아이 그리고 친구들의 귀에 몇 월, 몇 시까지는 살아있었다는 소식이 전해져, 만에 하나의 확률일지도 모르겠지만, 우리의 시신을 찾아 고향 산천에 묻어줄지도 모른다"는 것. 고작 그것이라고 말할 수 없다. 떠도는 원혼들이 원하는 것은 다만 누군가가 자신의 억울한 이야기를 들어주는 일뿐이다. 그런데 사진 속 젊은이에게는 얼굴이 없다.

그래도 사진 속의 젊은이가 바로 유미리의 소설 속 청년일 가능성이 생겨나는 순간에 우리는 조금 더 애틋하게 그의 주먹 쥔 손등에 푸르스름하게 돋아난 핏줄을 바라보게 된다. 이게 문학의 힘이다.

영화 〈태극기 휘날리며〉2004에서도 보리쌀 한 되 때문에 보도연맹에 가입했다가 죽임을 당하는 처자 이야기가 나온다. 그 처자도, 그 배역을 맡았던 처자도 이 세상 사람이 아니라는 걸 생각하면, 산다는 일이 참 쓸쓸해진다.

고요도 정치다

〈Prisoners of Wars, Korea, 1950〉

전쟁터에서 죽어가는 병사들은 언제나 젊다

어쨌거나, 전쟁 직후에만 '보도연맹원'이라는 이유로 수만 명이 학살되었다니 우리들 삶의 주변을 조금만 파헤쳐도 암매장된 원혼들이 발견되지 않을까? 마찬가지로 이 하늘 아래서 가해자들도 또한 그들의 상처와 원한을 품은 채 살아가고 있지 않을까? 새어나오려는 비밀들을 틀어막으며 혹은 그날 자신이 저지른 행위들에 대한 확신을 키우면서 말이다.

비슷한 시기에 찍힌 다른 사진이 한 장 여기에 있다. 이게 같은 대상들을 찍었으리라고 말하긴 어렵다. 그래도 여기에는 훨씬 많은 정보들이 담겨져 있다. 가령 얼굴들과 거리의 풍경들. 누군가 눈이 밝은 증인이 나타난다면, 그들 중 누군가의 삶에 대해서 알게 되지 않을까?

사진 속에서 난간에 기댄 채 뒤를 돌아보고 있는 젊은이를 본다. 그는 어디로 가는 중이고 무슨 생각을 하고 있을까? 자꾸만 젊은이의 모습에서 내 둘째 아이가 겹쳐진다. 그러면 가슴이 한없이 무너져 내린다. 어떤 권력자들이 높은 자리에서 전쟁을 외칠 때, 늘 저리 젊고 아까운 젊음들이 전쟁 속으로 휘말려 들어간다.

무서운 군인들의 모습에서도 앳된 젊은이들을 발견하는 순간이 온다.

고요도 정치다

2

이제 조금 다른 이야기로 나아가자. 독일의 작가 E. M. 레마르크는 히틀러가 만들어내고 독일 국민들이 동조했던 하나의 거대한 환상이 어떻게 자국은 물론 세계의 젊은이들을 파괴했는가를 그려 보여준다. 『서부전선 이상 없다』[1929]는 제1차 세계대전에 나선 젊은이의 시선으로 한 나라 전체가 전쟁-기계로 전락한 세계를 응시하게 하며, 『사랑할 때와 죽을 때』[1954]는 제2차 세계대전의 러시아 전선에서 전사하는 한 청년의 말로 채워놓는다. 그는 마악 사랑에 빠진 젊은이다.

"자네가 말하는 범죄는 전쟁을 말하는 것인가?"

"전쟁을 일으킨 온갖 것들을 말합니다. 거짓과 억압, 불의와 폭력, 그리고 전쟁과 그 전쟁을 하는 방법도 범죄에 포함됩니다. 노예수용소, 집단수용소, 민간인에 대한 대량학살 말입니다. (…중략…) 더 무서운 것은 그것을 알면서도 다시 일선으로 가고, 그것을 알면서도 공범자가 되는 것입니다.

— 에리히 마리아 레마르크, 장희창 역, 『사랑할 때와 죽을 때』, 민음사, 2010, 248쪽

그리고 나는 깨닫는다. 전쟁이 얼마나 꼭두각시 놀음 같은지를. 그리고 전쟁터의 무서운 병사들이 얼마나 어린 젊은이들인지

전쟁터에서 죽어가는 병사들은 언제나 젊다

를. 전쟁터에서 죽어가는 병사들은 언제나 젊다.

마지막으로 한국전쟁에 관한 짧은 동영상 하나를 본다. 여기서 보여줄 수 없어서 안타깝다. 눈부신 햇살 아래서 일군의 젊은이들이 앉아 담배를 태우며 수다를 떨고 있다. 하얀 담배 연기들이 바람을 따라 흩어진다. 이따금 철모를 쓴 병사도 수다에 끼어든다.

얼마 후 명령이 떨어지자, 검은 옷차림의 젊은이들이 우루루 엉덩이를 털면서 일어난다. 사방에 뽀얗게 먼지가 날린다. 다음 장면이 믿기지 않는다. 놀랍게도 그들은 처형대로 가고, 그들과 함께 잡담을 주고받던 철모를 쓴 젊은 병사들은 구석에 세워두었던 총을 집어 든다. 그들의 총구에서 불이 내뿜어지면 처형대에 서 있던 젊은이들의 몸이 무너지고 그들의 가슴이 붉게 물든다.

그런 장면들 속에서 비로소 나는 깨닫는다. 전쟁이 선량한 인간을 얼마나 쉽게 잔혹한 괴물로 만들어 놓는지를. 늘 지지부진하고 어처구니없고 답답하기만 한 〈백분토론〉의 그 대화가 총알 하나를 간신히 막아내고 있는 것이라는 사실을. 최악의 평화가 최선의 전쟁보다 거의 예외 없이 더 나은 것이라는 사실을 말이다.

반쯤의 고요

두 시간 넘게 산책을 하며 이어폰으로 아름다운 음악을 들었다. 바흐의 수난곡이었다. 마음 깊은 곳까지 울림이 퍼져 나갔다. 그러다가 어느 순간에 이어폰을 뺐다. 아득히 물러나 있던 고요가 밀려왔다. 세상에, 고요가 이토록 아름다운 음악이었다니!

자신은 침묵을 잘 연주할 줄 안다던 이가 누구였더라. 글렌 굴드는 음악을 장거리 전화 같은 것으로 비유하기를 즐겼다. 그렇게 아득히 키워 나간 고독 속에서 그는 때때로 자신이 어떤 다른 행성에, 심지어는 다른 태양계에, 그것도 단 한 사람의 거주자처럼 여겨졌다고 고백한다. 스스로 걸어 들어간 고독 속에서 그는 자기 내면에 떠오르는 고유한 음악들을 위해 자신을 온전히 바친 이였다. 그가 추구했던 자세는 이렇다. "화해하지 않는 것, 미美의 탐색인 이 고통 없는 고통 속에 혼자 있을 수 있는 능력, 부정의 능력."[*]

• • •

[*]　미셸 슈나이더, 이창실 역, 『글렌 굴드, 피아노 솔로』, 동문선, 2007, 131쪽.

쇼팽의 피아노 선율들은 아득한 침묵으로부터 튀어오르는 작은 물방울들 같다. 성소수자로 살다가 젊은 나이에 요절한 유리 예고르프란 피아니스트의 연주로 쇼팽의 곡들을 들으면 '더 많은 고요를!' 하고 그가 건반 위에 기도를 바치는 것 같다. 쉬운 것 같지만 쉽지 않다. 고요함에 이르는 일.

책을 읽는 일도 그런 것 같다. 책을 많이 읽되 생각하지 않으면 체한다. 무조건 다독하는 것은 지식에 대한 맹신이나 회의에 빠져버릴 위험성이 크다. 비우는 시간이 필요하다.

이따금 추사고택에 가면 '반일독서半日讀書 반일정좌半日靜坐'라는 주련 아래서 햇볕을 쬐곤 한다. 반나절 읽었거든, 반나절은 고요히 앉았어라. 주자朱子의 말씀이다.

고요도 정치다

내 가장 고요한 바닥의 풍경

　내가 가늠을 수 없는, 그러나 너무도 선연하게 내 안에 남아 있어서 끊임없이 나를 매혹하는 하나의 장면은, 뒤안으로 난 빛바랜 창호지 문에 비친 대나무 그림자다. 그 그림자가 눈부신 한지 스크린 위에서 바람에 출렁일 때마다, 참새 떼들이 마치 놀이터라도 되는 양 그 출렁임을 타면서 또 다른 출렁임을 만들어내다가 제풀에 놀라서 사라지고 나면, 어느 순간에 고요히 멈춰서는 그 그림자들을, 홀로 방에 남겨진 아이는 지치지도 않고 바라본다.

　너무도 해야 할 일이 많은 젊은 어머니는 이따금씩 방안의 아기를 들여다보고, 아이의 머리를 반대 방향으로 돌려주었는데, 나중에 보면 늘 같은 자리로 머리가 돌아가 있었더란다. 고집 센 아이, 결국 머리 한 쪽이 비뚤어져 너무 안타까웠는데, 훨씬 뒤에야 반대 방향으로 눕혀주면 된다는 사실을 깨닫고 마음이 아팠다고 말씀하시곤 했다. 창을 좋아하는 아이.

　나무가 태양을 향해 자라듯이 사람도 자신의 타고난 기질을 향하게 마련이다. 그걸 억지로 뒤집어엎으려 하면 안과 바깥에서 무언가가 꼬이게 된다. 그 마음을 읽어내고 살짝 돌려 눕혀주는 마음은 이렇게 고요한 깨달음이다.

아무튼 그 아이는 자라서도 여전히 창을 좋아한다. 어딘가를 가면 무조건 창 쪽에 앉는다. 자주 사람의 이야기를 벗어나서 엉뚱한 소리를 해댄다. 저기 좀 봐.

창문을 통해 바람이 부는 숲을 바라보노라면, 그의 안에 깃들었던 고요한 음악들이, 쇼팽이나 라흐마니노프, 말러 같은 선율들이, 날개를 펼친 새들처럼 세상을 향해 퍼져 나가는 황홀에 빠져든다. 이야기를 좋아하는 사람이 그렇듯이, 창을 좋아하는 사람도 가난하게 살아가야 하는지도 모른다. 하지만 좋은 창문은 그 자체로 놀라운 부富가 아닌가. 나는 좋은 관 속에 누워있고 싶지 않다. 아무리 좋은 집도 그 안에 갇혀 지내면 관棺과 다를 바가 없다.

참 가난했던 그 고향집의 자그마한 방으로 돌아가려는 게 꿈인데도, 왜 이렇게 힘겹게 사는지 모르겠다. 어느 해인가 갔을 때는 밀양서 올라왔다는 호호 할머니 한 분이 사시더니, 다시 찾아가 보았더니 어느새 그 집은 허물어지고 건강한 뒷숲이 들어와서 떵떵거리며 잘 살고 있었다. 가는 길도 막고 있어서 저만치 떨어져서 보다가 쓸쓸히 돌아왔다. 하지만 마음 속의 그 창문은 아직도 내 안에 황홀히 빛나곤 한다.

고요도 정치다

기억의 집

바람 소리 세차다

현관 등이 켜진다 이 깊은 밤

아무도 찾아올 리 없는 산등성이 집

때맞추어 비 내린다는

시우리時雨里 산간마을에

시간의, 아주 먼 데서부터

누군가 찾아온 듯

현관의 센서 등이 저절로 깜빡이고 있다

앙상한 겨울나무의

더 깊은 속엣말을 찾지 못한 새들의

들릴 듯 말 듯

허공을 울리는 차임벨 소리

망연히 눈 감으면

한 때의 새들의 텅 빈 눈자위 가득

드라이아이스로 떠다니는 밤구름들

아득히 떨며 바스라지는

마른 꽃잎 같은 기억들 사이로

시간의 청결한 눈들이

밤의 등빛 속을 위태롭게 난다

바람의 경첩소리 세차다

산약山藥 같은 비 냄새 흠씬 풍긴다

—김명리, 「기억의 집」 전문

내가 태어난 대나무숲 집은 뒷산이 삼켜버렸다. 참나무들이 도왔고 칡넝쿨이 가는 길마저 지워버렸다.

1970년대 초반에 서울로 이사했다. 전깃줄들로 가득했던 칙칙한 도시로 기억된다. 좁다란 골목들에 집들이 빼곡했다. 그런 동네에서 오래 살았다. 사랑했다고 해야 할까? 천안으로 이사 오기 전에도 골목집에서 살았다. 비 오면 빗소리에 젖고 눈 오면 사내들이 모여 눈을 쓸었다. 이중창문 깊은 안쪽에서 노인네가 바깥 풍경을 바라봤고 호두나무며 메타세콰이어들이 바람에 흔들렸다.

아침부터 저녁까지 창문은 온갖 것들을 실어날았다. 나는 거기 창가에 앉아서 반쯤은 책을 읽었고 반쯤은 창밖 풍경에 홀렸다.

고요도 정치다

내 꿈은 그저 감나무가 무겁게 감을 매달고 있는 풍경을 담은 창 하나다. 얼마 전에 겨우 그 꿈을 이룰 수 있는 기회를 얻었는데, 몹시 설레 있던 내게 이웃집 여자가 뒷숲에 축사가 있다고 알려주었다. 아니나 다를까, 그늘진 골짜기에 거대한 축사가 있었고 주변의 집들이 버려지고 있었다. 그 창은 내게 여전히 이룰 수 없는 꿈이다.

아파트에 살게 되면서 나는 이제까지와는 다른 공간에 처했음을 알게 되었다. 가끔씩은 눈도, 비도, 밤손님처럼 지나갔고, 눈에 띄더라도 스크린 위에 띄운 영상과도 같았다. 아파트는 살균된 공간이다. 바슐라르처럼 나는 말할 수 있을지도 모른다. 아파트에서는…… 꿈을 꾸지 않는다, 라고. 나는 스스로 걸어서 관으로 들어섰다고.

맞은편 아파트를 바라보면 나와 똑같은 수감자들이 슬픈 표정으로 수형생활을 하고 있었다. 어쩌다 벌레 한 마리가 많은 방어막을 뚫고 들어오면 온 가족이 비명을 질러댔다. 나는 그게 날벌레거나 거미거나 벌이거나 파리거나 방충망을 열고 밖으로 밀어냈다. 죽은 것들은 변기에 넣고 버튼을 눌렀다.

근대성은 놀라울 만큼 현재를 확장하고, 심화하는 동시에 낭비했다. 거리와 시간적 간격이 거의 사라지자 (미디어에 의해) 현재가 증폭되었다. 그러나 미디어는 반영과 그림자만을 제공할 뿐이다. 당신은 끊

기억의 집

임없는 축제와 학살을 목격하고, 시체들을 바라보고, 폭발 장면들을 응시한다. 당신의 눈앞에서 미사일들이 발사된다. 당신은 그곳에 있다. 당신의 현재는 시뮬라크르들로 구성된다. 눈앞의 이미지는 실재를 내쫓고, 사라진 실재를 가장한다.

앙리 르페브르에 의하면 나는 리듬을 상실한 자다. 여행을 통해 우리는 그 세계를 향해 잠시 나아가지만, 그곳에서 우리는 유령이 된다. 나는 나만이 지닐 수 있는 하나의 구체적인 집을 꿈꾼다. 그것을 달리 표현하자면 비근대성에의 꿈이라 할 수 있을까? 김명리의 시집 『제비꽃 꽃잎 속』서정시학, 2016에서 내가 발견한 것은 오래전에 상실하고 아득히 갈망하던 집이다. 집은 모든 시들의 중심에 놓여 있다. 그 집은 시간 속에서 추억을 낳고, 공간 속에서 여행으로 이어진다. "어디에 사느냐"라는 물음에 시인은 "층층나무 겨울 단칸방에 세 들어 산다"「적소」고 답한다. 집은 순식간에 자연으로 이어지고 타인들을 만나고 하늘과 별과 바람으로 나아가며 아득히 달에 이른다. 그 집은 겨우 인간의 집이지만 새들의 집이기도 하다. 구멍 뚫린. 나는 시집에 그려진 언어의 풍경을 그림으로 그려보고 싶은 충동에 사로잡힌다. 이 시집은 결코 작지 않은 식물원이다.

시집 속 시인의 길은 언제나 집요하게 십오 도쯤의 경사를 지니고 있다. 거기서 내가 느끼는 것은 화음이다. 시인은 기꺼이 전체의 일부가 되어 소멸하려 한다. 그것을 은둔이나 도피라고 말하지 마라. 삶으로부터 '저만치 혼자서' 피고 지는 일은 투쟁이다. 오래 삶을 알고 나서야 나는 이 세상의 빛을 음예陰翳가 만들어냈다는 걸 또한 어렴풋이 알게 되었다.

다니자키 준이치로의 『그늘에 대하여』의 원제는 '음예예찬陰翳禮讚'이거니와, 그는 거기서 반딧불이에 대해 말한 적이 있다. 반딧불이로 유명한 고장에는 행락객들이 몰리고 그러면 그들을 맞이하기 위해 더욱 많이 환하게 불을 밝히게 되는데, 그게 반딧불이를 사라지게 만든다는 것. 그렇다면 빛을 피해 스스로 빛을 만들어내는 그 작은 존재들이야말로 시인의 또 다른 모습은 아닐 것인가.

시를 쓰고 시집을 낸다는 일이 어떤 삶인가를 나는 잘 알지 못한다. 다만 끊임없이 쓰고, 써낸 것들의 공격을 받고, 불태우는 '소신(시)공양'의 삶에 대한 어떤 공감과 위안을 드리고 싶어서 이 글을 쓴다. 어떤 시들은 죄송스럽게도 내가 쓴 것처럼 여겨져서 반가웠다. "가까운 곳에 있어도 먼 나무"「먼 나무」라거나, 밤하늘을 올려다보며 "여기서는 길을 잃어버릴 염려가 없다 / 오래 바라보면 바라보는 몸이 / 낙원의 풍경 같은 고인 물 속 어딘가에 / 애욕이 비눗방울처럼 부푼, 생이 만발한 방이 있어"「낙원의 풍경」 같은 구절이 그렇다. 그래도 맨 마지막에 실린, 서시 같은 느낌의 시를 빼놓을 순 없겠지 싶다. 스무 해도 더 전에 죽은 옛 애인의 음성이 그녀에게, 나에게, 결국은 우리에게 묻는다. "아직도 그대는 가난해? 아직도 그대는 그토록 먼 곳을 여행 중이야?"

실은 우리는 이 물음에 답하기 위해서 산다.

눈 내리는 숲가에서

　　그렇다. 이 글의 제목은 <u>프로스트</u>Frost, Robert Lee, 1874~1963의 너무나도 유명한 시에서 가져왔다.

　　나는 어렸을 적부터 눈 내리는 순간의 정적을 사랑했다. 눈보다도 강설의 순간에 세상에 고이는 고요를 더 사랑했는지 모를 정도였다. 마당에 서서 하늘을 올려다보노라면 우주 저편으로부터 작고 여린 날갯짓으로 날아와 내 손아귀 안에서 사르르 녹아버리는 눈꽃들의 군무도 황홀했지만, 어느 순간 귀가 멍한 느낌이 들어서 창문을 열면 거기에 이미 하얗게 눈발이 뒤덮고 있는 순간이야말로 가슴에 사무치는 무언가가 있었다.

　　그런 날이면 한없이 길을 걷고 싶었고, 실제로 그렇게 하곤 했다. 상도동에 살 때였는데 언덕 위를 서성이던 나는 어느새 봉천동 언덕길쯤에서 숭실대 뒷길로, 거기서 다시 흑석동 달마사 골짜기들로 옷이 다 젖도록 걸어 다녔다. 그땐 방수 처리된 옷이랄 게 없었으므로.

그러면 달마사에서 종소리가 무겁게 울려 퍼지곤 했다. 그 무렵의 산동네는 모두 초라한 판자촌들이었으나, 눈 속에서 저녁 등을 밝히고 있는 모습만큼은 형언할 수 없이 아름다웠다.

당연히 프로스트의 「눈 내리는 날 어두운 숲가에서」라는 시를 좋아하게 되었다. 그가 남긴 시들이 미국 남부의 자연 속에 자리 잡은 삶이 아니라면 가능했을까? 그렇지만 그 공간을 모르더라도 시를 느끼는 데는 문제가 없다. 눈은 먼 데서 오고 먼 데로 우리를 유혹한다. 지상의 사이렌인 셈이다. 눈 내린 저녁의 종소리는 우리를 먼 곳에 눈멀게 한다.

이곳이 아닌 멀고 낯선 곳으로 가고 싶다. 나는 이 좁다란 벽에 못으로 박혀 녹슬고 싶지 않다. 아무리 멋진 집이라도 관짝과 무엇이 다른가. 앙드레 지드는 이렇게 말하지 않았던가. "도처到處 이외의 곳에서 신神을 구하지 말라."

신이 낡고 닳지 않은 사람은 수사修士의 자격이 없다. 오래 길을 걸으면 신이 내린다. 과학자들은 거기에 '워커스하이walker's high'라는 이름을 달아주었는데, 그 은밀한 쾌감은 단지 몸이 고통을 잊으려는 노력에 한정되지 않는다. 더 많은 길로 이끄는 달콤한 속삭임인 것이다.

안락한 집에서 우리는 신을 잊는다. 신은 버려진 채 뒹군다.

프로스트의 시를 가만히 읊조리노라면, 오래 잊었던 속삭임이 떠오른다. 더 가야 할 길이 있다고. 이 밤에.

고요함은 오동잎 지는 소리에서 오는 것처럼 눈 내리는 세상에서 퍼진다. 고요함은 낮게 읊조리는 노래다. 고요함은 거울처럼 잔잔한 물이 아니라 바람이 살짝 수면을 흔들어 놓고 잠자리가 놀라서 장대 위에서 날아오를 때 생동한다. 고요함은 죽음이 아니라 삶이다.

고요는 방음을 통해 얻어지는 것도 아니고 중산층적인 안락함에서 오는 것도 아니다. 진정한 고요는 삶에 있고, 삶에서 더 가야 있다. 홀로 아득히 눈 내리는 숲가에 서서 아직 더 가야 할 길이 있다고 말에게 속삭이는 사람에게 고요가 있다.

눈 내리는 숲가에서

개와 늑대 사이의 시간이라고 불리는 순간이 있다.

그 순간에 길 위에 서 있으면 우리는 깨닫는다.

우리가 머물고 있는 안락한 공간이

실은 더 먼 곳에 대한 그리움을 포기한 대가라는 것을.

더 나아가면 만나게 될 풍경에 고요가 있다.

날이 어두워지면서 길들이 사라지면

가로등이나 별빛이 또 다른 세계로 우리를 이끈다.

고요도 정치다

02

고요도 정치다

그림을 훔치다

어렸을 때 곧잘 도둑질을 하곤 했다. 도둑 누명을 쓴 게 그 시작점이었는지도 모르겠다. 이따금 집안에서 돈이 사라졌고 아버지는 우리 형제들을 추궁했다. 나중에는 도둑으로 크느니 다 죽어버리는 게 낫다며 산으로 데리고 갔다. 홧김에 나서긴 했지만 난감하셨으리라. 고개 하나를 넘은 뒤에 아버지는 마지막으로 시간을 줄 테니 도둑질한 사람은 자백을 하라고, 그러면 모든 걸 용서하겠노라고 하셨다. 그리곤 저만치로 걸어가 서서 담배를 피우셨다.

남겨진 형제들이 숙제를 풀어야 했다. 누가 도둑인가를 놓고 우리는 대책 없는 토론을 했다. 결국, 큰형이 내게 명령했다. 네가 그랬다고 해. 어쩌면 이게 셋째아이의 숙명이기도 하다. 둘째는 반항할 수 있고 막내는 너무 어리다.

"내가 훔쳤어요." 돈을 어디에 썼느냐고 아버지가 물었다. 잘 기억이 나질 않는다고 대답했다. 다행히 더 이상 추궁하지 않으셨고 우리는 다시 집으로 돌아올 수 있었다. 나중에 진짜 범인이 잡혔다. 이웃집 동갑내기 여자아이였다. 그 집 아빠가 마당에 그 아이를 발가벗겨 놓고 허리띠로 때렸다. 그런 시절이었다.

이상하게도 그 이후로 나는 '작은 도둑'이 되어버렸다. 내가 살던 동네의 약국집 건너에는 허름한 문구점이 하나 있었는데, 벽에 생긴 틈새로 내 작은 손이 들어갈 정도였다. 스케치북을 두어 번인가 훔쳤다. 작은 도둑이 든 줄을 까마득히 모르고 가게에 딸린 작은 방에서는 온가족이 둘러앉아 밥을 먹곤 했다. 어린 마음에도 우리와 다를 바 없는 그들의 가난 때문에, 그들의 가난한 살림에서 무언가를 훔쳐온다는 게 너무도 미안했다.

그렇게 훔친 스케치북에 나는 뭔가 그림을 끄적이곤 했다. 하지만 스케치북은 저주에 걸린 것처럼 내가 원하는 형태들이나 색깔을 거부했다. 손을 대면 댈수록 그림은 칙칙해졌다. 나는 그것들을 하루도 안 돼 모두 찢어버리곤 했다. 낙서를 한 것처럼 마음만 어질러졌다.

어느 날엔가는 방과 후에 다시 학교로 돌아가서 빈 교실에서 친구의 스케치북을 훔치기도 했다. 지금도 그 조용한 오후의 복도가 선명히 떠오른다. 사람들이 모두 떠나간 장소는 실은 얼마나 소란한가. 그래서 나는 내 발자국 소리도 듣지 못했다.

친구의 스케치북은 새것이 아니라 절반쯤 쓴 것이었다. 거기

　　　　　　　　　　　　　　　　　고요도 정치다

엔 채색된 그림도 있었고 당시에 유행했던 로봇의 그림도 있었다. 내가 스케치북을 훔친 것은 친구의 그림들에 서린 밝은 빛에 대한 매혹 때문이었다. 내 스케치북에 걸린 저주가 그 부유한 아이의 스케치북에는 없는 듯했다. 아니, 어떤 마법 같은 게 있어서 쓱쓱 대충 그려도 멋진 그림이 그려질 것 같았다.

당연히 결과는 처참했다. 나는 여전히 칙칙한 낙서들로 가득 채워진 스케치북을 저녁 들판에서 불태웠다. 그 당시 상도동에는 뭔가를 불태울 빈터는 얼마든지 있었다.

이런 도둑질은 어느 날엔가 학교 교문 앞에서 빵 하나를 훔치다가 발각되면서 사라졌다. 무사히 품에 집어넣고 돌아오는데, 한 아이가 따라오며 내게 속삭였다. "나는 다 보았어. 네가 빵을 훔치는 걸." 뭘 어쩌자는 게 아니었다. 그냥 그렇게 말하고 사라졌다. 그런데 이상하게도 이후에 도벽이 사라졌다.

아니, 나중에 훨씬 시간이 흘러서, 대학 신입생 시절에 그림 한 장을 더 훔친다. 그 무렵의 기억도 선명하게 남아있다. 그때 내가 무엇을 하고 있었던가는 잘 기억이 나지 않는다. 얼굴만 아는 여자선배 하나가 나를 불러냈다. 학생회관 옆의 잔디밭—루이스 가든이라고 불렸다—에서 그녀는 내게 책을 좋아하는 것 같은데, 함께 책을 읽어보지 않겠느냐고 물었다. 그런 독서 모임이 있다고.

세상사에 둔감하긴 했지만, 그게 어떤 권유라는 걸 모르지는

그림을 훔치다

이정, 〈풍죽〉

고요도 정치다

않았다. 나는 고개를 끄덕였다. 그녀가 추구했던 뭔가에 찬동했다기보다는 '너도 책을 좋아하는 것 같아서'라는 그녀의 말 때문이었다. 들키고 싶지 않았다. 실은 머릿속에 별로 들어있는 게 없다는 사실을.

그때 그 모임에 들어갔더라면 내 삶은 어떻게 변했을까를 짐작할 수 없다. 이렇게 말하면 누구나 짐작할 것처럼 나는 그 모임에 초대는 받았지만 가입할 수는 없었다. 그날 아주 잠깐 빈 소주병을 열심히 나르던 이들이 있던, 복제 판화들이 나붙어 있던 방까지만 가 보았다. 바로 다음 날에 그녀가 잡혀 들어갔던 것이다.

그런 어느 날이었다. 도서관에 들러서 이것저것 뒤적이다가, 어느 책에서 그림 한 장을 몰래 찢어서 품에 숨기고 왔다. 그게 이정의 〈풍죽도〉였다.

나는 그걸 책상머리에 붙여 놓고 그해 겨울을 났다. 그 그림이 있어서 겨우 살아냈다고 말할 수 있을 정도로 춥고 외로운 겨울이었던 걸로 기억에 남아 있다. 그림 속의 대나무들은 이따금 고요히 바람에 흔들리는 소리를 냈고, 그러면 그림의 표면에서처럼 내 마음 어디선가에서도 황금가루가 흩어지듯이 희미하게 빛났다.

그림을 훔치다

통증으로부터 배운 것들

어느 날엔가 나는 무너져 내리는 나 자신을 발견했다. 그것은 통증으로 찾아왔다. 새끼손가락 하나였는데, 존재 전체가 뒤흔들렸다. 가장 심했을 때는 손가락을 잘라내고 싶은 유혹마저 느꼈다. 아마 통증을 없앨 수 있다는 확신만 있었다면 시도했을지도 모른다.

몸은 건강할 때는 공기와 마찬가지로 느껴지지 않는다. 그래서 그 고마움을 잊고 산다. 몸이 느껴질 때는 이미 뭔가가 늦은 것이다. 냉혹한 고문기술자처럼 몸이 새끼손가락 하나로 내 전부를 지배해도 꼼짝달싹하지 못했다. 그토록 아름다운 제주에서 6개월을 지내면서도, 그곳에서의 모든 시간들은 쩔쩔매며 통증으로부터 달아나려는 헛된 시도들로 채워졌다.

오랫동안 글을 쓸 수도 없었다. 페이스북을 시작한 것도, 그것을 이따금씩 떠나있던 것도 다 통증 때문이었다. 손가락 통증 때문에 스마트폰으로 글을 썼는데 통증이 두 엄지손가락으로 옮겨

고요도 정치다

왔다. 하지만 세월이 흘러서 생각해보니 정작 나를 더 깊이 잠식했던 것은 아무래도 조금씩 깊어졌던 우울증이 아니었을까 싶다.

인류 구원이라는 문제를 놓고 스스로를 바칠 수 있겠느냐고 스스로에게 묻곤 하던 소년이 있었다. 이런 식으로 말이다. 쓰레기통에 휴지를 집어던지려다가, 문득 이런 상상에 빠져드는 것이다. 이걸 제대로 넣으면 인류가 살고, 실패하면 인류가 멸망한다.

실로 어처구니없는 노릇이었지만, 그런 상상에 빠져들 때면 어깨가 무거워지고 숨이 막혀 왔다. 그런 소년이 도스토예프스키의 『악령』을 읽다가, 인류를 구원하느니 차 한잔을 마시겠다는 인간을 만났을 때 당혹감이 얼마나 컸겠는가. 봉준호의 〈설국열차〉2013를 볼 때만 하더라도, 나는 그들의 혁명 기도가 고작 두 사람을 곰 앞에 세워놓기 위해 거대한 눈사태를 불러일으켰다는 점을 못내 아쉬워하지 않았던가.

딸 아이와 함께 〈인터스텔라〉2014를 보며 그동안에 인류를 위해 너를 희생할 수 있는가를 묻던 소년의 마음이 얼마나 검어졌는가를 확인한다. 황사도 해결 못하는 인간들이 우주에서 따로 살 길을 찾겠다는 것도 웃기고, 우주정거장에 야구장 만들어 놓는 것도 쪽팔리고, 분명히 절멸의 위기 상황에서 가족들을 구한다고 우주로 나간 거였는데, 아빠가 실종된 뒤에도 지구에서의 삶이 그럭저럭 살 만하다는 것도 이해가 안 되고, 겨우 만난 딸이 오지랖 넓

통증으로부터 배운 것들

게도 박사가 기다리니 — 앤 해서웨이가 아름답긴 하다 — 떠나라고 하는 것도 납득이 안 돼서, 나는 어둠 속에서 이렇게 빌고 있었던 것이다.

아, 제발이지 인간들아. 망치는 건 지구로 끝내자.

실은 이미 〈그래비티〉[2013]를 보면서도 그랬다. 그 영화에서는 우주 공간의 침묵과 그 절박한 공간 속에서 추억하는 퇴근길의 고요를 대비시킨다. 영화 속의 우주 공간은 고요함이 아니라 침묵의 상태를 보여준다. 고요는 주인공이 우주 공간을 표류하다가, 우연히 지구에서 잡힌 신호들을 접할 때 겨우 생겨난다. 개 짖는 소리. 아이의 옹알거림. 그리고 무슨 뜻인지 알 수 없는 어떤 말들.

그런데 주인공이 연발하는 오-오-오-오- 신음과 함께 이어지는 그 엄청난 서바이벌 게임을 바라보면서 내 안의 또 다른 나는 이렇게 묻고 있지 않던가? 도대체 무엇이 주인공으로 하여금 지상으로의 귀환을 위해 저토록 몸부림치게 하는가, 라고.

지리산 언저리에서 올려다 본 밤하늘이 떠오른다. 아, 아직도 별들은 그렇게 많고, 별똥별들도 하늘에 가득했다. 나는 성배를 찾아 떠나는 기사가 되기를 꿈꾸지 않고, 다만 경외감에 빠진 한 벌거벗은 인간으로 남고 싶었다. 조용히 머물다가 사라져버릴 수 있기

고요도 정치다

를. 흔적도 없이.

환한 대낮에 빈방에 앉아 책을 읽다가, 다음과 같은 내용들을 만난다. 밤하늘의 별들을 볼 수 있다는 사실은 우주가 유한하다는 걸 증명한다고. 우주가 무한하다면 하늘은 빛들로 하얗게 빛날 것이며 밤하늘은 검지 않을 거라고. 한낱 '문송' 주제에 이 주장의 사실 여부를 따질 수 없다. 그냥 세상이, 삶이, 존재가, 다 아득하게 느껴졌을 뿐이다. 파스칼을 다시 떠올린 이유였다. "무한한 우주의 영원한 침묵." 눈물겨웠다. 시공간들이 폭포처럼 내 미약한 존재를 휩쓸고 지나가는 기분이었다. 전혜린이라면 이렇게 외치지 않았을까? "내 존재가 원소로 환원되지 않도록 도와줘."

놀랍게도 바로 다음 순간에 이 우주가 침묵만으로 채워져 있는 것은 아니리라는 사실을 믿게 된다. 무신론자에 가까운 인식을 가지고 살아왔던 터라 이러한 깨달음이 나를 토마스 머튼과 같은 변화 속으로 인도해 주었던 것은 아니다. 그러나 생겨난 모든 존재는 그냥 사라지지 않는 것이라고, 무언가 거대한 말씀이, 질서가, 원인이자 결과인 존재가 있어서 아득히 우리를 내려다보고 있다는 느낌을 받았다. 그렇지 않다면 우주는 '거대한 낭비'이리라.

이런 깨달음을 통해 내가 가닿을 수 없는 빈 공간의 저편을 향해 경배하는 마음을 다시 확인한다. 그리고 비로소 내 존재를, 이 세계를 용납하게 된다. 신을 향해 도약하지는 못하지만,

이 세계가 신으로 가득하다는 사실을 느끼고 안도한다. 영화 〈밀양〉2007의 라스트 씬처럼. 마당에서 머리를 깎는 주인공에게로 쏟아지던 빛은 그렇게 눈부시지 않았던가.

영화 〈일 포스티노〉1994에서 주인공 마리오가 "자네가 사는 섬의 아름다움에 대해 말해 보게"라는 시인의 말에 뒤늦게나마 답하기 위해서 동료와 함께 녹음을 하고 다니는 장면은 인상적이다. 그중에서도 그가 밤하늘을 향해 마이크를 들이미는 순간에 우리는 그도 이미 시인임을 깨닫게 된다. 비록 문자로 된 시는 아직 한 편도 쓰지 않았더라도 말이다. 거기에 무엇이 녹음이 되었든, 우리는 거기서 고요를 느낀다.

고요도 정치다

「수선화에게」라는 시에서 시인은 "외로우니까 사람이다"라고 말하며 "공연히 오지 않는 전화를 기다리지" 말고, "눈이 오면 눈길을 걸어가고 비가 오면 빗길을 걸어가라"고 권한다. 외로움을 견디라는 것이다. 다음 구절을 나는 가끔 가만히 곱씹어보곤 한다.

갈대숲의 가슴 검은
도요새도 너를 보고 있다

여기 어디쯤에도 내가 찾아다니는 '고요'가 있다고 나는 느낀다. 신을 벗고 들어갈 때 다시 나갈 순간을 떠올리는 마음에도 고요가 있다.

ⓒ 손종업

62

고요도 정치다

니체를 읽는 밤

여느 때처럼 수면제를 먹은 뒤 서재에서 니체의 『선악을 넘어서』*를 꺼내 들고 침대에 들었다. 그래, 저 심연이 나를 집어삼킬 때까지만 읽자. 내가 다시 읽고 싶었던 구절은 이것이었다.

정원을, 황금의 격자 울타리로 된 정원을 잊지 말아라. 정원의 역할을 해주는, 아니면 하루가 추억 속에 깃들게 되는 저녁 나절 물위의 음악 같은 이웃들을 주위에 갖도록 하라. 멋진 고독, 자유롭고, 즐겁고 우아한 고독, 어떤 의미에서 그대에게도 역시 존재할 만한 가치를 부여해주는 고독을 선택하라.(50쪽)

거대한 콘크리트로 구축된 아파트의 침실 안에서 나는 황금

• • •

* 프리드리히 니체, 김훈 역, 『선악을 넘어서』, 청하, 1992. 이하 인용 시 쪽수만 표기한다.

의 격자 울타리로 된 정원을, 그리고 정원의 역할을 해주는 이웃들을 생각한다. 나는 조폭의 협박을 피해 절해고도의 감옥으로 기어들어간 죄수를 떠올린다. 이 안온한 적거지謫居地의 밤.

그런데 이어지는 구절이 알량한 평화를 향한 나의 의지를 뒤흔든다.

실력으로 해서는 도저히 당당한 승리를 거둘 수 없는 긴 싸움이 얼마나 사람을 악랄하고 교활하고 못되게 만드는가! 현존하는 적과 가상 적들에 대한 끊임없는 경계심과 끊임없는 두려움이 얼마나 사람을 편협하게 만드는가!(51쪽)

어느 밤에 한 친구로부터 받은 통화 내용이 떠오른다. 그는 내게 이렇게 물었다. "그런데 말이야. 선과 악이 싸울 때 선은 오로지 선한 방법으로만 싸워야 하는 반면에, 악은 온갖 술수를 다해 가장 저열한 방식으로 싸움을 걸어올 수 있다면, 선이 어떻게 악을 이길 수 있나?" 누군가는 내게 이렇게 말하기도 했다. "이 세상에는 두 종류의 사람밖에 없어. 이상한 사람과 이-이-사-앙한 사람." 그럼에도 불구하고 분명히 선은 이 세상에 잔존하며 그 이-이-사-앙한 사람들마저 가슴 깊은 곳에서는 선을 꿈꾼다. 다만 무언가와 싸워 이겨내야 한다고 믿기에, 패배할지도 모른다는 두려움 때문에, 우리는 지상에서 가장 악한 존재로 살아가는지도 모른다. 결국, 나는 그 유명하고도 심오한 구절에까지 이르지 않을 수 없다.

괴물과 싸우는 사람은 싸우는 과정에서 자신마저 괴물이 되지 않도록 주의해야 한다. 그리고 그대가 오랜 동안 심연을 들여다볼 때 심연 역시 그대를 들여다본다.(100쪽)

나는 나를 들여다보는 심연의 기척을 느낀다. 약기운이 퍼지고 이제는 책을 놓아야 할 순간이다. 그러나 이 밤에 나는 기어이 저 유명한 주인과 노예의 도덕에까지 이르지 않을 수 없다. 노예의 경우는 이렇다.

학대받고 억압받고 고통당하고 부자유하며 스스로에 대해 확신을 갖지 못하며 피곤한 자가 도덕을 운위한다고 가정해보자. 그들의 도덕적 가치 판단의 공통점은 무엇일까? 거기에는 아마도 모든 인간 조건에 대한 염세주의적 의혹, 인간의 조건과 더불어 인간 자체에 대한 저주 등이 내포되어 있으리라. 노예의 눈은 강자의 미덕을 좋게 보지 않는다. 그는 회의와 불신에 가득 차 있으며 강자들이 존중하는 '선'이라면 무조건 의심을 갖고 대한다. 그는 강자들의 행복은 진정한 행복이 아니라고 믿고 싶어한다. 반면에 고통받는 자들의 괴로움을 조금이라도 덜어주는 것들이 각광을 받고 찬양을 받게 된다. 따라서 여기서 존경을 받는 것은 연민, 자비롭고 친절한 손길, 온정, 인내심, 근면성, 겸손함, 친밀함 등이다. 왜냐하면 이런 것들은 괴로운 삶을 견뎌나가는 데 가장 도움이 되는 것이며 또한 그 유일한 수단이 되기도 하는 것이다. 노예의 도덕은 본질적으로 효용성에 입각한 도덕이다.(211쪽)

노예를 읽어내는 니체의 관점은 깊다. 하지만 거기에서 '초인Übermensch'으로 나아가는 과정은 조금 의심스럽다. 끝내 주인으로 남으려 하는 것, 정원을 만들고 이웃과 나누려 하는 것, 그 의지야말로 '초인'의 것이겠지만, 초인은 결코 다다를 수 없는 어떤 지향일 뿐이다. 심지어 그러한 초인에 대한 조급증이나 갈망 또는 불안감 때문에 더 많은 가짜들이 나타나기도 한다.

이제 나는 반쯤은 심연의 몫이다. 수면제를 먹고 자본 사람은 알리라. '상자'에 아무렇게나 담겨져 낯선 땅의 터미널에 도착하는 느낌을. 꿈조차 말끔하게 지워져버리는 진공의 심연을. 다가올 새벽에 '또 다른 하루'에 당도할 수도 있지만, '전혀 알지 못할 낯선 곳'으로 배송될 수도 있다.

문득 허진호의 영화 〈8월의 크리스마스〉[1998]의 주인공 이름이 정원이었음을 깨닫는다. 8월에 찾아든 크리스마스 같은 애인

이름은 다림. 예쁘게 차려입고 찾아온 그녀가 묻는다. "일요일엔 뭐하세요?" "글쎄, 뭐, 잠도 자고 다림질도 하고." 정원이 다림이를 생각하는 것도 다림질 아닌가. 그는 그런 인물이다. 애인을 생각하면서도 잠을 잘 수도 있는 존재.

그런데, 나는 도대체 어디다 잠을 잃어버린 것일까?

고요도 정치다

1

하루의 가장 평화로운 오후. 접시에 담아 식탁에 내놓은 과일
도 정치다. 텔레비전을 통해서 만나는 시끄럽고 요란한 연설만 정
치가 아니고, 이상스런 열광에 빠져서 깃발을 흔들어대며 확성기
를 통해 구호를 외치는 사람들만 정치에 빠져 있는 게 아니라, 어
느 방송이 그나마 나은가를 고민하는 것도 정치고, 결국 텔레비전
을 끄고 아무 소리도 들려오지 않는 마당에 앉아있는 것도 정치다.

"나는 정치에는 관심이 없다"고 말하는 것도 정치적 의사를
명백하게 밝히는 행위다. 살면서 단 한 번도 투표에 참여하지 않
았다는 사실이 정치에서의 퇴거라고 착각한다면 너무 순진한 생
각이다. 그는 정치를 버렸다고 생각할지 모르지만, 정치는 어떤 순
간에도 그를 놓치는 법이 없다. 어떤 이는 정치가 자신의 삶에 도
움이 되지 않는다고 판단한다. 뭘 선택해도 바뀌는 게 없어. 어차

피 그들만의 세상이야. 그런 생각들이 정치혐오증으로 굳어졌을 수도 있다. 이러한 선택들이 잘못되었다고 말하려는 게 아니다. 그 모든 순간들에 정치는 바로 우리들 곁에 생물처럼 살아 움직인다고 말하려는 것일 뿐이다. 얼마나 집요한지 밀폐용기 안까지 파고든다. 그리고 가끔은 괴물이 되어 불쑥 나타나 내 가장 소중한 것을 앗아가기도 한다. 그게 정치다.

"오늘도 아무 일도 일어나지 않았다"고 말할 때에 두 가지 경우를 떠올려야 한다. 먼저, 누군가의 하루에 아무 일도 일어나지 않기 위해서는 그 하루를 지탱하는 일련의 사회시스템들이 정상적으로 작동해야 한다. 그 모든 연결점, 속도, 수량 등에 정치는 어느 곳 하나 빠짐없이 스며들어 있다. 그것들이 제대로 작동될 때 우리는 그러한 기계장치의 존재를 잊는다고, 영화 〈매트릭스〉에서 시온의 지도자는 말한다. 다른 한 가지 경우는 바로 그날 내가 속하지 않은 세계에서 벌어진 비극을 모르거나 외면해버린 순간이다. 레마르크가 『서부전선 이상 없다』[1929]라는 소설에서 그려내려 했던 것처럼.

나는 에드워드 호퍼[1882~1967]의 그림들을 좋아한다. 사실 그의 그림들을 보고 있노라면 각자의 삶이 얼마나 고독한 것인지를 깨닫게도 되고 문득 고요해지기도 한다. 그의 그림에는 창문들이 가득하다. 사람들이 각자 홀로 창문에 붙들려 있다. 여럿이 함께 있어도 혼자라는 사실에는 변함이 없다. 나는 지금 〈주유소^{Gas}〉라는 그림을 멍하니 바라보고 있다. 무성한 숲으로 이어지는 길 어귀에 주유소가 서 있다. 두 개의 빛이 그림의 분위기를 결정한다. 하나는 숲 저편 하늘에 드리운 빛이며 다른 하나는 창문과 간판에 밝혀진 빛이다. 그림만으로는 동이 터오는 시간인지, 황혼이 지는 시간인지 알 수 없다. 자동차는 보이지 않는다. 여러 개의 창문을 통해 길게 드리운 빛만이 공간을 풍요롭게 해준다. 그리고 주유기 뒤에 한 사내가 팔을 짚고 서 있다. 아마도 주유소의 주인인 듯한 그는 거기서 무엇을 하고 있는가. 하루의 노동을 시작하는 것일 수도, 끝내려는 것일 수도 있다. 어쩌면 울고 있을지도 모른다. 정치가 어떠한 방식으로 자신을 찾아오는지를 그는 제대로 알지 못한다. 에드워드 호퍼는 그러한 미국인들의 일상을 그려냈지만, 그런 삶의 국경 너머에 어떤 세계가 존재하는지에 대해서는 침묵했다. 세계대전은, 식민지로 전락한 수많은 나라들과 사람들의 비참은 그의 화폭에 담기지 못했다.

'731'이라는 숫자가 박힌 전투기에 올라타서 엄지를 치켜세우고 있는 일본 수상 아베의 쇼는 끔찍한 정치다. 부패하고 무능한 정권을 향해 어떤 사람들이 항거할 때, 다른 누군가는 그 정권을 지지하고, 당연히 누군가는 그러한 소란 따위에 눈감고 접시 위에 정성껏 과일을 담을 수 있다. 이 모든 순간들에 정치가 있다. 정

고요도 정치다

물靜物을 비추는 실내의 은은한 조명이나 나지막이 흐르는 음악이 정치인 것처럼. 정치는 우리가 어떤 삶을 살아갈지를 상상하고 결정하고 실현해가는 모든 이야기들 속에 있다. 어떤 이들은 이를 '작은 정치'라고 부르지만, 때로는 '거대정치'보다도 더 오래 깊은 영향을 미치기도 한다.

2

한동안 '조국'은 우리 모두에게 '뜨거운 감자'였다. 재판은 여전히 계속되고 있는데, 가끔은 그가 재판을 받고 있는 것인지, 이 나라의 검찰이나 언론들이 심판대 위에 선 것인지 혼란스러울 때도 많다. 나는 그를 '꿈의 정치가'로 세우려는 시도도 마뜩치 않지만, 그의 부인 일기에 적힌 꿈 이야기를 증거물로 제시한 검찰과 그러한 어설픈 연극의 광대 역할에 열중하는 이 나라 언론이야말로 훨씬 심각한 병증 속에 있다고 생각한다. 여기에 내 정치가 있다. 나의 정치적 관점으로 볼 때, 소위 '조국 사태'는 더 많은 흠결과 죄를 감춘 자들이 오로지 그에게만 하나의 엄격한 잣대를 들이대는 것처럼 보였다. 이렇게 외치고 싶었다. "당신들이 세운 죄의 저울 위에 우리 모두가 올라가 봅시다."

자주 '굴뚝 청소를 하고 나온 아이'에 대해 생각하기도 했다.

조세희의 『난장이가 쏘아올린 작은 공』1978은 다음과 같은 물음으로 시작한다. "두 아이가 굴뚝 청소를 했다. 한 아이는 얼굴이 새까맣게 되어 내려왔고, 또 한 아이는 그을음을 전혀 묻히지 않은 깨끗한 얼굴로 내려왔다. 제군은 어느 쪽의 아이가 얼굴을 씻을 것이라고 생각하는가?" 우리는 모두 그 답을 안다. 얼굴이 깨끗한 아이가 얼굴을 씻을 것이다. 다른 아이의 새까만 얼굴을 보고 자기 얼굴도 그러하리라고 생각했을 것이므로. 여기서 윤리의식의 어떤 맹점이 드러난다. 우리는 타자라는 거울을 통해서 비로소 자신의 상태를 본다. 어떤 괴물에게 세상은 살 만한 것일 텐데, 그의 눈에 비친 세상은 겁에 질렸을 뿐 끔찍스럽지는 않을 것이기 때문이다. 이 세계를 인식론적인 범주라고 하자.

이상하게도 이 일화는 모두 기억하는데 바로 이어지는 반복된 질문에 대한 다른 답은 기억하는 이들이 많지 않다. 선생은 질문은 받지 않을 거라면서 말한다. "두 아이는 함께 똑같은 굴뚝을 청소했다. 따라서 한 아이의 얼굴이 깨끗한데 다른 한 아이의 얼굴은 더럽다는 일은 있을 수가 없다." 이러한 말을 통해 그는 앞에 세웠던 가설을 부정한다. 어렵게 말하자면 이 과정에서 '인식론적 전환'이 벌어진다. 앞의 가설 속에서 빠져 있던 어떤 법칙들이 흘러들어와서 인식을 확장시킨다. 이를 현실론적인 범주라고 부를 수 있다. 선생은 질문을 받지 않는다. 답은 자신의 삶 속에서 찾아져야 하는 것이니까. 윤리는 그 어느 쪽에서도 존재한다. 지나치게 단순화하는 감이 없지 않지만, 선과 악을 분별하는 것이 인식론적인 범주에 속한다면 악한 세계에서 조금이라도 더 선한 삶을 살고자 애쓰는 것은 현실론적인 범주에 해당한다고 할 수 있지 않을까?

예수가 군중들을 향해 "너희 중에 누구든지 죄 없는 사람이 먼저 저 여자를 돌로 쳐라"라고 말할 때, 그가 추궁하는 것은 현실로서의 죄다. 타인의 악을 단죄하는 것은 쉬운 일이다. 성경 속에서 예수가 무언가를 쓰는 것은 이 부분이 유일하다. 그만큼 깊이 숙고하지 않으면 다가가기 어려운 영역이기 때문이었을 것이다. 세상의 어느 누가 '자기 눈의 들보'를 드러내려 할까? 그것을 드러내는 순간의 부끄러움과 불편함이 어느 순간 더욱 커다란 적개심으로 변할지도 모른다. 때로 우리 모두가 죄인이라는 편한 자리에 머물게 만들 수도 있다. 땅바닥에 무언가를 끄적이는 그 순간의 고요가 군중들의 무언가를 열어 놓는다. 지나가는 김에 말하자면, 소설 속의 선생은 나중에 자신의 죄가 아니라 구조에서 말미암은 죄의 책임을 지고, 선생의 자리에서 쫓겨나고 만다.

우리 사회가 지닌 죄에 비하면, 사람들은 너무 쉽게 광장에선 그를 향해 돌을 던졌다. 더 죄가 많은 자들이 그를 조롱하고 비웃었다. 이게 사람들이 들고 일어나서 "내가 조국이다"라고 외친 이유다.

그런 열정의 십 분의 일만이라도 톨게이트 노동자를 위해 내주었으면 좋았으리라는 비판은 옳고도 그르다. 지금 이 순간에도 얼마나 많은 노동자들과 가난한 이들, 소수자들이 자기 목소리를 세상에 전하기 위해 싸우고 있는가. 삼동의 추위 속에서 고공철탑 위에서 농성하는 노동자도 있다. 그들을 위해 그들과 더불어 지금의 너는 무엇을 하고 있느냐고 묻는다면 나는 몹시 부끄러울 것이다.

그렇지만, 아무리 생각해도 그 비판은 잘못된 전제 속에서 부당한 선택을 강요하는 것이기도 하다. "내가 조국이다"라는 광장의 외침은 톨게이트 노동자들에 대한 관심과 전혀 다른 것인가? 광장에서 "내가 조국이다"라고 외치는 일은 톨게이트 노동자들의 아픔을 잊는 일인가? 나의 정치적 신념이 톨게이트 노동자에 대한 더 깊은 관심으로 표현될 수는 있다. 그렇지만 내가 그러한 신념을 고수한다는 사실이 광장의 촛불을 무시하거나 폄하할 권리를 주는 것은 아니다. 왜 그들뿐이겠는가. 어떠한 조직에도 속하지 못한 채 전기도 끊긴 무허가판자촌에서 하루하루를 연명하는 이들도 있다. 그런데 어떤 진보는 진영론에 갇혀서, 선명함을 과시할 특권을 위해서, 일상의 자잘한 변화들, 모든 개량주의, 어두운 세상을 향해 빛이 널리 퍼져 나가는 광화光華의 힘 따위를 너무 쉽게 부정한다. 현실의 문제를 인식의 문제로 단순화할 때 우리는 도식을 얻고 힘을 잃는 게 아닐까?

고요도 정치다

하나를 선택하면 다른 하나를 버려야 하는 일도 아니다. 광장의 시민들이 그만큼의 뜨거운 목소리로 톨게이트 노동자 문제를 해결하라고 외치면 되는 것일 수도 없다. 이런저런 가슴 아프고 부당한 사연은 이 사회 도처에 있다. 심지어 이 나라 바깥으로도 이어져 있을 수 있다. 우리나라의 자본이 제국적인 규모로 성장하고 있기 때문이다. 이런 문제들을 하나씩 해결해 나갈 수 있다면 당연히 조국이 법무부 장관이 되어야 할 이유도 없었으리라. 그런데 어떻게 그럴 수 있을까? 인류의 역사에서 그러했던 적이 있을까? 사법적 정의가 바로 서야 한다는 대중적인 열망을 차갑게 비웃으며 오로지 어느 노동자의 '발가벗은 신체'만을 가리키는 이들에게 묻고 싶은 말이다. 혹시 눈앞의 현실을 바꿔가려는 의지보다 스스로가 주인이 되는 혁명에 대한 종교적인 믿음에 사로잡혀 버린 것은 아닐지. 그런 와중에 진보의 탈을 쓴 경박한 광대도 잉태되는 것은 아닌지. 현실이 있어야 할 무거운 자리에 가벼운 세 치 혀만 있는. 그런 정치들.

3

단언컨대, 꽉 막힌 톨게이트 앞에서 대기하면서 분통을 터뜨리는 것도 정치고, 빠르고 편리하다는 이유로 하이패스를 선택하는 것도 정치고, 9회 말 투아웃 풀카운트의 결정적인 순간에 오심을 저지른 인간 심판에 분노해서 서둘러 A.I. 심판을 도입해야 한다고 외치는 일도 정치다. 톨게이트 노동자들의 집단 해직을 안타까워하는 사람이 일상의 삶 속에서는 별다른 저항감 없이 자신의 정치적 입장과는 다른 선택들을 할 수 있다. 그러면서도 자신은 굴뚝 바깥에 있다고 착각한다.

당연히 SNS에 '나는 이런 곳이 정치 이야기로 도배되는 게 싫다'는 글을 남기는 것도 또 하나의 정치 이야기를 도배하는 일이다. 사람으로 살아가는 동안에 정치는 도무지 피해갈 수가 없는 일이어서, 그저 별생각 없이 꽃과 새에 관한 이야기만 올리거나 조용히 침묵하는 것이 수줍은 정치라면, "상대방에 대한 조롱과 도를 넘는 인신공격에 환멸감을 느낀다"고 말하는 것은 명백한 정치다. 피에르 부르디외의 책 『구별짓기』를 통해 보건대, 일상 속에서 옷과 음식과 음악을 선택하는 일에도 정치가 작동한다.

나는 퇴근길에 KBS 제1FM을 통해 〈세상의 모든 음악〉을 듣는 걸 즐기는데, 텔런트 김미숙이 진행할 때가 특별히 더 좋았다. 조용한 음악에 대한 동경이 인간의 자연스럽고 고귀한 지향이라고 생각하다가, 어느 순간에는 중산층적인 속물 근성에 갇히는 것처럼 여겨져 부끄럽기도 했다. 조용한 음악이 세상의 소란함을 꺼버릴 때가 자주 있다. 당연히 여기에도 정치가 숨어 있으리라. 어느 순간에 기쁘고 어느 순간에 슬픈지, 어떤 것이 아름답게 보이고

고요도 정치다

어느 것이 흉해 보이는지, 친밀감을 느끼는 것과 거리가 느껴지는 것들을 나누고 은밀하고 자연스럽게 선택하게 하는 모든 것 속에 정치가 있다. 우리는 우리의 의식 속에서만이 아니라, '삶의 두께' 속에서 정치를 한다.

나는 소극적인 형태나마 서울대의 학부 폐지론 지지자지만, 소위 '지잡대' 비판 앞에서는 모종의 불편함을 느낀다. 국립 서울대가 국민의 세금으로 운영되며 수많은 특혜와 영광에도 불구하고 다른 사립대와 다를 바가 없는 존재로 여겨질 때, 공적인 지식인이 아니라 특권적인 기능인들을 양성하는 교육기관으로 전락할 때, 서울대 학부 폐지론자가 되는 것이다. 그러면서도 '지잡대'는 다 사라져야 한다는 비판 앞에서는 억울하고 참담하다. 동시에 혹시 그 불편함이 나의 생계로부터 오는 느낌과 판단은 아닐까 두려워진다. 이런 저런 방식으로 나도 나의 태생과, 내가 속한 집단과, 내가 자주 다니는 시장에, 결국은 내가 살고 있는 극장의 우상들에 천천히 젖어들었을 것이다.

물론, 나는 이 나라의 끔찍한 서울 중심주의와 대학의 서열 나누기에 맞서서 지방대들이 얼마나 힘겹게 노력하는지를 알고 지역과 대학이 더 깊이 협력 관계를 맺을 수 있어야 더 나은 나라가 될 수 있다는 방식으로 내 논리를 펼쳐 나갈 수 있다. 또, 이렇게 항변할 수도 있다. 우리가 모두 '강한 자가 살아남는 것이 아니라,

살아남은 자가 강하다'는 생각으로 살아간다면, 어떻게 돈을 위해서 자신의 직분을 팔아버린 법복들을, 언론인들을, 지식인들을 비판할 수 있을까, 라고. 미래를 위해 지켜야 하는 것들도 있다고.

그래도 어딘가 께름칙한 기분은 남는다. 스스로가 옳다고 여기는 것을 위해 기꺼이 손해를 감수할 때와는 아무래도 다르다. 정치 이야기를 하다보면 나도 모르게 자주 나 자신에게로 돌아와 버린다. 그리고 거울에 비친 내 모습을 들여다보게 된다. 너는 얼마나 다른가. 다른 누군가를 위해 기꺼이 너 자신을 내준 적이 있는가. 그러면 아무래도 얼굴을 씻어야 할 것 같은 느낌에 사로잡히곤 한다.

4

거리의 정치는 대체로 떠들썩하다. 그들은 목청을 높이는 것으로는 늘 모자라서 대형 스피커도 동원하고 조직을 동원한다. 요란하기 이를 데 없다. 그 정도가 심할수록 정치를 통해 그들이 원하는 것도 클 수밖에 없다. 나는 늘 몇 발짝 뒤로 물러선 채로 정치를 차갑게 응시하는 쪽에 가깝다. 쉽게 뜨거워지지도 않고 빨리 식지도 않으려 애쓴다. 거리를 두고 바라보면 논리가 보이고 집단이 보인다. '말'보다는 '실천'이 중요해진다. 조금 더 뒤로 물러날수록 모든 소란함들이 천천히 작아지고 무의미해 보이고 마침내 흔적도 없이 사라진다.

　그러다가 너무 멀어지기도 한다. 주방의 창에 드리운 꽃무늬 커튼이 보이지도 않는 바람에 살랑거린다. 원목 식탁에는 접시에 담긴 과일이 그림처럼 놓여 있다. 볼 때마다 불편해지는 신문들은 더 이상 배달되지 않는다. 인터넷으로만 겨우 뉴스를 보는데, 거기 실려 있는 댓글들은 어느 쪽도 마음에 들지 않는다. 똑같은 놈들이 진창에서 개싸움을 하는 격이로군, 하고 가볍게 혀를 찬다. 이중창은 바깥세상의 소음들을 완벽하게 차단한다. 고요하다⋯⋯고 느낀다. 동시에 바닥 깊은 곳으로부터 생겨난 어떤 잡음들이, 층간소음처럼 집요하게 들려와서 그 안락한 삶을 불편하게 만든다.

　아이가 어떤 대학에 들어가게 될지 걱정스럽다. 부녀회장에게서 집값을 너무 싸게 내놓은 부동산 업체를 찾아가서 항의를 하려 한다는 문자를 받는다. 근처에 혐오시설이 들어올지도 모른다는 생각에 잠깐 눈살을 찌푸린다.

　얼마 전에 받아놓은 다큐영화를 보기로 한다. 〈월성〉[2019]이라는 제목이다. 지금 이 아파트 단지 안에서 이런 영화를 보는 사람은 자신밖에 없을 거라는 생각을 잠깐 한다. 착각이리라. 첫 장면으로 감은사탑과 감포의 문무대왕릉이 나온다. 언젠가 여행을 다녀온 곳이라서 반갑다. 장소가 바뀔 때마다 나오는 숫자의 의미를 모르는 채로. 914란 숫자에 이르러서야 그 숫자들이 월성원자

력발전소로부터의 거리를 뜻한다는 걸 깨닫는다. 그 숫자 주변에서 사람들은 방사능에 노출된 채 살다가 암에 걸리고 죽어간다. 그 원자력발전소의 폐기 소식을 "월성 1호기 폐기, 그 역사적 범죄행위의 공범들"이라는 제목으로 타전한 『조선일보』는 300km쯤 떨어진 곳에 자리 잡고 있다. 서울 광화문. 영화 속의 주민은 항의의 뜻을 전하러 상경한다. 그리고 서울의 눈부신 야경을 보고 눈물이 났다고 말한다. 자신들은 재산권은커녕 소중한 손자마저 발암물질 속에서 키워야 한다고. 영화가 끝난다. 깜빡 잊고 먹지 못한 사과가 빠르게 갈산하고 있다. 창밖으로 어둑어둑해지는 풍경들을 내다본다. 또 다시 어디선가 쿵쿵쿵 소음들이 울려 퍼진다.

말하자면, 이런 삶을 살고 있는 사람들 중의 하나가 나다. 그런데, 당신은 그렇지 않다고 자신할 수 있겠는가.

내가 함부로 정치 이야기에 지쳤다고 말하지 못하는 이유가 바로 여기에 있다. 사람으로 태어나서 인간으로 살아가는 한, 우리는 한순간도 정치에서 빠져나갈 수 없다. 정치는 우리의 생활 속에, 우리의 호흡과 더불어 있다. 통념적인 방식 속에서라면, 나는 그다지 정치적인 인간이 아니다. 내가 지금 원하는 것은 다만 푸른 나무들이 내다보이는 창문가에서 책들을 읽고 글을 쓰는 시간들

뿐이다. 그러한 소망이 부끄러워지는 순간들이 너무도 자주 찾아든다. 생활의 미세한 틈새로.

5

다시 접시 위에 담긴 과일로 돌아온다. 심지어 우리 집 풍경도 아니다. 나는 어느 분의 집에 가서 저런 융숭한 대접을 받았다. 그분들과 나는 오래 즐겁게 담소를 나누었고, 정성들여 가꾼 정원을 거닐었고, 심지어 곁에 와서 함께 살자는 제안까지 받기도 했다. 실은 바람에 일렁이는 푸른 숲이 내다보이는 커다란 유리창에 거의 혼을 빼앗기다시피 했다. 그런 주제에 어느 분이 "나는 이런 곳이 정치 이야기로 도배되는 게 싫다"라고 써 놓은 것을 보고, 이렇게 길게 횡설수설을 쏟아낸다. 나를 매혹했던 푸르른 풍경이 다 지워질 정도로.

이렇게 길게 '고요도 정치'라고 떠들어댔는데, 또 '정치는 똥'이라고 가볍게 묵살해버리면 얼마나 통쾌할까도 싶고, 몇 걸음 뒤로 물러나서 문을 닫고 저물어가는 창밖 풍경을 오래 묵묵히 바라다보고 싶어지기도 한다.

고요도 정치다

창가에 정갈하게 놓인 이 과일접시에는 당연히 죄가 없다.

어쩌면 내가 '페북'에 자주 길게 냄새나는 똥을 싸대는 이유는

마침 거기에 '페북'이 똥통처럼 있기 때문일지도 모른다.

예전 같았으면 그냥 시간의 휴지통에 버려졌을 것들.

고요도 정치다

작은 것들의 정치

1

'쿠치나'는 내가 가끔씩 들르곤 하던 이탈리아 식당이다. 지나가는 김에 말하자면 영화 〈일포스티노〉[1996]에도 쿠치나가 나온다. 이따금 마음의 호사를 하고 싶으면 그곳을 찾았다. 동네 후미진 골목에 자리잡은 자그마한 식당이지만, 가격은 결코 싸지 않았다. 그런데도 손님들이 적지 않았다

자신이 하는 일에 자부심이 가득한 주인들을 보는 것은 즐거운 일이다. 그 자부심이야말로 더운 날에도 수트를 차려입고 몇 안 되는 손님 앞에서 웃고 서 있는 고역을 통해, 우리의 하찮은 생을 더 나은 것으로 느끼게 해주는 마술 같은 것이니까. 그와 나 모두가 마술에 동참한다.

여기에 정치가 있다.

내 단골 정육점 주인은 매일 잘 다려진 와이셔츠를 차려입고 단정한 샐러리맨의 모습으로 출근한다. 크지 않은 공간이지만 자주 화원에서 멋진 화분을 사다가 꾸밀 줄도 안다. 그가 오기 전에 그곳에서 정육점을 하던 사람은 늘 불만에 가득했고 가게는 지저분했고 당연히 손님이 적었다. 어느 날 가게를 그만두었는데, 로또에 당첨되었다는 소문이 돌았다. 바로 옆의 편의점에는 지금도 로또 1등 당첨 가게라는 플래카드가 나부끼고 있으니, 틀림없으리라. 삶이라는 게 그렇다. 행운이 그에게 로또를 가져다 주었으나, 우리가 잘 알고 있듯이, 그 행운이 반드시 그를 행복하게 해주지는 않으리라.

진짜 로또를 맞은 건 동네 주민이었다. 조용한 음악이 흐르는 정육점에 가보았는가. 커피기계가 있고, 입구에는 늘 캐러멜들이 놓여져 있다. 그는 목장갑을 다시 쓰는 일이 없다. 손님들이 고기를 주문하면 그는 깨끗하게 정리된 부위를 도마 위에 올려 놓고, 자신의 마음에 들 때까지 다듬는다. 그게 값싼 부위라도 다르지 않다. 사람들은 그를 한낱 정육점 주인으로 대접하는 법이 없다. 큰아이가 취직해서 타지로 떠났다가 돌아왔을 때, 박카스 한 상자를 들고 인사를 갔다. 주인은 아들이 주문한 고기를 축하선물이라고 그냥 주었다고 했다. 언젠가 그가 가게를 그만 두게 된다면 큰 재산을 잃은 느낌이 들지도 모른다.

당연히 여기에도 정치가 있다.

큰 정치가 작은 골목으로 내려오는 일은 드물다. 옛날에 마음이 어진 정승이 백성들이 찬물을 건너는 게 너무나 마음이 아파서, 퇴청한 뒤에는 늘 그들을 업어 건네주었다. 공자는 그를 야박하게 평가했다. 그게 나쁜 일이어서라기보다는, 더 크고 중요한 일을 해야 할 자리에 그가 있음을 잊었기 때문이다. 그러나 그의 마음만은 얼마나 애틋한가. 대체로 큰 정치는 작은 골목으로 내려오지 않는다. 작은 골목의 정치는 작은 골목 사람들이 해내야 한다.

한때, '경제를 살리겠습니다'란 구호로 대통령을 해먹은 사람이 있다. 사람들은 그에게 어떤 경제를 살리는 거냐고 묻지 않고, 다만 그 꿈을 재빨리 믿어버렸다. 돈들이 모두 위로 모였다. 이러한 상태를 사자성어로는 상화하택上火下澤이라는 말로 표현한다. 돈들이 아래로 내려와야 작은 불길이 모여 솥을 데우고 국밥을 끓이고 사람들을 배불리 먹이는 법이다. 그러면 기운을 차린 사람들이 더 멀리 나가서 일을 벌인다. '착한 경제'의 기본은 가까운 곳의 작은 가게들을 단골로 선택하는 것에서 시작한다. 그런 착한 경제가 내 이웃을 살리고, 결국 내가 사는 마을을 밝게 만든다.

이 어딘가에 고요해서 보이지 않지만 정말로 소중한 삶의 정치가 있다. 가끔, 나는 이 거리 위에서 어떤 삶의 구멍가게를 열고 있는지 생각해 보곤 한다. 당연히 부끄럽다.

2

우리는 자주 '꿈의 정치가'를 갈망한다. 그는 구세주여야 한다. 그러나 그런 경우는 드물고 대부분 실망하게 된다. 내가 하지 못하는 일을 누군가 대신해 줄 거라는 희망은 사실 얼마나 어리석은가.

그래도 가끔 믿고 의탁할 만한 사람들을 만나곤 한다. 질병 관리본부장이라는 분도 그렇다. 이 분이 신종코로나19 현황에 대해서 브리핑을 하면, 사람들은 왠지 안심하게 된다고 말한다. 실제로 이 나라 언론들이 그렇게 헐뜯고 비방하지만, 대한민국의 전염병 대책은 전세계적으로 주목받고 있기도 하다.

그런데 이 분이 메르스 때는 일처리를 잘못했다고 경고를 받은 적이 있다고 했다. 생각해 보니 그랬다. 원균 아래서 힘없이 패배했던 오합지졸들이, 이순신 아래서는 싸워서 진 적이 없는 용사들이었다. 정권이 바뀐다고 해서 모두 다른 사람을 쓸 수 있는 것은 아니다. 그런데도 사람들은 모두 '감'으로 느끼고 변화한다. 어떻게 행동해야 칭찬받고 눈에 띌 수 있는지를.

정치는 이렇게 조용히 중요하다. 사회가 바르게 돌아갈 때에

고요도 정치다

는 사람들이 자신에게 맡겨진 바, 본분을 다하고자 애쓴다. 그리고 그러한 노력에 대한 정당한 보상이 주어진다. 적어도 마땅히 해야 할 일을 하고도 불이익을 당하지는 않는다.

반면, 비정상적인 사회에서는 똑같은 사람이 자기 일을 앞에 두고도 다른 일들로 눈치를 봐야 한다. 지금 저렇게 똑소리 나게 일 잘한다는 칭찬을 받는 분이 그 세계에선 오히려 이런 훈계를 들었을 수도 있다. "당신은 왜 그렇게 융통성이 없어. 내가 총리님이 방문하실 거니까, 접대 준비 소홀하지 않게 잘 준비하라고 말했어 안했어. 아, 이 친구 정말 답답하네."

이런 사회에서라면, 똑같은 사람이 다른 일들에 정신을 빼앗기게 되고 결국은 사건을 키운 뒤에 진실을 감추기에 급급하게 된다. 그런데도 그 세계의 권력자는 그가 자신에게 충성을 바친다는 이유로 높은 자리를 주고 향응을 베푸니, 마침내 썩을 대로 썩은 관리는 국민을 향해 '개돼지'라고 말하게 된다.

같은 사람을 가지고도 전혀 다른 일들을 하게 만드는 것, 그것이 정치가 아닐까 싶다.

작은 것들의 정치

양배추밭의 고요

먼발치에서 바라보는 강물

강 건너 양지바른 언덕에는

무덤이 두 개

어느 날 하천부지 앞에 있는 내 밭에

배추씨를 뿌렸더니

밤새 누가 다녀갔는지

어린 배추들 강 쪽으로 한 뼘씩 가까워지고 있다

(…중략…)

문득 고개를 들어보면

내 앞에 가고 있는 젖은 발

젖은 발로 건너가는 여울

다만 무심하게 흘러가는 저 건너

저렇게 맑은 줄이야

— 김수영, 「강 건너」(『현대문학』, 2005.11) 부분

물론 그 김수영이 아니야. 너무 큰 이름을 지니고 살아야 하는 젊은 김수영이지. 그렇지만, 이 시는 구수동 시절의 바로 그 김수영을 생각하게 해. 그의 생애 내내 '저렇게 맑을 줄이야'의 느낌을 그가 가져보았을까 싶지만.

우리네 삶의 한 풍경을 이 시는 보여줘. 우리가 도시에 산대도 다를 바 없지. 강 건너에는 무덤이 있고 우리는 각자 배추밭을 매고 있어. 누군가와 함께 있는 것 같지. 강이 빌딩일 수도 있고 배추밭이 책상일 수도 있어. 그 어딘가엔 반드시 무덤이 있고 함께 할 누군가가 있겠지. 열심히 벌어서 노후를 대비하고 싶기도 하고 자식들에게 물려주고 싶기도 하겠지. 그런 마음이 각박한 세상을 물려주고 자식들에게서 그들의 배추밭을 빼앗아가는 것도 모르고.

그러니 다시 배추밭이다.

스피노자보다 백 년쯤 전에 살다간 프랑스의 철학자 몽테뉴 Michel de Montaigne, 1533~1592는 이런 말을 남겼지.

양배추를 심고 있을 때 죽음이 날 찾아오길 바란다.
죽음에 무심한 채, 아직 할 일이 남아 있을 때
I want death to find me planting my cabbages,

양배추밭의 고요

but careless of death, and still more of my unfinished garden

이게 불어가 아니고 영어인 건 영화 〈월터 교수의 마지막 강의〉2016에서 가져왔기 때문. 저렇게 죽어도 좋겠다 싶었어. 내 몫의 배추밭 위에서. 몽테뉴가 저 소망대로 죽었는지는 알지 못해.

김언수의 신작 『설계자』를 보면 킬러가 자기 가슴을 총으로 겨누고 있다는 걸 알면서도 화단에 물을 주는 사내가 나오지. 늙은 개랑 놀면서. 아이러니하게도, 영화 〈대부〉의 알 카포네가 저렇게 정원에서 물 주다가 죽지. 아마 독재자 전두환은 골프장에서 쓰러져 죽을 수도 있겠지. 물론 그들의 배추밭은 회한을 남기겠지. 잘못 살았거든. 오래 배추밭을 떠나 있었고 나쁜 짓을 했고 더불어 사는 사람들을 몰랐고 강 건너 무덤 따윈 잊고 살았던 거지.

백 년 뒤 스피노자가 말한 사과나무는 어쩌면 지나치게 크고 견결한 말일지도 몰라. 그냥 배추밭인 거야. 캐비지. 흔하고 그래서 귀해 보이지 않는 것. 배추밭을 지키는 거지. 그것이 죽음이든 종말이든 나를 찾아올 때까지. 이거 썼다구 허리가 다 아프네. 잠깐 일어나 허리를 펴다가 강 건너 무덤을 봐. 나는 도대체 어디까지 온 걸까? 나비 한 마리가 팔랑거리며 날아가는 이 시간.

고요도 정치다

지식인의 죽음이라는 말은 그 자체가 추문이다. 그렇게 발언되는 순간에 지식인의 배반을 부추기기 때문이다. 사르트르가 말한 바 '불행한 의식'에 사로잡힌 존재로서 지식인은 자기 존재의 이중성 속에서 끊임없이 흔들리게 되는데, 끊임없는 단련과 경계가 사라지는 순간에 세속의 욕망에 사로잡혀 버린다.

원래 지식인은 줄리앙 방다가 이야기한 것처럼 성직자를 닮은 존재다. "포기할 줄 모르는 학식"푸코으로 "제대로 대변되지 못하고 잊혀지거나 무시되는 약자들의 편"에드워드 사이드에 서야 하는게 지식인인 셈이다. 그런데 그 머리에서 명예의 관이 제거되는 순간, 그는 엔지니어로서 이 세계의 편익에 끼어들게 된다. 이런 의미에서 지식인의 죽음은 징후 속에서 선언되었으나 지식인의 배반이라는 어두운 현실을 승인하고 부추기는 실제적인 힘이 되고있다.

김웅교의 『그늘』새물결플러스, 2012은 이러한 세계 속에서 지식인이란 어떤 존재여야 하는가를 되씹게 만드는 책이다. 『그늘』은 김웅교라는 커다란 책의 일부로 읽혀야 한다. 이 글은 『그늘』에 대한 서평이자 그 이상이다. 책과 지식인에 대한 반성이 그것이다. 오늘날 대부분의 지식인들이 지식의 총량으로 환산되는 반면에 오로지 소수의 지식인만이 그 너머를 꿈꾼다. 김웅교가 그렇다. 그는 기독교적 전통 속에서 생성되었으나 거기에 한정되지 않고 보다 보편적인 가치를 추구한다.

그의 책은 한 여인의 죄 앞에서 예수가 흙 위에 끄적였던 그 낙서를 꿈꾼다. 문자가 아닌 말씀을, 그러한 약속에 대한 실천의 중요성을 그는 강조한다. 그것은 그를 책에 머물지 않게 한다. 그도 레비나스를, 지젝을, 라캉을 인용하지만 그것은 전혀 현학적이지 않다. 그는 거리의 화법을 고수한다. 그것은 지적 안이함과는 구별되어야 한다. 우리는 오히려 거기에서 자신의 책이 가닿아야 할 구체적인 대상에 대한 깊은 사랑과 연민을 발견한다. 저자가 예수의 눈물과 그의 감정에 주목하는 것은 너무나도 당연하다. 예수가 가장 많이 쓰던 단어인 "불쌍히 여기사"에 주목하는 이유가 여기에 있다. 그에 따르면 '가엾은 마음이 들어' 혹은 '불쌍히 여기다'라는 말의 헬라어 원어는 스플랑크니조마이splanchnizomai다. 이 말은 창자가 뒤틀리고 끊어져 아플 정도로 타자의 아픔을 공유한다는 말이다.

실제로 그의 삶은 언제나 연구실이 아니라 길 위에서 더욱 빛을 발한다. 한 편의 시 속에서 그는 그곳을 '광야 서재'라고 명명한다. 그는 기독교라는 형식 속에서 자신의 의문을 시작하지만 결코 그 안에 갇히지 않는다. 거대 교회 속의 속물적 사제들과 마찬가지로 율법에 얽매인 자들도 비판한다. 간절하게 '숨은 신'을 추구하며 그 신을 닮기를 바란다. 연암의 『열하일기』를 읽으면서도 거기서 세 번 큰 눈물을 흘린 젊은 예수를 떠올린다.

그의 책이 『마태복음』 25장 40절의 "내가 진실로 너희에게 이르노니 너희가 여기 내 형제 중에 지극히 작은 자 하나에게 한 것이 곧 내게 한 것이니라"의 구절에 이르는 것은 너무도 당연하다. "고개 숙이고 나지막이, 중년의 사내가 예배당에서 부끄러워 아무도 모르게 눈물을 흘렸다"라고 책을 끝맺을 때, 그는 지식인이 져야 할 최후의 십자가를 우리에게 보여준다. 그는 기꺼이 이 세계의 '극히 작은 자'에게 자신을 보시하려는 자가 된다. 이러한 인식이 지금의 우리에게 왜 더욱 소중한가?

우리는 어쩌면 자본의 겨울을 앞두고 있는지 모른다. 장기침체의 징후들이 도처에서 발견되고 그것을 해소할 여력을 지구시스템은 지니고 있지 못한 게 사실이다. '재벌프렌들리'와 거대한 토목공사를 통해서 경제를 살리려는 노력은 예정된 실패의 과정을 겪었다. 그 결과로 우리 사회는 영화 〈2012년〉[2009]에서처럼 대몰락 catastrophe을 앞두고 있다고 말하면 지나치게 과장하는 것일까?

영화에는 파국에 대응하는 두 종류의 인간 유형이 등장한다. 한 유형은 정치가이면서 냉정한 엔지니어다. 일견 그는 합리적 이성으로 무장하고 인류 재건의 꿈을 실현하는 자처럼 보인다. 다른 한 지식인은 자신들이 버려두고 떠나야 하는 수많은 사람들을 깊이 동정한다. 그의 판단은 위험한 열정으로 보인다. 그러나 그는 인류가 살아남는 합리적 방법이 아니라 살아남아야 할 정당한 이유를 함께 묻는 존재다.

어쩌면 자본의 엔지니어들은 구조조정이라는 방법을 통해 지구시스템을 재정비하고자 하려 할지도 모른다. 그들은 냉정한 계산과 원칙 속에서 무한경쟁과 적자생존만이 살 길이라고 외칠지도 모른다. 그 부산물로 그들은 방주方舟에 올라타는 행운을 누리게 될 것이다. 이러한 세계에 맞서서 김응교는 투쟁을 선동하지는 않는다. 그는 연민과 사랑을 통해 우리가 함께 가야 한다고 주장한다. 천국은 어디에 따로 존재하는 게 아닐지 모른다. 그를 통해 우리는 눈물을 흘리며 괴로워했던 이천 년 전의 한 사나이가 실은 깊이 행복했을지도 모른다는 생각을 하게 된다. 그리고 반성한다. 교수로서 나는 도대체 어떤 책을 이 세상에 쓰고 있다는 말인가.

책상이라는 선물

"당신의 책상을 내게 보여 다오. 그러면 당신이 어떤 사람인가를 말해 주겠다." 아무래도 책과 함께 살다 보니 책에 애착을 넘어서 집착까지 하게 된다.

언젠가 텔레비전드라마 〈아이리스 2〉를 보면서도 내 눈길은 다소 엉뚱한 데로 향한다. 남자 주인공이 사랑하는 여자를 데리고 고향집의 자기 방으로 데려간다. 그는 다소 과묵한 인간인지라 사랑의 고백을 제대로 하지 못하고 청혼반지를 마트료시카 인형 속에 담아 여자에게 건네고 여자는 그것을 기쁜 마음으로 받아 자신의 진열장 위에 올려 놓는다. 그녀는 언제 반지를 발견하게 될까?

그런데 조금 싱겁게도 그들은 여행지의 호텔에서 뜨겁게 사랑을 나눈다. 반지 따위는 아무것도 아니라는 것일까? 어쨌거나, 그 후에 주인공은 여자를 어머니가 사는 고향집으로 데려가는 것이다. 여자는 자신이 사랑하는 사람의 앨범을 보면서 그가 어떤 삶을 살아왔는가를 살핀다. 사랑하는 사람의 사진을 보는 일은 끝내 가닿을 수 없는 그의 뒷면에 이르려는 헛된 시도이자 아름다운 실패다. 사랑에 빠졌으므로 그녀는 앨범을 보며 그의 시간들을 더듬어야 한다.

그런 순간에 내 눈길은 그와 그녀의 뒷편에 놓인 책장을 향했던 것이다. 그리고 실망한다. 거기에는 행정법개론 다섯 권이 무감각하게 꽂혀 있었던 것이다. 실로 그가 소장한 책들은 보잘것없었다.

드라마 이야기를 하자니 오래전에 인기리에 방영되었던 〈보고 또 보고〉라는 드라마가 떠오른다. 시간이 많이 흘렀으니 확실하지는 않다. 기억이란 그만큼 믿을 수 없는 것이다. 그 드라마에는 쌍둥이 자매가 나왔는데 언니 금주는 작가 지망생 대학원생이었던 걸로 기억한다. 나는 그녀가 어느 날 침대에 누워 책을 읽고 있는 장면을 보고 반해 버렸다. 그 책은 헤르만 헤세의 『황야의 이리』였다.

실로 어떤 책인가와는 상관없이 드라마의 주인공이 책을 읽고 있다는 사실 자체가 감동적이었다. 그런데 곧 실망감이 찾아들었다. 이런저런 우여곡절 끝에 ― 겹사돈 모티브가 화제를 불러 모았던 드라마였는데 ― 결혼에 성공한 그녀는 대학원생이고 나중에 교수로 임용되는 사람이며 부유한 집으로 시집을 가는데도 화장대에서 궁색하게 공부를 하는 척 했고 책들은 사라져버렸던 것이다.

나중에 그녀가 친정의 자기 방을 찾아갔을 때 그 방에는 텅 빈 책상과 책장이 그녀의 영혼처럼 버려져 있었다. 이 이상한 일은 그러나 우리 현실 속에서도 너무 자연스럽게 받아들여진다.

그 후로 나는 강의실에서 학생들에게 듣기에 따라선 퍽 민망한 질문을 던지곤 했다.

대부분의 여자들이 결혼하면서 잃어버리는 게 뭘까요?

그러면 대부분의 학생들은 당혹스러운 표정을 짓는데 제법 짓궂은 학생이 "순결이요" 하고 대답하는 과정을 거친다. 나는 그 학생에게 묻는다. "나는 대부분의 여자들이라고 말했어요." 다른 이런저런 답과 이유들에 대한 대화가 오간다. 그러나 내가 원하는 답이 나오는 법은 거의 없다.

내가 생각한 답은 책상이다. 물론, 위의 질문은 수정되어야 하는데, 남자들의 경우도 비슷하기 때문이다. 그들이 집안에 다시 책상을 들이는 것은 공부할 아이가 생겼을 때다. 그렇다면 그들이 책상을 버리는 일은 공부하지 않게 되었다는 것이거나 거기에 커다란 자리를 내주지 않는 삶을 살게 되었음을 의미한다고 볼 수 있지 않을까? 그런 삶이 어떻게 행복할 수 있을까?

책상이라는 선물

소설가 이순원도 비슷한 생각을 했던 모양인지 어느 글에선가 사랑하는 아내에게 주어야 할 선물은 다이아몬드 반지가 아니라 물푸레나무 책상이라고 말한 적이 있다. 진정 사랑한다면 아내에게 책상을 줘라.

아니, 여성들 스스로 자기 책상을 주장해야 한다고 백 년쯤 전에 이미 영국의 소설가 버지니아 울프는 『자기만의 방』이라는 책에서 이야기한 바 있다. 물론, 그는 방을 원했지만 거기에는 무언가를 쓰거나 읽을 수 있는 책상이 있어야 하기 때문이다. 그래야 다른 세계를 꿈꿀 수 있게 된다.

이 시대의 젊은이들은 혼수에 그렇게 집착하면서도 거기에 책상이 포함되는 경우는 별로 없다. 결혼 전에 그들이 쓰던 낡은 책상은 옛집에 남겨지거나 버려진다. 나중에 아이가 자라면 그들은 아이들에게 책을 많이 읽으라고, 책 속에 길이 있다고 말한다. 그러나 누가 그 말을 믿겠는가?

지금은 감옥에 가 있는 이를 대통령으로 측근에서 모셨던 이가 언젠가 그의 서재에 있는 책들은 오로지 증정받은 책들뿐이며 그에게는 읽은 책보다 쓴 책이 더 많을 것이라는 독설을 내뱉었던 적이 있다. 나는 그녀의 끔찍한 삶이 어느 정도는 그러한 빈곤에서 왔다고 생각한다. 책 속에 길이 있다고 말할 수는 없다. 그래도 방에 놓인 책상은, 그 위에 펼쳐진 한 권의 책은, 우리를 눈앞의 작은 삶과 욕망에 갇히지 않게 해주는 법이다.

견물생심이라 했다. 그러니 좋은 게 있으면 자주 보여주어야 한다. 그래서 하정우 같은 멋진 배우가 그저 먹방만 하는 게 아니라 어느 날엔가는 책 한 권을 읽으며 저무는 오후를 보내는 장면을 보여주기도 하기를 바란다.

영화나 드라마에서 누군가의 서재를 보여줘야 할 경우, 만약에 그가 한 나라의 정보 책임자라면 그가 지녀야 마땅할 도서목록을 조사해서 적당한 책들의 목록을 찾아서 서재를 꾸며 놓기를 나는 바란다. 책 따위야 그냥 아무렇게나 장식이나 하면 된다고 생각하는 천박한 사고들이 사라지기를. 단지 거기에서 주인공이 책을 읽고 있었다는 이유로, 혹은 거기에 우연히 꽂혀 있었던 어떤 책 때문에 자신의 인생이 한순간에 바뀌어버렸다고 말하는 사람들이 생겨나기를 바란다.

텔레비전이나 영화를 보다가, 아, 나도 책을 읽어야겠구나라고 생각하게 되는 그런 나라야말로 또 다른 진정한 부국이 아닐까 싶다.

책상이라는 선물

말의 고요

1

대학생활이 끝나가던 해 어느 무렵부터였던가, 길거리에서는 자주 이런 노래가 들려오곤 했다. 이태원의 〈솔개〉[1986]라는 노래였다.

우리는 말 안하고 살 수가 없나 날으는 솔개처럼
권태 속에 내뱉어진 소음으로 주위는 가득차고
푸른 하늘 높이 구름 속에 살아와
수많은 질문과 대답 속에 지쳐버린 나의 부리여

물론, 한 번도 내 존재를 솔개와 비슷한 어떤 것으로 동일시해본 적은 없었다. 시골에서 태어나서 자란 이들에게 솔개는 차라리 약탈자와도 같은 존재다. 한낮의 하늘 위에 솔개가 날개를 펼친

고요도 정치다

채 떠 있으면 지상의 모든 작고 어린 짐승들이 긴장했다. 강아지가 몸을 웅크리고 어미 닭은 병아리들을 이끌고 서둘러 담장 아래 그늘 속으로 숨었다.

그래도 나머지 노래 가사에는 깊이 공감했다. "수많은 관계와 관계 속에 잃어버린 나의 얼굴아"라는 가사처럼, 말들에 지쳐 있었고, 어떤 말들을 두려워하기도 했다. 단순히 말수를 줄인다고 해서 상처를 덜 받는 것도 아니었다. 다른 사람의 말들이 내게로 날아와 박혔고, 혼자만으로도 무수한 말들로 벅찼다. 이따금씩은 아무 의미도 없는 말들을 내뱉어 놓고는, 돌아오는 길 위에서 그 말들이 압침 같은 것으로 뿌려져 있어서 마음의 맨발을 찔러오곤 했다. 말이라는 화살은 어딘가 숲으로 날아가는 게 아니라 그저 하늘 높이 솟구쳤다가 다시 제 자리로 떨어지는 것처럼 여겨졌다. '하늘에 침 뱉기'는 거의 대부분 말에서 일어난다.

말 잘하는 사람이 참 부러웠다. 말의 주인인 사람들. 말들을 완전히 제압해서 뒷발굽에 걸어 채이거나 물어뜯기지 않는 사람들. 적당한 말들. 그러면서도 한편으로는 그런 말들에 대해 거리감을 갖기도 했다. 그런 말들의 주인들이 대부분 그 재주 때문에 또 다른 실수를 하는 걸 보았기 때문이다. 원숭이가 낭패를 보는 곳이 그토록 자신만만해하는 나무타기에서인 것처럼. 말들은 세 치 혀보다 더 깊은 곳으로부터 힘겹게 끌어올리는 것이고 또 어렵게 다른 이에게 가닿는 게 아닐까?

우리를 설계하신 그분—나는 아직 그분을 모른다. 그분이 사람의 형상을 했다고도 하지만 그것을 어찌 알겠는가—의 뜻에 따르면, 두 번을 듣고 나서 한 번 말해야 하리라. 내가 아니면 할 수 없는 말은 거의 없다. 만약에 아무도 이야기를 하지 않고 있더라도, 그 사람들 중 누군가는 그저 침묵하고 있을 뿐이다. 어느 순간에 말하면 용기가 되고, 어느 순간에는 교만이 되는지를 판단하기란 어렵다. 다른 사람의 말들이 너의 귀에 차오를 때까지 기다려라. 이렇게 총알처럼 튀어나가려는 말들을 다독여야 했는데, 무엇보다도 내 자신이 상처입을까 두려웠기 때문이었다. '너는 귀가 너무 작은 데다 팔랑귀니 더욱 경계해야 한다'고 자주 주의를 주었다. 그런데도 혀는 늘 가볍게 움직였고 우환덩어리였다.

우리들 삶에도 묵언수행 비슷한 게 있으면 좋을 것 같다. 필립 그로닝의 영화 〈위대한 침묵〉2009은 침묵 속에서도 우리가 얼마나 많은 대화를 나눌 수 있는지를 보여준다. 말이 쉽게 갈 수 있는 길을 몸은 천천히 힘겹게 움직인다. 눈 덮인 수도원의 뜰에서 늙은 수사가 홀로 부지런히 일들을 한다. 거기에 온전히 자기 몫의 삶이 함께 한다. 그런 모습에서 우리는 솔개의 침묵과는 전혀 다른 것, 자신의 존재 전체를 재물로 봉헌하는 자의 고요함과 만나는 것이 아닐까?

고요도 정치다

2

말과 목소리는 아주 다르다. 쓸데없는 말은 줄여야 하지만, 자기 목소리를 잃어버리면 안 된다. 안데르센의 동화 「인어공주」 속의 주인공 에리얼^{Ariel}은 자신이 가진 것 중에서 가장 쉽게 양보할 수 있을 것 같은 '목소리'를 내주고 '다리'를 얻는다. 이미 여러 해석들이 나왔으니 여기서 그 의미를 반복할 생각은 없다. 그저 다른 사람들이 원하는 이미지에 자신을 맞추어가다 보니, 자기 목소리를 잃어버린 사람이 떠오른다. 목소리쯤은 없어도 되지 않을까 착각했다. 그런데 사랑을 전달할 길이 없다.

어린 날에 이 동화의 결말을 읽으며 몹시 슬퍼했던 기억이 난다. 「플란다스의 개」에서도 주인공이 죽지만 이 결말 만큼 슬프지는 않았다. 그토록 보기를 원했던 그림 앞에서 사랑하는 개와 함께 죽는다는 점이 위안이 되었던 것이다. 그런데 세상에, 공기방울로 변해버리다니. 누군가는 그게 '불멸의 영혼'에 이르는 것이라고 말하지만, 슬픔은 전혀 줄어들지 않는다. 애초에 '불멸의 영혼'이 되기 위해 '목소리'를 내어준 게 아니기 때문이다. 자기 마음을 전하지 못하고 흔적도 없이 사라진다는 것, 그리고 세계로부터 상실된 자신을 바라본다는 것이 참 막막했다.

사랑을 얻으면 행복해지냐고 물으면 할 말이 없다. 목소리를 잃지 않은 탓에, "저 다음 역에서 내려요" 같은 말들로 사랑을 성

말의 고요

취한 지상의 수많은 연인들이 어느 순간부터 같은 목소리가 실어 나르는 수많은 말들 때문에 괴로워하고 상처받는다.

시인 윌리엄 카를로스 윌리엄스William Carlos William의 동명의 시를 영화화한 〈패터슨〉2017에서 버스운전수이자 길거리 시인인 '패터슨'은 꼭 필요한 말만 하는 사람이다. 그다지 말이 없는 사람이라는 말이다. 나머지 말들은 침묵 속에서 시에 바쳐진다. 도시는 그에게 헛된 말을 강요하지 않는다. 작은 카페에서 맥주 한 잔을 마시며 떠오르는 이야기들을 시로 쓴다. 개는 바깥에서 얌전히 기다린다. 혹시 여성들이 이 영화를 사랑하는 이유가 그토록 과묵한 남편의 몇 마디 말들조차 수다스럽게 느끼기 때문은 아닐까? 그것도 모르고 우리 남편들은 영화를 보며 가난한 시인의 부인이 너무 아름답다는 사실에만 질투를 느끼는 것인지도 모른다.

어쩌면 우리 모두에게 침묵 속에 가만히 앉아서 자기만의 시를 쓰는 순간이 필요한 것일 수도 있다. 결국 단 한 편의 시로도 씌어지지 않더라도. 침묵 속에서. '침묵의 소리'라는 표현은 가만히 들여다보면 기이하면서도 또 어렴풋하게나마 이해가 된다. 침묵이 없이 어떻게 소리가 제대로 전달될 수 있을까?

오래 같이 사노라면, 말이 자연스레 조연의 자리로 내려가는 순간이 온다. 누군가 평생을 함께 살면서 완벽하게 동반자를 속였다면, 그 사람은 그냥 원래 그런 사람이기도 했던 것이리라. 삶은

고요도 정치다

더딘 걸음으로 따라오지만, 언젠가 반드시 우리가 쏟아놓은 말들의 진실성을 드러낸다. 어느 순간에, 작은 배려가 담긴 무심한 손길 하나가 백 마디 말보다 더 커다란 감동을 준다.

3

일본영화 〈나는 조개가 되고 싶다〉[2008]가 떠오른다. 단호하게 입을 다물어버리려는 의지를 그 제목은 환기시킨다. 더 이상 아무 말도 하고 싶지 않다. 그 순간에 우리는 실어증에 빠져든다. 귄터 그라스의 소설 『양철북』[1959]의 주인공은 세 살 때 문득 성장하지 않기로 다짐하자 더 이상 키가 자라지 않는다. 이에 비하자면 어느 날 불쑥 말을 버리고 침묵 속으로 도망쳐버리는 이들은 얼마나 많겠는가.

아쉽게도 영화 〈나는 조개가 되고 싶다〉는 정말 아득한 바닥까지 내려가지 않는다. 파시즘적 체제 아래서 개인의 삶이 얼마나 무력해질 수 있는가를 보여준다는 점에서 이 영화는 일본영화사에서 희귀한 경우에 속한다. 그렇지만, '나는 조개가 되고 싶다'는 말은 너무 쉽게 자신이 저지른 전쟁범죄에 대한 변명으로 변질된다. 이 자기 변명이 진실하지 않다는 말이 아니다. 하지만 그 하소연의 어디에도 자기 책임과 성찰이 없다. 위로부터 내려지는 강압적 명령들 때문에 어쩔 수 없었다고 변명하면서 자신의 행위에 대한 책임에서 벗어나려 할 때, 거기에는 한나 아렌트가 말한 '평범한 악'이 자리 잡게 된다. 조개는 잘못된 세계와 결별한 채 심해 속으로 가라앉아버리는 게 아니라, 언젠가 다시 비슷한 상황이 되면 그 잘못된 선택을 반복할 수밖에 없다. 그런 의미에서 제목의 단호함과 달리, 영화는 선택적 침묵에 머물러 있다.

시벨리우스의 교향곡 7번을 듣는 일은 심연 속으로 가라앉은 조개를 떠올리게 만든다. 단악장으로 씌어진 이 교향곡을 작곡한 뒤에 그는 8번 교향곡을 작곡했다가 폐기하고 이후 긴 세월 동안 단호하게 침묵을 선택한다. 그리고 이 침묵은 그가 남긴 다른 곡들을 보다 감동적인 선율로 만들어 놓는다.

4

그럼에도 불구하고, 가장 아름답고 눈물겨운 것은 모든 장애를 뛰어넘고, 자신을 압살할지도 모르는 폭력이나 억압에 맞서는 의연한 인간의 목소리다. 자기 목소리를 낼 수 없는 누군가를 위해 기꺼이 자기 목소리를 내주는 이들은 얼마나 커다란 감동을 주는가. 어떤 위인의 멋진 연설도 감동적이지만 그저 평범한 사람들이 서투른 대로 삶 속에서 얻어낸 이야기들을 말하기 시작할 때

고요도 정치다

우리는 또 다른 세상이 열리는 듯한 해방감을 느낀다.

그래서 그런 이야기에 쉽게 매혹되는가 보다. 옛날에 이반이라는 농부가 있었다. 밭을 갈다가 커다란 종 하나를 발견했다. 동네사람들과 힘을 모아 마을 한 가운데 종탑에 종을 매달고 기쁜일이 있거나 슬픈 일이 있을 때, 모두 함께 들었다. 어느 날엔가 근처를 지나던 황제가 종소리를 들었다. 그는 하찮은 농부들에게 그런 종은 과분한 것이라고 여겼다. 그래서 부하들에게 종을 궁전으로 옮기라고 명령했다. 하지만 웬일인지 종은 너무 무거워서 바닥으로 떨어졌고 산산조각이 나고 말았다. 황제 일행이 떠나가고 사람들은 슬픔에 잠겼다. 다음날 이반이 다시 그 자리로 나가보았더니, 산산이 부서진 조각들이 모두 작은 종으로 변해 있었다. 동네사람들은 작은 종들을 제가끔 하나씩 나누어 가졌다. 그리고 아무도 빼앗아갈 수 없도록 은밀하게 숨겨두고 기쁜 일이 있거나 슬플때 그 작은 종을 가만히 흔들었고 그러면 동네에는 고요히 맑은소리가 흘러 넘쳤다는 그런 이야기.

나는 이 이야기 속에 나오는 작은 종들이 실은 우리들 모두의목소리 같은 게 아닐까 생각하곤 한다. '묵언수행'은 침묵의 바다로가라앉는 일이 아니라, 저마다 진정한 말에 이르는 길일 거라고. 실은 이렇게 길게 떠들어댈 일이 아니었는지도 모른다. 나는 왜 이리불안해하는가. 이런 이야기로 짧게 끝내도 좋았을 텐데.

　　　　　　　　　　　　　　　　　　　　말의 고요

한 친구가 다른 친구네 집을 찾아간다. 그들은 몇 마디 인사를 나누고는, 각자 앉은 채로 자신의 상념 속으로 침잠해 들어간다. 고요가 흐른다. 누군가가 책장 넘기는 소리가 들리고 찻잔을 달그락거리는 소리가 퍼진다. 뜰에는 꽃잎들 위로 가만히 날아다니는 나비 날개짓 소리가 다 들릴 것 같다. 그렇게 하루해가 저문다. 방문했던 친구가 자리에서 일어나며 말한다. "즐거운 대화였네." 주인이 환한 표정으로 배웅한다. "조심해서 가시게나."

그래도 여전히 '입 안의 혀'가 어느 순간에 '타는 불'로 변해 버릴까 두려워하는 이들이라면, 『명심보감』에 나오는 "더불어 말할 것을 말하지 않으면 사람을 잃고失人, 더불어 말하면 안 되는 걸 말하면 실언失言이 되니, 지혜로운 이는 사람도 잃지 않고 또한 실언도 하지 않아야 한다"는 그 말에서 답을 찾아야 하리라. 이것도 모호하다면 이렇게 말할 수밖에 없다. "세 번 듣고 한 번 말하십시오." 내가 겪어본 바로는 이 원칙을 마음에 아무리 새겨도, 한 번 듣고 한 번 말하는 데에 이르지 못하는 것 같다.

법의 자리

1

"눈에는 눈, 이에는 이." 이것이 자연법의 원리다. 물론, 더 엄밀히 묻자면 이것은 자연의 법칙은 아니다. 이를 이해하려면 자연의 법칙이 무엇인가를 물어야 하리라.

자연의 세계에는 약육강식의 법칙만이 존재한다. 세렌게티의 대평원을 보라. 거기엔 법이 없고 법칙만이 존재한다. 거기에는 아픔이나 슬픔은 있지만, 원한은 없다. 사자들에게 잡아먹힌 톰슨가젤이 사자들에 대한 원한을 품고 복수를 꿈꾸는 경우란 없다. 사건은 끊임없이 생겨나지만 그러한 사건들은 언제나 대평원의 흐름의 일부일 뿐이다. 톰슨 가젤들은 더 많은 새끼를 낳고, 크고 겁많은 눈으로 주위를 살피며, 사자보다 더 빨리 뛰기 위해 전력을 다할 뿐이다.

인간은 이와 다르다. 인간에게는 무언가가 남는다. 인간은 잉여를 남기는 존재다. "눈에는 눈 이에는 이"는 잔인한 본성의 드러냄이 아니라 그러한 본성의 억제이기에 법으로 존재한다.

사실 이러한 원칙은 결코 실현될 수 없다. 한 남자가 어린아이를 납치했다가 그만 아이를 죽음에 이르게 한다. 그것은 불운한 사고였을 뿐이다. 아이의 아버지도 그 사실을 안다. 범인이 '착한 놈'이라는 걸. 그렇지만 아이를 죽였기에 그도 죽어야 한다. 아이의 아버지는 남자를 죽이며 바로 그 이치를 납득시키려 한다. 그러나 그러한 계산은 정확히 맞아떨어지는 법이 없다. 인간의 복수는 양쪽 모두에게 무언가를 남긴다. 영화 〈복수는 나의 것〉[2002]의 결말은 이렇게 완벽히 정산될 수 없는 복수의 비극성을 환기한다.

그렇다면 "눈에는 눈, 이에는 이"의 법이 영화 속의 아버지가 원했던 것과 어떻게 같고 다른가. 계산이 다르다는 것, 무언가가 남는다는 것은 여전히 같다. 눈에서 눈을 빼면 제로가 되는 게 아니기 때문이다. 다만 여기에는 이러한 복수극에 대한 법의 개입이 있을 따름이다. 법이 셈을 대신 치른다. 무한히 거듭될 복수의 연쇄를 피하려고 법이 세워진다. 『햄릿』의 결말에서 "이 끔찍한 비극을 널리 전하라"는 새로운 통치자의 전언은 그러므로 법의 전언이다. 동시에 법은 모호성과 불확실성 속에 있었던 괴물을 현실로 가져온다. 어떠한 죄에 대해서는 이러한 벌을 받게 된다고 공지된다.

당연히 법은 당대의 법 감정을 반영할 수밖에 없다. "악법도 법"이라는 소크라테스의 말은 편의에 의해 법이 무시될 때 초래될 수 있는 초법적 사태에 대한 우려로 읽혀야지, 악법을 합리화하는 말이 아니다. 한 사회의 법 감정이 변하면 그에 맞게 법도 조정되어야 한다.

어렸을 때 본 영화 〈더티해리 2—이것이 법이다〉[1977]는 현대의 법이 지닌 맹점을 범죄자들이 악용하자, 일부 경찰 내부 집단이 스스로 집행자가 되어 그들을 처단한다는 내용이었다. 주인공은 악법도 법이라는 입장을 대변한다. 영화는 법으로의 복귀로 끝난다. 그렇지만 여전히 무언가가 남는다. 영화 속에서 법은 공평무사하다. 하지만 실제의 법은 '유전무죄 무전유죄'처럼 힘들에 의해 왜곡되기 일쑤다.

물론 모든 법은 우선적으로 강자로부터 약자를 보호하기 위해 세워진다는 점을 잊어서는 안 된다. 강자는 법을 받아들이기 싫다. 그렇지만 그러한 무법 상태는 자신의 뜻대로 통제되지 않는 무정부 상태에 이르러 자신에게 치명적인 상처를 입힐 수 있다. 그러므로 상호 간에 법은 유지되어야 한다. 이것이 법이 유지되는 이유라 할 것이다. 당연히 법적 이해 당사자들 사이에서 법은 주관적으로 이해될 수밖에 없다.

직접 복수에 나서는 희생자의 가족들에 대한 이야기는 많다. 가장 끔찍한 것은 살인범을 축사에 가둬 놓고 사육하는 남자에 관한 이야기. 끔찍한 복수극 속에서 자신도 파멸해간다. 박찬욱의 복수 3부작 중 하나인 〈친절한 금자씨〉2005에서 본 장면도 인상적이다. 희생자들의 가족이 한 자리에 모인다. 그들은 한 사람씩 나와서 범인을 칼로 찌른다.

"내게 총이 있고 어떤 살인마에 의해 누군가가 죽어가는 순간이라면" 어떻게 할 것인가. 아마도 나는 총을 쏠 것이다. 어두운 밤에 누군가가 폭행을 당하고 있다면 어떤 식으로든 그걸 막으려 했을 것이다. 어느 분이 내게 이렇게 물어 와서 이제까지 썼다. 이렇게 답하기는 했지만, 막상 현실 속에서는 훨씬 더 난감한 일일 거라고 짐작한다. 그가 살인마라는 걸 어떻게 아는가. 혹시 희생자처럼 보이는 사람이 독극물로 남자의 가족들 모두를 처참하게 죽이고 돈을 훔쳐서 달아나서 방탕한 삶을 살던 이일 수도 있지 않은가.

나는 제법 복수극들을 즐긴다. 〈세븐〉1995의 주인공처럼 자신도 파멸하며 이루는 복수보다는, 은밀히 복수하는데 비밀을 알아챈 경찰이 은근히 눈을 감아버리는 그런 복수극이 좋다. 미국의 어느 풋볼 스타의 경우에서 볼 수 있는 것처럼 현대의 법은 여전히 자본과 권력에 오염되어 있다.

물론 과거의 법이 더 나았다거나 그러니 법이 없는 게 낫다고 말할 수는 없다. 그래도 법이 존재하는 이유는 여전히 그게 없다면 아무것도 없을 사람들을 지키기 위해서라고 생각되기 때문이다.

고요도 정치다

무법의 세계가 되었을 때, 복수가 횡행하는 세계가 되었을 때, 결국 가장 크게 피해를 보는 이는 그 사회의 약자들일 뿐이지 않은가.

내 생각은 이렇다. 누군가가 직접적인 복수라는 자연법적인 행위를 했을 때, 우리 사회는 훨씬 더 깊게 그 사건을 들여다보고 신중하게 법적인 처리를 고민해야 한다는 것. 불행히도 한 사안의 통쾌함이, 명석판명함이, 다른 곳으로 가서 더욱 끔찍한 결과를 초래할 수 있기 때문이다. 나아가 현실과 법의 격차를 조정하려고 애써야 한다. 그래야 법이 인정된다.

2

앞의 질문이 사형제도를 이야기하기 위해서 던져진 것이라면, 실은 내 생각은 훨씬 더 복잡하다. 잘 모르겠다, 가 내 답변이다. 이미 답한 것처럼, 무차별적으로 살인을 저지르는 범인이 내 앞에 있고 그를 제압하는 유일한 방법이 그를 죽이는 것이며 내게 그것이 가능한 상황이라면 아마 그를 죽일 것 같다. 그것은 전쟁터에서의 전쟁과도 같다.

그런데 그를 잡아서 법망 속에 가두어둔 상태에서도 그를 죽임으로써 복수를 완수하거나 메시지를 던져야 하는가. 어떤 나는 여전히 '그렇다'라고 말한다. 어쩌면 그를 사형에 처함으로써, 명확한 메시지를 던질 수 있다. 사회는 어떤 위험성으로부터 더 안전한 상태로 나아갈 수도 있다. 그를 먹여 살리는 사회적 부담을 덜 수도 있다.

영화 〈밀양〉[2007]의 원작인 이청준의 「벌레 이야기」에는 죽여 마땅한 인간은 감옥에서 구원을 받고, 희생된 아이의 어머니는 영원한 고통 속에 울부짖어야 하는 부조리한 상황이 나온다. 그 상황은 부당하지 않은가. 그렇다. 그러니 감옥 속의 죄수를 광장에 세워서 그 뻔뻔한 얼굴이 죽음의 공포로 일그러지고, 온몸을 비틀며 죽어가는 모습을 보고싶다는 강렬한 욕망을 느낀다. 당사자라면 어떠하겠는가. 그러므로 나는 그들의 이런 소망을 납득한다.

그러나 내가 모르는 것도 여전히 존재한다. 첫째, 잔혹한 살인범은 경찰에 체포된 순간에도 여전히 잔혹한 살인범인가. 무수한 회오의 순간들은 무의미한가. 둘째, 그를 죽임으로써 한 사회의 중범죄 가능성은 정말로 줄어드는가. 셋째, 여기에는 다른 '숨은 질문'들이 있다. 그는 왜 살인범이 되는가. 살인범들은 태어나는가 아니면 길러지는가. '깨진 유리창' 효과라는 것이 있다면, 밝고 깨끗하고 정상적인 환경에서는 범죄가 잘 벌어지지 않는다면, 중범죄자 한 사람을 증오하는 게 효과적인가 그렇지 않으면 그러한 자들이 나올 수 있는 어두운 그늘들을 최소화하는 게 나은가. 넷째, 여전히 존재할 수 있는 억울한 누명을 쓴 사람들은 어떻게 하는

가. 다섯째, 누가 법이라는 이름으로 사형수를 죽여야 하는가. 실제로 사형 집행인들은 극심한 우울증을 앓는다. 질문들은 생각보다 길게 이어질 수 있다. 사형은 국가라는 이름의 추상적인 존재가 하는 것이 아니라, 그 가장 약한 하위직이 떠안게 되는데 사람을 죽였다는 고통과 악몽 속에서 그들을 살아가게 하는 일이다.

어떤 이유로든 나는 사람은 사람을 죽여서는 안 된다는 도덕적 환상은 지니고 있지 않다. 그러나 종교적인 수준의 사형제 폐지에 문제가 있는 것만큼이나 대중적인 방식의 사형제 존치론에도 의구심을 갖고 있다. 때로 한 명을 잔인하게 죽인 이는 찢어죽일 듯 증오하면서, 수많은 생명을 구조 속에서 죽이는 인간들은 아무렇게나 방치되는 데에도 모순이 없지 않다. 어느 분이 던지신 화두에 몇 자 이렇게 두서없이 적어보았다. 시원치 않은 기분이다.

어떤 죄에 관한 형량들과 정의의 소란함

공항에 내려 집으로 가는 길에 '그'의 재판 소식을 들었다. 그 재판 결과에 대한 나의 반응은 두 재판의 결과가 어떻게 그렇게 다를 수 있는가였다. 무죄와 3년형에 의한 법정구속의 차이가 오로지 재판관의 '젠더 감수성'이라는 주관적인 잣대에서 오는 것이라면 ─ 그것이 정의로운 것일지라도 ─ 법의 정당성은 어디서 확보될 수 있는가.

그에 관한 한 나는 철저히 침묵하는 쪽을 선택했다. 실제로 아는 게 없었기 때문이다. 그것이야말로 '법'이 결정을 내려줄 사안이라고 생각했다. 물론, 무관심했던 것은 아니었다. 나는 두 사람의 입장에 대해 주의 깊게 들으려 애썼고 이런저런 자료들을 찾아보았다. 나로선 어떤 결론도 내릴 수 없었다.

나는 '미투'를 지지한다. 하지만 '모든 미투'를 지지한다고 말할 수는 없다. 나로선 이 사건이 그중에 어디에 속하는지를 판별하기 어려웠다. 누군가에는 자명한 사실이 왜 내게는 그렇지 않을까? 다른 많은 사건들 속에서 나는 거의 대부분 피해자인 여성의 입장에 섰다.

그렇다고 내가 '그'에게 호감을 품고 있느냐면 전혀 그렇지 않다. 한때는 그를 괜찮은 차세대 정치인의 후보라 생각한 적이 있었다. 그러나 도지사로서의 어떤 시간들이 그를 '정치가'로 만들어버렸다. 물론 이것은 전적으로 내 개인적인 판단에 불과하다.

그가 자신의 권력을 이용해서 부적절한 성관계를 가졌을 수도 있다고 생각하는 편이다. 그럼에도 불구하고 결론은 '잘 모르겠다'였다.

'미투'는 우리 사회의 소중한 투쟁이라는 점에 백분 공감한다. 욕심을 부리자면, 내부고발자 보호법으로 확대되었으면 좋겠다. 그러나 모든 '미투'에 대한 합리적인 추론마저 '2차 폭력'이라는 프레임 속에서 유지되는 것은 대단히 위험한 일이기도 하다. 그것은 일종의 비논리성을 용납하는 일이며 그 결과로 또 다른 피해자를 만들어낼 가능성이 있기 때문이다. 모든 사실 검증마저도 '2차 폭력'이 되는 순간에 '미투'의 이름을 한 모든 언설에는 침묵하고 수긍하는 길밖에 없어진다.

그러나 세상이 정말로 그렇게 단순한가. 성폭력은 그게 어떠한 것이든 마땅히 처벌받아야 한다. 피해자를 지키기 위한 사회적 제도나 배려도 더 강화되어야 한다. 하지만, 마치 그런 프레임 속에서 한쪽은 완벽히 입을 다물고 있어야 한다는 건 어딘가 잘못된 일이다. 피해자가 2차 피해를 받아서도 안 되지만, 애꿏은 사람이 누명을 쓰는 것도 마찬가지로 있어서는 안 되는 일이다. 적어도 법은 2차 피해자가 생겨나지 않도록 주의하면서도 죄의 경중을 객관적으로 따져야 한다.

내가 우려하는 것은 그의 '유죄' 판결이 아니라 재판관의 재량에 따른 판결의 격차다. 동일한 죄에 대한 판단이, 다른 새로운 증거나 정황의 보강도 없는 채로 단지 '젠더 감수성'만으로 그렇게 커다란 차이를 드러낼 수 있다는 사실은 납득하기 어렵다. 법이 인간의 재량에 더 많이 맡겨질수록 힘없는 자가 희생될 가능성이 그만큼 커지기 때문이다. '그'에 대한 처벌이 이루어졌다고 마냥 좋아할 수 없는 이유다.

나아가, 정의justice가 주의해야 하는 순간도 있다. 지나치게 자기 확신에 빠져드는 순간.

고요도 정치다

다시, 즐거운 편지

그렇습니다. 영화 〈편지〉[1997]에 나오는 한 장면입니다. 제가 처음으로 대학 강단에 섰던 게 1993년인데 영화 속 여주인공처럼 경춘선을 타고 다녔습니다. 청량리에서는 비를 맞았는데 경강역을 지나면서 온통 천지가 설원으로 바뀌던 풍경이 지금도 기억에 선연합니다.

영화 속에는 황동규 시인의 시 「즐거운 편지」도 나오지요. 이미 세상을 떠난 배우가 문학 선생이어서 낭랑한 목소리로 학생들에게 시를 읽어 줍니다. 그 시가 거기 앉았던 학생들만이 아니라 시를 읽는 연기를 했던 배우에게도 어떤 위안이자 힘을 주었다면 정말 좋았겠다 싶습니다. 천지 간에 퍼붓던 눈도 언젠가는 또 그친다는 것.

시를 읊조릴 때면 언제나 "밤이 들면서 골짜기엔 눈이 퍼붓기 시작했다"란 구절에 이르러서 마음이 아득해지곤 했습니다. 이 구절은 제게 "국경의 긴 터널을 빠져 나오자, 설국이었다. 밤의 밑바닥이 하얘졌다. 신호소에 기차가 멈춰섰다"로 시작하는 가와바타 야스나리의 『설국』을 떠올리게 하지만 그보다 더 견인주의적으로 여겨집니다. 사랑한다는 것은 각자 자기 삶이라는, 눈이 퍼붓는 겨울 골짜기의 고독을 고요히 견디는 일이라고 말하고 있던가요?

다시 영화 이야기로 돌아갑니다. 한 시한부 환자가 자신의 고통 때문이 아니라 사랑하는 이를 홀로 남겨두고 떠나야 하는 마음의 슬픔 때문에 얼굴을 감싸 쥔 채 눈물을 흘리고 있습니다. 냉정한 카메라가 그의 모습을 담아내고 그 모습은 뒤늦게 여인에게 전달이 됩니다. 여인이 오열하는 연인의 모습이 담긴 텔레비전을 껴안습니다. 결코 가닿을 수 없는 아득한 포옹이지요.

다시 새해입니다. 새롭게 희망을 적어보게 됩니다. 시간이 흐르기에, 흐르는 것으로 만들어 놓았기에 가능한 일이겠지요. 애초의 시간이 어떤 것인지를 우리는 알지 못합니다. 어떤 시간은 해변의 파도처럼 무수히 밀려왔다가 쓸려가는 것일지도 모릅니다. 우리네 삶이 바닷가 모래 위에 남겨진 흐릿한 형적 같은 거라고 말한 이는 누구였던가요? 바닷가 모래는 우리의 발자국을 오래 잡

고요도 정치다

아두지 못한다고 이야기했던 이는 또 누구일까요?

시간이 흐르면서 많은 것들이 희미해지고 사라져가겠지만, 그래도 잊을 수 없는 것, 잊어서는 안 되는 것들도 있는 듯합니다. 다시 잔인했던 그해 4월에 한 아이가 남긴 메시지를 보며 눈물짓습니다. 메시지 속의 대화는 우리 모두의 것이기도 합니다. 더 격렬하게 사랑할 수도 있고 이따금 불화를 겪기도 하지만, 살아가는 내내 우리는 누군가에게 이렇게 '메시지'를 날리고 또 받으며 살아갑니다. 그 순간이 닥치기 전까지는 모든 게 일상에 지나지 않습니다. 오전 9시 27분. 차마 나는 그 아이가 겪었을 일들을 떠올릴 수도 없습니다. 불행히도 그 아이의 우려는 현실이 되고 맙니다. 아이의 응답은 거기서 끊겨버립니다.

이 가슴 아픈 이야기를 다시 반복할 필요가 있을까요? 그렇다, 라고 저는 말하고 싶습니다. 이 끔찍한 비극이 실은 2014년 봄날 바다 위에서, 다른 사람들에게서 벌어지고 끝난 일이 아니기 때문입니다. 그런 비극을 내 고통으로 받아들이고, 숨겨진 진실을 밝혀내고, 그렇게 함으로써 아이들의 원혼을 달래는 일은 어쩌면 그러한 비극이 우리에게서 다시 되풀이되지 않도록 하기 위해서일 수도 있습니다. 그 비극을 기억함으로써, 우리는 겨우 인간으로 남을 수 있을지도요.

우리가 살아가는 동안에 다행히 그런 불행한 일들을 만나지

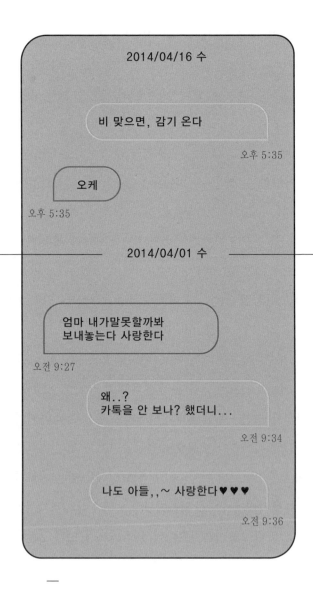

2014년 4월, 한 아이가 엄마와 대화했던 문자메시지

고요도 정치다

않더라도 언젠가 모두 예외 없이 또 하나의 사건인 죽음과 대면해야 하는 것이라면, 삶의 시간이 그런 것이라면, 결국 우리에게 무엇보다도 소중한 것은 사랑이리라 생각합니다. 사랑한다고 말하는 것. 사랑을 실천하는 것. 김수영이 노래한 것처럼 사랑의 음식은 사랑이므로.

탐욕에 눈먼 늙은 권력자 하나를 물러나게 하는 것보다 더 중요한 일은 왜, 무엇 때문에, 온 나라가 이렇게 뒤흔들렸는가를 아는 일이고, 그걸 바로 잡는 일이 아닐까 싶습니다. 결국 모든 게 돈 때문이었고, 탐욕 때문이었고, 신자유주의 때문이었다면, 그 사건 이후에 우리는 모두 비통함 속에서 '사랑한다'를 외쳐야 하는 어머니를 보아야 할 듯합니다. 그렇게 '돈'이나 '탐욕'을 넘어서 사람과 사랑에 이르러야만 하지 않을까요?

'이명박근혜'만이 아니라 이 시대의 우리 모두가 실은 자신의 탐욕을 위해 더 소중한 무언가를 희생시키고 억압했던 것인지도 모릅니다. 더 많은 돈을 위해 A4용지 한 장만한 우리 안에 두 마리의 닭을 사육하는 시대. 1프로가 99프로의 부를 독점하면서도 '나는 여전히 배가 고프다'를 외치는 시대.

다시 새해 첫날을 맞으며 그런 미친 '돈'의 시대가 끝나고 '사람 사는 세상'의 꿈이 더 멀리 종소리처럼 퍼져 나가기를 꿈꾸어봅니다. 사랑합니다. 이 말이 너무 늦게 도착하지 않도록 우리는 사랑하는 법을 배우고 사랑의 인사를 나누고 사랑하는 삶을 살아가야 할 듯합니다. 지난 한해 몸은 조금 더 나빠졌지만 마음은 희망이라는 걸 다시 품게 되었습니다. 보다 인간다운 삶, 나라다운 나라의 꿈을 함께 꾸신 모든 분들께 감사드립니다. 그래서 화인火印을 찍듯 고통스럽고 또 불쾌할 수도 있는 이 편지는 다시, 즐거운 편지입니다.

03

문학과 고요

문학이 추구해야 할 것은

침묵이 아니라

고요입니다.

고요는 동어반복에서 오지 않습니다.

고요는 긴 전투가 지나간 들판에

내리는 첫눈과도 같습니다.

목숨을 바쳐 싸워야 얻는 것이지만,

싸우고도 얻지 못하는 것이기도 합니다.

LTE의 속도로 사라지는 문학의 추억

네가 오기로 한 그 자리에

내가 미리 가 너를 기다리는 동안

다가오는 모든 발자국은

내 가슴에 쿵쿵거린다

바스락거리는 나뭇잎 하나도 다 내게 온다

— 황지우, 「너를 기다리는 동안」 부분

황지우의 시를 읽을 때, 우리는 문득 깨닫는다. 시인이 노래한 경험들이 지금의 우리에게는 거의 불가능하다는 사실을. 우리에게는 그와 같은 무작정의, 무대책의 기다림이 거의 존재하지 않는다. 우리에게 더 친숙한 말은 차라리 "지금 어디야?"라는 물음이다.

약속 장소에 먼저 도착하거나 늦게 도착할 수는 있지만, 사랑하는 이의 절대적인 부재 속에서 하염없이 그를 기다리는 일은 불가능하다. 그는 '지금 여기'에 없지만 '어딘가에 있음'을 휴대전화를 통해 수시로 확인할 수 있기 때문이다.

비어있는, 무료한, 완벽한 침묵의 순간은 존재하지 않는다. 지하철을 타고 가노라면, 이제 책을 읽는 사람을 발견하기 어렵다. 황혼이 내리는 차창 밖 풍경이나 자신의 곁을 스쳐가는 어떤 인연들에게도 무심하다.

현대인은 기계장치를 통해 어딘가에 링크되어 있다. 어떤 결핍들이 찾아들지만, 그것은 지극히 짧은 순간의 터치만으로 쉽게 채워진다. 모든 것은 너무 빠르고 쉽고 흥미롭다. 어느 자리에 앉아 오래 누군가를 기다리기는커녕, 사랑하는 이와 함께 앉아서도 자꾸 어떤 완벽한 링크 상태를 그리워하게 된다. '그림 없는 두꺼운 책'을 읽는 일은 번거롭고, 쓸데없고, 효율성이 떨어지는 일로 전락한다.

그렇다. 서두에 인용한 황지우의 시는 오로지 휴대전화가 없는 순간에만 가능했던 어떤 경험을 다루고 있다. 휴대전화는 그 표면을 만질 때마다 나타나서 "무엇을 도와 드릴까요?"라고 묻는 램프 속의 거인 지니Genie와 같다.

휴대전화를 통해 정보 검색이 가능해진 순간을 그린 국내업체의 휴대전화 광고를 생각해보자. 한 아리따운 여인이 달려가는 열차 안에서 책을 읽고 있다. 무라카미 하루키의 『상실의 시대』. 오로지 여인의 아름다움에 취한 약삭빠른 젊은이가 책을 읽었을

리 없다. 그는 휴대전화를 꺼내 무언가를 검색해 보고, 아가씨에게 다가가서 은밀하게 묻는다. "노르웨이의 숲엔 가 보셨나요?"

그의 영혼이 자신의 물음을 깊이 이해했을 리도 없다. 이제 과학기술 혁명은 당시의 첨단 휴대전화를 구석기 시대의 유물 같은 것으로 만들어버렸다. 창가에 앉아 책을 읽는 여인의 모습도 사라지고 없다. 아마도 이제는 그 여인도 소설을 읽어오라는 과제를 받으면 인터넷 검색을 통해 몇 가지 정보를 얻어내는 것으로 만족하리라. 이렇듯이 휴대전화 속의 거인 지니가 전지전능한 상태에 이르는 것을 현대인은 자신의 능력으로 착각하고 있다.

이런 점에서 오늘날에 문학의 가장 무서운 적수는 휴대전화일지도 모른다. 그것이 문학이 놓여 있었던 자리에 들어앉는다. 문학은 '문자'로, 어떤 거대한 정보의 더미로 대체된다. 사람들은 써서 보내고 읽고 답하는 끊임없는 행위들 속에서 헛배가 부르고 비만해진다. 급속도로 팽창하는 정보들의 양에 압도된 현대인들은 선택적으로 읽고, 표면들을 빠르게 훑고 지나가는 것에 만족한다.

더욱이나 휴대전화는 문학적 능력 내지는 감수성을 인간에게서 앗아가 버렸다. 페이지를 천천히 넘기며 무언가를 저작咀嚼하며, 숨은 의미를 찾고, 어떤 성찰과 느낌에 이르는 일은 차라리 비효율적인 일로 여겨진다.

휴대전화는 속도에 대한 강박을 통해, 진정한 의미를 찾기 위한 모색과 기다림의 시간들을 없애버린다. 우리는 더 이상 길을 잃은 채 헤매지도 않고, 무작정 오지 않는 누군가를 기다리지도 않는다. LTE의 광속으로 흐르는 영화를 보면서도, 가끔씩 습관적으로 휴대전화를 꺼내드는 탓에 영화관은 완벽한 어둠에 잠기지 못한다. 마치 지상의 불빛 때문에 더 이상 볼 수 없게 된 하늘의 별빛처럼 문학은, 시는, 흐릿하게 사라진다. 나뭇잎 바스락 거리는 소리가 들려올 리 없다.

한때 거리에는 다방들이 그렇게 많았다. 요즘은 그 자리에 커피 전문점들이 자리 잡았는데, 얼핏 보면 비슷해 보이지만 장소의 성격은 본질적으로 다르다. 다방이 속절없이 앉아 누군가를 기다리는 장소였던 반면, 커피 전문점은 함께 들어가는 장소이기 때문이다. 우리에겐 같은 장소에 앉아 각자 다른 창문을 들여다보는 연인이나 가족의 풍경을 보는 일이 낯선 일이 아니다. 휴대전화는 고요 속에서 기다리는 일을, 길을 잃고 헤매는 낭패감을 없애 주었다. 그렇게 해서 우리는 어떤 진정한 의미를 찾아가는 순례로부터 점점 더 멀어져버렸다.

사무엘 베케트의 『고도Godot를 기다리며』는 대표적인 기다림의 서사다. 블라디미르와 아라공은 끊임없는 반복과 변주 속에서 의심하고 회의하면서도 '고도'라는 존재를 기다린다. 작가 자신의 회고에 따르면 고도는 신God일 수도 있고, 개dog일 수도 있

고요도 정치다

다. 두 단어가 합쳐져서 고도^{Godot}가 된다. 찾고 기다리는 일 말고 우리가 할 수 있는 게 무엇이란 말인가. 아마도 현대인들은 검색할 수 있다고 말할지도 모르겠다. 그리고 자랑스럽게 휴대전화를 흔들어 보일지도 모른다.

언젠가 금강산 여행이 가능했을 때가 기억이 난다. 월경사무소를 지나 다시 남쪽 경계로 들어선 관광객들이 일시에 휴대전화의 전원을 켜는 장면은 우리가 어떤 세계에 로그인된 존재라는 확신을 갖게 하기에 충분했다. 북한에서조차 휴대전화가 급속히 퍼지고 있다고 하니, 이러한 추세를 거스르기는 어려울 것 같다.

그래도 가끔씩은 그것을 꺼야 낯선 세상을 만날 수 있는 게 아닐까 하는 생각이 드는 것도 어쩔 수 없다. 로그인된 존재로서 현대인은 아무것도 기다리지 않는다. 그리고 긴 기다림이 없는 곳에 문학은 존재할 수 없다. 문학을 시간예술로 분류하거니와, 그 시간은 기다림이거나 의미를 찾아가는 외롭고 치열한 순례의 길이다. 이 시대는 그 시간을 아낀다. 지친 현대인들에게 깜빡이는 커서^{cursor}는 끊임없이 재촉한다. 그래서? 결말은?

"낯선 세상을 만날 때는 잠시 꺼두어도 좋습니다"라고 말할 수 있던 시대마저 아득히 지나가버렸다. 현대문명 속에서 인간은 차라리 스스로를 꺼두는 길을 선택한 것인지도 모른다. 그곳에 진정한 사랑이 있을 리 없고 문학이 있을 리 없다.

잠시 꺼 두셔도 좋습니다

1

이 말은 한때 선풍적인 인기를 끌었다. 그리고 역설적이게도 휴대전화 광고였다. 휴대전화는 깊은 숲 속에서도 터질 수 있지만, 그것을 잠시 *끄고* 고요를 즐기라는 말에는 승자의 여유 같은 것이 느껴진다. 결국, 스님마저도 품 속에서 휴대전화를 *끄집*어내던가.

얼마 전에 발굴된 고대 조각상이 휴대전화를 들여다보는 신인류와 닮아 있어서 화제가 된 적도 있다. 예전에는 그런 장면이 그렇게 신기하고 안타까웠다. 가족들이 오래간만에 외식을 하러 나와서 식탁에 앉아서, 주문을 끝내자마자, 각자의 휴대전화에 빠져드는 모습. 어떤 엄마는 칭얼대는 아이에게 휴대전화를 쥐어준다. 그런데 이제 나도 식당에 가면 곧잘 나만의 휴대전화를 힐끔거리게 되었다. 그리고 그럴 때마다 그 말이 희미하게 들려오곤 한다. "또 다른 세상을 만날 땐 잠시 꺼 두셔도 좋습니다."

고요도 정치다

2

휴대전화가 인간과 세상을 어떻게 바꾸어 놓았는가는 아직 제대로 연구되지 못했다. 그것은 과거의 모든 테크놀로지들을 모두 모아 놓았고 '언제 어디서든지' 유비쿼터스^{ubiquitous}한 방식으로 인간과 함께 함으로써, 가장 많이 인간과 인간의 문화를 바꿔 놓았다.

아마도 하나 남은 기술 영역이 있다면, 그것은 인간의 생체 영역과 휴대전화의 테크놀로지가 접합되면서 미디어 자체가 신인류 속으로 소멸 내지는 진화해 가는 과정이 아닐까 싶다. 매클루언이 이미 오래전에 예언했듯이 말이다. 그러한 세계에서 인간은 더 이상 지금까지의 인간일 수 없으리라.

말하자면, 알파고와 이세돌의 바둑 대결이 인간이 인공지능에게 거둔 마지막 승리라는 점에서 인류사적인 의미를 지녔다면, 그러한 점 때문에 이세돌이 은퇴를 결심한 것은 이중적인 의미에서 인간적인 행위가 아닐 수 없다. 이제까지 존재했던 인류의 명예로운 퇴장을 상징하기에, 나는 그의 은퇴에 기꺼이 경의를 표한다. 그런데 앞으로의 인간은 과연 어떻게 변화할 것인가. 알파고와 인류는 언제까지 두 대국자로 마주앉을 것인가? 고도의 테크놀로지는 이미 인류의 내부로 이식되고 있으며, 마침내 인류를 기이한 새로운 존재로 변형시키지 않을 것인가?

잠시 꺼 두셔도 좋습니다

3

거리의 상점들을 보면 한때 비디오 대여점과 도서 대여점, 만화방이 있던 자리에 자리 잡고 있는 가게들이 바로 휴대전화 대리점이다. 언젠가 그런 풍경들도 추억이 되리라. 세월 속에서 사라지는 것이 휴대전화 대리점의 입간판 속 설현의 젊은 아름다움만은 아니라는 것. 언제 어떤 변화들이 찾아들지를 예측할 능력은 물론 나에게는 없다. 모든 변화들을 마냥 설레는 마음으로 바라보는 거리 위의 '신상' 구매자가 될 리는 없지만, 그렇다고 딱히 그 변화를 막아설 수도 없고, 마땅한 대책도 가지고 있지 않다.

나의 관심사는 여전히 휴대전화 이후의 세계에서 책이나 문학이 어떻게 변해갈 것인가 하는 점에 있다. 노르베르트 볼츠가 말하는 구텐베르크 은하계의 종말Am Ende der Gutenberg Galaxis을 제대로 이해했다고 말하기는 어렵지만, 그가 루만의 체제 이론에 의거해서 밝히고 있는 이후적 세계에서 나타나는 변화들을 단적으로 말하면 이렇다. 그 핵심은 '도서문화의 종말과 인터넷'이라는 장에 있는데, 거기서 그는 매스미디어가 대중들과 밀접한 관계를 갖고 압도적인 영향력을 끼치는 시대는 지났다고 선언한다.

사실, 객관적인 시선으로 냉정히 돌이켜보자면, 신문이나 방송, 그리고 그보다 훨씬 더 오랜 역사를 지녔다고 할 수 있는 문학마저도 가속화하는 변화의 일부였던 것 같다.

고요도 정치다

나는 볼츠의 진단에는 동의하지만 그가 보여주는 낙관주의를 선뜻 받아들일 수는 없다. 그는 이 시대의 매스미디어가 "컨트롤할 수 없는 수용자들과 관계를 맺고 있다"고 진단한다. 종이신문의 죽음은 이러한 현상으로부터 말미암았다. 그것은 그저 너무 늦은 것만이 아니다. 동시에 거기에는 새로운 패러다임을 받아들이기 힘든 폐쇄성도 존재했다. 그것은 전문가와 대중이라는 근대적 패러다임에 의존했다. 그렇게 공중에게 유익하다고 여겨지는 언어의 생산과 유통을 담당했고, 그를 통해 근대국가는 자신의 상징적인 근거를 얻었다. 교육은 이를 더 넓게 퍼뜨리고 공고하게 했다.

인터넷과 휴대전화의 등장은 이 모든 것들을 빠른 시간에 변화시켰다. 거의 동시성이라고 말할 수 있는 빠른 속도는 이 시대의 특징이다. '초연결 사회'라 불리는 현대사회에서 신문은 물론 방송조차도 늘 너무 뒤늦은 뉴스들을 다루게 된다. 여기에 인터넷은 과거에는 상상할 수 없는 새로운 주인공을 맞이하게 되었다. 새로운 커뮤니케이션 환경 속에서 생산자도, 수용자도 과거와 다르다. 그들은 정서적으로 서로 훨씬 더 긴밀하게 연결된다.

"이제 중요한 것은 무엇이 이야기되고 있느냐는 것이 아니라 이야기되고 있다는 사실 자체다. 당신의 손가락 끝에서 나오는 정보라는 것은 결코 계몽주의의 프로그램이 아니라 뉴미디어적 조건들 아래서의 마법이다"라고 볼츠는 선언한다. 여전히 해명되어야 할 것들은 많다. 그만큼 인터넷은 뒤죽박죽의 바다다. 거기에는 특정 사안에 대한 전문가의 의견과 인종혐오나 정치적 편견으로 가득 찬 '악성 댓글'이 함께 서식하는데, 어떠한 서열도, 위계도, 심지어는 질서도 없다.

인터넷을 정의하기 어려운 것은 이 때문이다. 누군가에게는 놀라운 신세계지만, 누군가에게는 시궁창 같다. 과거 사회라면 걸러졌을 혐오와 비웃음과 조롱의 말이, 무지와 악의에 기반한 거짓말들이, 아무렇게나 퍼져 나간다. 저명한 정치가의 정견보다도 무명의 댓글이 이 세계에 더 큰 영향을 미치거나 적어도 더 타당한 경우도 많다. 요컨대, 어느 구멍으로 들어가서 어디에 연결되는지의 문제다.

인터넷 안에서 살아가기 위해서 일련의 수련 과정이나 교육이 반드시 요구되는 것도 아니다. 전통사회에서는 발언권을 지니려면 일정한 공증 과정을 거쳤다. 그러나 이제 네티즌들은 자신을 특정한 시스템 속에 로그인하기만 하면 된다. 사용되는 언어는 당연히 길지도 않고, 논리적이지도 않다. 그것은 차라리 미끼와도 같다. 던지면 문다. 다른 사정은 없는 게 차라리 낫다.

그러므로 그것은 단순히 마법인 것이 아니라, 병증이기도 하다. 확실한 것은 더 크고 넓은 범위의 주체와 언어들이 네트워크 안에서 연결된다는 사실일 뿐이다. 그곳에서 게임의 규칙 따위란 없다. 이성이 잠들고 정서만이 무한히 확대한다. 나는 내가 보고 싶어 하는 것을, 내가 볼 수 있는 수준에서만 보고 말한다.

4

아직도 하나를 이야기하지 못했다. 그러한 세계 속에서 구텐베르크은하계의 총아, 문학은 어떻게 될 것인가. 이는 어리석은 질문일지 모른다. 답, 당연히 모른다. 종이신문이 문학보다 빠르게 사라지는 것 같다. 사람들이 뉴스를 얻는 방식에 근본적인 변화가 생겨난다. 뉴스 제공자이면서 동시에 뉴스 소비자로서 우리는 연결된 정보 더미들을 대략적으로 해석함으로써, 세계에 대한 정보를 얻는다. 기자증을 지닌 이들도 크게 다르지 않다. 그들만의 권리는 없다. 그들은 너무 쉽게 조롱거리로 전락한다. 그들도 조회수를 얻기 위해 전력을 다해야 한다. 너무나 자주 그들의 기사 원문은 잊혀지고 사람들은 댓글들 속에 더 오래 머물며 뜨겁다.

그렇다면, 문학은 어떻게 될 것인가. 대부분의 문학은 잔존하는 것일 뿐이며 새로 태어나는 문학도 매너리즘^Mannerism 속에 있는 것 같다. 아직 기계가 쓰지 않고 있기에 인간이 쓴다는 느낌. 문학 창작의 비밀은 거의 모두 드러났고, 더 새로운 세계는 사실 필요하지 않을지도 모른다.

생각보다 훨씬 긴 댓글 같은 게 오늘날의 문학이라면 너무 비관적인 것일까? 휴대전화를 통해 원하는 모든 것을 얻을 수 있는데, 문학이 그 길고 어두운 모험을 통해 입증할 수 있는 고유성이란 도대체 무엇이란 말인가? 나는 모른다. 내가 아는 유일한 것, 유일하게 걸고 있는 희망은 다만 독한 회의^{유치환}일 뿐이다. 뭔가 제대로 이해되지도, 표현되지도, 전달되지도 않는다는 절망감 속에서 문학은 겨우 존재하는 것이 아니었던가.

"또 다른 세상을 만날 땐 잠시 꺼 두셔도 좋습니다"라는 말도 이 시대의 인류에게는 어려운 주문이지만, 그것으로는 부족하다. 나는 믿는다. 그걸 끄지 않고라도, 반드시 더 오래 걸어가서 만나야 할 또 다른 세상이 있는 셈이라고.

그 고요는 정말로 단단한가

김선우의 시 「단단한 고요」를 읽는다

(…상략…)

도마 위에 다갈빛 도토리묵 한모

모든 소리들이 흘러 들어간 뒤에 비로소 생겨난
저 고요
저토록 시끄러운, 저토록 단단한,

— 김선우, 「단단한 고요」 부분

시에는 가을날 시골집 마당에서 마주칠 것 같은 소리들이 가득하다. 소리. 소리. 소리. 그 소리들이 고요를 불러들인다. 소리들 속에서 고요가 다치지 않고 고여 있다. 고요 속에서 존재들은 태어나서 살다가 죽는다. 상처를 쓰다듬으며 사랑을 키운다. 거기에 도마 위에 놓인 다갈빛 도토리묵 한 모의 비밀이 담겨 있다.

도토리묵은 시간과 세상사에는 저항하지만 운명은 기꺼이

받아들인다. 도마 위의 묵은 순순히 칼을 받아들일 것이다. 숱한 소리들을 담고서 고요가 고요로 이어진다. 도마 위에 놓인 묵 한 모에게서 한 생애에 울려 퍼졌을 소리들을 듣는 이가 시인이다.

그 소리들 중엔 더 격렬한 소리들도 있을 수 있다. 라스 폰 트리에의 영화 〈안티크라이스트〉²⁰¹¹에서 도토리들이 내는 소리가 그렇다. 부부가 어느 눈 내리는 밤에 격렬한 섹스를 나눈다. 그 사이에 방에 홀로 남겨진 아이가 빛을 따라 창문으로 가고 마침내 마당으로 떨어져 죽고 만다. 엄마는 그런 자신을 용서할 수 없다. 아이가 죽어가는 순간에 쾌락에 온몸을 떨던 자신을. 그래서 더욱 고통스럽게 말라간다.

정신상담의이기도 한 남편은 아내를 데리고 깊은 숲 속 오두막으로 간다. 감정은 위태롭게 전이할 것이고 그들은 서로를 벼랑 끝으로 몰아갈 것이지만, 지금 내가 바라보는 것은 그들이 머무는 작은 통나무집이다. 거대한 상수리나무가 밤새 지붕 위에 열매를 쏟아내는 집. 거기엔 고요가 없거나 훨씬 더 격렬한 싸움 뒤에야 겨우 그것에 이를 수 있다.

도토리묵을 응시하는 시인에게는 잘못이 없다. 그럴 리가 있겠는가. 다만, 세상의 어떤 끔찍한 경험들이 시인이 머무르고 있는 '고요'를 향해 그때 너는 왜 '침묵'했느냐고 묻는 그런 순간도 있다는 걸 말하고 싶었을 뿐이다. 내게도 그런 순간이 있었다.

고요도 정치다

고요의 풍경

고요…… 하면 내게 떠오르는 풍경이 있다. 2010년에 여섯 달을 제주에서 혼자서 지냈다. 아무도 만나지 않았다. 내게 강의 하나와 게스트하우스를 주선한 친구조차 별로 만난 적이 없었다. 숙소에서 내다보면 굴거리나무 한 그루가 가만히 서 있었다.

저물녘이면 언덕에 올라서 제주항 앞바다가 쪽빛에서 암청색으로 가라앉았다가 어느 순간에 먹빛으로 가슴 높이까지 떠오르는 장면을 바라보곤 했다. 집어등을 밝힌 어선들이 하늘 위로 둥둥 떠다녔다. 착시였지만 그렇게 신기했다. 그 순간에 겨우 고요가 내게로 왔다.

그게 무슨 고요냐고 반문한다면 할 말이 없다. 〈일포스티노〉에서 시인이 젊은이에게 그물 하면 무슨 단어가 떠오르냐고 묻는 장면이라면 나도 알고 있다. 그는 '슬픈'이라는 단어를 말했던가. 어두운 바다 위에서 가난한 어부들이 어떤 삶을 살아야 하는지 모르지 않는다. 그래도 나는 이기적으로…… 날마다 저녁이면 고요의 풍경을 챙겼다.

제주대 교정의 산책로에서 가끔씩 노루 새끼와 마주쳤다. 목이 너무도 가늘었다. 들개가 그 목을 물어뜯는 장면을 상상하며 몸을 떨었다. 노루 새끼의 눈빛은 참 고왔다. 내 몸 어딘가에도 살면서 물어뜯긴 상처가 있었나 보다. 어느 날부터 통증이 밀려왔다. 몸이 이유라서 그 몸을 버리고 싶기도 했다. 그래서 가족들 다 버리고 이기적으로 제주로 떠났고, 태풍이 오기 전에 다시 뭍으로 돌아왔다.

만난 적 없는 어느 작가가 묻는다. "고요는 어디 있나요." 그녀의 짧은 소설들을 따라 비 내리는 온종일 나도 고요를 찾아다닌다. 반갑게도 제주로 나를 데려간다. 나와 까마귀 한 마리가 함께 66cm 폭설이 내린 날에 진달래휴게소까지 갔었는데. 소설 속의 그녀는 어린 딸과 함께 종달리를 찾는다. 삶이 꼭 그렇다. 다음엔 꼭 거길 가보자고 다짐하는데, 그때마다 일이 생기고, 일이 없을 때는 돈이 없다. 나중에야 그게 핑계일 수 없다는 사실을 뒤늦게 깨닫는다.

소설 속에서 제주를 찾아가는 이들은 모녀다. 엄마는 아이를 잃었고, 아이는 쌍둥이 언니를 잃었다. 나는 그런 상처를 짐작도 못하겠다. 제주에 있을 때 두 번쯤 가족들이 찾아왔다. 처음 제주로 가던 날에도 목포에서 배를 타고 함께 갔다. 태풍이 지나고 있어서 배가 뜰 수 있을지 알 수 없었는데, 다행히 배가 떴다. 그날 유일하게 바다 위로 출항한 배라고 들었다. 배는 컸지만 집채만 한 파도가 이따금 선실까지 튀어올랐고 의자들이 구석으로 쏠렸다. 배멀미를 한 탓인지 아이들이 핼쑥해졌다. 나는 아무렇지도 않은 듯 아이들에게 썰렁한 농담을 던졌다. 다행히 제주항에 도착할 때쯤에는 하늘이 말갛게 개었다. 무슨 기적의 섬 같았다.

정작 그 이후로 나는 자주 악몽에 시달렸다. 배가 침몰하고 가족들이 모두 거센 파도에 휩쓸려버린다. 물거품과 함께 바다 아래로 가라앉는 아이를 향해 안간힘을 다해 헤엄쳐 간다. 거리는 좀처럼 좁혀지지 않는다. 가슴이 터질 것 같다. 그 순간에 내가 저 아이를 구하더라도 다른 아이들은 구하지 못하겠구나, 그런 참담한 생각에 완전히 사로잡혀 절망할 즈음에 깨어나는 꿈. 아마 그날 바다 위에서 멀리 흐린 먹빛으로 비에 젖고 있는 섬들을 바라보며, 그런 생각을 했던가 보다. 만약에 배가 침몰하면 누군가가 우리를 구하러 올 수 있을까?

몇 년 뒤에 실제로 세월호 참사가 벌어졌고 나는 배에 매달아놓았다는 에어포켓이 아무런 저항도 없이 누워있는 걸 보며 그날 배 위에서 내가 두려워했던 것의 실체를 보았다. 그러니까 우리는 세월호……라고 부르면서 인간의 탐욕 때문에 죽어간 모든 이들을 떠올리고 우리 자신이 그들 중 하나일 수 있었음을 아프게 깨닫게 되는 게 아닐까.

소설 속의 모녀가 서로의 상처를 대면하고 그리고 제주가 그들을 품어준다. 기다리면…… 온다. 이게 소설 속의 모녀를 위안해주는 작은 깨달음이다.

아참, 고요는 어디에 있었던가. 답은 동명의 소설집 전체에 숨어 있겠지만, 세 번째 소설에서 작가는 이렇게 말하고 있다. "세상 구석구석에서 자기의 가장 좋은 것을 주고 받는 그 잠깐이 모여 저녁의 고요를 만드는 것은 아닐까?"라고. 앞 못 보는 소녀가 물을 가져와서 고양이를 주고 화분을 주고 그리고 나서야 자기도 목을 축이는 장면 다음에 나온다. 사랑이 모여 저녁의 고요를 만든다는 말이겠다. 문득, 제주가 그립다. 숲도 끊임없이 죽고 다시 태어난다는 걸 보여주던 비 내린 다음날 새벽의 사려니 숲길도. 지금까지는 받기만 했는데, 언젠가는 나도 내 소중한 무언가를 그 섬 제주에 줄 수 있으려나.

고요도 정치다

칭찬의 비평

1

그의 비평을 읽노라면 마음이 정갈해진다. 텍스트들을 대하는 그의 태도에서 단아한 수사修士의 모습이 느껴진다. 오래 텍스트들을 읽으며 숨은 의미들을 찾아내고 다른 결로 고양시킨다. 텍스트와 비평이 서로 섞이며 화음和音을 빚어낸다. 모든 게 적절해 보인다. 그가 말하는 '칭찬의 비평'에 나도 머물고 싶다.

시인이 되려던 내가 비평가의 길을 걷게 되었을 때 아버지께서는 못내 아쉬워하셨다. 스스로의 길을 가는 시에 반해, 비평은 '남의 가슴에 못을 박는 짓'일 수밖에 없다는 게 당신의 지론이었다. 긴 시간을 돌이켜 보면 나의 비평이 이러한 비판으로부터 자유로울 수 없음을 역시 아프게 인정할 수밖에 없다.

빌 헨더슨과 앙드레 버나드가 쓴 『악평 – 퇴짜 맞은 명저들』은 그 자체로 비평에 대한 악평이다. 악평에 시달리는 작가들에게

이 책은 따뜻한 위안을 준다. 문학사의 반열에 올라있는 작가나 작품들도 예외 없이 악평의 희생자들이었다는 사실이 그들에게 희망을 주리라.

그 위안과 희망이 어리석은 것이라고 말하려는 게 아니다. 드물기는 하지만, 소위 '해석의 공동체'에 커다란 변화가 생겨나면서 이전과는 전혀 다른 맥락에서 읽히는 예술 작품들이 있다. 고흐를 위시한 인상파의 그림이 그렇고, 재즈가 그렇고, 제인 오스틴1775~1817이 그렇다. 어떠한 악의가 그들을 잘못 읽어냈다기보다는, 그들을 읽어내는 관점 자체가 근본적으로 변화되었다고 보아야 한다.

때로 비평가들은 창작자의 재능을 타고나지 못한 '저주받은 자'들로 치부되기도 한다. 이런 의미에서 영화 〈아마데우스〉1985로 유명해진 살리에리는 비평가의 원형이다. 모차르트처럼 좋은 곡을 쓸 수 없다. 대신에 그는 모차르트의 곡이 얼마나 아름다운 곡인지를 안다. 그저 모차르트의 곡들을 제대로 읽어내려 했다면, 훌륭한 비평가가 되었을 것이다. 그러나 모차르트를 살해하기로 작정한다. 그렇게 해서 살인이라는 이야기를 써 내려가는 창작자로 남는다.

누군가에 대한 반감이나 질투 때문에 악의적으로 비난을 하는 경우들이 왜 없으랴. 무지와 편견 때문에 작품이 지닌 가치를 깎아내리고 방해하는 비평들도 적지 않다. 그런 탓에 우리는 영화 〈죽은 시인의 사회〉1989에 나오는 그런 욕망에 자주 사로잡힌다. 제대로 시를 읽으려면 비평 따위는 찢어서 버리라고 선생은 우리에게 말한다. 실은, 그의 연극이 시를 읽는 자신만의 관점을 가지려고 노력하라는 가르침임에도 불구하고, 아무렇게나 읽어도 된다는 식으로 곡해된다.

'칭찬의 비평'은 어느 순간에 '주례사 비평'이 되는가. 어느 고명한 시인이 다른 젊은 시인에 대해 늘어놓는 아름답고 거창한 찬사들을 본다. 그러한 눈부신 찬사들에 독자는 압도되고 시인은 한껏 고무되리라. 그런데 시인의 시는 어느 순간부터 기이한 언어 실험실에서 제작되는 태엽인형의 동어반복 같은 위기에 빠져 버렸다. 아름다운 칭찬이 파괴가 양식화하는 사태에도 절망하지 않는 시인을 키운다. 시에 대한 거대한 착각들이 자라나는 반면에 독자들은 이해할 수 없는 시에서 떠나간다.

2

'칭찬의 비평'이라는 어사는 입 밖으로 발설되는 바로 그 순간에 비평만이 아니라 문학 자체를 왜곡한다. 이 말은 우리 안의 지극히 작고 속된 욕망을 부추긴다. 어떤 좋은 의도에서 '칭찬의 비평'이라는 표현이 나왔는지 모르지 않는다. 모름지기 비평행위는 텍스트의 숨은 지평을 개진하고 의미를 창조하고 나아가 작가를 고무하는 데에로 나아가야 한다.

그러나 '칭찬의 비평'이라는 어사가 발설되는 바로 그 순간에, 비평은 자그마한 인간의 자리로 주저앉아 버린다. 비평은 '칭찬의 비평'과 '악평'으로 나뉘고 악평은 인터넷 댓글에서의 '악플'과 비슷한 맥락으로 읽히게 된다. 글들이 눈치를 보고 문학자들이 예의를 차리기 시작한다. 서로 덕담을 나누는 데 머물지 않는다. 이게 익숙해지면 어떤 비판도 불편해지는 순간이 온다. 그러한 세계 속에서 비평은 격식을 갖춘 자리에서는 '칭찬의 비평'을 나누고 '뒷담화'를 통해서 미처 하지 못한 이야기들을 소비하기에 이른다.

헤아릴 수도 없이 수많은 훌륭한 작품들의 수태고지에도 불구하고, 왜 이 시대의 문학은 동시대의 독자들에게 잊혀 가는가. 그러한 현실을 어쩔 수 없는 현실로 쉽게 수긍해야 하는가. 왜 이런 상황에서도 다른 누군가의 비판에 대해서만 불편해 하게 되었는가를 우리는 물어야 한다, 가장 훌륭한 '칭찬의 비평'에게도.

'칭찬의 비평'이라는 어사는 그 자체로 비평을 억압한다. 비평은 칭찬과 비판이라는 인간적인 행위로 받아들여져서는 안 된다. 어떤 모진 비평가가 평소 품고 있던 악감정으로 사적인 복수를 위해 악평을 쏟아낼 때조차, 문학을 위해 우리는 인간적인 방식으로 대응하기를 참아야 한다. 문학이 패배하는 순간이기 때문이다.

영화 〈위플래쉬〉[2015]에서 선생은 이렇게 말하지 않던가. "'잘 했어[good job]'라는 말보다 더 해로운 말은 없지." 그래서 영화 제목이 '채찍질[whiplash]'이었다. 칭찬의 말들에는 곡해의 여지가 있다. 그러한 열망과 지향들과 마찬가지로, 비판마저 인간적인 것으로 오해된다는 사실이다. 예술이 그러한 무시무시한 세계라는 걸 수긍하기보다는 '괴짜 선생'에 대한 거리감이 더 빨리 생겨나게 된다.

3

'칭찬의 비평'은 어떤 비판을 '악평'으로 받아들이게 만들고, 그러한 '악평'이 권력에의 의지에서 생겨난다고 믿게 한다. 하지만 모든 글쓰기는 권력에의 의지의 산물이기도 하다. 지극히 순수한 글쓰기조차 그렇다.

이 시대의 비평에 대한 어떤 반응들은 엉뚱하다. 표면적으로 볼 때 그들은 문학권력을 비판하는 것처럼 보인다. 그런데 그 표적은 의외로 좁다. 대학 교수로 있으면서 문예지의 편집위원으로서 특정한 문학텍스트를 선택하고 배제하는 권력을 쥔 자들이 거론된다. 왜 그런지 그들 중에서도 '칭찬의 비평'을 하는 자들은 예외다.

잡지 『악스트』는 그러한 배경 속에서 출현했다. 2015년에

『미스테리아』와 함께 생겨났고 2016년 8월에는 민음사가 『세계의 문학』을 폐간하고 『릿터』를 창간했다. 2017년에는 『문학3』이 창간되었다. 『세계의 문학』이 『릿터』로 바뀌는 가장 큰 이유는 기존의 계간지가 더 이상 읽히지 않게 되었다는 판단이다. 기존의 편집동인으로는 계속할 수 없을 정도로 잡지의 성격에 본질적 변화가 있었다고 그들은 말한다.

여기에 하나의 질문이 남는다. 다 괜찮은가.

비평의 퇴조라고 부를 때, 흔히 생겨나는 오해는 그것을 문학 장르로서의 비평으로 받아들인다는 점이다. 그러나 이러한 관점은 비평에 대한 편견에 지나지 않는다. 그것은 차라리 문학에 대한 메타-언어의 쇠퇴라 할 수 있다. 이들 새로운 형태의 잡지들에서도 문학을 바라보는 다양한 관점들이 존재한다. 작가-작가의 관계에서나, 한 작가가 자신의 작품에 대해 이야기하는 방식, 소설을 써내는 행위 자체, 그리고 잡지의 형태를 결정하는 모든 방식들에도 비평은 작동하는 것이다.

그러한 모든 비평을 문학 외적인 것으로 배제하는 경우에 그 자리에는 언제나 정의될 수 없는 것으로서의 문학 그리고 상업주의가 남겨지게 된다. '칭찬의 비평'이 유일한 해결책인 것처럼 거기에 자리 잡고 있는데, 과연 그래도 괜찮은 것일까?

고요도 정치다

4

왜 표절 논란이 비평에 대한 비판으로 이어져야 하는지를 나는 여전히 납득할 수 없다. 그 와중에 슬쩍 생겨난 '칭찬의 비평'이 또한 그렇다.

현대문학에서 표절의 문제를 판단하는 일은 결코 쉬운 일이 아니다. 그런데 신경숙의 단편 「전설」은 미시마 유키오의 「우국」과 '문자적 유사성'만을 지니고 있을까? 그게 작가의 사소한 부주의 때문에 생겨난 일이라고 할 수 있을까? 그리하여 작가에 대한 변호인을 자처한 비평가 윤지관의 말처럼 "두 작품은 너무나 다른 세계를 형성하고 있"*는가.

또 다른 비평가 김병익의 생각과는 달리, 비평이 특권적 위치를 차지하고 있어서 이런 질문들을 던질 수 있는 것도 아니다. 그는 "비평은 역사적 서술을 통해 가르치거나 비교를 통해 교양을 쌓도록 하는 것이 아니라, 침잠을 통해 인식해야 한다"**는 발터 벤야민의 말을 인용함으로써 자기 진술의 정당성을 확보하려고 한다. 발터 벤야민의 본의가 아닐뿐더러, 같은 사안에 대한 새로운 인식을 보여주지 못하는 터에 다만 '침잠'하기만을 요구하는 셈이다.

여기에도 '칭찬의 비평'이 지닌 위험성이 숨어 있다. 칭찬이

* * *

* 윤지관, 「문학의 법정과 비판의 윤리」, 『창작과비평』, 2015.가을, 363쪽.
** 김병익, 「'비평-가'로서의 안쓰러운 자의식」, 『문학동네』, 2015.가을, 32쪽.

작품 전체의 공과 실을 껴안으려는 노력에서 오는 게 아니라, 비판의 억압으로 귀결될 수도 있다는 사실이다. '칭찬'에 익숙해지면 모든 걸 인간적인 방식으로 받아들이고 판단하게 된다. 그렇게 해서 글쓰기의 내부에서 '등에'와도 같은 비평이 사라지면, 문학은 어느 순간에 멀리 가지 않고도 주인의 칭찬만을 바라는 늙고 영악한 노새로 전락해버린다.

조연현의 『감상과 비평』이라는 책은 한국전쟁의 혼란이 야기한 사고의 결과다. 놀랍게도 저자는 그것을 "일시적인 오입에서 생겨난 생각지도 않았던 사생아의 출생"에 비유하고 있다. 책의 제목이기도 한 「감상과 비평」이라는 짧은 글은 책의 맨 뒤에 실려 있다.

모 잡지에 게재된 작가 좌담회 기사 중에서 작품에 대한 이야기가 수록되어 있었는데 출석한 십여 명의 작가가 모두 "무슨 작품은 좋더군요" "무슨 작품은 좋지 않더군요" 하고 있더라는 것이었다. 모든 비평행위가 결국엔 '좋다', '나쁘다'로 낙착되는 것이겠지만, 이에 대한 비평가 조연현의 생각은 조금 다르다.

비평에 대한 우리의 중요한 흥미는 그 결론이 아니라 그 결론에 도달하기까지의 어떤 과정인 것이다. 만일 '좋다', '나쁘다' 하는 이러한 식의 결론만이 중요한 것이라면 비평은 도저히 문학일 수는 없을 것이다. 어떤 결론에 도달하기까지의 가치의 '프로세스'가 전개되고 구명되고 형상화되기 때문에 비평은 창작적인 의의를 가지는 것이며 그것이 비평에 문학으로서의 조건을 구현시키게 되는 것이다.[*]

어떤 작품이 왜 좋고, 나쁜가를 끝까지 해명하려는 과정이 비평을 가치 있게 한다는 뜻이다. '칭찬의 비평'이라고 말하지 말자. 그러면 사람들은 비평에서 궁구의 과정이 생략된 칭찬만을 기대하고, 비평가는 궁색하게 칭찬할 말을 찾으려 애쓰고, 결국엔 '군소작가들의 훌륭한 작품'들이 문학의 자리를 가득 채우게 된다. 계契나 하자고 문학을 하는 게 아니다.

• • •

[*] 조연현, 『감상과 비평』, 평범사, 1957, 241쪽. 말미에 1950년 2월 『民警』이라는 잡지에 실린 것이라고 명기되어 있다.

칭찬의 비평

1

지금 책상 위에 놓여져 있는 글은 촛불혁명에 관한 특집이
다. 아마 글을 읽어가노라면 누가 쓴 어떤 글인지 대충 짐작할 수
도 있지 않을까 싶다. 습관처럼 그냥 슬쩍 넘어가려는데, 이 '슬쩍
넘어가려는 유혹'이 참을 수 없이 불편해진다. 이 유혹이 내게서만
생겨나는 것일 리 없다. 유혹은 참으로 인간적인 것이기도 하다.
쓸데없이 분란을 일으키고 싶지 않다. 어떤 목소리가 내게 속삭인
다. 조용히 살자고. 그것은 네가 오래 소망하던 게 아니었느냐고.
그런데, 여기서 조금 더 나아가면 좋은 게 좋은 것이 되고, 거기서
언제 타락의 길로 들어서게 되는지는 전혀 알 수 없다.

그래서 나는 쓰기로 결심한다. 여기에 어떤 사감私感이 끼어
들었을 리 없다. 필자와 더 친밀한 사이였다면, 당연히 훨씬 불편
했으리라. 그랬더라도 이렇게 쓸 수 있을까? 슬프게도 자신할 수

없다. 나보다 더 많은 작가들이나 동료 비평가들과 친분이 있을 비평가들은 나보다 많이 이렇게 걸리는 관계들을 지니고 있을 것이다. 그리고 그 관계들은 그들의 실제 비평에 크고 작은 영향을 미치지 않았을까? 고백하건대, 자주 이 글을 빼버리고 싶은 유혹에 사로잡히곤 했다. 이게 과연 글로서 견딜만한 가치가 있는 것인가 하는 의문 때문이었다.

그러나 거듭 고쳐 쓰면서 여기까지 이르렀다. 그것은 이런 생각 때문이기도 했다. 이 문턱을 넘지 못하면 나는, 문학적 동료로서 내가 읽은 글의 필자는, 문학자들은 앞으로도 여전히 이런저런 소시민적 한계에 갇혀 버릴 것이며, 마침내 우리의 문학마저도 변질되어 버리리라는 생각. 이 불편함과 두려움까지를 견뎌내며 방아쇠를 당기지 못하는 자가 어떻게 문학의 자유나 진보를 외칠 수 있을까 싶었다. 야성野性이 사라지는 건 순간이다. 그리고 이렇게 작은 일 하나에서 물러서는 일이 더 거대하고 근본적인 벽을 세우고 고질병을 만든다. 우리의 문학 안에서 이런 장애들을 극복하지 못하면서 어떻게 바깥의 기자들에게는 자신의 편익을 추구하지 말고 오로지 정론직필正論直筆하라고 주장할 수 있을까? 실로 바깥에 대고 남더러 말하기란 쉽다. 그와 똑같은 강도로 나 자신에게, 문학 안에서, 우리는 스스로를 얽어맨 많은 조건들을 넘어서 해악害惡들과 싸워야 한다. 그런 생각이 내 등을 자꾸 떼밀었다.

나는 이 계간지의 오랜 구독자다. 내가 바깥으로부터 바라보는 게 아니라 안에서 함께한다는 걸 말하려는 것이다. 어느 순간부터 자주 아쉬운 느낌들에 사로잡히곤 했다. 두껍고 묵직하지만 거의 새로운 문학 담론을 만들어내지 못하고 있는 게 아닐까 싶었다. 세상은 그토록 변하고 그들 스스로도 어쩔 수 없이 그 변화를 타면서도 그 변화에 대해서 그들은 거의 침묵했다. 그러자 그들의 언어는 동어반복이 되었다. 동어반복은 아무리 점잖게 말해도 소란함이다.

현실적으로 그들 '에콜'이 생산해내고 의미화하는 구체적인 문학텍스트들과 그들이 견지하는 리얼리즘이라는 관념 사이에 커다란 크레바스가 생겨나고 있는 듯 했는데, 그 틈새를 그들은 사회 이론이나 번역 이론으로 슬쩍 가려 놓으려 하는 것처럼 보이기도 했다.

이러한 우려들에 문학에 대한 본질적인 물음이 조금이라도 담겨 있다면, 이 글은 어떤 식으로든 쓰여졌어야 하는 것이리라. 당연히 이 글은 한 개별적인 글에서 발견된 흠결을 겨냥하는 게 아니다. 그가 속한 문학 집단에서 문학을 생산하고 소비하는 그 모든 실천적 두께 속에서 질문들은 던져진다. 훨씬 더 노골적으로 상업적인 집단들이 왜 없으랴. 이렇게 쓰는 이유는 내가 여전히 그들에게 희망을 걸고 있기 때문이며 새롭게 타오르는 문학의 불꽃을 보고 싶기 때문이다. 그러기 위해서는, 그들이 무심코 세우고 있는

고요도 정치다

동상銅像 — 이 표현을 나는 소설가 이청준의 『당신들의 천국』에서 가져왔다. 우리는 아직도 이 소설에서 아주 많은 걸 놓치고 있다. '더 나은 세상'에 대한 꿈 속에서도 '동상'은 생겨나서 사람들을 지배할 수 있다고 그는 말하지 않았던가. — 냉정한 의식으로 바라보아야 한다.

그리고 표절사건이 벌어졌다. 나는 그들의 대응에 실망했고 분노했다. 그들도, 작가도, 문학자로서의 마땅한 태도를 보여주지 못했다. 그들은 작가를 '변호'하느라 급급했고, 작가는 석연치 않은 기자회견을 끝으로 잠적했다. 그리고 나중에 그 잡지에 「배에 실린 것을 강은 알지 못한다」라는 기이한 제목의 글을 실음으로써, 슬쩍 다시 모습을 드러낸다. 여기서 그 이야기를 길게 할 수는 없다. 다만 이렇게 말할 수 있다. 왜 이미 세상을 떠난 시인에 자신을 기대는가. 죽은 이가 아주 가까운 곳까지 찾아간 그녀의 방문을 거절한 이유는 죽은 시인만이 안다. 그런데 왜 그녀는 자신이 그 이유를 알고 있다고 말하려 하는가. 이런 소설이 화제가 되리라는 출판사의 상업적 판단과 작가의 집요한 자기변명 이외에 무슨 의미를 지니는지를 나는 도무지 알 수 없었다. 무엇이 이런 일들을 가능하게 했을까.

이제 문제의 글 속으로 들어가 보자.

2

그들은 촛불의 눈으로 한국문학을 본다고 표나게 말한다. 그리고 그의 글은 특집의 맨 처음에 놓여 있다. 그는 서둘러 판결한다. 촛불혁명은 "혁명에 으레 수반되는 '창건적 폭력foundational violence'이 없었을 뿐 더러 혁명공간에서 표출되는 '공적 자유의 새로운 제도화'가 동반되지 않은 점"에서 혁명에 미달한다고. 물론, 이것은 그가 처음으로 말한 게 아니다. 4·19에 대해서, 1980년 5월항쟁에 대해서, 1987년 민주화운동에 대해서 말할 때, 우리는 거의 기계적으로 그렇게 말해왔다. 그리고 이제 '촛불혁명'이 다시 심판대 위에 세워졌을 뿐이다.

문제는 이 심판대에 있지 않고, 바깥으로 불어온 어떤 변화들에 있다. 세상은 왜 전 지구적 자본주의에 의해 지배되게 되었는가. 심판대에는 이러한 현실적 변화들에 대한 고뇌가 반영되어 있지 않다. 그가 말하는 '창건적 폭력'의 사례는 어디서 찾아볼 수 있는가? 그리고 그 사례가 무엇이든, 그것에 의해 수행된 '공적 자유의 새로운 제도화'는, 그 '멋진 신세계'는 어떤 이유에서 자본주의에 떠밀려서 과거의 추억으로 남게 되었는가? 요점은 이 사태에 대한 판단에 있지 않고, 이러한 현실적 변화 속에서 새로운 변혁에 대한 열망을 읽어내려는 의지에 있다. 그러나 그는 그러한 새로운 현실에 대한 근본적인 질문을 던지려 하지 않는다. 조금은 지쳐버린 관리인처럼 새로운 현실들을 심판대에 올리고, 그리고 거기 붉은 선에 도달하는가 여부만 살피려 한다.

그런데 이러한 판단은 현실을 응시하는 순간에 바로 뒤죽박죽이 되어버린다. "촛불이 '혁명'이라는 '대중의 직관적 통찰'에 공감하는 것은 촛불이 이명박·박근혜 정권이 훼손한 87체제의 민주주의를 '회복'하는 것에 머무르지 않고 그 체제의 경계를 '돌파'했다고 느꼈기 때문이다." 사실, 나는 이 길지 않은 문장이 너무 어렵다. 공감하는 주체와 느끼는 주체가 어떻게 서로 나뉘고 다른지도 모르겠다. 바로 이어지는 문장을 좀 길게 인용하면 다음과 같다.

두 정권 이전의 87년체제로 돌아가는 것만으로는 촛불시민의 '차별 없는' 민주주의의 요구, 세상을 바꿔보자는 대전환의 요구를 감당할 수 없을 것이다. 사실 촛불은 기층에서 이미 폭넓은 변혁적 요구가 생성되어 있음을 드러내지 않았던가. 87년체제 아래서 평등한 인권/시민권을 인정받지 못했거나 아예 배제당한 사람들(여성, 노동자, 장애인, 이주민, 성소수자, 청소년 등)의 생생한 목소리가 여기저기서 터져 나왔는데 이를 기존의 제도와 방식으로 수렴하는 일은 더 이상 가능하지 않은 것이다.

간략히 정리하자면 이렇다. 아쉽게도 촛불혁명에는 '창건적 폭력'이 존재하지 않지만, 대중들 또는 촛불시민들은 이미 기존의 제도와 방식으로는 수렴할 수 없는 혁명적 열망으로 가득 차 있으니, 어떤 식으로든 이를 돌이킬 수 없으리라는 것이다. 이를 그의 용어로 정리하자면 '회복'하고 '돌파'했으나 '미완'에 머무는 '그것'은 조만간 '실현'될 것이라는 정도가 될까? 한 가지 첨언한다면, 모든 적폐들을 '이명박-박근혜 정권'에 몰아 담으려 한다는 점이다.

이 짧은 글에서조차 용례가 통일되지 못했지만 어쨌거나 그는 '87년체제'라는 말에 방점을 찍고 싶어 하는 듯하다. 여기에는 은밀하게 하나의 특권화되고 예외적인 시선이 존재한다. 그 시선의 주인은 '혁명'에 대한 '대중의 직관적 통찰'을 관찰하는 자이면서 그것이 '창건적 폭력'을 지니지 못한 탓에 미완에 머물렀다고 판단하는 자이고, 그럼에도 불구하고 앞으로 조만간 배제되었던 목소리들이 터져나오는 것을 막을 수는 없을 거라고 예언하는 자이다. 그는 이제 "87년체제에서 인정받지 못했거나 아예 배제당한 사람들의 생생한 목소리를 수렴하려는 기존의 제도와 방식은 더 이상 가능하지 않다"라고 말하면서, 여전히 그 흐름을 재단하려는 자이기도 하다. 물론, 그러한 존재가 선한 기능을 하기만 한다면 크게 문제될 것은 없을지도 모른다.

사정이 이러할진대, 이러한 사태 속에서 생산되는 구체적인 문학 텍스트들이 궁금해질 수밖에 없다. 그러한 시대의 열망을 반영한 구체적인 사례가 있다면 반가운 마음으로, 없다면 뼈아프게 반성해야 하리라. 그게 문학이 짊어져야 할 몫이기 때문이다.

3

그런데 뜻밖에도 그가 호명해낸 한국문학은, 한강의 『채식주의자』와 김려령의 몇 편의 소설들이다. 이미 2007년에 나왔다는 점에서 한강의 『채식주의자』는 뜻밖이고, 하필이면 왜 김려령이었을까 싶다. 주제가 촛불혁명이니까. 물론, 두 텍스트를 통해 특별히 촛불혁명의 고유성이 드러나기만 하면 된다.

그는 촛불광장에서 목격한 촛불시민들의 발언에 대해서, 그 생생함에 대해서 감동적으로 말한다. 그리고 이렇게 판단한다. "아마 세상과 자기 삶을 바꿔보려는 열망에서 나오지 않았을까. 하지만 어쩌면 주눅 들지 않는 발언의 순간 이미 우리는 새 삶과 새세상의 진면목을 흘끗 엿본 게 아닐까"라고. 그런데, 이를 통해 얻은 그의 깨달음은 다소 엉뚱하다.

문학이 촛불혁명에 참여한다는 것은 문학이 새세상 만들기의 정치사회적 기획에 기여한다는 뜻만이 아니다. 가령 문단 내 성폭력과 블랙리스트 같은 적폐를 청산하는 일이 요긴하지만 이에 한정될 수는 없다. 오히려 그 참뜻은 무엇이 낡은 세상이고 무엇이 새로운 세상인지, 무엇이 살아있는 삶이고 무엇이 죽어 있는 삶인지를 드러내는 문학적 실천 자체가 곧 새세상 만들기의 핵심적 일부라는 데 있다.

여기에는 어떤 마술적인 순간이 있다. 촛불시민들의 열망을 문학 안으로 가져오는 순간, 문학 내 적폐들이 자연스럽게 떠오를 수밖에 없다. 그가 말한 문단 내 성폭력과 블랙리스트만이 아니라 문학권력, 그리고 표절 등 문학 내부의 적폐도 깊고 다양하다. 그런데 그는 그것들을 언급하면서 살짝 빼놓는다. 게다가, 이것들은 문학의 핵심적인 과제가 아니라고 주장한다. 거기에 사용된 언어들은 그의 고심들을 잘 반영한다. 문학 내 적폐청산은 '요긴하지만 이에 한정될 수 없다'. 반면에 좋은 문학 작품을 만들어내는 것이 새 세상 만들기의 '핵심적 일부'이다. 그 어디에서도 문학 내 적폐에 대해 배제하겠다는 말은 나오지 않는다. 그러나 어쨌든, 이렇게 문제들을 건너뛴다.

다시 양보해서 그가 제시한 사례들 속에 '촛불혁명'을 통해 그가 목도한 열망을 확인할밖에. 그가 주목하고 있는 것은 "봇물 터지듯이 쏟아져나온" 페미니즘적인 목소리들이다. 그가 보기에 "촛불혁명과의 강한 연관 속에 등장한 소설들의 분위기랄까 정동

고요도 정치다

은 이전 소설과는 다르게 느껴진다." 조남주의 장편 『82년생 김지영』^{민음사, 2016}, 강화길의 소설집 『괜찮은 사람』^{문학동네, 2016}과 장편 『다른 사람』^{한겨레출판, 2017}, 박민정의 소설집 『아내들의 학교』^{문학동네, 2017}, 김혜진의 장편 『딸에 대하여』^{민음사, 2017} 등이 열거된다.

그런데 그가 주장하는 "여성만의 독자적인 주체화"라든가 "이 시대 젊은 여성들 대다수가 '프레카리아트^{precarious+proletariat}'라 불리는 불안정한 노동자로 살아가는 데서 비롯"된 질감이 어떻게 그의 주장처럼 이전 세대 페미니즘 문학과 또 다른 특징이라는 지 그다지 납득하기 어렵다. "여성만의 독자적인 주체화"는 어떻게 바람직한 현상이 되는가. 과거에 비해 이 시대 젊은 여성들의 삶이 더 불안정해졌다는 판단은 어디서 오는 것이고 어떤 의미를 지니는가에 대해서 그는 별다른 근거를 제시하지 못한다.

실제 작품 분석에서도 그렇다. 그는 다른 작품들과는 달리 계몽적인 지향 서사로 환원되지 않는다는 점에서 김혜진의 『딸에 대하여』를 호평한다. 그런데 그가 상찬하는 이성애자 어머니의 관점은 그다지 새로운 것이라 하기 어렵다. 작품이 지닌 실감에 대해 칭찬하다가, 어느 순간에 "인물과 그 관계가 모두 적절하게 제시되다보니 작위적인 설정의 기미도 없지 않다"고 물러나 버린다. 그렇다면, 그가 칭찬했던 실감은 무엇이었나.

그가 이미 10년 전에 발표된 한강의 『채식주의자』를 소환하는 대목은 이 곤경 속에서다. 그에 따르자면, 이 소설은 이미 언급한 소설과는 다른 비범함을 지니고 있는데, "미학적이든 정치적이든 어떤 의제agenda를 정해놓고 나아가기보다 존재론적으로 미지의 영역을 탐구하는 '발견적' 방식을 취하기 때문"이다. 하이데거의 말을 빌어 그는 이를 '하나의 세상을 생기게 하는 행위'라고 표현한다.

물론,『채식주의자』가 어떤 의미에서든 좋은 소설이라는 점에 이의가 있을 리 없다. 다만, 어떻게 이 소설이 '촛불혁명'에 대한 사례로 제시될 수 있는가를 납득할 수 없을 뿐이다. 그가 인용하거나 발언한 내용들을 통해 정리하자면『채식주의자』는 존재의 불가해성을 드러내는 텍스트로서 거기에 박혀 있는 애매성 ambiguity의 요소들을 무시하는 독법으론 가당을 수 없다 정도가 될 것 같다. 그리하여 텍스트 분석을 통해 그가 내린 결론은 거의 기도처럼 들린다.

그렇기에 적어도 인유적인 차원에서는 지옥 같은 세상들을 통과한 자매가 삶의 끝에 이르러 진정한 '우리'가 되는 이 종결은 훌륭한 페미니즘 서사로도 손색이 없다. 또한 여기서 인혜는 자신의 삶을 옥죄던 소시민의식에서 벗어났을 뿐 아니라 불가해한 존재인 영혜에게도 자신의 존재를 개방함으로써 자기변혁을 이뤄낸 것이 아닐까.

고요도 정치다

다시 말하지만 『채식주의자』는 좋은 소설이다. 어쩌면 그가 이러한 분석 속에서 드러내려 했던 것보다 더 깊고 무섭고 낯선 소설일 수도 있다. 그런데 그가 이 소설을 불러온 이유는 바로 그 '봇물처럼 터져나온 페미니즘적인 목소리들'과 촛불혁명 사이에서 적절한 의미화에 실패한 때문이며 결국 소설에 대한 분석에서는 자신의 해묵은 문학관을 되풀이하는 데 머물고 있는 것은 아닐지. 그가 소설 『채식주의자』의 결말에서 선취한 해석은 소설 속의 실감있는 시간들을 조금만 앞으로 흘려보내도 견뎌낼 수 있는 것인지 나는 모르겠다. 거기에 '자기변혁'이 없지 않더라도 동시에 '자기파괴적인 열망'도 강렬하기 때문이다.

물론 그가 촛불에 훨씬 더 직접적으로 연관된 작품들을 거론하지 않는 것은 아니다. 김탁환의 『거짓말이다』북스피어, 2016와 한강의 『소년이 온다』창비, 2014가 거명되고 이 밖에도 떠오르는 대로 몇 작품들이 나열된다. 그 기준들이 모호해진 탓에 그도 결국엔 이렇게 고백한다. "사실상 이 시기의 역작들 대부분과 겹친다"고.

그중에서 그는 어떤 이유에서인지, 작가 김려령을 선택한다. 그리고 그녀의 작품이 "살아있는 삶과 그렇지 못한 삶의 차이를 알아채는 작가 특유의 감수성이 서울과 농촌 각각의 현실에 대한 사실주의적인 인식과 결합됨으로써 자칫 관념적일 수도 있는 미진이의 '자기변혁' 이야기를 생동하는 리얼리즘 서사로 구현해 놓았다"

고 힘주어 말할 때, 거기에서 다시 반복되는 문학관은 잘 드러나는 반면에, 그 어디쯤에 촛불이 비추고 있는가 의아함을 느끼게 된다.

결론적으로 그는 이렇게 말한다. "얼핏 촛불혁명과 무관한 것처럼 보이는" 소설들을 선택했는데, 그 이유는 "촛불혁명에 걸맞은 문학이란 '차별 없는 민주주의' 같은 진보적인 의제와 무관하지 않되 그것을 반영하거나 주장한다고 해서 성취되는 것은 아니"기 때문이다. 이 진술이 촛불혁명에 걸맞은 문학을 찾기 어려웠다는 고백으로 들리는 것은 나만의 생각일까? 그가 촛불혁명을 재단하면서 내세웠던 기준인 '창건적 폭력'은 어디로 갔을까? 문학 내에서 그것이 그저 '실감'과 '자기변혁'으로만 확인되는 것이라면, 어떻게 다른 곳에서는 온전히 존재할 수 있는지 나는 모르겠다. 문학 내 적폐로부터 슬쩍 빠져나간 것을 빼고서 말이다.

4

촛불은 자신을 태워서 세상을 밝히려는 의지며 소망이다. 그것은 일단 고요히 앉아서 자신을 응시해야 하는 것이지, 횃불처럼 어디론가 함성을 지르며 뛰어가는 불길이 아니다. 작은 바람에도 꺼지고 서둘러도 꺼진다. 그 작은 촛불들이 모여서 바다를 이룬다. 인류사에 드물게 촛불혁명이 경이로웠던 것은 이 작으면서 바다

같은 깨달음에 있지 않을까?

내가 느꼈듯이 그도 보았다. 실은 '그대로 앉아' 견딜 수 없어서, 그리기에는 너무 미안하고 참혹해서 작은 사람들이 촛불을 들고 하나둘 모여든다. 거대한 세상의 권력이 어떻게 그들을 집어삼키려는지 알지 못하는 채로. 그 촛불들은 평등하다. 어떤 사람들은 그 촛불들이 너무 무질서하고 또 진지함이 결여되어 있다고 비판한다. 그럴 수 있다. 거기에는 가열 찬 투쟁도, 선명한 정치의식도 없다. 그렇게 열려 있어서 아무나 들어오고 또 아무 때나 나간다. 그리고 거기서 작은 촛불들은 감동적으로 확인한다. 실로 저명하신 분들의 촛불과 이름 없는 한 시민의 촛불이 등가^{等價}라는 것을. 그 촛불들이 모여서 촛불바다를 이루고, 함성이 되고, 마침내 거대한 권력과 적폐를 붕괴시킨다. 동시에 그러한 촛불의 경험에 의해 우리는 비로소 자신의 죄를 응시하고 변화시키는 힘을 얻기에 이른다. 어느 지점에서 글의 필자와 나는 다른 지점에 놓이게 되는지를 나는 알 수 없다.

거기에 '창건적 폭력'이 있었는가를 묻는 사람들은 실은 촛불혁명의 본질에 가장 둔감한 사람이었을지도 모른다. 그런데 그런 그들이 여전히 과거의 낡은 도그마와 방식으로 촛불 이후의 세계를 지도하려고 한다.

차라리 그 작가의 소설들에 대해서 언급했으면 어땠을까?

"눈을 떴다. 멀리서 나를 데리러 오는 자의 기척이 느껴진다"라는 문장으로 시작되는 그 짧은 소설. 나는 모르겠다. 이렇게 선연하게 표절로 시작한 소설은 완전히 제로가 되어 사라지는지, 아니면 여전한 가치를 지니고 남겨지는 지를. 그러한 사건을 어떻게 다루는가가 사실은 훨씬 더 중요한 문제일지도 모른다고 오래전부터 생각해왔다. 사실, 조금만 애정을 품고 읽어왔다면 이 작가의 글쓰기는 자신도 모르는 사이에 표절 속으로 휩쓸릴 위험성을 품고 있었음을 눈치 챘으리라. 그러므로 그의 표절을 도운 것은 '칭찬의 비평'들이다. 읽어가노라면 자신도 모르게 빠져들고 눈물이 난다는 그의 작가적 재능이, 풍부한 감성과 섬세한 문체가, 삶을 응시하던 따뜻한 시선이 어떤 연유에서든 표절이라는 행위에 빠져들었다면, 그것은 도대체 한국문학의 어떤 병증 때문이었는지를 물었어야 했으리라. 작가와 내가 어떤 관계인지를 떠나서, 자신의 모든 걸 내걸고서 말이다.

그 쉬운 걸 못하는데 '창건적 폭력'이 어떻게 믿음직스러울 수 있을까? 촛불의 중심에 세월호 참사의 아픈 기억이 있었고 거기에 '이게 나라냐'라는 공분이 있었다면, 우리문학은 미명의 바다 위에 비스듬히 기울어진 채 떠있는 또 하나의 세월호일지도 모른다는 지적은 뜻밖에도 이 나라 문학과 가난한 문학자들에게 모욕이 될까? '가만히 있으라'는 명령은 그날 세월호에서만 울려 퍼졌

고요도 정치다

다고 자신할 수 있을까?

　그 작가의 젊은 시절이 떠오른다. 그때가 그의 가장 눈부신 순간이라는 생각을 하면 슬픔이 차오른다. 자신의 발등을 찍은 쇠스랑이 우물 속에서 백조가 되어 날아오르기를 소망하는 것, 그것이 그의 글쓰기였다. 쇠스랑을 잊은 백로는 스스로 우아한 백조라고 착각했는지도 모른다. 그리고 그 착각을 '칭찬의 비평'들이 돕고 '상업주의'가 부추긴다. 그렇게 착각은 견고한 지반에 깊이 뿌리를 내렸다. 존재가 의식을 규정한다고 백번을 떠들면 뭐할 것인가. 우리가 그 존재를 들여다보는 일을 잊는다면.

　나로 하여금 이런 글을 쓰게 만든 또 하나의 이유는 글 속에서 발견되는 어떤 둔감한 의식 때문이다. 글 속에는 11개의 주석이 달려 있다. 두 가지 점에서 그 주석들은 눈길을 끈다. 하나는 그의 탓이라 할 수 없다. 하지만 이런 형태의 비평들을 보고 또 쓰면서 가끔씩 참담해진다. 대학에 자리 잡은 이 나라의 기성 연구자들은 한국연구재단의 연구자 평가시스템 속 논문 중심주의에 대해 실로 제대로 항변도 하지 못하고 항복했을 뿐 아니라, 언제 어디서 시작되었는지 모르는 논문과 평론을 가르는 고루한 관념에 갇히기까지 했다. 이 시대에 걸맞게 각자도생各自圖生의 길을 걸었다. 그 결과, 좋은 평론들이 사라져버렸다. 그럴 수밖에. 평론은 평가점수에도 들지 않을 뿐 아니라, 분란만 일으키는 경박하고 의심스런 존재가 되었으니까. 우리 모두가 부끄러워해야 할 일이 아닐까 싶다.

다른 하나는 의도되었건 그렇지 않건 간에 훨씬 참괴한 대목이다. 이 길지 않은 글에 놓인 11개의 주석 중에서 7개의 주석은 같은 계간지의 다른 필자로부터 왔다. '프레카리아트'란 단어를 가져오면서 다른 잡지에서 하나를 인용했고, 하이데거의 개념을 정리하느라 원서 하나를 들었다. 그런데 프레카리아트를 언급한 논자는 이 계간지에 실은 글로 다시 인용이 되었으니 실은 '내부자들'에 가깝다. 이 밖에도 『필경사 바틀비』, 『우아한 거짓말』, 『샹들리에』 등 다른 주석에서 언급하는 작품들도 모두 같은 출판사에 출판된 작품들이다. 이를 애착이라고 불러야 할까?

글을 읽노라면 스스로가 속한 문학 집단 말고는 다른 것들은 쉽게 배제해도 좋은 하나의 자급자족인 세계에 발을 디딘 듯한 기이한 느낌에 빠져들게 된다. 그가 눈부신 성취라고 굳이 불러내 상찬한 한강의 『채식주의자』도, 김려령의 소설들도 모두 같은 출판사에서 나온 것이고 보면, 이런 의문이 단순한 트집 잡기는 아닐 거라는 확신이 생겨난다. 이처럼 작은 삶의 조건들에서도 자유롭지 못한 터에, '창건적 폭력'을 통해 우리가 이루어낼 수 있는 세계에는 어떻게 당도할 수 있을 것인가.

촛불을 들고 고요히 앉아 있는 일이 먼저 나 자신을 아프게 들여다보는 일이라면, 이 시대의 문학자가 절대로 그냥 건너뛸 수 없는 적폐들을 그는 그냥 건너뛰었다. 그리고는 좋은 문학이면 된다고 말한다. 리얼리즘 문학. 그리고 가능하다면 자기 회사에 소속된 작가나 작품. 그렇다보니 내부에서 어떤 흠결이 발견되어도 쉬쉬하게 된다. 그런데 이렇게 작고 사소한 문제들이 쌓여서 문학 내 적폐를 이루었다. 그걸 먼저 용기있게 드러내지 못하면서 어떻게 문학을 하나. 귀 기울여 들어보자, "이게 문학이냐"는 오랜 외침을.

맨부커상 수상 소식을 듣고

한강의 『채식주의자』에 대하여

1

『채식주의자』의 첫 문장을 조금 비틀어서 사용하자면, 작가 한강이 『채식주의자』로 맨부커상을 받았다는 사실이 그녀의 문학에 대한 나의 생각을 조금도 바꾸어 놓은 것은 아니다. 오르한 파묵을 제쳤다거나, 한국 최초라는 언론의 반응들은 낯 뜨겁다. 문학이나 예술은 그렇게 순위가 매겨지는 것일 수 없으며 국적이 따로 있을 리도 없다. 거의 인문학 말살정책이라 부를만한 현실을 방관하면서 돌연히 등장하는 이 촌스런 국가주의는 당혹스럽기 그지없다. 무엇보다 읽지도 않으면서.

맨부커상 수상 이후 『채식주의자』가 어느 한 인터넷서점에서만 1분당 9.6권 팔렸다는 사실도 씁쓸하다. 이것은 천만 관객이 몰리는 영화판을 보는 느낌이다. 이 시대의 맛집 열풍이나 어느 가설무대가 영화에 나오고 난 뒤에 잠시 구름처럼 관광객을 끄는 일과 다를 바 없다. 시간이 흐르면 버려진다. 거기엔 삶이 없다.

　내가 지니고 있는 『채식주의자』는 초판 1쇄다. 2007년에 나왔으니 10년 세월이 흘렀다. 한강의 다른 소설들을 꺼내서 확인했다. 모두 초판이다. 이것은 그녀의 책이 그동안 그다지 많이 읽히지 않았다는 증거일 수 있다. 아마 한강의 소설을, 거기에 담겨 있는 그녀의 메시지를 조금이라도 이해했다면 우리의 반응은 조금 달랐어야 하리라. "깊이 잠든 한국에 감사드린다"는 한강의 짧은 수상 소감은 우리 사회의 속물성에 대한 비판을 은밀히 숨기고 있으니 말이다.

　그래도 맨부커상 수상 소식이 작가를 위해서나 한국문학을 위해서나, 많이 다행스럽다는 느낌을 주는 것은 사실이다. 사막을 건너는 사람에게 오아시스란 잠깐의 목축임에 지나지 않을지도 모른다. 하지만 이것이 그녀에게 더 먼 길을 가는 힘이 되어 주기를 진심으로 바란다. 그녀가 노른작가 한승원의 딸이라는 사실보다는 그들의 좋은 소설들이 왜 읽혀지지 않는가를 우리는 물어야 한다.

　좋은 번역가들이 좀더 많았으면 좋겠다. 그녀가 겪고 있다고 들은 손가락 통증에 대해서는 동병상련으로라도 깊이 유감스럽다. 하지만 때로 어떤 고통들은 우리 삶을 지켜주는 등대 역할을 하기도 한다. 그녀의 글들은 분명히 여러 통증과 싸우면서 쓰여졌을 것이다.

　실제로 나는 그녀 소설들을 읽으며 하나의 병원을 상상하곤 했다. 소설 속 주인공들이 앓는 병들은 '건강 염려증'과는 아무런 관련이 없다. 그게 폭식이든, 실어증이든, 실명이든, 혹은 채식의 형태로 찾아든 자살 욕망이든, 그녀 소설 속의 모든 질병은 삶의 본질에 대한 깊은 응시로부터 온다.

언젠가 그녀의 첫 장편인 『검은 사슴』에 대해서 '오래고도 새로운 소설의 탄생'이라고 적은 바 있다. 카메라의 방식으로 외부세계를 응시하려는 태도가 오래된 것이라면 시선의 깊이야말로 새로운 것이라 할 만했던 것이다. 그 시선이 워낙 근본적인 것이어서 페미니즘에 한정되지 않으며 자주 소설이라는 양식을 넘어서 시를 향해 나아가는 것처럼 보였다.

이 소설에서 우리는 수상작 『채식주의자』의 흔적을 찾아볼 수 있다. 소설 속의 한 인물이 이렇게 말하고 있는 것이다. "그냥 …… 소나 돼지나 닭이나, 어떤 짐승이 죽어야 내가 그 살을 먹는 거잖아요? 결국 그 짐승이 죽는 대가로 내가 조금 더 건강해진다는 건데…… 아무래도 나 자신이 그 짐승보다 낫다고 여겨지지 않아요. 소가 엄마 소한테서 떨어질 때 얼마나 슬프게 우는 줄 알아요? 돼지가 죽기 전에 얼마나 불쌍하게 비명을 질러대는데요. 방정맞은 생각이지만, 나는 회식 같은 데 가서 고기를 굽고 있으면 자꾸만 상상을 하게 돼요. 저것이 살았을 때는 어땠을까, 죽는 순간은 어땠을까…… 그런 상상을 하고 있으면 내가 그 짐승의 살을 먹고, 그 짐승보다 오래 살아야 할 이유도, 자격도 없다는 생각이 드는 거예요." 『채식주의자』는 이러한 느낌과 인식을 구체화한 세 편의 소설로 이루어진 연작소설이다.

2

삶이 지닌 근원적인 폭력성에 대한 깨달음은 물론 훨씬 더 여성적인 것에 가깝다. 때로 그것은 어쩔 수 없이 무언가를 잡아먹는 삶의 거부를 통해 죽음 충동으로 나가기도 하지만 식물성에 대한 간절한 친화력으로 나타나기도 한다. 적어도 식물은 표나게 이빨을 드러내지 않는다.

그게 「내 여자의 열매」[1997]라는 단편소설이 되는데, 몸에 멍을 새김으로써 나무로 변해가는 아내를 중산층적 욕망을 지닌 남편의 시선으로 그려냈다. 『채식주의자』는 비슷한 주제를 확대·심화한 것이라 할 수 있다. 「채식주의자」, 「몽고반점」, 「나무불꽃」이라는 세 편의 소설로 구성되었다.

그중에서 「채식주의자」는 「내 여자의 열매」와 가장 친연성을 지닌 소설이다. 살해에 대한 무서운 꿈 때문에 고기들을 전혀 먹지 못하는 아내를 응시하는 남편의 관점이 채식주의자라는 말에 담겼다. 그녀의 고통은 이해될 수 없다. 그렇다면 단순히 채식주의자라는 말 너머에 있는 그녀의 소망은 무엇인가.

아마 다음 구절이 도움이 될지도 모르겠다. "내가 믿는 건 내 가슴뿐이야. 난 내 젖가슴이 좋아. 젖가슴으론 아무것도 죽일 수 없으니까. 손도, 발도, 이빨과 세 치 혀도, 시선마저도, 무엇이든 죽이고 해칠 수 있는 무기잖아. 하지만 가슴은 아니야. 이 둥근 가슴이 있는 한 난 괜찮아. 아직 괜찮은 거야. 그런데 왜 자꾸만 가슴이 여위어가는 거지." 이렇게 이 소설은 우리 사회에서 자리를 잡아간다는 일이 살해와 관련되는 일임을 보여준다.

「몽고반점」은 그러한 인간됨에 대한 혐오가 옷을 벗는 일로 나타나는 여인에 대한 한 남자의 욕망을 담고 있다. 그의 욕망은 포르노그래피와 예술 사이에서 분출하고 마침내 처제의 몸을 그 대상으로 삼는다.

그녀는 어떻게 그를 거부하지 않고 받아들이는가. 그것은 일련의 바디페인팅을 통해 그녀가 스스로 꽃으로 변신했기 때문이다. 이미 인간의 경계를 넘어선 터에 윤리적인 금기 따위가 존재할 리가 없는 것이다. "이 모든 것을 고요히 받아들이고 있는 그녀가 어떤 성스러운 것, 사람이라고도, 그렇다고 짐승이라고도 할 수 없는, 식물이며 동물이며 인간, 혹은 그 중간쯤의 낯선 존재처럼" 남자에게도 느껴진다. 이 영역은 온전히 문학적인 세계에서만 가능했던 것이 아닐까? 그러므로 이 장면들을 영화화한 임우성의 작품

고요도 정치다

은 그녀의 내면에 이르지 못하고 만다.

　이미 어떤 인터뷰에서 작가도 밝힌 바 있지만 이 세 편의 소설들에는 사랑을 통해 그러한 내면적 아픔을 끌어안으려는 인물도 등장한다. 「나무불꽃」에 나오는 언니가 그렇다. 그것은 검은 숲 저편에 있는 정신병원을 찾아가는 일로 그려진다. 사랑이 희망을 만들어내는 것은 아니지만 적어도 아픔을 응시하게 한다. "왜, 죽으면 안 되는 거야?"라고 항변하는 검은 눈동자에 대해 "저 눈 뒤에서 무엇이 술렁거리고 있을까. 어떤 공포, 어떤 분노, 어떤 고통이, 그녀가 모르는 어떤 지옥이 도사리고 있을까"를 묻는 마음이.

3

　그 후로 『바람이 분다, 가라』2010를 쓴 뒤에 작가 한강은 『희랍어시간』2011과 『소년이 온다』2014를 지나서 『흰』2018에 이르러 있다.

　때로 『희랍어시간』과 『소년이 온다』를 하나의 분기점으로 놓고 소설가로서의 그녀를 두 이질적인 세계로 나누려는 시도도 존재한다. 그 의도를 이해하지 못하는 바 아니다. 그만큼 1980년 광주를 그린 『소년이 온다』가 강렬한 사회·역사적 파장을 지닌 작품이라는 의미이니까. 그러나 『소년이 온다』를 그녀의 다른 소설들과 분리해서 생각하는 것은 파도를 보고 바다를 이해하려는 일과 다를 바 없다.

그들을 같은 세계를 응시하는 검은 눈동자로 놓을 때 우리는 비로소 『소년이 온다』를 보다 잘 이해할 수 있게 되는 것은 아닐까? 흔히 오해하는 것처럼 학살은 1980년 광주에서만 일어났는가? 손에 피가 묻어있는 자는 전두환과 그가 거느린 자들뿐인가? 더 많은 침묵들과 무관심과 성공 담론 속에서 제 자리를 찾아가는 일상적 삶 속에는 학살이 존재하지 않는가란 지극히 불편한 질문까지 한강의 소설들은 우리를 이끌어간다.

때로 그 세계는 지독히도 어둡고 암울한 세계이기도 하다. 명징한 언어들은 시적인 아름다움으로 빛나지만 어느 순간에 인간의 형태를 잃고 실어증으로 나아갈 수 있으리라. 거기에 질 들뢰즈가 그려낸 "소진된 인간"이 놓여 있을지도 모른다. 그는 말한다. "우리는 태어나기도 전에, 스스로를 실현하기도 전에, 혹은 무언가를 실현하기도 전에 소진될 수 있다." 그 음울한 세계에서 "구두를 신고, 우리는 머문다. 실내화를 신고, 우리는 외출한다."

한강의 수상 소감을 다시 한번 반복하자. "깊이 잠든 한국에 감사드린다." 그렇다면 우리는 이렇게 말할 수도 있지 않을까? 그녀의 소설은 한국이 꾸는 악몽이라고. 한국에서 벌어지는 다음과 같은 일들은 끔찍하다.

고요도 정치다

나홍진의 〈곡성〉2016이라는 영화를 몇 번씩이나 보면서 그 세부가 어떤 의미를 지니는가를 묻는 사람들이 홍상수의 〈옥희의 영화〉2010가 보여주었던 고민에 대해서는 모르고 전수일이 얼마나 외롭게 그 악마들과 싸웠는지에 대해서는 전혀 관심이 없다.

방송사마다 모두 나서서 작가 한강을 인터뷰한답시고 혈안이 되어서 작가는 마침내 글을 쓰는 자로서의 고독마저 빼앗겨버린다. 어두운 그늘 속에서 외롭게 글을 쓰던 작가들은 영양실조로 쓰러져 간다. 그러면서도 그런 현실을 아파하는 자에게 왜 그리 어두운 꿈을 꾸느냐고 힐난한다. 마치 지옥으로부터 내밀어진 손처럼, 우리의 입을 강제로 벌려서 그 끔찍한 삶을 먹이려 한다.

그러므로 작가 한강과 함께 우리는 물어야 한다. 다른 모든 힘없는 존재들과 함께 더불어 사는 길은 없는가. 나무처럼.

맨부커상 수상 소식을 듣고

1

충남 평생교육원에 와서 나스메 소세키夏目漱石의 『길 위의 생道草』김정숙 역, 이레, 2006을 읽고 있다. 아내와 아이들을 일층으로 떠나보내고. 아니 나만이 버려진 채로. 이따금 창밖 솔숲으로 바람이 지나가는 소리가 나를 뒤흔든다. 모르겠다. 내가 지금 여기서 책을 읽으며 솔바람 소리를 듣는 겐지, 작은 언덕의 소나무인 채로 책의 꿈을 꾸는 것인지.

첫 번째로 실려있는 소설을 읽노라면, 곧장 우리가 아는/상상하는 일본의 어느 거리로 날아가게 된다. 거기에 서구풍으로 꾸민 한 사내가 있다. 그 판별되는 지점이 모자임에 주목할 필요가 있다. 그것이 어설픈 '흉내내기'를 넘어서려면, 그 모자의 내면에 이르러야 한다.

어느 날 가랑비가 뿌렸다. 그때 그는 외투는커녕 비옷조차 걸치지 않은 채 우산 하나만을 펼쳐 들고 여느 때처럼 혼고쪽 길을 규칙적으로 걸어갔다. 그러다 인력거꾼 집을 조금 지났을 때 생각지도 못했던 사람과 맞닥뜨리게 되었다. 그 사람은 네즈 신사 뒤편 오르막길로 해서 그와는 반대 방향인 북쪽을 향해 걸어온 듯, 겐조가 조금 전 무심코 길 저편을 바라보았을 때부터 이미 시선에 들어와 있었다.(6~7쪽)

이 구절에서 눈에 띄는 것은 그가 의복에는 민감하면서도 '신사神社'에는 무심하다는 점이다. 일단은 그만큼 신사가 일상적인 체험으로 자리 잡았다고 말할 수 있다. 그러니까, 그것은 그냥 하나의 풍경에 지나지 않는다. 그러나 이는 서구적인 정신에서 보자면 다 벗어내지 못한 무엇일 수 있다.

실제로 시간이 흐르면 신사에서 천황에 이르는 정신적 의상들에서 근대 일본인들은 결코 자유롭지 못힘이 드러난다. 결국, 이 어느 지점에서 신경증이 생겨나는 것이라 할 수 있지 않을까?

겐조는 먼 곳에서 가지고 온 책꾸러미들을 다다미 여섯 장 방에 풀어 놓았다. 산더미 같은 양서洋書 속에 책상다리를 틀고 앉아 일주일 아니, 이주일씩을 보내면서 아무렇게나 손에 잡히는 책들을 뽑아 두서너 페이지씩 읽고는 하였다. 그 때문에 중요한 서재 정리가 부지하세

월이었다. 결국 보다 못한 친구가 순서라든가 목록 등에 관계없이 손
닿는 대로 책장에 꽂아 버렸다. 주위 사람들은 그를 신경쇠약이라고
했지만 정작 그 자신은 그것을 성격이라고 믿고 있었다.(11쪽)

2

김영현의 『나쓰메 소세키를 읽는 밤』^{작가, 2007}은 언젠가 비슷
한 제목으로 글을 써보고 싶게 하는 책이다. 나쓰메 소세키에게는
속절없이 빠져들게 하는 알 수 없는 매력이 있다는 것. 그럼에도
불구하고 우리는 불편할 수밖에 없는데 그 사정을 김영현은 이렇
게 말해 놓고 있다.

우리 근대문학에서 나쓰메 소세키 같은 작가를 찾으라면 누구를 꼽
을 수 있을까? 약간의 이견이 있을지 모르지만 나는 춘원春園을 들고
싶다. 문학적 재능에서나 남긴 작품에서나 춘원은 결코 나쓰메 소세키
에 뒤지지 않기 때문이다. 그는 계몽기의 우리나라 문인 중 인문적 교
양과 대중성을 두루 갖춘 보기 드문 작가였다. 하지만 그는 불행히도
식민지 조선에서 살다가 끝내 변절하고 말았다. 그것은 그의 불행이기
도 하고 우리 문학사와 민족사의 불행이기도 하다. 단재丹齋처럼 끝까
지 굴하지 않고 자신을 지키기를 바랐다면 그에게 지나친 욕심이었을

까? 몇 해 전 남북작가회담차 평양에 갔다가 평양 외곽에 있는 묘지에서 그의 묘지를 보았는데, 초라한 그의 묘비 앞에서 참으로 착잡했던 기억이 떠오른다. 해방이 조금만 빨리 왔더라면, 차라리 나쓰메 소세키처럼 일찍이 병사라도 했더라면, 우리 천 원에도 조선시대의 인물이 아닌 근대의 작가 얼굴이 그려져 있었을지도 모른다.

침략자는 얼마나 고상한 기억만을 남기고 있는가!(108쪽)

돌연히 터져 나온 마지막 물음은 착잡하다. 그리고 인용된 대목에는 어떤 기이한 왜곡도 존재한다. 우리는 단재 신채호를 하나의 신화로 기억한다. 그런 별들로는 한용운, 윤동주, 이육사 등이 있다. 그리고 그들은 모두 일제 말기에 죽은 이들이다. 단재 신채호 선생이 세상을 떠난 시기는 1936년 2월 21일이다. 나머지 분들은 소위 암흑기에 세상을 떠났다. 한용운^{1944.6.29}, 이육사^{1944년 여순감옥}, 윤동주^{1945.2.16}임을 감안한다면, 이들 중에 이광수와 동일한 삶을 살았던 이는 없다.

이광수의 친일이 문제적인 것으로 드러나는 시기는 수양동우회사건¹⁹³⁷ 이후이다. 이광수의 훼절은 안타까운 것이지만, 신채호 선생과의 단순 비교로 성사되기 어려운 면이 있다. 이광수에게도 나름 변명할 말은 있지 않겠는가. 그럼에도 불구하고 이광수에게서 얼룩이 지워질 수 없다는 사실이 식민지 현실의 또 다른 참혹

나쓰메 소세키의 동일한 초상은 2004년까지 천 엔짜리 지폐에 사용되었다.
그 이후에는 화학자의 사진으로 대체되었는데,
그에게서도 과거에 대한 논란이 없는 것은 아니다.

고요도 정치다

함이라 할 수 있다.

국내에서 출판된 『길 위의 생』의 속지에는 온전히 백지 한 장을 창문으로 내서 나쓰메 소세키의 '고상한' 초상을 실어놓고 있다. 이 초상은 "침략자는 얼마나 고상한 기억만을 남기고 있는가"란 물음이 과거완료로 표현되는 것이 아님을 깨닫게 한다. 오늘날의 우리도 여전히 그 '고상한 기억'의 축조에 일조하고 있는 것이다.

그리고 그 '고상한 기억'에는 침략전쟁에 대한 그의 괴상한 침묵도 포함된다. 그 침묵의 이유를 짐작하게 하는 글이 그의 『만주여행기』^{1909년 9월 2일에서 10월 14일에 걸쳐 만주와 한국을 여행한 뒤에, 같은 해 10월 21일부터 12월 30일까지 연재한 내용}다.

한 나라의 대표적인 지성으로서 그는 점점 더 구체화해 가는 제국주의에 대해 철저히 침묵한다. 어떻게 그 자리에 서 있을 수 있는가에 대해서 둔감할 뿐만 아니라, 제국주의적 시선으로 조선이나 만주를 읽고 그 대륙의 인간들을 일별한다. 조셉 콘래드의 『암흑의 핵심』이 식민주의의 산물이라고 비판될 수 있다면, 그의 글들은 훨씬 노골적으로 그렇다. 다음 대목이 그렇다.

인력거는 일본인이 발명한 것이지만, 인력거꾼이 중국인 혹은 조선인인 경우에는 결코 방심해서는 안 된다. 그들은 어차피 남이 만든 것이라는 생각을 갖고 있기 때문에, 그들의 인력거를 끄는 방식에는 조금도 인력거에 대한 존경심이 나타나 있지 않다. 해성海城이라는 곳에서 고려의 옛 유적을 보러 갈 때에는 엉덩이가 조금도 방석 위에 붙어 있을 틈도 없이 흔들렸다. (…중략…) 끝내 조선인의 머리를 한 대 내려치고 싶을 정도로 험한 취급을 당했다.

—『만주와 한국 여행기』, 소명출판, 2018, 155쪽

이러한 태도나 감정에 과연 '고상함'이 존재하는가. 만약에 그것을 고상함이라 부른다면, 그 '고상함'은 어느 부분에서 괴물화된 고상함이라고 불러야 하는 것은 아닐까? 사정이 이렇다면, '고상한 기억'이란 날조된 기억이거나 무지에 기반한 기억일 수도 있지 않은가. 그럼에도 불구하고 진보적인 문인조차, 그를 '고상함'이라는 어사로 불러주는 게 타당한 일인지를 나는 묻고 싶다.

생전에 박경리 선생은 『토지』에서 다음과 같은 대화를 통해 나쓰메 소세키 내지는 근대 일본문학을 통렬히 비판한 적이 있다.

"염통을 꺼내먹을 놈들! 톨스토이, 셰익스피어가 어디 뼈다귀지 핏대 세우는 꼴이 가관이고, 한수 더 떠서 나쓰메 소오세끼夏目漱石가 뭐어쨌다는 거야? 그 군국주의, 아아 참 자네가 존경해 마지 않는 영문학자요 대소설가였던가?" "좀 망발 아닐까요?" "깃발 치켜들 줄 알았다." "군국주의자는 아니었습니다." "그랬어? 만철滿鐵의 총재總裁 나까무라

中村의 초청을 받고 그 자가 조선 만주를 여행하고서.""여행했다고 반

드시.""……일본놈들 죄악에도 아불관我不關이요 내 옷에는 핏자국이

없다."

—『토지』 8, 솔출판사, 1990, 103쪽

나쓰메 소세키는 제국주의의 내부에 있을 뿐만 아니라, 잔존
했던 신분질서에 있어서도 일종의 특권을 누렸던 것은 아닐까? 그
리고 오늘날에도 여전히 막대한 자본에 의해 치장되고 있는 것일
수도.

인류의 유적이란, 이런 의미에서 본다면, 어느 정도 불쾌한
면을 포함하는 것인지도 모른다. 그의 작품에 후광처럼 빛나는 인
문학적 교양에 대한 은근한 숭배와 자존심은 이러한 세계체제 속
에서 가능했을 것이다. 그들이야 그러는 걸 어쩔 수 없다고 하더라
도, 우리 안의 '위대한 유산'에 대한 환각의 그 낡은 커텐을 걷어치
울 때가 되었다.

내게 일본영화가 고요함을 떠올리게 한다면, 그 이유 중의
상당 부분은 오즈 야스지로小津安二郎, 1903~1963로부터 온다. 나는
그의 영화를 오래 사랑했다. 어둠 속에 가만히 앉아서 그의 영화들
을 바라보노라면, 마음 가득히 그윽해지는 것들이 있었다.

〈감각의 제국〉1976으로 유명한 오시마 나기사大島渚, 1932~2013의
다큐멘터리 〈일본영화의 백년〉1995 보노라면, 뜻밖의 사진과 만나
게 된다. 젊은 시절의 오즈 야스지로가 군복 차림으로 동료 영화감
독인 야마나카 사다오山中貞雄, 1909~1938를 만나고 있는 장면이다.

아마도 중국일 듯한 병영에서 두 젊은이가 카메라를 응시하
고 있다. 흐릿한 미소를 짓고 있건, 훨씬 더 호기로운 표정으로 파
이프를 물고 있건, 그들이 이 순간에 어떤 생각을 했는지는 당연히
알 수 없다. 진짜 문제는 그 전쟁에서 살아남은 자가 전쟁에 대해
서 침묵할 때 온다. 그가 야스지로다.

죽기 직전의 야마나까를
찾아가 찍은 것이다

왼쪽에 서 있는 이가 오즈 야스지로이다

그의 옆에 서 있는 사내 야마나카 사다오는 전쟁^{중일전쟁}에서 전사했다. 그가 남긴 유언은 이러하다.

> 만약 〈인정 종이풍선〉이 이 야마나카 사다오의 마지막 작품이 된다면 다소 애석할 듯하다. 그것은 패배자의 슬픔은 아니다. (…중략…) 마지막으로, 선배들과 친구들에게 말한다. 부디 좋은 영화를 만들어주십시오.(1938.4.18)

이 '좋은 영화'라는 과제를 〈라쇼몽〉의 구로사와 아키라가 해결했다고도 볼 수 없고, 그를 통해 서구인들이 재발견한 오즈 야스지로가 더 밀고 나갔다고 할 수도 없다. 자신이 가담했던 전쟁에 대해 침묵함으로써 그가 탐구했던 농밀한 고요함은 '일본적인 것'의 한계에 갇혀버린다.

가닿을 수 없는 편지

황동규의 시 「즐거운 편지」가 나오는 영화 〈편지〉[1997]는 낭
만주의 서사입니다. 영화 속 주인공들은 현실 속에 사는 게 아니
라 아름다운 꿈속에 거주합니다. 그러니까 '아침고요수목원' 같은
곳 말입니다. 그 영화에서 훗날 지상에서의 삶에서 스스로 퇴거
해버린 비운의 여배우 최진실이 시를 가르치는 시간강사로 나오
지요.

다소 웃기는 일이지만, 그녀가 나중에 교수가 되었을지 자주
상상하곤 합니다. 아마 쉽지는 않았을 거라고 여겨집니다. 현실에
서 살아남기에는 그녀는 너무 여리고 순수하니까요. 시간강사의
삶이 얼마나 어려운가는 여기서 새삼 말하지 않으려 합니다. 그건
이미 선생이 모두 세세히 말하고 있으니까요. 글의 제목이 「나는
지방대 시간강사다」였던가요? 책으로도 나왔다고 하나, 읽어보진
못했습니다.

저도 그랬습니다. 1993년 무렵부터 영화 속 최진실이 강의를 하러 다니던 바로 그 경춘선을 따라 강의를 하러 다녔습니다. 비 내리는 청량리에서 기차를 탔는데 경강역에 이르러 설경 속으로 들어서던 기억이 납니다. 낭만적이라구요? 물론 그렇습니다. 그런데 편도 세 시간 반의 여정입니다. 그때의 강사료는 교통비를 크게 넘지 않았습니다. 막 큰아이가 태어났을 무렵인데 아이를 가졌다는 말을 듣고 하마터면 눈물을 터뜨릴 뻔했을 정도였습니다. 기차를 타고 북한강을 끼고 달리노라면 그냥 그대로 한없이 먼 나라로 소실되고 싶었습니다.

그때 옆자리엔 통학생들과 행락객들 속에 간간이 지치고 초라한 행색의 동료 시간강사들이 눈에 띄곤 했습니다. 손에 푸코 따위를 들고 지쳐 잠든 그들의 초라한 행색을 지금도 기억합니다. 그들은 지금 어디서 무엇을 하고 있을까요?

방학이 되면 생활은 그야말로 엉망이 되어버리곤 했습니다. 그 무렵에는 시간강사를 지원하는 어떤 프로그램도 없었습니다. 하지만 누군가 자조적으로 붙인 소위 '교포박^{교수되기를 포기한 박사}'이 아니라면 우리는 또한 쓰는 사람이어야 했지요. 논문도 써야 했지만 무엇보다 책을 사고 학회에 나가고 모임에 나가서 돈을 써야 했습니다. 당연히 '등처가'로서의 삶을 오래 살아야 했습니다. 저는 지금도 모 은행에서 발급한 카드를 주로 쓰고 있는데 한낱 시간강사였던 내게 카드를 발급해 준 첫 은행이기 때문입니다. 그 무렵엔 돌려막기라는 게 가능할 때여서, 참 열심히 부업을 뛰었음에도 불구하고, 나중에 결산해보니 주체할 길 없는 빚더미에 올라앉아 있더군요.

왜 이런 이야기들을 구구절절 늘어놓고 있을까요? 시간강사의 처우를 개선하는 일은 반드시 필요합니다. 선생과 내가 겪었던 시간강사로서의 애환을 누군가가 어떤 식으로든 되풀이한다는 것은 씁쓸하고도 부끄러운 일입니다.

현재 교육부가 추진하고 있는 시간강사법은 현실을 모르는 자들의 탁상공론이 만들어낸 해결책에 불과합니다. 이 국가는 백년의 미래를 위한 구상을 지니고 있지 않습니다. 그래서 우리 학문의 후속세대들은 여전히 곡예와도 같은 삶을 살아가야 합니다. 선생은 자신을 본보기로 시간강사의 처우가, 이 나라의 교육제도가 개선되기를 바랐던 것이라 믿고 싶습니다.

그럼에도 불구하고 나는 이제 선생께 묻고 싶습니다. 꼰대소리를 들어도 어쩔 수 없습니다. 왜 선생의 글에는 가난한 서생의 긍지와 오만함이 드러나지 않는 것일까요?

얼마 전에 연구실 제자에게 인분을 먹였다는 어느 교수 이야기를 듣고 경악했던 적이 있습니다. 도대체 그 교수는 얼마나 깊이 병든 인간이었을까요? 그런데도 마지막 미련을 버리지 못해 그런

족속의 수하에서 온갖 수모를 견뎌야 했던 사람의 아픔을 저는 쉽게 무어라 말할 수는 없습니다. 나는 선생이 실제로 얼마나 커다란 부당한 처사에 억눌려 왔을지 전혀 모릅니다. 이 나라의 도처에서 도제관계로부터 비롯된 악행들은 근절되어야 마땅합니다. 그 깊은 환멸감 또한 모르는 바가 아닙니다.

그런데도 여전히 나는 묻고 싶어집니다. 선생이 겪은 아픔들은 알겠는데 왜 그것들을 견디려 했는가는 여전히 모르겠다는 것을요. 선생의 글들에 대한 댓글은 주로 '지잡대'에 대한 성토와 선생의 선택에 대한 격려로 채워져 있더군요. 무언가 이상하지 않나요? 선생의 글이 정말로 이러한 반응을 기대하고 쓰여졌다면 그건 참 유감이 아닐 수 없습니다. 그렇지 않더라도 이런 반응이 대부분이라면 선생의 글 속에는 스스로 돌이켜볼 어떤 문제점이 있는 건 아닐까요?

제가 생각하기에 선생의 글은 지나치게 미시적이고 감정적입니다. 굳이 지방대라는 표현을 쓸 이유가 있었을까요? 그 표현은 사람들이 지닌 편견을 강화합니다. 학교를 떠나서 패스트푸드점으로 나아가는 방식도 역시 깊이 따져보면 공허하긴 마찬가지입니다. 거기엔 불필요한 과장과 포즈가 담겨 있습니다.

문학도로서의 그 커다란 시선은 어디에 있나요? 조금 더 넓고 깊게 자신이 겪은 아픔을 구조 속에서 사유할 수 있었더라면 하

　　　　　고요도 정치다

는 아쉬움이 있습니다. 그랬더라면『조선일보』와의 인터뷰를 통해 자신의 신분을 공개하는 일 따위는 하지 않았으리라 생각합니다. 도대체 인문학 시간강사에게『조선일보』는 무엇일까요?

당신은 정년보장 교수가 아니냐라고 선생은 항변하고 싶으시겠지요? 그러니 당신 또한 기득권의 관점에 서서 말하는 것이라고. 그러나 이 나라의 대학들은 무언가, 최후의 단계에 접어들고 있는 것 또한 사실입니다. 선생이 애착했을 그 문학들은 대학으로부터 빠르게 사라지고 있습니다. 달리 말하자면 이 나라의 거의 대다수 국민들이 뿌리를 잃은 채 힘겹게 살아가고 있습니다. 선생은 햄버거 가게에 이르러 위안을 얻었다고 하나, 공사장 인부로 겨울 방학을 지내며 공부를 하고 있는 수많은 대학원생의 꿈을 모욕한 것은 아닐지.

청년 까뮈는 "내게 가난이 불행이었던 적은 단 한 번도 없었다"고 말한 적이 있습니다. 더 본질적이고 근본적인 물음이 없는 삶이야말로 정말로 가난한 것이라는 믿음 속에 살아갑니다. 문학의 역사는 이렇게 가난과 굶주림에도 굴하지 않는 자들로 채워져 있습니다.

내 꿈 속에서는 그렇게 아름답고, 그렇게 시적이고, 그렇게 광대하고 그렇게 사랑으로 가득한 나의 삶은 결국 다른 모든 사람의 삶과 같

가닿을 수 없는 편지

은 것이 되어버릴 거야. 단조롭고, 양식 있고, 멍청한 삶. 나는 법대에 다니고, 변호사가 되고, 결국 이베토나 디에프 같은 조그만 지방 도시의 품위 있는 지방검사보가 되겠지…… 영광, 사랑, 승리, 여행, 동양을 꿈꾸었던 가엾은 미치광이가 말이야.

이것은 젊은 구스타프 플로베르가 쓴 편지 내용입니다. 어떤 세속적 욕망들이 우리의 꿈을 방해하는지를 이야기하지 못하고, 그 힘겨움만을 이야기할 때, 우리는 가난한 무능력자 이외에 무엇이겠습니까? 그게 너무도 원통해서 이렇게 한 자 남깁니다.

고요도 정치다

어떤 등에 대한 그리움

"그러케는 도뎌히 쓸수 업세요. 진가가튼 위인은 인격은 고사하고 좀 응증을 할 필요가 잇드군요. 그뿐 아니라 만일 이 붓대를 잘못 드럿 다가는 사社의 신용문뎨도 문뎨려니와 여러 사람의 전성을 그릇처 줄 것이요. 유망한 청년을 죽이고 말 것이니까요."

"응증을 누구를 응증한단 말이야? 신문이란 사실을 보도하면 고만이 지. 편파한 비판을 하는 것이 사명이 아닌 줄은 신군도 짐작하겟구려."

"글세 말슴이올시다. 그라기에 사실대로 쓴 것임니다."

"그런 쓸데업는 잔소리 말고 어서 쓰랴는 대로 써와요!"

사장은 이때것 참앗든 분이 펼적나며 소리를 한청 더 질은다.

(…중략…)

"그래도 종시 못 쓰겟다는 말이지?"

"녜. 절더러 사직을 하라면 사직은 해도 그건 못 써요! 지금 사장께 서 웨 이러시는 것은 나도 다 알아요. 그래 안남작의 던화 한 마듸가 공정한 언론긔관을 좌우한다는 말슴요? 어제 저녁에 사장은 진가더러 무어라고 하셧소? -" 하며 신영복이는 소리를 버럭 질으고 한거름 나섯다.

—「진주는 주었으나 61」, 『동아일보』, 1925.12.18

이것은 염상섭의 소설 『진주는 주었으나』의 한 대목이다. 한국의 저널리즘 속에서 '지식'이 어떻게 변질되었는가를 이야기하기 위해서 이 대목에 이르렀다. 소설 속의 기자는 한 사건을 놓고 언론사의 사장과 갈등하고 있다. 서울 방언으로 그려진 세밀화처럼 보이는 염상섭의 사실주의적 태도는 사태를 간단히 요약할 수 없게 만든다.

여기에는 두 종류의 사실이 존재한다. 사실은 입장에 따라 다르게 나타날 수도 있다. 사실은 고정불변하는 것이 아니라 상황에 따라 요동하는 것이기도 하다. 그래서 거기엔 윤리가 함께 작동한다. 기자에게 그것은 저널리즘이라 불리는 것이 될 것이다. 기자로서 신영복은 취재에 나선다. 그리고 사실을 확인한 결과, 사장이 쓰라고 요구한 기사가 잘못된 것임을 알게 된다. 아마 한 사회가 후진적이면 후진적일수록 이러한 압박은 더 비합리적인 형태를 띠기 쉽다. 사장은 언론을 통해 자신의 사적 이익을 얻으려 할 것이기 때문이다. 결국 그는 힘을 행사하려고 할 것인데, 그것은 기

고요도 정치다

자를 해직하는 것이다.

기자는 자기 나름의 소명의식을 피력한다. 아마도 그것은 공정언론이라는 형태를 취하고 있을 것이다. 사실을 왜곡하는 것은 누군가를 억울한 희생자로 만드는 일일 뿐만 아니라, 기자로서의 자기 이상을 파괴하는 일이다. 그런데 이러한 자기 이상을 추구한다면 그는 해직되고 말 것이다. 개인의 사정들은 얼마나 복잡하고 다기할 것인가. 적당히 타협을 하면 어떨까? 누구나 다 그러면서 살지 않는가 말이다.

이런 경우에 우리가 자주 떠올리는 아이러니가 독립군의 자손들이다. 일제시대 독립운동가들은 훨씬 더 쉽고 편한 영달의 기회, 혹은 현실 순응의 삶을 내던지고 기꺼이 망명객이 되었고 목숨을 걸고 독립운동 전선에 나섰다. 그런데 그 후손들은 어떤 삶을 살고 있을까? 그들은 이역만리에서 가난하고 외롭고 심지어는 교육의 기회도 박탈당한 채 무지한 삶을 살고 있는 것이다. 그러한 현실을 알고 있을 때 우리는 유혹에 흔들릴 수밖에 없다.

물론 우리는 그런 유혹에 흔들리는 우리를 불편하게 만드는 한 마리 등에의 존재를 알고 있다. 그가 기꺼이 선택하는 것은 가난이나 불편 따위가 아니라 죽음이다. 그는 최후의 법정에서 이렇게 외치고 있다.

누군가 자신의 뜻대로 선택했든 사령관이 배치했든 간에, 위험이 임박했을 때도 그는 자기 자리에 있어야 하는 것입니다. 그는 죽음을 두려워해서는 안 되며, 치욕 외에 다른 것을 고려해서는 안 됩니다. 오, 아테네인 여러분, 이것이 진실입니다.

마지막 문장을 통해 짐작했겠지만, 그는 소크라테스다. 그가 따르는 것은 내면의 어떤 목소리다. 그 목소리에 대한 믿음이 그로 하여금 죽음을 두려워하지 않게 한다. "조금이라도 훌륭한 사람은 죽느냐 사느냐 하는 위험을 헤아려서는 안 됩니다. 그는 어떤 일을 하면서 오직 올바른 일을 하느냐 나쁜 행위를 하느냐, 즉 선량한 사람이 할 일을 하느냐 악한 사람이 할 일을 하느냐 하는 것만 고려해야 합니다."

바로 뒤에 독립운동가의 딜레마에 대한 그의 해답이 이렇게 제시된다. "당신의 견해를 따르면 트로이에서 죽은 헤로스들, 특히 그중에서도 테티스의 아들은 그다지 보람이 없이 죽은 것입니다." 여기서 테티스의 아들은 아킬레우스를 말한다.

누군가는 이렇게 말하고 싶을지도 모른다. 그는 영웅이지 않은가라고 말이다. 그는 이야기로 살아남은 자이며 우리 무명의 존재들은 다르지 않은가라고 말이다. 여기에 바로 소크라테스가 말하는 각자의 자리가 있는 셈이다. 우리는 모두 각자의 자리를 지

고요도 정치다

니고 있으며 그 자리에서 내면에서 들려오는 목소리를 듣는다. 예컨대 한 나라의 왕은 존경받아 합당한 높은 자리지만, 그가 그 목소리에 귀를 닫고 사적인 이익과 권력을 탐한다면 그는 비천한 자다. 그러나 그가 백정에 지나지 않는다 해도 소 한 마리를 잡는 일에도 도를 안다면 그는 이미 귀한 자라고 공자는 말하지 않았던가. 그러므로 각자의 자리는 다를지언정 내면에서 들려오는 목소리가 어떻게 다를 수 있겠는가.

다시 독립운동가의 딜레마로 돌아가 보자. 만약에 우리가 사는 나라가 독립운동가들이 비참하게 잊혀지는 나라이고 그 나라의 백성들이 모두 그로부터 배워서 나라가 어려운 처지에 놓여도 아무도 나서지 않으려 한다면, 나라는 결국 망하고 말 것이다. 그런 나라에서 쌓은 부와 명성 따위는 또 얼마나 허망한 것이 될 것인가. 후손들이 내 비겁의 대가로 얼마나 오래 행복을 누릴 것인가. 우리는 그런 세계에서의 행복에 기꺼워할 것인가.

신영복의 기개와 용기는 어디서 오는가. 그것은 그의 내면에서 들려오는 목소리에서 온다. 그리고 그런 용기있는 목소리를 제대로 돌보지 못하는 나라는 결국 망할 수밖에 없다. 우리에게도 그런 용기 있는 사람들은 수없이 많다. 자신이 옳다고 믿는 바를 위해 일신의 안락과 부, 생명까지 내던진 사람들을 어떻게 다 열거할 수 있으랴. 그러나 그 반대도 마찬가지다. 누구나 다 칭송하는 높

어떤 등에 대한 그리움

은 자리에서 고작 돈과 권력을 탐하다가 사라져간 존재들도 많다. 인간의 세상에서는 언제나 그들이 51대49의 비율 같은 것으로 시소게임을 한다. 어느 쪽이 더 많아지고 어느 쪽으로 더 기우느냐의 문제가 아닐 수 없다.

우리는 '언론과의 전쟁'이라는 기이한 전쟁을 기억한다. 소위 '조-중-동'이라고 부르는 보수언론들은 민주화 시기에 자기 내부에서 수없이 많은 신영복들을 해직시켰다. 그들은 절대권력과 손잡고 침묵과 왜곡을 일삼았다. 그들에 대한 분노는 후에 민주정권이 들어선 뒤에 '언론과의 전쟁'으로 이어졌다. 하지만 그 전쟁은 애초에 시작되지 않은 것만 못하게 끝나버렸고 그 결과는 최악의 결과로 남게 되었다. 언론의 환경이 오히려 열악해지면서 많은 사람들이 그 세계를 자의 반 타의 반으로 떠나버렸다. 그리고 나쁜 것들은 더 독해졌다. 결국, 우리 언론에서 신영복 같은 이들은 떠나고 빠르게 자조의 인간이나 처세형 인간으로 대체되고 말았다. 사실들을 기록하기 위해, 자기 목을 내거는 기자들을 우리는 얼마나 지녔는가. 그들이 줄어드는 세상은 얼마나 억울한 사람들을 만들어내며 병들어가고 결국은 망조에 빠져들게 되는가.

소크라테스는 『크리톤』에서 "가장 가치 있는 것은 사는 것이 아니라 잘 사는 것"이라고 말한 바 있다. 이 '잘 사는 것'은 물질적인 부를 의미하는 게 아니라 역시 내면의 목소리에 충실한 삶을 의미한다. 이러한 삶을 공자는 다음과 같이 일목요연하게 정리한다. "나라가 잘 다스려지는데도 가난하고 천한 자리에 있다면 이것은 부끄러운 일이다. 그러나 나라가 어지러운데도 부유하고 높은 자리에 있다면 이것 역시 부끄러운 일이다." 이 나라는 잘 다스려지는 나라인가. 그 답을 찾기 위해서 우리는 우리 사회에 얼마나 많은 신영복이 있는가를 물어야 하리라. 나는 이 나라에서 이렇게 쉽게 살아가는 게 부끄럽다. 당신은 어떠한가.

어떤 등에 대한 그리움

이생망의 에티카

생이라는 지옥

더 끔찍한 곳들은 언제나 존재했고 지금도 여전히 도처에 존재한다. 그러나 절망은 늘 여기에 있다. 그 절망 속에서 같은 시기의 시리아 내전보다도 더 많은 사람들이 스스로 목숨을 끊었다. 더 많은 사람들이 다른 나라를 선택해서 떠나간다. 출생은 억압된다. 아이를 낳는다는 것은 아이에게 묻지 않고 생이라는 끔찍한 지옥을 주는 것이라 여겨진다. 위기는 상존한다.

그러나 아직 모든 게 끝난 것은 아니다. 이 지옥을 완성하는 것은 엄청난 고통을 각자 외롭게 견뎌내야 한다는 현실이다. 눈부신 조명과 부와 환락이 빛나는 거리 어디선가 오로지 '나만' 억울하게 죽어가야 한다. 이 부당함은 계층이라든가 어떤 질서를 통해 설명될 수 없다. 재벌도, 노숙자도, 젊은이도, 노인도 각자 견디다가 죽는다.

이 시대 한국의 서사들이 이러한 삶을 반영하는 것이라면, 그것을 가장 잘 보여주는 신조어가 '이생망'^{이번 생은 망했다라는 말의 줄}임말이라 할 수 있다. 다음 생이 존재하는지는 알 수 없다. 그러므로 이생망은 다만 희망 없음의 표현에 불과할 뿐이다. 혁명은 불가능하다. 죽음이 찾아올 때까지 삶은 고역처럼 지속된다.

박민규의 34회 이상문학상 수상작인 「아침의 문」은 '출구 없는 방'^{사르트르}으로서의 이 세상의 삶을 음울하게 그려낸다. 더 이상 견딜 수 없어서 탈출하려는 자와 자신의 의지와는 무관하게 들어오는 자가 우연히 한자리에 놓여진다.

스위스의 합법적인 안락사협회가 'Exit'라는 이름을 하고 있음은 우연이 아니지만, 그들이 비상구로 데려가려는 자들이 주로 불치병 때문에 고통받는 환자라면 이 나라에서는 세계의 불합리함을 견딜 수 없는 사람들이 불법적으로 비상구로 나아간다. 이들의 세계관은 문인수의 시 「하관」[*]에서 다음과 같이 표현되고 있다.

이제, 다시는 그 무엇으로도 피어나지 마세요.

지금 어머니를 심는 중

• • •

* 전문, 『현대시학』, 2010.6. 이 시는 하나의 모순을 그 자체 내에 포함하고 있는데 그것은 그 무엇으로도 피어나지 말기를 희망하면서 심는다는 행위다. 심은 것들은 피어날 수밖에 없다. 이 시의 변형 과정에 대해서는 좀더 구체적으로 살펴볼 필요가 있다.

아마도 이러한 비극적 세계관을 우리 문학사에 깊게 각인시킨 시인이 기형도라면"더듬거리며 나 이제 문을 잠그네. 가엾은 내 사랑 빈집에 갇혔네"(「빈집」), 이를 소설로 형상화해낸 작가는 김소진일 것 같다.

그에 의하면 가난이 지옥이 아니라 탐욕이 지옥이며, 탐욕을 채우기 위한 만인의 만인에 대한 투쟁이 이루어지는 장소가 지옥이다. 그의 유고작인 「내 마음의 세렌게티」에는 한 장의 유서가 담겨 있는데, 거기서 그는 차라리 세상의 똥으로 돌아가기를 희망한다.

> 저 온갖 욕망과 허영과 오기와 아둔함으로 가득찬 나라는 껍데기 인간의 어둡고 탁한 터널을 통과 (…중략…) 똥이 다시 부드러운 흙과 투명한 바람과 서로 몸을 섞고 맑은 공기를 따라 푸성귀도 되고 짐승의 살이 되듯 일평생 똥이 가득 머물다 간 집이었던 내 몸뚱어리는 스스로가 똥이 되려 합니다. 거름이 되려 합니다. 끝내 다시 태어나려는 기억도 잊으려 합니다…….

이렇게 본다면 1980년대의 급작스런 종언과 함께 변혁의 가능성이 사라진 세계에서 이 시대의 서사는 두 종류로 나뉘고 있음을 알 수 있다. 그 하나가 개인주의적인 삶의 성취와 관련된다면 다른 하나는 그러한 삶에 대한 무력한 회의와 연관되는 것이다.

그리고 시간이 흐를수록 소위 '이생망'의 서사는 점점 더 강화된다. 이후를 상상하는 것은 현재로서는 불가능하다. 하나의 힌트가 영화 〈내부자들〉을 통해 제시되었는데, 검사 우장훈이 청년 시절 자신의 책상머리에 붙여 놓았던 문구가 그것이다. "만약 지옥길을 걷고 있다면, 계속해서 전진하라."*

이제 '이생망'의 시대를 그린 두 편의 소설을 통해 이 시대 젊은 작가들이 세계를 어떻게 견뎌내고 있는가를 살펴보자. 그 하나가 조해진의 「산책자의 행복」『창작과비평』, 2016.봄이라면, 다른 하나는 김애란의 「건너편」『문학과사회』, 2016.봄이다.

이생망을 그린 소설들은 이 밖에도 헤아릴 수 없이 많다. 편혜영의 끔찍한 악몽이라든가 김숨의 부조리한 이물감의 세계가 손쉽게 떠오를 수 있다. 정유정이 그려낸 폭력성의 악무한도 있고, 장강명이 보여주는 세계에 대한 집요한 탐구도 있다. 그의 소설 제목은 암시하는 바가 크다. 한국이 싫어서. 그중에서 두 편을 선택한 것은 이들이 바로 우리 소설의 현재성에 민감하게 반응하고 있기 때문이다.

⋅ ⋅ ⋅

* 이는 제2차 세계대전 당시 영국의 총리였던 처칠의 말로 원문은 다음과 같다. "If you're going through hell, keep going."

폐허를 견뎌내는 한 방식

이 세계를 폐허로 응시하는 한 방식으로 우리는 이인휘의 소설집 『폐허를 보다』실천문학사, 2016를 들 수 있다. 이 소설을 노동소설의 범주로 파악하려는 시도는 실패할 수밖에 없다. 왜냐하면 이 소설집 속의 소설들은 자본에 의한 노동의 철저한 패배만을 그리고 있기 때문이다. 어느 게 옳은지를 아는 것만으로는 부족하다. 삶의 차원으로 그걸 밀고 나갈 수 없다면, 노동은 이미 삶의 터전으로서의 의미를 상실한 폐허와 같다. 그 뒤에 남은 세계가 조해진의 세계가 아닐까?

조해진의 장편소설 『여름을 지나가다』문예중앙, 2015에는 박민규의 소설 속에 그려졌던 삶의 비극성이 겹쳐져 있다. 주인공이 응급실에서 태어나는 순간에 옆 침대에 누워있던 노인이 숨을 거두는 장면이 그것이다. 소설 속에서 주인공들은 모두 이생망으로서의 삶을 살아간다. 여성인물 민은 남자친구와 헤어진 후 발작적으로 얻게된 부동산 중개업자라는 직분을 이용해 고객들의 빈방을 찾아가는 인물로 그려진다. 그러한 행위를 통해 그녀는 삶과 죽음을 연기演技하고, 연기延期한다. 남주인공인 수는 아버지의 채무 때문에 자신의 신분을 버리고 우연히 주운 다른 이의 이름으로 살아간다. 두 사람에게는 모두 자기 존재라는 것이 버리고 싶은 그 무엇이다.

고요도 정치다

조해진의 또 다른 장편인 『로기완을 만났다』창비, 2011는 이러한 삶의 비극성을 허기의 차원에서 확장시킨 이야기라 할 수 있다. 화자는 자기 삶의 한계점에서 탈북자인 로기완을 향해 떠나고 자신을 온전히 그에게 일치시킴으로써 그가 느꼈을 삶의 고통에 공감sympathy한다. 그러나 이들 사회적 약자들의 감정적 연대가 무엇을 만들어낼 수 있을지는 알 수 없다. 그들을 집어삼키려는 체제 혹은 자본의 힘은 강고하다. 단편 「산책자의 행복」*은 그러한 세계에 대한 우울한 기록이다.

소설은 제자로부터의 편지로 시작한다. 편지 속에서 제자인 메이린이 걷고 있는 독일의 어느 도시는 산책하기에 적합한 도시다. 그러나 그곳에서도 메이린은 자주 길을 잃고 주인공에게 편지를 보내온다. 그 쾌적한 도시도 '출구없는 방'이라는 점에서는 다를 바가 없다. 태어나서 죽을 때까지 그들의 삶은 본질적으로 갇힌 것이다. 어쩌면 그러한 삶은 이 세계의 표준일지도 모르는데, 그러한 삶의 공허함에 대해 메이린은 한때 라오슈老師라 불렀던 옛선생님에게 길을 묻고 있는 것이다. 메이린이 라오슈에게 예상하는 답변은 놀랍게도 앞서 인용한 처칠의 경구와 크게 다르지 않다. "전진하려 했으나 장벽에 부딪혀 돌아온 허무와 애초부터 전진을

* * *

* 　조해진, 「산책자의 행복」, 『창작과비평』, 2016.봄. 이하 인용 시, 쪽수만 표기한다.

시도하지 않은 고정된 허무는 다르다고, 일상과 감정의 반복 속에서 스스로 실존의 의미를 찾아야 한다"252쪽는 것. 그러한 답장을 통해 메이린은 자신의 인식론적 허무로부터 벗어나서 희망을 붙잡고 싶어한다. 그녀는 자신이 파도가 밀려올 때마다 조금씩 무너지는, 해변에 버려진 종이상자 같다고 느낀다. 그러나 기대했던 스승의 편지는 오지 않는다.

라오슈라 불렸던 주인공은 답장을 보낼 수 없다. "하나의 세계는 끝났다"253쪽고 그녀는 생각한다. 조금 더 길게 인용해보자. "이를테면 불행이란 진실을 사유하는 데 필요한 관념으로만 존재하던, 혹은 진정한 행복을 완성하는 부속품이라고 여기던 세계는 단단하게 셔터를 내린 것이다. 입과 거주지를 국가에 의탁해야 하는 세계, 수치심은 사치가 되고 무엇이든 표현할 수 있는 인간으로서의 자유는 최후의 보루조차 될 수 없는 세계, 그녀 앞에 새로 펼쳐진 세계는 그런 곳이었다."253쪽 삶에 관한 존재론적이고 형이상학적인 질문들은 더 이상 가능하지 않다. 오로지 먹고 살기 위해 모든 것을 바쳐야 하는 밑바닥의 삶만이 남아 있다. 그것을 상징하는 게 바로 편의점 아르바이트다.

철학과가 폐과되면서 이십 년 가까이 해오던 대학강의를 그만 둔 그녀는 전락을 거듭한 끝에 새벽의 편의점에서 일한다. 제자를 만나서 자신이 교수임을 부인한 적도 있다. 새벽의 M시에서 편의점은 네모난 모양의 부표처럼 빛난다. 이 부표가 조금 더 확장된다면 등대가 되겠지만, 편의점이 그만큼의 희망이 될 리 없다. 이 비유에서 강조되는 것은 오히려 그 바깥의 어둠이다. "실제로 새벽의 편의점 안에서 바라보는 문 밖의 어둠은 물결처럼 일렁이곤 했고, 어둠을 가로질러 담배나 생수를 사러 오는 사람들은 저마다의 항로를 갖고 있는 외로운 항해사처럼 보일 때가 많았다."252쪽 이미 조해진의 다른 소설들을 통해 확인했지만, 그 어둠 속으로의 외로운 항해는 운명적으로 난파할 수밖에 없다. 주인공인 그녀의 삶은 특별히 불운한 것이 아니라 다만 먼저 찾아온 이생망일 뿐이다. 그녀는 한때 자신의 꿈이었던 책과 논문들을 내다버리고 캄캄한 방에 누워 "가능하고도 합리적인 죽음의 방법을 고민"255쪽할 뿐이다.

그러므로 라오슈로서의 그녀는 답장을 보낼 수 없다. 만약에 편지를 보내게 된다면 그것은 훨씬 더 차가운 공포에 떨고 있는 동료로서 다음과 같은 편지를 보낼 수 있을 뿐이다. "사는 게 원래 이토록 무서운 거니, 메이린?"256쪽 당연하게도 이 소설은 그 공포감을 넘어서 우리를 이끌고 가지 못한다. 플라톤의 『향연』은 메이린에게는 여전히 의미있는 책이지만, 한때 라오슈였던 주인공에겐 너무 머나먼 이야기들이다. 그러므로 「산책자의 행복」은 지옥에서 곧 지옥으로 변해버릴 현실을 응시하는 이야기로 읽힌다. 죽음의 방법을 고민하는 주인공은 동시에 이렇게 외친다. "미치도록

살고 싶어."268쪽

　그나마 이 소설에 '이생망'의 에티카라는 게 존재한다면, 그
것은 타인의 고통과 죽음이 초래할 부재와 고통을 느끼는 태도라
할 수 있다. 메이린의 친구 이선이 먼저 그랬듯이 주인공도 자살
을 선택할 수 있으며, 언젠가 메이린도 같은 격류에서 희생되지 말
라는 법이 없다. 이러한 비극을 막을 수 있는 방법도 딱히 없다. 메
이린은 이미 라오슈의 처지를 알고 있다. 그래서 그녀가 혹시 자살
을 해버릴까 두려워하고 있다. 그 염려는 어쩌면 조금 이기적인 것
일 수도 있으나, 현재로서는 유일하게 가능한 삶의 에티카윤리일지
도 모른다. "또 하나의 부재를 감당할까봐, 온몸을 내던져 부딪칠
장벽도 없이 그 어쩔 수 없는 부재에 잠식될까봐 저는 무서웠습니
다. 그러니 저는 라오슈가 아니라 제게 닥칠지 모를 가상의 고통을
걱정한 것입니다. 저는 살아있습니다. 살아있고 살아있다는 감각
에 집중하고 있습니다. 그리고 오늘밤 제가 하고 싶은 말은 이것이
다예요, 라오슈……"269쪽

　이 편지가 제때에 당도했는지, 그게 라오슈로 불렸던 주인공
에게 위안이 되었을지는 알 수 없다. 우리는 편지를 몰래 훔쳐본
다. 우리는 방관자로서 그 세계의 비극을 응시할 수도 있다. 누군
가는 이렇게 말할 수도 있다. 우리가 젊었을 때는 말야. 또 누군가
는 이렇게 반문할 수도 있다. 적어도 먹고 살 수는 있는 거 아냐?

　　　　　　　　　　　　　　고요도 정치다

그런데 왜 이렇게 비관적이고 절망적인 거야? 조금 더 밝고 희망적인 세계는 없는가를 물을 때 우리는 김애란의 또 다른 소설과 만나게 된다.

살아남은 자의 슬픔 — 김애란의 「건너편」

태어남과 죽음은 건너편이다. 건강한 자와 아픈 자도 건너편이다. 밤과 낮도, 봄과 가을도 건너편이다. 우리는 무수한 건너편을 지닌 창문이며 또 다른 누군가에게는 건너편이다. 김애란의 소설 「건너편」[*]은 "이번 크리스마스에는 노량진 수산시장에 가자고, 이수가 수건을 개며 말했다"는 문장으로 시작한다. 이 문장은 사실 훨씬 더 많은 것들을 함축한다. 이수는 게으른 자도 아니고 실패할 만한 어떤 요인을 지닌 인물도 아니다. 그는 수건을 개고 있다. 그가 왜 노량진 수산시장에 가자고 하는지는 알 수 없다. 우리도 알 수 없고 부엌에서 시금치를 다듬고 있는 도화에게도 납득할 수 없다. 이수의 건너편에 우리가 존재하기 때문이다.

가끔은 어떤 우연한 기억이 도움을 줄 때가 있다. 하나의 텍스트는 이전의 다른 텍스트가 드리운 그늘 속에서 자라나는 나무

• • •

[*] 김애란, 「건너편」, 『바깥은 여름』, 문학동네, 2017.

이생망의 에티카

와 같다. 노량진 수산시장은 황지우의 시집 『나는 너다』에 실린 109번을 달고 있는 시를 떠올리게 한다.

여보, 지금 노량진 水産市場에 가서

죽어가는 게의 꿈벅거리는 눈을 보고 올래?*

이 시집이 얼마나 끔찍한 체험의 산물인가를 신형철은 시집에 실린 한 편의 시를 통해 눈물겹게 설명한 바 있다.** 광주의 비극을 알리려던 한 순진무구한 대학생은 유인물을 뿌리자마자 체포되어 대공분실에 끌려가서 온몸이 찢기는 고문의 희생자가 된다. 그래서 그런지 시집 속의 시들은 조각난 단상처럼, 단말마의 비명처럼 중구난방의 제목을 달고 있다. 그럼에도 불구하고 시집의 제목은 얼마나 아름다운가. 시인은 '나는 너다'라는 화엄華嚴의 인식에 이르고 있는 것이다. 살아있음을 확인하려는 '나'의 처절한 외침은 이에 공감하고 함께 하는 '너'에 대한 확신 속에서 발언된다. 적어도 그는 자신에 대한 의심에 빠지지 않는다. 그러므로 세월이 흘러서 이 시집의 마지막에 실려 있는 다음과 같은 외침은 실로 눈물겹다.

• • •

* 　황지우, 「109」, 『나는 너다』, 풀빛, 1987, 36쪽.
** 　신형철, 「그러나 문학은 기적적이다」, 『한겨레』, 2016.5.14.

가자, 저 중심으로

살아서 가자

살아서, 여럿이, 중심으로

포로된 삶으로부터

상처의 핵심으로

해방의 징으로

—「205.징」부분

소설 속의 이수가 이러한 삶을 꿈꾸었는지는 전혀 알 수 없다. 아마 그렇지 않을 것이다. 왜냐하면 황지우가 경험했던 1987년이라는 세계는 이미 빠르게 끝나버렸기 때문이다. 소위 포스트모던이라고 불리는 이후의 세계에서는 황지우가 노래한, 저 조화로운 세계에 대한 꿈은 소멸되어버렸다. 이제 세계는 밀림이며 그러므로 너는 나의 적이다. 만인은 만인과 투쟁하며, 살아남은 자가 정의롭다. 무한경쟁은 이 시대의 모토다. 그러니 살아남은 자들이 있는 반면에 죽어서 도태되어야 하는 자들이 있다. 운 좋게도 도화는 그 세계에서 살아남았다. 제철을 만나서 꽃을 피운 그녀에 비해 이수는 입구에서 탈락한 패배자다. 소설은 도화의 관점으로 이수를 건너다본다. 이수가 수건을 개는 방식이 마뜩치 않다. 도화에게는 살아서, 여럿이, 중심으로의 철학이 존재하지 않는다. 그녀에게

이생망의 에티카

는 작별 인사만이 남아있다. 소설은 그녀가 헤어지자는 인사를 꺼낼 때까지만 이어진다.

도화의 세계는 체제 내적인 세계다. 그녀가 공무원시험에 합격해서 도심 한복판에 있는 서울지방경찰청 교통안전과 종합교통정보센터에서 일한다는 것은 매우 상징적이다. 그녀는 수백 대의 관측용 모니터를 통해 도시의 삶을 조망한다. 이러한 시스템 내부에서는 오직 교통사고, 미세먼지 따위들만이 문제가 될 따름이다. 취향은 중요한 덕목이다.

이와는 달리, 이수는 여전히 이생망의 세계를 살아간다. 결별하기 하루 전에 그와 마지막까지 함께 남은 동오는 최근에 커피숍을 냈다 망한 친구다. 이수를 사로잡고 있는 생각은 작은 우연과 큰 결과, 교훈 따위가 없는 실패들이다. 이러한 이수를 도화는 이해할 수 없고 껴안고 갈 수도 없다. 그들이 오로지 공유하는 세계감각은 UFC 경기다. 그들이 살고 있는 국가는 그렇듯이 살아남은 자에게 모든 화려한 조명을 비추는 세계다. 살아남은 자의 세계는 갈수록 커지고 패배한 자의 비참한 최후는 잊혀진다. 그들이 이러한 삶의 부조리함을 전혀 모르는 것은 아닐 수도 있다. 무언가 잘못되었다는 느낌은 노량진 수산시장에서 강렬하게 떠오른다.

이수는 태어나 그런 광경을 처음 봤다. 도화 역시 마찬가지였다. 탁

고요도 정치다

트인 홀에 족히 2, 3백 명은 돼 보이는 이들이 앉아 일제히 뭔가 씹고, 마시고, 삼키며, 떠들어대고 있었다. 두 사람은 얼떨떨한 표정으로 종업원의 안내에 따라 홀 중앙에 앉았다. 테이블 간 간격이 몹시 좁았고 앞, 뒤, 옆 모두 사람이 차 있었다. 종업원이 회와 밥, 탕과 술을 정신없이 퍼 나르는 모습이 보였다. 매운탕이 펄펄 끓는 버너 주위로 아이들이 소리를 지르며 뛰어다니고, 벽에 박힌 대형 평면 티브이에선 새터민이 나와 북한 체제를 비판하고 있었다. 다른 한쪽에서는 군인 모자를 쓴 노인들이 불쾌해진 얼굴로 노래를 부르고, 그 옆에선 수험생 무리가 술잔을 기울이고 있었다. 비닐 깔린 탁자 위로 순식간에 숟가락과 젓가락, 개인 접시와 양념장이 놓였다. 상추와 당근, 풋고추가 담긴 대바구니도 빠지지 않았다. 상아색 플라스틱 접시 위로 방금 전 숨통이 끊긴 생선 대가리가 넋 나간 표정으로 허공을 응시하고 있었다.(202~203쪽)

이러한 풍경은 우리 모두에게 너무도 낯익은 모습이다. 그렇지만 흔한 풍경이라고 해서 이물스럽고 공포스런 느낌이 줄어드는 것은 아니다. 이 호러틱한 모습에 자신의 꿈을 위해 대한민국을 찾아온 외국인 노동자들의 모습이 겹쳐진다. 그들이 바다에 이르러 고요해져서 각자의 상념에 젖는 장면은 인상적이다. 그러나 그러한 감동도 현실적인 문제를 초월할 수 있게 해주지는 않는다. 어

이생망의 에티카

쩌면 이수는 운 좋게도 살아남은 자가 될지도 모른다. 그러나 그것은 살아서, 여럿이, 중심으로 가는 일일 수는 없다. 결별의 순간에 도화는 이렇게 고백한다. "그냥 내 안에 있던 어떤 게 사라졌어. 그뿐이야. 그리고 그걸 되돌릴 수 있는 방법은 없는 것 같아." 이러한 내면이 응시하는 세계가 소설의 결말이 되었음은 물론이다. "더 이상 고요할 리도, 거룩할 리도 없는, 유구한 축제 뒷날, 영원한 평일, 12월 26일이었다."

결론—좀비들의 에티켓

누가 승리하고 살아남았는가? 이 질문은 무의미하다. 왜냐하면 무수한 자들을 살해한 핏자국 위에서 벌인 최후의 만찬에 초대받은 자에게는 이미 영혼이 존재하지 않기 때문이다. 살아남은 자들은 불행히도 삶의 감각을 잃어버렸다. 그들은 죽은 자의 피와 살을 통해 살아간다는 점에서 스스로 역겹다. 몰락의 시대에는 성공한 자들보다 늘 패배하는 자들이 더 흔히 눈에 띄는 법이다.

예수의 탄생과 죽음 사이에 두 소설이 걸쳐 있다고 말할 수 있을까? 불행히도 "속된 세계로의 편입을 선택하지 않는 자유를 지키는 한 어떤 형태의 가난 속에서도 인간으로서의 품위를 질 수 있다"는 라오슈의 확신은 이미 끝나버렸는지도 모른다. 그것은 가난한 자에게 천국을 약속했던 예수의 패배이기도 하다. 이 세계에서 여전히 '고르게 가난한 사회'를 주장하는 게 가능할까?* 호세 무히카는 그런 꿈이 이 세상에 실현 가능함을 보여주는 실증인데, 그러한 운동을 그는 '조용한 혁명'이라고 불렀다.**

여기서 그러한 운동의 미래에 대해서는 유보하겠다. 확실한 것은 지금과 같은 자본의 운동은 파멸을 향해 가며 폐허를 만들 뿐이라는 사실이다. 이 세계에서는 승자도 생명력을 상실한다. 이 세계에서의 삶이 행복하냐고 묻는 순간에 우리는 승자든, 패자든, 노량진 수산시장에서 눈을 꿈뻑거리며 죽어가는 게와 다를 바가 없는 처지라는 걸 깨닫게 된다.

그러므로 우리는 아직 패배하지 않은 자 메이린에게서 여전

• • •

* 이계삼, 『고르게 가난한 사회』, 한티재, 2016. 이 책은 "지금 세계를 파괴하고 있는 악마적인 과정을 중단시키기 위한 유일한 대안은 진정으로 인간적인 사회주의 사회이며, 그것은 고르게 가난한 사회이다"라고 말했던 카말 줌블라트의 말을 인용하고 시작하는데, 다음과 같이 말하고 있다. "우리는 어떻게 살아야 하나. 우리도 그들처럼—ad4세기경 국교로 변한 그리스도교를 피해 사막으로 떠났던 수도승들—사막으로 떠나야 하는 것일까. 그런데, 저렇게 사람이 죽어나가고 있지 않은가. 그러므로, 우리에게는 사상이 필요하다. 약자들의 단결의 방법으로써, 자립과 자치의 사상이, 자본주의가 지금 저물고 있다면, 우리는 저 노동자들, 약한 이들과 더불어 다른 세상을 지금 여기서, 그것이 아주 작은 공간일지라도, 만들어야 하리라."(222쪽)

** 마우리시오 라부페티, 박채연 역, 『호세 무히카 조용한 혁명』, 부키, 2016. 호세 무히카에 따르면 가난에 대한 그의 정의는 세네카의 것으로 필요한 것이 많은 사람들이 가난한 사람들이다. 그는 리우+20정상회담에서 다음과 같이 연설했다. "우리는 단순히 지금처럼 지구를 개발하기 위해서 세상에 온 것이 아니다. 우리는 행복해지기 위해서 이 세상에 왔다. 인생은 짧고 곧 지나가기 마련이다. 그 어떤 값진 보물도 생명보다 귀하지 않은 것이 근본이다."(66쪽)

히 희망을 찾을 수밖에 없다. 그녀의 편지에는 청동상이 철거된 자리가 나온다. 노년의 농부를 형상화한 동상은 전범은커녕 영웅이나 유명 예술가도 아닌데 왜 철거되었는가. 그것은 바로 농부의 평범함이 한 시절의 역사에선 악이 되었음을 모두가 끈질긴 힘으로 기억해왔기 때문이다. 이처럼 기억은 수동적인 것이 아니라 능동적인 것이며 단순한 상처가 아니라 투쟁이다. 평범함이 왜 악이 되는가. 그것은 동상이 유태인 학살이 자행되던 시기에 만들어진 것이기 때문이다. "땅을 믿으며 씨앗을 뿌리고 곡식을 추수하던 평범한 농부들이, 단지 유대인이란 이유로 어제까지 안부를 묻던 이웃을 밀고하거나 그들에게서 재산을 빼앗던 시절"에 "총에 맞고 쓰러지고 불에 태워지는 이웃의 구체적인 얼굴을 목격했으면서도 그들은 시장에 가고 빵을 굽고 잠들기 전에는 자녀의 뺨에 키스를 해주었"을 것이기 때문이다.

당연히 메이린의 질문은 우리에게로 향할 수밖에 없다. 당신은 혹시 평범함 속에 숨은 죄인은 아닌가. 그토록 많은 사람들이 절망하고 낙담해서 떠나려는 지옥에서 우리가 무사히 살아간다면 그것은 이미 우리가 악마거나, 생의 기미가 사라진 존재, 좀비가 되어버렸기 때문은 아닌가. 그대는 행복한가란 질문 앞에서 우리는 가장 낙후된 나라의 빈민들보다 훨씬 더 부정적인 대답을 내놓는다. 그것이 바로 이생망이었다. 그런데 승자로서의 삶을 살아가

고요도 정치다

든 패배자로 낙인찍혔든, 그런 우리의 욕망이나 몸뚱이 속에서는
여전히 다음과 같은 외침이 들려오는 것이 아닌가. "미치도록 살
고 싶어……."

총알은 어디서 날아오는가

새로운 문학에 대한 오래된 물음

1

밤의 문학을 진심으로 사랑한 자에게 낮의 문학에 대해 분노할 자격이 있다면, 이런 넋두리도 해볼 수 있지 않을까? 새로운 샤일록Shylock들이 지배하는 이 세계에서 문학은 무엇이어야 하는가를. 그들과 주고받은 거래들에 대해서. 그러니까 문학(자)은 여전히 이 사회의 별종으로 남아 있는가에 대해서.

질문은 조금 다른 형태로 변경될 수도 있다. 문학에게 남겨진 패가 있는가 하는 것. 수없이 많은 채널들로 가득 채워진 바보상자와 컴퓨터 게임들, 현실 안과 바깥의 수많은 게임들, 속임수들과의 싸움 속에서.

영화 〈국가부도의 날〉2018에서 윤정학유아인은 끊임없이 "나는 속지 않을 거야"라고 외치며 살아간다. 그러면서 가장 큰 게임에서 속는 자가 된다. 그들 무리는 속지 않았기에 국가부도의 비극

속에서 엄청난 부를 이루지만, 그러한 부는 하나의 환상에 가깝다. 부를 이룬 그들은 행복해 보이지 않는다. 영화 속에서 그것은 목을 맨 남자의 시신이 있는 고급아파트로 그려진다. 그들은 그저 누군가의 불행 위에 잠시 머물 따름이다.

재미 소설가 황숙진은 『마이너리티 리포트』라는 소설집에서 그러한 자본주의적 욕망에 대해 '모네토'—라틴어로 '돈'이라는 뜻—라는 이름을 붙여 주었다. 동명의 영화와 달리, 그의 소설은 묵살된 채 망각되어 버린다는 점에서 진정한 소수의견이다. 그의 소설 속 주인공들은 '모네토'의 거대한 환각에 속지 않으려는 존재들을 보여준다. 문학의 힘은 그러한 역할에서 온다. 문학은 흔히 총알로 비유되는 시간이 우리에게 가져다 줄 마지막 밤을 미리 보게 해준다. 그런데 이 시대에 이르면 그 소중한 메시지는 제대로 전달되지 않는다, 피해자에게도. 킬러에게도.

반면에 누가 쏘았는지를 알 수 없는 총알에 의해 비극들이 되풀이된다. 이러한 세계의 비극들이 문학으로부터 비롯된 것은 아니지만 그 사실이 문학에 대해 면책특권을 주지도 않는다. 이 시대의 문학은 많은 경우에 '장식ornament'으로 여겨진다. 있으면 좋지만 없어도 살아가는 데에는 크게 상관이 없는 것. 이러한 생각은 누군가의 장난질 때문이기도 하지만 문학의 잘못도 없지 않다.

이 시대의 독자 중에 동시대에 쓰여지는 어떤 문학 작품을 읽고 삶의 관점이 바뀌었다고 말할 수 있는 사람은 도대체 얼마나 될 것인가. 존재의 얼음장을 심연으로부터 균열시키고 다시 보게 하는 도끼질을 느끼는 작품들의 사례를 얼마나 들 수 있는가. 중산층의 거실에 문학이라는 존재가 얌전하게 놓여 있다. 무언가 다른 싸움을 해야 하는 건 아닐까라고, 한 시인이 고민하는 지점이 여기였다.

2

우리는 목숨을 걸고 쓴다지만
우리에게
아무도 총을 겨누지 않는다
그것이 비극이다
세상을 허리 위 분홍 훌라후프처럼 돌리면서

— 진은영, 「70년대産」 부분

진은영의 시 「70년대産」은 세대론의 성격을 띤 하나의 물음이다. 기형도의 죽음[1989]이 앞으로 다가올 어떤 폭력적인 세계에 대한 두려움 속에 죽어간 시인의 새 카나리아를 연상케 한다면, 김소진의 경우[1996]는 자본에 의해 세렌게티와 같은 살벌한 생존경쟁의 초원으로 변해가는 세계에 대한 공포를 보여준다. 그렇다면 '70 년대산'은 이러한 '이후 세계'의 한복판에 놓인 이들이 아닌가.

생각하는 대로 아무렇게나 적어봐도 한강[70], 진은영[70], 김중혁[71], 편혜영[72], 이기호[72], 김숨[74], 백가흠[74], 손홍규[75], 장강명[75] 김경주[76]들이 모두 여기에 속한다. 이미 우리 문학의 중추를 이루고 있는 세대들이다. 그들의 세계감각을 염두에 두고 이 시를 다시 읽어보면 어떠할까?

조금 뚱딴지같지만, 이 시를 읽으면서 앙드레 브르통의 「초현실주의 선언Manifest du surréalisme」을 떠올린다. 다른 생에 대한 열망이 그 근저에 놓여 있다면, 상상을 통해 그것은 성취될 수 있다. "속을 것을 두려워하지 않고 내 자신을 거기 내맡기기에도 충분하다"고 그는 말한다. 자동기술법에 의한 전혀 새로운 이미지의 생산이 한 축이라면 다른 편에 '총'이 있었다. "가장 단순한 초현실주의적 행위는 양손에 권총을 들고 거리로 내려가 군중 속으로, 힘이 미치는 한, 무턱대고 총알을 쏘아대는 데 있다"는 무서운 진술. 가장 단순한 행위라고 지적했음에도 불구하고 계속 유사한 사태가 벌어지면서 그도 철회할 수밖에 없었던 문장 속에. 하지만 그 과정에서 초현실주의가 지녔던 긴장감도 함께 사라지면서, 추상표현주의와 팝아트의 세계만이 남겨졌던 것은 아닐까? 동시에 하나의 추문도 가려지게 되는데, 세계의 도처에서 지금 이 순간에도

총알은 어디서 날아오는가

무차별적으로 난사되고 있는 어떤 총들 말이다.

진은영의 시에는 이미 두 종류의 '총'이 등장한다. 문학자가 목숨을 걸고 쓴 작품 때문에 기꺼이 감수해야 할 '총'이 하나라면, 술 마시고 밥 먹는 일상의 삶 속에서 서로를 쏘는 '총'이 다른 하나다. 이렇게 분리해 놓고 생각하면 사태가 조금은 명확해진다. 어떤 '총'들은 여전히 누군가를, 아마도 중산층적인 삶 속에서 살아가는 우리가 생각하는 것보다 훨씬 더 많은 사람을 죽인다. '시인'은 목숨을 걸고 쓰는데, '총'이 나를 겨누지 않는 것은 그게 더 이상 위험하게 여겨지지 않기 때문이다.

70년대생의 대표적인 경향으로서 '미래시'권혁웅가 놓여 있다면, 진은영의 시를 통해 이 시대 문학의 정치성 논의가 지닌 한계에 대해 이야기할 수도 있지 않을까? 진은영에 의하면 그것은 "세상을 허리 위 분홍 훌라후프처럼 돌리"는 일과 같다. 우리 시사에서 이러한 비판은 반복적으로 일어났다. 「백조」의 낭만주의를 수음문학手淫文學으로 비판하고 그들 내부의 문제를 "Cafe chair revolutionist"라고 비판하고 나선 팔봉 김기진은 분명히 문학성 자체를 획기적으로 변화시켰다. 하지만 진은영의 비판과 더 닮아있는 사례는 1930년대 후반의 이상李箱에게서 발견된다. 길지 않은 삶을 살았지만, 자기를 겨눈 무언가를 향해 끊임없이 자신의 삶과 시를 '쏘았기에' 젊은 날에 이미 그는 아이면서 해골이 드러난 '동

고요도 정치다

해慍骸'였다. 스물여덟 살의 노옹老翁이었던 만큼, 그는 1936년 가을
에야 처음으로 도착한 식민지 수도 도쿄에서 가보지 않은 뉴욕까
지를 환멸할 수 있다. 이런 마당에 거기서 마주친 「3·4문학」동인
들이 어떻게 보였을까? 김기림에게 보낸 편지는 이렇다.

> 이곳(東京―인용자) 三十四年代의 영웅들은 과연 추호의 오점도
> 없는 20세기 정신의 영웅들입니다. ㅏ゙ㅈㅏㅓㅍㅏ주(도스토예프스
> 키―인용자)는 그들에게 선조에 지나지 않는다는 것을 그들은 생리를
> 가지고 완벽하게 살으오.
>
> ―「私信(七)」, 『정본이상문학전집』, 소명출판, 2009, 264쪽

이상에게 그들 모던보이들에게는 '총'이 없거나 격발장치가
제거된 가짜 총을 들고 있는 것으로 보였던 것. 이상도 그들에게
포즈ポーズ를 보여줄 수밖에 없었다는 것으로 요약될 수 있다. 이상
의 문학 안에는 '총'이 있었거니와―단순히 「오감도 제 15호」를
말하는 것은 아니다―그것 또한 '가짜'가 아니냐는 말에는 이상
의 죽음이 증거로 제시될 수밖에 없다.

3

이러한 비판은 시인 김수영에게서 다시 반복된다. 사실 '세상을 허리 위 홀라후프처럼 돌리면서'라는 시구는 아주 자연스럽게 김수영의 시 「달나라의 장난」을 떠올리게 만든다.

팽이가 돈다
어린아이고 어른이고 살아가는 것이 신기로워
물끄러미 보고 있기를 좋아하는 나의 너무 큰 눈 앞에서
아이가 팽이를 돌린다

—「달나라의 장난」 부분 『김수영전집』, 민음사, 1981, 27쪽

이 시는 김수영이 생전에 유일하게 낸 시집의 제목으로 삼을 만큼 특별하게 여긴 시다. 언제 쓰여졌는지 정확히 알려져 있지 않다. 부인 김현경의 회고가 있지만 그 진술을 그대로 따르면 일종의 시간 착오들이 생겨난다. 정확히 드러난 사실들만 지적하면 이렇다. 1952년 6월 말경에 김수영의 어머니는 부산 거제리 수용소 병원으로 가서 죽은 줄 알았던 김수영을 면회한다. 이후 그는 1952년 11월 28일에 온양에 있는 구호병원에서 "석방되는 200명 남짓한 민간억류인 환자의 틈에 끼여서" 풀려난다. 스스로를 애매한 처지로 인식하고 있음을 느낄 수 있다. 글의 마지막 부분을 인용하

면 다음과 같다.

　너무 기뻐서 나는 집으로 돌아갈 생각도 잘 할 수 없었다. 오래간만
에 보는 길거리에는 도처에 '아이젠하와' 장군의 환영歡迎 '포스타―'가
첨부되어 있었다. 나는 그의 빙그레 웃고있는 얼굴을 10분이고 20분이
고 얼빠진 사람처럼 드려다 보고 서 있었다. 열두시 20분 천안으로 가
는 기차를 타고 가야 할 것을 다음차로 밀고 나는 온천거리를 자유의
몸으로 지향없이 걸어다니었다.

　'너무 기뻐서'란 말은 정확한 표현이 아니다. 실상 영어囹圄의
몸에서 풀려났을 때, 그는 어머니와 가족들이 있는 서울로 갈 것인
지, 아내와 아이가 있는 곳으로 갈 것인지를 고민했던 것이다. 그
는 후자를 선택했다. 그가 부산으로 간 정확한 시기는 알려져 있지
않지만, 시 「달나라의 장난」은 이 시기에 쓰여졌고 그런 아픔들 속
에서 읽혀져야 한다. 시인이 끝까지 '작란'과 '장난' 사이에서 방황
한 이유가 여기에 있다. 그는 시대라는 총탄을 고스란히 맞은 존재
였다. 그런 그가 아이가 팽이를 돌리는 모습을 본다. 단순히 보는
것이 아니라 다음과 같은 깨달음에 이른다.

　팽이는 지금 數千年前의 聖人과같이

　　　　　　　　　　　총알은 어디서 날아오는가

내 앞에서 돈다

생각하면 서러운 것인데

너도 나도 스스로 도는 힘을 위하여

공통된 그 무엇을 위하여 울어서는 아니된다는 듯이

서서 돌고 있는 것인가

팽이가 돈다

팽이가 돈다

이런 김수영이 생전에 이상의 일어 육필원고를 번역했다는 사실은 많이 알려져 있지 않다.김윤식의 『기하학을 위해 죽은 이상의 글쓰기론』 참조 그런 그가 이상과 박인환을 한자리에 놓은 글이 「참여시의 정리」란 글이다. 이 글의 서두에는 유치환의 시 「칼을 갈라」가 놓여 있다.

그 환도를 찾아 갈라

비수를 찾아 갈라

식칼마저 모조리 시퍼렇게 내다 갈라

그리하여 너희들 마침내 이같이

기갈 들려 미치게 한 자를 찾아

가위 눌려 뒤집히게 한 자를 찾아

고요도 정치다

손에 손에 그 시퍼런 날들을 들고 게사니같이 덤벼

남나의 어느 모가지든 닥치는 대로 컥컥 찔러……

— 유치환, 「칼을 갈라」 부분, 『김수영전집』 2, 민음사, 2018, 485쪽

이 시를 앞에 두었을 때, 박인환의 시는 '엄청나게 새로운 것'으로 환대받은 가짜였고 이상마저도 진짜라고 자신있게 답할 수 없다고 그는 말한다. 박인환에 대한 애증도 이러한 사유의 연장선상에 놓여 있다. 그러니 제발이니 선망이나 질투 때문이었다는 말은 하지 말았으면 좋겠다. 그만큼이나 그의 온몸의 시학은 아직도 제대로 이해되지 못하고 있다. 세계의 개진은 내용과 형식 모두에서 동시적으로 추구되어야 한다. 오늘날의 시인은 과연 "시의 모더니티란 외부로부터 부과하는 감각이 아니라 내면에서 우러나오는 지성의 화염이며, 따라서 그것은 시인이 —육체로서— 추구할 것이지 시가 —기술면으로— 추구할 것이 아니다. 그런 의미에서 젊은 시인들의 모더니티에 대한 태도가 근본적으로 안이한 것 같다"「모더니티의 문제」는 그의 비판에서 얼마나 자유로울까?

황지우는 이러한 위험한 지점을 '파괴의 양식화'「새들도 세상을 뜨는구나」라는 말로 표현한다. 여기서 하나의 딜레마가 생겨난다. 금지된 것 앞에서 시인은 파괴를 통해 자유를 얻는다. 그러나 그러한 파괴조차도 양식화한다. 더 나아가 그러한 금기들조차 사라진 세계

에서는 어떻게 할 것인가? 시인은 어떤 장난/작란에 이를 것인가? 진은영의 시에 대해 신형철이 내세운 고민은 "언어에 대한 회의가 사라지면서 시의 긴장이 풀리는 현상"이다. 이렇게 고장난 총은 장난감 총이 된다. 예외적인 상황으로 황지우가 있었는데 "'회의하면서 긴장하는' 언어의 배후에는 권력에 의한 커뮤니케이션의 억압이라는 외적 상황이 있었다"고 그는 말한다. 눈앞의 현실은 어떠한가.

> 그러나 모두 알다시피 지금은 상황이 다르다. 아무도, 적어도 시에서는, 그 어떤 발화도 억압하지 않는다.[*]

이 사태 판단은 정확한 것도, 솔직한 것도 아니다. 상황은 다르지만 총알은 여전히 날아와 누군가를 쓰러뜨리고 있다. 부패한 정치권력은 다만 세련되게 위장된 '총'을 사용할 뿐이며, 기업과 부자들은 법과 언론이라는 합법적 통치기구의 형태로 총을 쏘지만, 여전히 시민들과 노동자들이 그 총에 맞아 죽어간다는 사실은 변함이 없다. 이게 세월호 이후 청년노동자 김용균에 이르기까지 우리가 당면하고 있는 현실이다. 통계조차 부실하지만 하루 자살

* * *

* 　신형철, 「가능한 불가능」, 『창작과비평』, 2010.봄, 375쪽

자 수나 산업재해 사망자 수는 상상 이상이다. "적어도 시에서는, 그 어떤 발화도 억압하지 않는다"는 말도 사실이라 보기 어렵다. 억압되지 않는 시들만이 소통되고 있거나, 억압하는 방식이 교묘해졌다고 봐야 한다.

더글라스 러시코프가 쓴 『카오스의 아이들』의 서두에는 1994년 10월에 아이티 정찰 작전 중의 한 미군 병사가 남긴 글이 인용되어 있다. "그들은 계속 규칙을 바꾸고 있다. 상황마다 우리가 어떻게 대처해야 하는가. 그들은 계속해서 규칙을 바꾼다. 정말 요지경 속이다. 모든 것이 계속 바뀌고 있다." 이제 우리가 살아가는 시대에는 '그들'이 누구인지를 모른다. 이런 현실 속에서 문학은 어디에 그리고 어떻게 있어야 하는가.

4

진은영의 시로 다시 돌아가 보자. 그의 시는 2009년의 용산참사로부터 2014년 봄의 비극을 거쳐 청년노동자 김용균의 죽음까지를 우리 모두와 함께 겪었다. 그날 이후로 시인의 영혼은 '그때 너는 어디에 있었느냐'란 추궁으로부터 자유로울 수 없다. 시들에도 알리바이가 요구된다. 총은 겨누어지지 않은 게 아니었다. 그러나 앞서 신형철이 말한 것처럼 이 시대 시인 앞에는 이중의 난관이 도

사리고 있다. 그렇다면 '힘의 포획'오길영은 어떻게 가능할 것인가.

조강석의 흥미로운 논의를 잠깐 인용해야겠다. 그는 브라이언 마수미의 책『가상계』에 나온 여러 개의 실험을 인용하는데 그 중의 하나는 다음과 같다.

건강한 피실험자들에게 뇌파를 기록하는 장치를 설치하고 움직이는 시계침의 공간적 위치를 가리키기 위해 손가락을 구부려보라고 요구했다. 뇌파 기록지에 어떤 결과가 나타났을까? 또 그것의 의미는 무엇일까?

이 실험의 결과, 뇌파를 기록하는 기계는 주어진 자극에 대해 결정하기 전 0.3초간의 두뇌 활동이 있었다는 것과 결정이 있고 나서 손가락이 구부려지기까지 다시 0.2초의 경과시간이 있었음을 기록했다. 자극에서 행동으로의 이행 사이에 0.5초라는 간극이 있었다는 것이다. 이를 통해 실제로는 드러나지 않지만 행위에 끼어드는 어떤 층위가 존재함을 알 수 있다. 이를 가상계the virtual 라 표현한다.『비물질노동과 다중』의 역자들은 어떤 혼란을 피하기 위해 여기서의 가상을 '가상 실효성'이라 번역하기도 한다.

조강석은 왜 이 실험을 가져 왔는가. 그의 의문은 이렇다. "어째서 논리적인 일관성과 대의명분이 맹목을 노골적으로 전시하는 스펙터클의 정치에 굴복하는 것일까? 어째서 많은 이들은 경과와 결과가 예측되는 합리적인 경제 정책보다 '부자 되시라'는 허언과 '터무니없는' 공약들에 이끌려 '747'에 탑승하는 것일까?[*]

그가 답을 찾았다고 보기는 어렵다. 다만 이 방아쇠를 당기는 것과 흡사한 실험의 결과로, 인간들의 선택은 그저 이성적인 것이 아니라 미지의 영역을 지닌다는 것, 여기에 문학이 끼어들 여지가 있다고 그가 보았음을 지적할 수 있을 뿐이다. 그러므로 이 시대의 시에 요구되는 것이 "꽃으로 만발한 사과나무에 대한 도취와 칠쟁이의 연설에 대한 분노_{베르톨트 브레히트의 「서정시가 씌어지기 힘든 시대」에서 차용함}를 가르고 후자가 시급한 일임을 강조하는 것과" 다른 것이라는 주장에는 충분히 공감할 수 있다. 그러나 그가 신용목의 시 두 편을 나누고 '이미지―사유'를 가능하게 하는 한 편을 선택할 때 이미 어떤 한계가 드러난다. 그 시는 오로지 그런 방식으로 읽는 사람에게만 힘을 나눠줄 것이기 때문이다.

2018년 11월 30일에 있었던 진은영의 강연 「시(인)의 사회적 위치와 기능」에서 두 사람은 다시 마주친다. 여기서 진은영은 영화 〈패터슨〉²⁰¹⁷을 예로 들어서 천재적인 작가의 고된 작업의 결과물인 작품을 중심에 놓는 것으로서의 예술론과 그 근거로서의

• • •

[*]   조강석, 『이미지 모티폴로지』, 문학과지성사, 2014, 15쪽.

총알은 어디서 날아오는가

탁월성에 대해 반성한다. 건너편에 삶이 놓여 있다. 신형철의 글도 참조된다. "패터슨이 시와 관련해서 자신에게 허락되길 원하는 것은 오직 시를 쓴다는 행위, 단지 그것뿐인 것은 아닌가"[*]

이러한 인식을 통해 그는 '만인의 시인되기'를 예술의 또 다른 가능성으로 제시한다. 이에 대해서 조강석이 탁월성의 포기가 '시각의 역치값을 재조정'하는 예술의 역할을 버리고 타성으로 나아갈 위험성을 지적한 것도 귀 기울여 들을 만하고, 다시 진은영이 무엇이 탁월한 것인가를 재검토하는 장면도 인상적이다. 그곳에 던져진 개념이 '삶이 되려는 예술'[타율성]과 '삶에서 벗어나려는 예술'[자율성] 사이의 왕복운동이라면, 그것은 '허리 위 분홍 훌라후프를 돌리는 일'에서 벗어나려는 고투의 산물이리라. 그러나 의문은 여전히 남는다. 그러한 노력이 문학적인 것의 자구책인가, 아니면 이 전혀 새로운 세계와의 문학적/비문학적 싸움의 산물인가. 그러니까 '겨누어진 총'과 '맞서는 총'의 긴장이 사라진 곳에서 그러한 필사의 노력들조차 '허리 위 분홍 훌라후프를 돌리는 일'로 귀착할지도 모른다는 두려움에서 얼마나 자유로운가.

• • •

* 「인간의 형식―〈패터슨〉, 혹은 시인과 시작(詩作)에 대한 하나의 성찰」, 『문학동네』94, 2018, 397쪽.

5

어디선가 '엽차문학'이라는 자조적인 표현을 본 기억이 난다. 찻잔 속의 고요에 머물고 만다는 것. 이러한 논의는 우리를 다시 김수영에게로 데려다 놓는다. 진은영과의 토론에서 조강석이 인용하고 있는 「삼동유감三冬有感」이라는 산문이 그렇다. 글의 끝에서 시인은 마루의 난로 위에 놓인 주전자의 조용한 물 끓는 소리를 들으며 이렇게 생각한다. "갓난애기의 숨소리보다도 약한 이 노래소리가 「대통령각하」와 「二五時」의 巨獸같은 현대의 諸惡을 거꾸러뜨릴 수 있다고 장담하기도 힘들지만, 못 거꾸러뜨린다고 장담하기도 힘든다." 모든 '주전자의 조용한 물 끓는 소리'가 그것을 가능하게 해준다고 오해해선 안 된다. 현대의 온갖 악과 맞서는 것으로 놓일 때 비로소 주전자의 조용한 물 끓는 소리가 저력을 지니게 된다.

'패터슨'에게는 분명히 이 세계의 제약을 거꾸러뜨릴 수 있는 어떤 가능성이 있다. 그는 제약이 만들어내는 삶의 질서로부터 이탈해서, 한 개체로서의 인간의 자리에 머물기 때문이다. 그러나 그런 삶만으로는 언제나 부족하다. 결국 실제로는 단 한 번도 방아쇠를 당길 수 없을지는 몰라도, 끝끝내 하나의 총으로 남아서 현대의 온갖 악과 맞서려는 노력이 늘 동시적으로 요구된다.

이 복잡미묘해진 현실 속에서 '총'은 어디서 겨누어지고 어떻게 날아오는가. 화약 연기가 퍼지는 곳을 바라보는 순간에 이미 범인은 거기에 없다. 아니, 화약 연기조차 없다. 어떤 고요한 세계를 떠올려 볼 수 있다. 심지어 아름답기조차 하다. 그런데 그 순간에도 '총'에 맞아 쓰러지는 누군가들은 분명히 존재한다. 상황은 복잡미묘하다. 골목상권의 붕괴를 보자. 희생자들은 언제나 명확히 눈에 띈다. 지금 이 순간에도 끊임없이 구멍가게들을 집어삼키며 프렌차이저 상점들이, 자동화 점포들이 거리를 잠식해가고 있다. 일자리는 사라지고 돈들은 그 물질성이 사라지는 어디론가로 가서 욕망과 부패한 권력으로 쌓인다. 이 견디기 힘든 삶 속에서 드디어 반격의 시간이 온다. 그런데 총을 쏜 자는 어디에 있는 누구인가. 새로운 유형의 범죄와 마찬가지로 구태의연한 이론도 유죄다.

더 커다란 비극이 닥치기 전에 문학은 무엇인가를 해야 한다. 여전히 아무도 우리의 문학(자)를 겨누지 않는다. 이 지점이, 슬프게도 우리의 문학이 어느 날엔가 다시 참회록을 써야 되는 대목일지도 모른다. 지금도 먹고살기 위해 누군가는 '한국적 자본주의'라는 차디찬 기계에 자신의 연약한 몸을 밀어 넣고 있는 삶 속에서 한 개의 총이 되어 팽팽한 긴장감을 확보하지 못한 것에 대해서 말이다. 그게 나에게 날아오는 총알이 아니라고, 우리가 예전에 알던 총알이 아니라고, 외면하거나 침묵할 일이 아닐지도 모른다. 어느 눈빛 맑은 청년 시인의 시를 가만히 외어본다.

고요도 정치다

인생은 살기 어렵다는데

시가 이렇게 쉽게 씌어지는 것은

부끄러운 일이다.

—윤동주, 「쉽게 씌어진 시」 부분

총알은 어디서 날아오는가

여기에 한 편의 시가 있다. 얼마나 자주 이 시를 우연히 마주
치거나 구태여 찾아가 만나곤 했던가. 시를 제대로 읽는다는 것은
얼마나 어려운가. 어떤 훌륭한 시는 읽을 때마다 다른 세계로 다가
오곤 한다. 그러니, 예전에 가보았어, 하고 외면하는 것은 얼마나
어리석은 일일까. 그래서 다시 이 시를 만난다. 눈 내리는 풍경 속
에서라면 더할 나위 없다. 시는 눈 내리는 도시의 구체적인 풍경으
로부터 출발하기 때문이다.

맨 처음에 '그리고'가 있다. 이 단어 하나를 통해서 시는 독자
적인 텍스트가 아니라 다른 알 수 없는 이야기들로부터 이어지는
것이 된다. 그것은 '마침내'도 아니고 '그런데'도 아니고 '그리고'
이다. 어쩌면 시인은 낮에 걸었던 세상을 밤에 다시 꿈꾸는 존재일
지도 모른다. 여기서 중요한 것은 '다시'이지, '낮'이나 '밤'이 아니
다. 밤에 걸었던 세상을 낮에 다시 떠올린다 한들 본질은 다르지

않다. 바쁜 현대인들이 무심코, 그리고 기계적으로 지나쳐 버린 어떤 것에서 시인은 덜컥, 걸린다. 고장이 나 버리는 것이다.

시는 외로운 꿈이다. 그리고 본질에 있어서 꿈은 언제나 끊임없는 '그리고'에 의해 연결^{liaison}된다. '그리고 나는 우연히 그곳을 지나게 되었다'로 이어지는 이미지들은 한 편의 짧은 영화처럼 우리에게 다가온다. 그리고 우리는 영화관의 어둠 속에 앉아 있다. 눈은 퍼부었고 거리는 캄캄했다. 움직이지 못하는 건물들은 눈을 뒤집어쓰고 희고 거대한 서류뭉치로 변해갔다. 눈이 내리는 밤 거리의 풍경이로군. 우리들 안에 그런 정도의 풍경을 재생할 이미지 저장고쯤은 누구나 가지고 있다. 건물들이야 원래 움직이지 못하는 것이다. 그런데 이 당연한 사실이 지적되는 순간에 그것은 고스란히 건물의 숙명이 된다. 나중에 시인은 바로 건물과 거의 비슷한 모습으로 창밖에 서 있게 된다. 피하지도 못하고 그 자리에서 모든 걸 견뎌내는 일은 시인의 숙명이다.

눈을 뒤집어쓰고 희고 거대한 서류뭉치로 변해간다는 문장에 이르면, 세계는 어느새 즉물적인 것에서 슬쩍 하나의 몽환적인 곳으로 변해간다. 우리는 그 세계에서 카프카^{Franz Kafka, 1883~1924}적인 풍경들과 마주친다. 건물이 무슨 관공서였다는 사실이 드러난다.

유리창 너머 한 사내가 보였다

그 춥고 큰 방에서 書記는 울고 있었다!

'희고 거대한 서류뭉치로 변해가는'이 표현이 '흰눈에 덮여가는'이라는 표현과 어디까지가 같고 어디서부터 달라지는 것일까를 나는 알지 못한다 건물의 유리창 너머로 한 사내가 보이는데, 그 춥고 큰방에서 그는 울고 있었다. 오로지 이 문장 하나에만 무슨 경이처럼 느낌표 하나가 못 박혀 있다. 그 느낌표는 두 가지 메시지를 우리에게 전달한다. 시인은 이 순간에 어떤 강렬한 느낌에 사로잡혔다. 다른 하나는 우리는 그게 얼마나 강렬한 느낌을 주는 사건인지를 알아야 한다는 메시지다. 이야기라면 절정의 순간이리라.

다음에 슬쩍 이런 표현이 이어진다. 침묵을 달아나지 못하게 하느라 나는 거의 고통스러웠다. 이 경이로운 문장이 나로 하여금 이 글을 쓰게 만든다. 이 문장도 몇 개의 의미들을 겹쳐 놓았다. 드러나는 사실은 눈 내리는 거리가 침묵 속에 있었다는 사실이다. 거기 어느 관공서 건물의 춥고 환한 방에서 서기라는 사내가 울고 있는 걸 시 속의 화자는 발견한다. 그 순간에 그는 침묵을 깰 수 있는 유일한 존재다. 그의 뒤에는 아무도 없었다고 말해 놓고 있기에 우리는 그 사실을 안다. 침묵을 깨기 위해서 서기를 소리쳐 부를 수도 있고 혹은 이게 훨씬 더 가깝겠지만 서기와 마찬가지로 울음을 터뜨릴 수도 있다. 그런데, 시인은 침묵한다. 그리고 그것을 침묵을 달아나지

고요도 정치다

못하게 하느라, 라고 표현함으로써 침묵을 살아 움직이는, 능동적인, 내 의지와는 다른 의지를 지닌 생명체로 그려낸다. 건물이 그러하듯이, 침묵도 그렇다. 그는 고통스럽게 그 장면을 바라보았다, 라는 말로는 절대로 시 속에 그려진 세계에 이를 수 없다.

그런데 이 순간에 하나의 의문이 떠오르는 것은 어쩔 수 없다. 방에서 울고 있는 사내가 서기라는 걸 시의 화자는 어떻게 알 수 있었을까? 첫 번째로 떠올릴 수 있는 이유는 그 서기를 이미 알고 있었다는 정도가 될 수 있다. 그의 울음을 멀리서 지켜볼 만큼 그들은 가까운 사이일 수 있다. 두 번째는 이 세상의 모든 존재가 다 서기라면 납득될 수 있다. 건물조차 희고 거대한 서류로 변해가는 세계 속에 우리는 무언가를 기입記入하려고 태어났다. 아니, 하이데거Martin Heidegger, 1889~1976가 기투企投라고 표현했던 바로 그 방식으로, 우리가 이 세상에 툭 던져졌을 때부터, 우리는 불가피하게 무언가를 쓰는 존재, 즉 서기의 운명을 타고 났다.

우리는 이렇게 제시한 해석들 중의 무언가로 시에 담긴 의미를 확정할 수 없다. 읽을 때마다 의미는 달라지고 다른 이야기가 그 속에서 생겨난다. 고작 한 권의 시집을 냈을 뿐인 시인 기형도가 신화로 남게 된 데에는 이런 이유도 있다. 하지만 지금은 그저 천천히 시를 읽어보는 일을 해야겠다. 고요히 모든 걸 가라앉히고 그리고 시를 읽기 시작한다. 이 순간에 우리는, 우리의 삶은, 얼마나 낯설고 풍요로운 세계로 변해 가는지.이제 우리는 이 시를 나누고 있는 두 개의 연이 모두 '그리고'로 시작된다는 사실을 발견하게 된다. 그리고 첫 번째 연이 왜 그토록 집요하게 과거형을 고수했는지를. 다시 눈 내리는 어느 날 밤에 이번에는 시적 화자 '나'가 깊고 텅 빈 사무실에서 창 밖 풍경을 응시한다. 바깥 풍경들은 구체적이지 않다. 마침내 '나'는 그 사내를 어리석은 자라고 생각하지 않는다, 라고 단호히 말하면서 이 '기억할 만한 지나침'은 종결된다. '나'는 삶의 어느 순간에 '그'의 자리에 앉아본다. 이미 알지 못했던 것은 아니지만, 그 순간에야 비로소 어떤 깨달음은 체득된다. 아마도 '나'는 울고 있으리라.

여기까지 쓰고 나니, 공연히 소란만 피웠다는 자책감이 밀려든다. 침묵을 달아나지 못하게 하고, 그냥 천천히 눈에 덮여가는 시를 가리켜 보여줬으면 좋았을 것을. 그래도 또한 나는 이 말을 참지 못한다. 문학은 침묵과 겨루면서 고요에 이르는 일이라고. 어딘가 먼 숲에서 무겁게 얹혀 있던 잔설이 툭, 하고 쏟아지는 소리가 들려온다. 그 소리가 머나먼 과거로부터 오는지, 아직도 가닿지 못할 미래에서 만날 것인지를 나는 모른다. 시인의 삶을 이 짧은 글에서 호명한 다른 이들과 비슷하게 표현하자면 '기형도 1960~1989'가 된다. 언젠가 나도, 당신도, 우리 모두가 예외없이 그렇게 표기될 것처럼.

고요도 정치다

04

영화와 고요

고요는 어떻게 흐르는가

이 세상에는 두 가지 종류의 고요가 있다. 그 하나가 자연 그대로의 고요라면 다른 하나는 인위적인 고요다. 현대인은 고요를 잃고 그것을 찾아다니지만, 동시에 고요를 묵음으로 오해하기도 한다.

원래의 자연은 소리가 없는 곳이 아니라 소리로 가득 찬 장소다. 영화 〈달마가 동쪽으로 간 까닭은〉1989을 보라. 숲 속 절집에는 이런 저런 소리들이 끊일 새 없다. 바람이 불 때마다 나무들은 자신의 기척을 알린다. 나무들을 둥지나 놀이터로 삼은 새들은 그때마다 날갯짓을 치거나 소리를 낸다. 나뭇잎 하나가 구르거나 개미가 움직일 때에도, 태양빛이 물 위에서 일렁일 때에도 실은 그냥 아무 소리 없는 상태란 없다.

그럼에도 불구하고 우리는 그 소리들 속에서 아무런 거리낌 없는 상태를 느낀다. 실상 고요란 적절한 소리다. 김광균의 시 「설야」가 그렇다.

어느 머언 곳의

그리운 소식이기에

이 한밤 소리없이 흩날리느뇨.

처마 끝에 호롱불 여위어가며

서글픈 옛 자친 양 흰 눈이 내려

하이얀 입김 절로 가슴이 메여

마음 허공에 등불을 켜고

내 홀로 밤 깊어 뜰에 내리면

머언 곳에 여인의 옷 벗는 소리.

　　　　　　　—김광균,「설야」부분(『김광균문학전집』, 소명출판, 2014, 48쪽)

　　이 시는 소리 속에 어떻게 고요가 오는가를 잘 보여준다. 눈
내리는 순간의 정적은 소리 없는 상태가 아니다. 가만히 들어보면
다가오는 소리들이 있다. 그것은 설렘이고 추억이다. 소리들이 발
자국처럼 나를 따라오고 나는 기분이 나쁘지 않다. 숲길을 걸을 때
우리는 방음장치 속에서처럼 소리와 절연되지 않는다.
　　영화 속으로 다시 돌아가 보자. 스님의 삶은 소리와 조화를

　　　　　　　　　　　　　　　고요도 정치다

이룬다. 스님은 아픈 몸으로도 밭을 간다. 스님은 격식을 가리지 않은 허름한 옷을 입고 기도를 올린다. 혹은 가만히 면벽한 채 소리 속에 고요를 흘려 보낸다. 스님이 행자를 부른다. 대답이 없다. 스님이 혼자 찻물을 길러 나선다. 숲 속의 모든 것들이 소리를 낸다. 뜯어진 문풍지도 소리를 낸다. 스님이 입은 옷은 엉덩이께에 노동의 흔적이 배어 있다. 이 세상에 별다른 것들을 남기고 가지 않기 위해 스님은 스스로를 줄여가고 있다. 마지막까지 노동을 한다.

그런데도 이 영화는 종교가 무엇인지를 깊이 생각하게 하는 영화다. 고승들이 법도에 맞게 의상을 갖추고 예불을 드릴 때, 그것도 종교이기는 하지만 고요하지는 않아 보인다. 고요히 버선 끝을 들고 걸어도 어딘가 요란해 보인다. 고요한 영화라면 나는 이 영화가 떠오른다.

우리를 고요에 이르게 하는 영화들

영화관을 나서는 우리를 고요하게 만드는 영화들이 있다. 내게도 그런 영화들의 목록이 얼마든지 있다. 영화 〈8월의 크리스마스〉는 고요함에 관한 영화다. 인간은 언젠가 모두 추억이 된다고 주인공은 말한다. 죽기 때문이다. 실은 그 운명 앞에서 어떻게 해야 하는가를 묻고 있다. 삶이 8월이라면 삶의 소망들은 크리스마스에 놓여 있다. 영화에는 그것을 향한 작고 조용하지만 우리 모두의 것인 몸부림들이 있다. 프랑스영화 〈히든〉[2005]은 훨씬 더 격렬한 상처가 과거로부터 온다. 주인공은 미처 자신이 무슨 죄를 누군가에 남겼는가를 깨닫지 못한다. 나중에야 작은 거짓말이 다른 소년을 어떻게 파멸시켰는지가 천천히 드러난다. 〈올드보이〉[2003]가 개인적인 상처라면 이 영화는 훨씬 깊고 넓은 상처를 보여준다. 조용한 영화인데도 그렇다. 몇 번이고 보면서 그 아름다운 주제곡이 내 안에서 흘러나오게 만든 영화 〈마농의 샘〉[1992]이 고요한 영화

고요도 정치다

라면, 그냥 제목 자체가 〈스틸라이프〉2013인 영화도 그렇다. 키작은 못생긴 공무원 하나가 무연고 시신들의 장례식을 치러주는 자신의 직분을 다한 뒤에 스스로도 그 언덕에 묻힌다는 이 이야기에서 주인공은 그러한 삶의 임무 이외의 것들과 단호히 불화한다. 돈이라든가 더 나은 집 따위는 하등 그의 관심사가 아니다. 그의 식사는 이따금 작은 사과알 하나다. 그에게서 우리는 스토아학파의 후예를 만난다.

이렇게 거론하는 게 무슨 의미가 있을까 싶다. 〈시네마천국〉1988이 말해주듯이 실은 영화관에 가는 일 자체가 어느 정도는 모두 고요를 만나는 일인데. 그새 추억으로 변했거나 이미 죽은 것들을 섬세하게 복원하거나 회상하는 일이 영화일진대 말이다. 그래도 그중에서 더욱 깊이 우리를 고요에 이르게 하는 영화들이 있다면, 그것은 바로 인간의 내면에 잠복해서 끊임없이 인간 전체를 뒤흔드는 것들에 위엄 있게 맞서서 싸우는 이들에게서 오는 것 같다.

그냥 고요한 것들을 보여주어도 물론 우리는 거기서 고요를 느낀다. 그러나 그 고요가 아우슈비츠에서 울려 퍼지는 바그너의 선율 같은 것이라면, 우리는 힘겹게 그 음악을 걷어내고 〈사울의 아들〉2016에 그려진 것과 같은 어둡고 참담한 진실과 만나야 한다. 그 한 걸음 한 걸음이 우리를 일상 속에서 침묵하게 만들려는 것과의 투쟁이다.

로베르토 베니니의 〈인생은 아름다워〉[1997]는 그런 투쟁이 담긴 영화다. 영화 속에는 퀴즈 풀기에 빠져 있는 레싱 박사라는 인물이 나온다. 그는 어쩌면 자신의 손으로 살릴 수도 있는 어린 생명 따위엔 관심이 없다. 그러니 자신이 서 있는 자리가 얼마나 큰 죄의 자리인지도 알 리 없다. 그는 그저 궁금할 뿐이다.

귀도, 잘 듣게. 뚱보에 못 생기고, 노란색을 달고 있어. 누구냐고 물으면 꽥꽥꽥…… 날 따라오면서 똥을 싸지. 나는 누구일까? 솔직히 말해 보게. 오리라고 생각하지? 과연 오리일까? 아냐. 빈에 사는 수의사 친구가 이 문제를 보내왔어. 이 문제를 풀기 전엔 내 문제를 보낼 수가 없어. 오리너구리를 생각해 봤지만 그건 꽥꽥거리지 않잖아? 오리너구리는 이렇게 하지. (손으로 입술을 양쪽으로 잡아늘이며) 부르르. 자네를 위해 어젯밤 이탈리아어로 번역을 해왔네. 답이 뭔 것 같은가? 아무리 봐도 오리 같지만…… 날 좀 도와주게. 제발, 부탁하네…… 도와주게. 밤엔 잠도 잘 오질 않아. 꽥꽥꽥…… 오리가 틀림없는데!

빈에 사는 수의사 친구가 생각한 퀴즈의 정답이 무엇일지 우리는 알 수 없다. 이런 영화를 보면서도 답이 무엇일지[전황? 자신이 처한 상태?]를 생각하는 게 인간이라는 종의 특징이겠지만, 실은 더 중요한 사실은 이 퀴즈가 가로막고 있는 더 커다란 세계의 진실이 아닐까? 퀴즈는 그것과의 용기 있는 대면을 가로막는다. 그러니 영화 속에서 퀴즈는 침묵의 산물이며 침묵으로 종결되는 물음이고 답이다.

의미심장하게도 영화 속에서 주인공 귀도가 레싱 박사에게 낸 퀴즈가 바로 침묵에 관한 것이었다. "그것을 부르는 순간, 이미 거기에 없는 것은?"

이렇게 길게 걸어와서야 우리는 침묵이 고요와는 다른 것임을 알게 된다. 훌륭한 방음시설로 외부세계와 철저히 절연된 내실의 고요를 상상해 보라. 그것이 얼마나 쉽게 침묵으로 변해 버리는지를. 빈의 수의사 친구도, 레싱 박사도, 침묵하는 이들이다. 그러므로 그들은 결코 고요한 삶에 이를 수 없다. 그들은 오리일지, 너구리일지 모르는 그 무엇이 따라오면서 똥과 함께 내지르는 꽥꽥꽥 소리와 함께 있어야 하기 때문이다. 어쩌면 이런 지적이야말로 뼈아픈 것이지만, 아우슈비츠 이전의 귀도 또한 다른 누군가의 고통 앞에서 그런 인물이었을지도 모른다.

또 다른 유태인인 트로츠키에게서 가져왔다는 영화 제목은 얼마나 아이러니컬하게 느껴지는가. 나는 여기서 한때 내가 매료되었던 로자 룩셈부르크—그를 다룬 동명의 영화가 있지만—가 남긴 일기 구절들을 떠올리게 된다. "온갖 추악함에도 불구하고, 세상은 정말 아름답습니다. 이 땅 위에 비열한 자들과 겁쟁이들이 없다면, 세상은 더욱 아름다울 텐데요."" 이렇게 감옥에서 그녀는 겨우 고요와 대면하고 홀로 그것과 만나는 것에 대해서 부끄러워한다.

끊임없이 인간을 동물로 만들려는 것과의 투쟁 속에서 겨우 고요가 생겨난다. 진정한 고요라고 불러야 할까? 그래도 여기서 멈추기는 아쉬우니 칠레의 영화감독 구즈만Patricio Guzmán에게서 얻은 생각 하나를 살짝 보태고 싶다. 독재자에 의해 무참히 파괴된 인간의 흔적을, 그 기억을 찾아가려는 것이 그의 영화들이 되었다면, 그저 대항-기억을 만들어내는 데에 머물지 않는다는 점이 그의 영화가 지닌 특징이 아닐까? 〈빛을 향한 그리움〉²⁰¹⁰이나 〈자개단추〉²⁰¹⁴는 언뜻 보면 멀고 작은 지점에서 출발한다. 우주, 그리고 거기서부터 오는 빛. 사막 위의 천문대. 그리고 그 사막 위에서 실종된 희생자들을 찾아다니는 가족들 이야기가 앞의 영화라면, 뒤의 영화는 동일한 삶의 비극을 다시 물에 조응시킨다. 깊고 신비한 바다 한 가운데에 희생자가 남긴 자개단추가 따개비들과 함께 남아있다. 영화는 그 이유를 추적한다. 그런 점에서 이 영화들이야말로 바로 진정한 고요를 우리에게 가져다주는 영화들이다. 이 영화들은 이 세계와 인간 존재를 물, 불, 공기, 흙이라는 사원소로까지 거슬러 올라가서 살피면서, 그런 세계 속의 한 가능성

• • •

* 막스 갈로, 임헌 역,『로자 룩셈부르크 평전』, 푸른숲, 2000, 6쪽.

인 우리 인간 존재가 왜 그토록 집요한 동물적 욕망들과 싸우면서
아득히 고양되어야 하는가를 보여준다. 그때 비로소 얻어지는 것
이 바로 고요.

그렇다고 말하는 영화들을 우리는 기억해야 한다.

그의 침묵

그는 자식이 고통 속에 죽어가며 살려 달라고 외치는 소리를 아직도 듣고 있다. 엘리 엘리 레마 사박타니. 한때 그는 악을 징벌하기 위해서는 타락한 부족 전부를 파멸시켜 버릴 수 있다고 믿었다. 남자와 여자뿐만 아니라 아무것도 모르는 아이들까지도.

이제 그는 늙었다. 그는 은둔자다. 그는 그저 묵묵히 자신에게서 생겨난 세계를 지켜볼 뿐이다. 왜 그걸 만들었을까? 그 세계에 사랑하는 자식을 보낸 이유는 또 무엇이었을까? 사랑이라니.

이따금씩 멀리서 도움을 청하는 친구가 찾아온다. 예전 같으면 그는 기꺼이 도왔을 것이다. 앉은뱅이를 걷게 하거나, 독실한 자를 위해 어느 지방에 가뭄이 들게 해서 목화값이 뛰게 하거나, 심지어 죽은 이를 살려내기도 했을 것이다. 그러나 그는 이제 그런 일들이 결국엔 세상을 조금도 변화시키지 않는다는 사실을 안다. 아니, 그때도 물론 알았다. 그래도 그땐 그렇게 했다.

고요도 정치다

이 사내를 보라. 젊은 나이에 사내는 성공이라는 이름의 모든 걸 이뤘다. 사내의 사무실에는 동료가 보냈다는 값비싼 샴페인이 놓여 있다. 그게 축하를 뜻한다는 걸 사내는 추호도 의심하지 않는다.

하지만 자기 몸속에 섬유종증이 자라고 있다는 사실도 까마득히 모른다. 이제 곧 사내는 극심한 고통 속에서 죽어가게 되리라. 게다가 그 운명을 전혀 모르기에 이틀 뒤에 사내는 사랑하는 여인과의 잠자리를 통해 아이를 가지게 될 것인데, 섬유종증은 아이에게도 유전된다. 아이는 이유도 모르는 채 고통받다가 어린 나이에 죽음에 이를 것이다.

그는 당연히 사내의 운명을 안다. 지금 내가 들고 마시려는 술에는 독이 들어있고 그 독은 고통도 느끼지 못하고 사내를 죽음에 이르게 할 수 있다.

젊은 시절의 그를 닮은 살인범은 사내를 죽여주는 일이 축복이라고 말한다. 세 사람을 살리는 일이라고. 실제로 살인범이 살해한 이들은 모두 '죽어가는 이들'이었고 남은 가족들마저 나중엔 어쩌면 그 죽음이 축복일지도 모른다고 믿는다. 그렇게 죽은 게 차라리 다행인지도 모른다고.

살인범은 말한다. "신은 내가 조용한 삶을 원한다는 걸 알아요." 살인범이 원하는 일은 자신이 해온 그 일을 그가 대신해 주는 것이었다. 모든 걸 아는 자, 어디에나 존재하는 자에게 조용한 삶

그의 침묵

이란 게 가능하기나 할까? 그러니 살인범이 원하는 것은 그가 자신의 가슴에 총알을 박아 주는 것. 그런 존재에게 조용한 삶이란 오로지 죽음에 의해서 얻어지는 것이기에.

그는 고통 속에서 죽어가는 자식의 외침과 그 죽음을 무한히 떠올리며 무거운 십자가를 지고 가는 자다. 그는 세계를 만들었고 한순간에 그것을 무로 화하게 할 수 있으나, 실은 슬픔 속에 옴짝달싹도 못하는 자다. 결국, 그는 숨은 자다.

누군가의 어떤 간절한 소원을 들어줄 수도 있고 연쇄살인마를 죽일 수도 있으나, 그게 도대체 긴 시간 속에서 무슨 의미란 말인가? 어떤 연쇄살인마는 살아남아서 다른 연쇄살인마를 죽일 수 있고 어떤 선량하고 독실하며 부지런한 사람이 먼 훗날에 히틀러 같은 이를 낳을 수도 있다. 광야에서 길 잃은 누군가를 위해 무지개를 띄우거나 여러 날 홍수로 잠긴 세상을 향해 비둘기를 날려 보내줄 수도 있지만, 언젠가 그 민족은 다시 민들레 홀씨처럼 흩어져 버릴 것이다. 그게 인간들의 세상이다. 그가 만들었으나 이제 그의 몫이 아닌 세계.

링의 한복판으로 달려 나가며 두 명의 복서가 간절한 마음으로 승리를 갈구하면 그 기도는 당연히 그에게 이르지만, 그는 절대로 개입하는 법이 없다. 아니, 그만의 방식으로 늘 개입한다. "보십시오, 제가 세상 끝 날까지 언제나 그대들과 함께 있겠습니다." 그는 그냥 자신이 만든 세계에, 자신이 빚어낸 존재들과 함께 있다.

고요도 정치다

그가 침묵할 때 비로소 세상은, 그리고 그의 피조물들은 자기 운명을 살기에.

이것은 영화 〈Solace〉(2015)에 관한 짤막한 감상평입니다.

저기 가만히 죽어있는 생을 보라

1

너무 많은 영화를 보노라면 어느 순간에 무감동상태에 빠져든다. 좋은 영화가 어떤 것이고 무엇이 나쁜 영화인지 알 수 없게 된다. 실은 삶도 그런 게 아닐까. 오래 살아가노라면 어느 순간에 둔감해져 버린다.

그래서 청년 기형도는 이렇게 노래하지 않았던가. "그러나 부러지지 않고 죽어 있는 날렵한 가지들은 추악하다"고. 그건 물리적인 시간을 의미하는 게 아니다. 이미 죽은 것이 아직 살아있는 상태. 그러면서도 새로운 생명을 물어뜯으려는 그 단순한 탐욕 때문에 추악한 것이다.

반면에 에드워드 사이드가 말하는 '말년의 양식'은 오랜 시간 속에서도 세계와 불화하며 자신의 양식을 찾으려는 거친 정신에서 온다. 나는 봉준호의 오랜 팬이지만그의 모든 것은 이미 〈플란다스의

고요도 정치다

개〉2000에 들어 있다고 나는 기꺼이 말하곤 한다. 기법으로의 영화 따위에 대해서라면 나는 잘 모르니까. 그의 화제작 〈기생충〉²⁰¹⁹보다는 이창동의 〈버닝〉²⁰¹⁸에 더 끌린다. 이 영화는 더 늙은 감독이 만들었지만 더 젊은 영화다. 당연히 해석이 쉽지 않다.

물론, 아카데미상 하나를 던져주는 아메리칸들 앞에서 '이런 로컬한 상'이라고 말할 수 있는 사람이라는 점이 봉 감독의 매력이 아닐까 싶다. 아직 늙지 않았다. 젊음은 어느 시대에고 그렇지 않던가. 젊음에게는 모든 게 처음이고 전부다. 사랑이 그렇고 실연이 또한 그렇다. 기대와 실망도. 생 앞에서 젊은이는 아무것도 모르는 채 전선으로 끌려가는 처지 같다. 민감할 수밖에. 어느새 나는 둔감한 노인의 시선과 가슴으로 그런 젊은이들을 대하는 것은 아닐까? 추악한 늙은 가지처럼?

2

그 영화를 떠올린다. 아녜스 바르다 감독의 〈방랑자〉¹⁹⁸⁵는 하나의 이야기의 끝이자 이 세상 모든 이야기의 끝에서 비로소 시작한다. 연기가 피어오르는 들판 위. 농부가 수로 아래서 고요히 죽어있는 젊은 여성 하나를 발견한다. 그녀는 재를 뒤집어쓴 수선화 같다. 이 이미지를 말하면서 나는 폼페이의 잿더미 속에서 발굴

저기 가만히 죽어있는 생을 보라

되는 몸들을 떠올린 것 같다. 도대체 그녀는 누구이고 어떻게 해서 죽음에 이르게 되었는가.

카메라는 그녀의 행적을 추적한다. 그녀를 마주쳤던 사람들이 자신들이 만났던 그녀에 대해 말한다. 이게 영화 내용이다. 그녀는 히치하이커로 우리 앞에 처음 모습을 드러낸다. 해지고 무겁고 더러운 배낭을 짊어진 채. 영화의 원제처럼 지붕도, 법도 없이 Sans Toit Ni Loi. 가끔 먹을 것을 훔치고 거짓말을 꾸며내고 남자들과 잔다. 나쁜 남자들에겐 먹잇감이 된다.

딸이 있는 아버지로서 나는 늘 조마조마하다. 나는 언젠가 이런 낙서를 남긴 적이 있다. "3월 28일 오후 1시 19분에 3.34kg짜리 작은 아이가 나를 찾아왔습니다. 세상을 보는 또 하나의 눈을 얻은 느낌입니다. 카프카도, 도스토예프스키도, 아, 우리의 이상이나 김수영조차도 지니지 못한 '눈'을 나는 지니게 되었습니다. 한 작고 여린 계집아이의 눈으로 세상을 본다는 것."^{이런 바보. 도스토예프스키에게는 여러 명의 딸이 있었는데, 왜 저런 착각을 했을까요?} 어쨌든 조마조마. 길 위의 성인 크리스토폴에게 기도하는 마음으로.

길은 그녀에게서 많은 것을 빼앗아가고 또 준다. 그 길 위에서 그녀는 포도나무 가지치기도 배운다. '튀니지'에서 온 '야순'에게서. 물론 그는 튀니지 사람이 아닐 수도 있고 그가 말한 이름은

고요도 정치다

훨씬 더 복잡한 뭐지만 그렇게 부르기로 한다. 어차피 그녀도 가짜 이름으로 그를 만난다. 가짜일지도 모르지만 그녀는 책을 읽을 줄 알고─그녀가 떠도는 것은 책 때문이라고 누군가는 말한다─비서 짓을 하기 싫어서 도망쳤다는 사실들이 밝혀진다. 여자들은 그녀를 비난하고 질투하고 부러워하고 사랑하지만, 남자들과 마찬가지로 그녀를 버린다.

3

이미 밝힌 것처럼 우리는 모두 영화의 결말을 안다. 그녀는 그렇게 길 위를 떠돌다가 죽을 것이다. 걷다가 죽는다. 그 순간에 세상은 걸어온 길과 걷지 못한 길로 간명하게 나뉠 것이다.

그렇다면 지붕 아래, 법의 울타리 안에서 살아가는 사람들은 어떻게 되는가. 마찬가지가 아닌가라고 영화는 말하고 있지 않는가. 길에서 만나서 아주 잠깐 그녀에게 호의를 베풀었던 교수는 실은 몸 안에서 자라나는 곰팡이 때문에 죽어가는 이다. 그래서 그녀에게 호의를 베풀지만 변덕처럼 그녀를 어두워져가는 길 위에 버려둔다.

교수는 집으로 돌아와서 그런 자신의 행위에 대해 말하다가 세면대 거울 앞의 멋진 등에 감전된다. 어느 누가 이런 최후를 상

저기 가만히 죽어있는 생을 보라

상할 수 있을까? 다행히 제때에 달려와준 침착한 제자 덕분에 그
녀는 구사일생으로 살아남는다. 그래서 더 살아야 한다. 행운이 더
많은 시간을 그녀에게 허락한다면, 그녀는 영화 속의 또 다른 여인
처럼 앞도 못 보는 할머니가 되어, 집을 노리고 찾아오는 조카 내
외의 속셈을 뻔히 알면서도, 그들이 방문하는 순간만을 위안으로
삼으며 살아야 한다. 죽다 살아난 그녀가 말한다.

죽을 뻔했어. 등 때문에.
사람들 말이 맞았어.
인생의 마지막 순간을 봤어.
수많은 모습이 지나갔어.
아주 오랫동안 이미지 조각들과 싸웠어.
정말 이상했어.
내가 태워줬던 히치하이커가 자꾸 보였어.
나를 비난하는 듯 했어.

글을 쓰는 동안에, 이미 길은 어둠에 잠겼고 나는 지붕 아래
따뜻한 온기에 보호받으며 앉아 있다. 아주 잠깐 폭설에 덮여가는
들판 어딘가에 피워놓은 모닥불 하나를 떠올린 것도 같다. 다행스
럽게도 욕실의 등 때문에 감전사할 확률은 높지 않다. 하지만 오

고요도 정치다

전 내내 읽은 어떤 책의 저자가 왜 그토록 젊은 나이에 세상을 떠났는지를 찾아보다가, 그가 머리가 아프다며 숙소로 돌아간 뒤에 뒤늦게 화장실 바닥에 쓰러진 채로 발견되었다는 기사를 읽은 뒤다. 이 확률은 훨씬 더 높을 듯하다. 하지만 사인이 중요하게 다뤄지는 시간들도 지나고 나면, 백 프로로 남는 것은 삶과 죽음, 그리고 길 뿐이 아닐까. 그 운명 앞에서 삶은 결국 이미지 조각들로 바뀐다. 그런데도 우리는 보잘것없는 지붕을 지키기 위해 거의 대부분의 삶을 허비한다. 문득, 〈인투 더 와일드Into the Wild〉2007라는 영화도 떠오른다. 아마 나는 더 안락한 삶을 살다가 지붕 아래서 죽어갈 것이다. 왜 발가벗은 삶이 그런 우리를 비난하지 않겠는가.

실로 뜬금없는 결론이지만, 하물며 이 안락한 삶을 지켜보겠다고, 더 부유하게 살고 싶은 욕심에, 미국이 요구하면 이 나라 젊은이들을 페르시아로 파병해야 한다고 목청을 높이는 이들이여. 길 위에 뒹구는 강아지똥에게 부끄러워하시라. 강아지똥은 기꺼이 썩어서 민들레꽃을 피울 줄도 아신다.

저기 가만히 죽어있는 생을 보라

누가 공주를 죽였는가에 관한 잔혹한 물음

타자, 어느 공주의 알리바이

영화 〈한공주〉²⁰¹⁴에서 주인공 한공주는 경찰서 심문실에서 우리 앞에 처음으로 소환되어 나온다. 이 영화에서 한공주를 응시하는 카메라의 질감을 따라 거슬러 올라가면 아마도 우리는 이윤기 감독의 〈여자, 정혜〉²⁰⁰⁵를 만나게 될지도 모른다. 거기서 그가 타자의 삶을 깊이 응시하려고 했다면, 같은 남성이면서도 이수진 감독의 영화는 훨씬 더 흉포한 폭력 앞에서, 벗어날 수 없는 형틀과도 같은 구조 속에서, 주인공이 어떻게 파멸해갔는가를 고발하고 있다. 〈여자, 정혜〉에서는 '죄'가 은밀하고 사적인 형태를 띠고 있는 탓에 법정에 소환되지 않았던 보다 불편한 공범들이 〈한공주〉에서는 불려 나오고 있는 것이다. 그런데 이 사실은 충분히 이야기되지 않았다. 우리가 조금 늦게 이 영화를 읽으려는 이유가 여기에 있다.

고요도 정치다

영화〈한공주〉는 2014년 4월 17일 개봉되었으며 잘 알려진 바와 같이 제작비 2억 원으로 22만 관객을 불러 모으면서 독립영화의 '가능성'을 보여준 작품으로 평가된다. 로테르담국제영화제를 비롯한 유수의 영화제에서 수상한 바 있는데, 유난히도 우리의 눈길을 끄는 것은 영화가 개봉된 그 날의 비극성이다. 이에 대해서 자세히 아는 바 없으나, 개봉 당시 관객들은 깊은 내상을 통해 이 영화를 겪어내지 않았을까 싶다. 바로 전날 새벽에 벌어졌던 세월호 참사의 충격으로부터 아무도 자유로울 수 없었을 터이기 때문이다.

서둘러 말하자면, 이 글은 영화평이라기보다는 한 영화로부터 촉발된, 조금은 철학적인 단상이라 할 수 있다. 이러한 성찰을 통해 우리는 세월호 참사가 결코 일회적인 '사고'가 아니라는 끔찍한 깨달음에 이를 수 있을 것이다. 세월호 참사가 벌어지기 전에 이미 이 영화는 이 참사를 예고하는 어떤 징후, 우리 사회의 고장난 장치들과 희생자의 존재를 보여주고 있다. 세월호 이전에 이미 대한민국 호는 전복되고 있었으며 구조신호는 묵살되었고 희생자들은 방치되었다. 그리고 현재에도 그 비극들은 되풀이되고 있으며, 더욱 끔찍한 재난의 가능성을 향해 브레이크 장치도 없이 몰려가고 있다. 영화〈한공주〉는 그러한 징후들을 읽어낼 수 있는 놀라운 텍스트가 아닐 수 없다.

우리 앞에 소환되어 앉아있는 그녀에 대해 우리는 아는 게 아무것도 없다. 그녀는 누구인가. 그녀는 착한가, 아니면 악한가. 그녀는 가해자인가, 피해자인가를 우리는 알지 못한다. 자신의 죄를 추궁하는 경찰에게 그녀는 "전 잘못한 게 없는데요?"라고 짧게 대꾸할 뿐이다. 영화 포스터에는 이 말을 하는 그녀의 맑은 눈망울에 눈물이 맺혀 있다. 하지만 그녀는 큰 목소리로 격렬하게 자신의 무죄를 주장하지 않는다. 그녀의 시선은 그녀를 심판하려는 자들에게 맞서서 정면을 향하는 게 아니라 오로지 자기만의 내면을 고수할 따름이다. 입술은 굳게 닫혀 있으며 표정에는 어떤 감정도 담겨 있지 않다. 빛과 그늘이 어슴푸레하게 그런 그녀의 얼굴을 둘로 나누고 있다. 아무래도 그녀는 자신이 무슨 죄를 지었는지도 모르는 일진 '공주파'의 일원이었을지도 모르겠다. 그녀의 얼굴은 맑고 예쁘지만 사람의 얼굴을 통해 우리가 얻어내는 정보들이란 믿기 어려운 경우가 많다. 특히 나이가 어린 소녀의 경우에는 더욱 그렇다. 흔히 그렇게들 말한다.

한 무리의 사내아이들이 복도를 따라 어디론가 이동하고, 유리창 밖으로 그들을 바라보는 그녀는 또 잔뜩 주눅 들어 있다. 그들은 마치 우연히 마주친 별개의 낯선 존재들, 서로 어울리지 않는 어떤 조각들의 불우한 조합들처럼 보인다.

그렇게 영화는 파편과도 같은 어떤 조각들을 우리에게 툭툭 던져준다. 몽타주들을 조합하듯이 우리는 이 작은 편린들을 모아서 범인의 모습을 찾아내려 한다. 무엇이 '잘못'인가. 누가 '잘못'을 저질렀는가. 그녀는 자신이 태어나서 살았을 어떤 도시를 떠나, 선생을 따라 선생의 어머니 집으로 가서 지낸다. 아마도 좀더 이 영화에 대해 알아본다면, 우리는 이 영화가 2004년에 밀양에서 있었던 한 끔찍한 성폭행 사건에 근거를 두었음을 알게 될 것이겠지만, 영화 속에는 이에 대한 정보들이 거의 존재하지 않는다. 흔히 그러는 것처럼 실화에 바탕한 것이라는 자막도 없고, 특정한 지역을 확인할 수 있는 지표들도 눈에 띄지 않는다. 대부분의 장면들에서 카메라는 한공주에 초점이 맞추어져 있으며, 원경은 흐려져 있다. 당연히 전체는 쉽게 드러나지 않는다.

그녀가 머물게 된 곳은 서울 남쪽의 어느 변두리지만, 이 또한 명시되지 않는다. 그리고 이 익명성은 어느 특정한 지역의 누군가에 대한 공포나 증오로 우리의 감정이 단순화되지 않게 한다. (나중에 이 영화를 보고 공분을 느낀 네티즌들은 반대의 방식을 선택했다. 그들은 죄를 짓고도 자신들이 무슨 죄를 지었는지도 모르는 이들을 고발했고, 이들의 뒤를 쫓았고, 소위 '신상털이'를 통해 이들의 죄를 응징하고자 했다. 그들의 열정을, 그들의 도덕심과 분노를 의심하는 게 아니다. 그들을 은닉하고 온당한 죄값을 치르게 하지 않음으로써, 이 사회 전체로 악과 폭력성이 퍼져 나가게 만든 우리 사회의 어떤 부당한 시스템은 더욱 차갑고 철저하게 응징되었어야 한다.

누가 공주를 죽였는가에 관한 잔혹한 물음

내가 하려는 이야기는 그들을 광장에 세우고 돌을 던지는 일로는 무언가 부족하다는 것이다. 죄와 벌에 대한 우리들의 태도들에는 무언가 수상쩍은 구석이 있다는 것, 왜 우리의 손에 피가 묻어있는가의 문제 따위를 이야기하려는 것이다. 당연히 이것은 고발과 응징보다 훨씬 더 불편한 문제가 아닐 수 없다.)

그게 영화를 보는 우리를 더욱 불편하게 만든다. 요컨대 이 영화는 영화 〈도가니〉[2011]처럼 명시적인 형태로 죄인을 드러내지 않는다. 물론, 괴물스런 아이들이 있다. 그러나 그들은 우리에게서 분리된 어떤 별종이 아니라, 우리 안에 도사린, 우리들의 자식들이거나 심지어는 우리들 자신일 수도 있는 존재들이다. 그런 점에서 이 영화는 단순한 고발영화가 아니다. 이러한 방식이 실제로 관객들에게서 얼마나 효과적인 사회적 반향을 불러일으켰는지는 명확하지 않다. 〈도가니〉가 강렬한 사회적 파장을 불러일으킨 것에 비하자면, 이 영화는 충분히 끓어 넘치지 못했다. 이 영화는 단순히 화나게 하는 영화가 아니라 숨 막히게 만드는 영화다. 이 질식할 듯한 느낌은 명백히 의도적인 것이다. 끝까지 견뎌내기만 한다면 〈도가니〉보다 더 깊은 곳에서 무언가를 뒤집어 놓는 힘을 지닌 것이 사실이다. 〈도가니〉의 괴물이 우리 밖의 누군가였다면, 〈한공주〉에 이르면 우리 모두가 어느 정도 죄와 연루되어 있기 때문이다. 법도, 종교도, 이 사회의 도덕적 체계도, 교육자들, 시민단체라든가 학부모들도 모두 눈앞에서 저질러지는 죄를 방관하고 희생

고요도 정치다

자를 방치한다.

어떤 의미에서 영화 속의 선생은 제자를 위해 헌신적인 것 같다. 하지만 여기에도 무언가 미심쩍은 구석이 있다. 자신이 쓰던 휴대전화를 주고 오로지 자신과 통화할 때만 쓰라고 말할 때, 아버지에게도 전화하지 않는 게 좋겠다고 말할 때, 특히 그렇다. 나중에 확인되는 바에 의하면 학교도, 그도, 그저 사건을 무마하는 데 급급할 뿐이다. 그들이 한공주에게 덮어씌우는 논리는 이렇다. 넌 잘못한 게 없는데, 우리도 그걸 아는데, 그런데 현실이라는 무서운 세계 속에서 넌 잘못하지 않은 게 아니라는 것. 만약에 그렇다면 그 현실, 그 현실이 오염된 대기처럼 떠돌고 있는 성 안의 도시야 말로 진범이 아닐 것인가. 나아가, 도시의 익명성 때문에 바로 우리들 자신이 살고 있는 도시마저 역병이 휩쓰는 소돔과 고모라의 도시로 전락할 위험에 처하는 것이다. 그녀를 떠맡게 된 선생의 어머니도 그녀에게 의심의 시선을 던진다. "너 무슨 잘못을 저지른 거 아니지?" 아니, 어쩌면 도시의 타락이나 죄의 범람보다 더 심각한 질문이 있는지도 모른다. 이 도시에 구원의 가능성을 입증할 단한 사람의 선인이 존재하는가라는 쓸쓸한 물음.

그녀는 그곳에서 전학생으로 다른 친구들을 만나게 된다. 그녀들은 높은 곳, 햇빛이 눈부시게 쏟아지는 곳에서 노래하는 천사와도 같은 존재들이다. 한공주는 자신도 모르게 그녀들에게로 이

끌려 가지만, 쉽게 마음을 열지 못한다. 그녀들과 한 무리가 되기에 한공주는 너무 어두운 과거를 낙인처럼 지니고 있기 때문이다. 적어도 이렇게 말할 수는 있겠다. 자신의 존재를 드러내야 그녀들에게 다가갈 수 있다. 그러나 존재를 드러내는 순간에 그녀는 파멸할 수밖에 없다고. 도대체 그녀는 누구인가. 과거의 편린들이 깨진 거울조각처럼 쏟아져서 어떤 그림들을 만들어내지만, 그 퍼즐이 어떤 섬뜩한 사건들을 만들어내는 것은 훨씬 더 시간이 흐른 뒤에나 가능해진다.

맨 처음 우리에게 한공주는 낯선 타자다. 우리는 그녀에게 가까이 다가갈 수 없다. 그녀가 천사인지, 괴물인지, 판단할 수 없기 때문이다. 우리는 신중하게 그녀를 응시하며 판단의 근거를 찾고, 그녀의 유죄 여부를 따지고자 한다. 우리의 의심스런 시선에도 불구하고 그녀는 좀처럼 정체를 드러내지 않는다. 그녀는 주변의 시선에 대해 불편함을 느끼고 숨으려고 할 뿐이다. 그녀가 유일하게 단 한 번 내면의 무언가를 폭발시키는 것은 다른 남자와 새살림을 차린 어머니에게서도 의지처를 찾지 못했을 때 뿐이다. 그녀는 의붓아버지가 운영하는 편의점 진열대에 놓인 물건들을 마구흩트려 놓다가, 자신의 어머니가 보는 앞에서 의붓아버지의 입술을 깨물어버린다. 그러나 그녀의 안과 바깥에서 끓어 넘치는 무언가에 비해 그것은 얼마나 절제된 반항인가. 그 이외의 경우에 그녀

고요도 정치다

는 언제나 조용하고 침착하며 부지런하다. 그녀는 자신의 분노나 욕망 따위를 쉽게 드러내지 않는다. 대체로 그녀는 식물처럼 조용하게 존재할 뿐이다. 누군가가 머물라고 하기 전에는 늘 떠날 준비를 하고 있다. 임시적인 거처에서 선생의 어머니로부터 좀더 장기적인 체류에 대한 약속을 받아냈을 때, 비로소 그녀는 자신이 묵고 있는 방을 깨끗이 청소하고 꾸민다. 햇빛이 쏟아지는 작은 창문은 그녀에게 구원을 의미하는 듯하다.

낯선 타자인 탓에 한공주는 거의 침묵 속에 존재한다. 이 세상으로 오기 위해서 목소리를 버려야 했던 인어공주처럼. 그러나 그녀는 바다로부터 낯선 지상에 건져 올려진 존재가 아니라 이 지상에서 바닷속의 숨막힘을 견뎌야 하는 운명이다. 그녀는 물 속에서도, 지상에서도 제대로 숨을 쉴 수가 없다. 그녀와 함께 끔찍한 일을 겪은 친구는 이미 투신해버렸다. 자신도 그렇게 될지 모른다. 하지만 살고 싶다. 아무런 죄를 짓지 않았고 다만 살고 싶은 것인데 그것이 그녀에겐 쉽게 허용되지 않는다.

전학 간 학교에서 그녀는 자신과는 다르게 행복하게 살고 있는 친구들을 바라본다. 그들이 자리를 비운 사이에 자신도 자기 내면 깊숙한 곳에 숨겨져 있던 노래를 꺼내어본다. 노래하는 모습은 뒷모습만으로 처리된다. 당연하지 않겠는가. 그녀는 결코 노래와 함께 할 수 없으며, 노래의 아름다움은 그녀를 구원해주지 못하고 오로지 비극성의 징표가 될 뿐이다. 친구들은 그녀가 온전히 모습을 드러내고 스타가 되기를 바라지만, 그녀는 자신을 숨겨야만 겨우 살아갈 수 있는 존재라는 사실을 안다. 이 장면을 영화 〈피아니스트〉2002의 인상적인 장면과 비교해보면 어떨까? 거기서 유태인 피아니스트는 독일군으로 가득한 시가지의 빈집에서 피아노의 건반을 두드리지 못한 채 침묵의 연주를 감행하는 반면에, 그녀는 눈부신 선율을 보여주지만 그게 자신의 것이라는 걸 드러낼 수 없다. 전자에는 음악이 없고, 후자에는 음악가라는 존재가 없다. 내가 원하는 무언가가 손을 뻗어 만질 수 있는 곳에 있는데 그것을 잡을 수 없을 때 우리는 거기서 탄탈로스Tantalus의 갈증을 보고, 지옥의 잔인함을 확인한다. 영화 〈한공주〉에서 주인공의 죽음은 삶의 모든 가능성이 봉쇄된 곳에서 온다. 한공주에게 자신이 살고 있는 나라는 단 한 곳의 탈출구도 존재하지 않는 절망이었다.

한공주라는 이름의 기원

한공주는 주인공의 이름이다. 이 영화보다 훨씬 전에 만들어진 이창동의 영화 〈오아시스〉2002의 여주인공 이름도 한공주였다는 게 이 이름의 기원을 찾아가는 데 조금은 도움이 될까. 영화 속의 다른 인물은 그녀에게 은밀한 귓속말로 나도 한때는 공주였다고 말한다. 그렇다. 여인들은 모두 언젠가 공주였다. 그래서 우리가 아는 대부분의 옛이야기들은 이렇게 시작되지 않던가. '옛날 옛날 먼 옛날에 어느 왕국에 공주님이 있었답니다'라고. 이 세상의 모든 여인들 중에 이런 이야기 속의 주인공이 아니었던 여인은 없을 것이다. 한공주는 그 여인들 중의 한 여인의 이야기다. 그래서 그녀의 이름이 한공주이리라.

같은 맥락 속에서 우리는 그녀에게서 인어공주 이야기를 발견해낸다. 그녀가 아직도 아름다운 목소리를 지니고 있는 이유는, 왕자님을 위해 자신의 무언가를 포기하지 않았기 때문일 것이다. 그녀는 아름답고 그녀의 노래도 아름답다. 그녀는 왕자님과의 로맨스 따위를 꿈꾸지도 않는다. 그녀는 그냥 최소한으로 존재하고 싶어 할 뿐이다. 자신의 노동으로 호구지책을 마련하고 타인이 쉽게 침범하지 못할 그녀만의 공간에 머무르고 싶어 한다. 영화 속에서 그녀의 공간은 언제나 최소한의 공간이다. 가정은 해체되어 있고 방은 자기만의 것이 아니다. 낯선 존재들이 무례하게 그녀의 영역을 침범해 들어오지만, 그녀에게는 도망갈 장소도 존재하지 않고 그녀를 지켜줄 누군가도 없다. 선풍기가, 형광등이 고장난 것처럼 현실은 무언가 잘못되어 있다.

어떤 일에 더 이상 선택의 여지가 없을 때, 죄의 원인을 주체의 행동에서 찾아낼 수 없을 때, 그런데도 주체가 속수무책으로 파

누가 공주를 죽였는가에 관한 잔혹한 물음

멸해갈 때, 비로소 비극은 완성된다. 그녀는 자신이 할 수 있는 모든 노력을 다하는데, 현실이 그녀를 파괴해버린다. 아버지가 그녀를 지켜줄 수 없는 것처럼, 그러한 힘의 대리인인 경찰들의 손길도 그녀에게는 미치지 못한다. 도와달라는 그녀의 구조요청에도 경찰은 동료의 아들이 짜낸 간특하고 사악한 계교에 너무도 쉽게 넘어간다. 게다가 그 권력은 끝까지 신뢰할 수 있는 것도 아니다. 한공주는 친구보다 더 오래 살아남았는데, 그것은 그녀가 겁이 많았기 때문이 아니라, 더 깊이 삶을 갈망했기 때문이 아니었던가. 그녀는 자신으로부터 초래된 어떤 죄도 없으므로 희생양으로 전락한다.

그러므로 한공주는 다만 이 나라에는 속할 곳이 없다는 이유에서 낯선 나라의 공주로 불린 존재다. 어쩌면 있었을지도 모르는 어떤 행복한 상태를 먼 시선으로 응시하며 절망스런 표정으로 폭풍에 떠밀려 미래의 어딘가로 소실해가는 벤야민 식의 신천사新天使, 즉 〈앙겔로스 노부스Angelus nobus〉다. 지상의 어떤 다른 나라가 아니라, 결코 도달할 수 없는 과거에 무너져버린 왕국에 그녀의 자그만한 침실이 있을 것이다. 결국 공주의 꿈은 실현될 수 없다.

하나의 장면은 정치하게 이러한 그녀의 본질을 드러내 보여준다. 최소한으로 존재하려는, 숨 참기에 해당하는 그녀의 은둔은 그녀가 노래하는 모습을 인터넷에 올린 친구들의 선의를 피해 도망치려는 행위로 나타난다. 지극히 일상적인, 그래서 그녀의 어둠

고요도 정치다

에는 절대로 이를 수 없는 한 친구가 그녀를 따라온다. 그녀는 그물이 둘러쳐진 문 밖의 어딘가를 향해 걸어간다. 그러자 친구는 그녀가 가는 길 쪽으로는 문이 없다고 말한다. 바로 이 순간에 우리는 그녀가 희생양이라는 사실을 깨닫게 된다. 그녀는 고귀하게 희생되지만, 정작 그녀를 제의물로 바친 사회와 국가는 그 사실을 모른다. 영화는 그녀의 숨 막히는 마지막 길을 모두 보여주지만, 우리는 정화의 길을 찾지 못한다. 오히려, 또 다른 제물을 붙잡아 제단에 올리기에 급급할 뿐이다.

어떤 서글픈 시대착오Anachronism

물가에 놀러온 아이들의 눈에 강물 위로 떠내려 오는 시체 하나가 발견된다. 그 흐름을 거슬러 올라가면 거기엔 당연히 한 소녀를 죽음으로 몰아간 무서운 죄가 있고 피 묻은 누군가의 손이 있을 것이다. 죄인들이 소환되어 나타난다. 안타깝게도 그들은 미성숙한 소년들이다. 부모들이 자식들의 죄를 덮기 위해서 모여들었다. 이창동의 영화 〈시〉[2010]는 이렇게 시작한다. 그러니까 〈시〉와 〈한공주〉라는 두 편의 영화를 모두 본 사람이라면, 두 영화를 서로 이어 붙여보고 싶은 욕망에 자연스럽게 사로잡힐 수밖에 없다. 이 흐름 속에서 보다 상류에서 벌어지는 일, 훨씬 더 과거에 속한 이야기일 법한 영화가 〈한공주〉라는 사실을 우리는 깨닫게 된다. 〈시〉가 2010년에 만들어진 영화라는 점을 생각한다면, 그 영화가 보여준 무거운 번민과 속죄에도 불구하고, 우리 사회는 오히려 추악한 과거로 회귀하고 있는 게 아니겠는가. 영화 〈한공주〉의 진정한 섬뜩함은 바로 이 사실로부터 온다. 타자에 대한 끔찍한 무관심과 이기주의, 들끓는 성적 욕망과 폭력성, 마비된 윤리의식 따위가 2014년에 다시 원점에서 죄 없는 어린양들을 희생양으로 만들어 놓는 것이다.

영화의 결말은 명백히 인어공주 이야기를 환기시킨다. 하지만 검고 아득한 물은 그녀의 고향이 아니니 한공주의 유영은 숨막힐 수밖에 없다. 안데르센의 동화 「인어공주」의 주인공 에리얼 Ariel이 고향인 물을 떠나서 대기 속을 떠도는 것처럼 그녀는 물 속에서 발버둥치며 공기를 간절히 원했으리라. 이 숨막힘은 2014년 봄바다를 지나온 대다수의 한국인들에게 얼마나 깊은 상처이자 질병일 것인가. 우리는 물 속에서 살려달라고 아우성치는 아이들을 무력하게 바라보아야 했다. 그런 우리의 눈에 우리로부터 국가라는 이름으로 권력을 위임받은 자들은 무능하다못해 무서운 의혹의 대상이 된다. 그런데 그 비극적인 사건이 벌어진 바로 다음 날 개봉된 영화 속에서 그 비극적 사건을 환기하는 장면과 마주할 때, 그것은 운명의 장난을 넘어서 어떤 진실을 환기한다. 세월호

고요도 정치다

참사는 불운한 사고가 아니라 실은 끊임없이 예언되고 징후적으로 반복되었던 사건이라는 사실을 말이다. 이 나라를 바다에 떠 있는 배에 비유한다면, 한 해에 만 오천 명이 넘는 사람들이 스스로 목숨을 끊는 현실에도 불구하고 국가가 어떤 대책도 지니지 않을 때에도 우리는 이미 거기서 어떤 거대한 전복^{catastrophe}을 목도하지 않았던가.

하지만 너무 성급하게 소용돌이와도 같은 저 영역, 바다의 심연 속에서 숨쉬고 있는 레비아탄^{홉스가 국가에 비유한 괴물}에 이르지는 말자. 그러기엔 우리의 눈앞에서 죽음을 향해 투신했다가, 그래도 살고 싶다는 욕망에 발버둥치고 있는 소녀의 모습이, 그녀를 집어삼킨 검은 물살이, 그녀를 집어삼킨 검고 아득한 세계가 실로 마음이 아프다. 아무래도 이 영화를 그대로 여기서 끝내는 것은 너무도 잔혹해 보인다. 그래서 내 상상 속에서 영화는 더 길게 다른 영화로 이어진다. 익사체로 강물을 따라 떠내려가던 한공주가 강가에서 물장난을 치던 아이들에게서 발견되는 장면으로 흘러가는 것이다. 그래봐야 어차피 죽는 거 아니냐고, 달라지는 게 무어냐고 물어선 안 된다. 우리는 결코 사고가 없는 세상에서 살기를 바랄 수 없다. 다만 그런 사고 앞에서 인간이 아닌 괴물이 되어선 안 된다. 그래서 거기엔 조문과 속죄라는 두 가지 문제가 자리 잡게 된다.

누가 공주를 죽였는가에 관한 잔혹한 물음

전자가 슬픔을 공유하는 소극적인 경우라면, 속죄는 더 적극적인 의미에서 자신의 죄를 묻는 일이라 할 수 있다. 아마도 속죄가 있고 용서가 있는 게 타당하리라. 조금 더 이창동에 대해서 말한다면, 그는 이미 이청준의 문제작 「벌레 이야기」를 원작으로 한 영화 〈밀양〉 2007에서 용서의 문제를 다룬 바 있지 않던가. 속죄가 없는 한, 신일지라도 감히 용서에 이를 수 없다고 주인공은 항변한다. 뒤엉켜 있는 이야기들을 정리하자면 이렇다. 2004년에 밀양에서 한 끔찍한 사건이 벌어졌다. 그런데 실은 이런 사건은 밀양에서만 벌어진 게 아니다. 그러므로 밀양은 구체적인 지명이 아니라 신비한 빛이 쏟아지는 곳이라는 의미에서의 신화적인 장소로 보아야 마땅하다.

이창동은 〈밀양〉에서 속죄가 없는데 어떻게 용서가 있는가를 물은 다음에, 〈시〉에서 이르러서야 속죄를 만들어낸다. 속죄를 위해서라면 가장 가깝고 애틋한 것들마저 끊어낼 수 있어야 한다고 이 영화는 말하고 있다. 아마도 이창동의 〈시〉가 제대로 읽히고 그 가르침이 세상을 바꾸었다면, 이후의 대한민국은 조금은 달라지지 않았을까? 그러나 불행히도 대한민국은 〈시〉라는 훌륭한 영화에도 불구하고 변함없이, 혹은 더 나쁘게 〈한공주〉에 이르러버린 것이 아닐까? 이렇게 말할 수 있을지도 모른다. 우리는 봉준호의 〈마더〉 2009를 선택했던 것이라고. 애틋한 자식을 위해 자신의 손에 피를 묻힌 그녀는 그래서 mother와 murder의 경계선에 놓이게 되었던 것이라고. 그런 욕망들이 모여 자신의 이익을 위해 의로움을 기꺼이 버리는 왕비, 타락한 현실에 대해 용기있게 맞설 힘을 지니지 못한 어리석은 왕들이 생겨났을 것이다.

다시 영화 〈한공주〉의 결말을 살펴보자. 절망에 빠진 한공주가 다리 위에서 강물 속으로 투신한다. 그 비극을 응시하는 카메라는 다리 위를 지나가는 버스 안에 자리 잡고 있다. 일상적이고 소시민적인 시선에는 비극이 감지되지 않는다. 다리 위에 조금 생뚱맞은 사물처럼 한공주가 끌고 다니던 크고 무거운 여행용 가방이 무심하게 놓여 있다. 영화를 보는 우리는 버스를 탄 그들과 마찬가지로 일상의 질서 이편에서 한공주가 내려놓고 떠난 무거운 짐과도 같은 삶을 바라본다. 그 가방은 카뮈의 신화 속 주인공 시지프 Sisyphe가 밀어 올리던 바위처럼 무거운 짐이다.

여기서 카메라의 시선이 갑자기 변한다. 그것은 한편으로는 관객들의 관음적 욕망을 대리적으로 성취하는 것이며 다른 한편으로는 모종의 판타지를 동반한다. 카메라는 버스로부터 다리 난간으로 날아와 허공 위에서 흘러가는 검푸른 강물에 방금 전에 생겨난 하얀 포말을 잡아낸다. 그런데 그 포말 아래로부터 검은 그림자 하나가 수면 밖으로 솟구쳐 나온다. 생전에 걱정했던 것처럼 살고 싶다는 욕망에 사로잡힌 것일까? 그녀는 결사적으로 허우적거린다. 하지만 그녀는 호흡법조차 제대로 배우지 못했다. 수영장에서의 그녀를 보자. 그녀는 물 속에서 숨을 내뱉지 못하기에 물 밖에서 아무리 입을 벌려도 숨을 쉴 수 없다. 2014년 봄날 이후 이 질식감은 우리 모두를 사로잡는 공포가 되어버렸다. 그런데 이런 장면에서 우리는 어떤 깨달음에 도달하게 되는 것이다. 혹시 이 대한민국은 그날, 바다만큼 숨 막히는 곳이 아닐까라는. 이상하게도 아무도 그녀에게 수영을 가르쳐 주지 않았다. 수영 선생도. 친구도. 그러므로 투신하는 순간에 모든 이야기는 끝났을지도 모른다. 그렇다면 수면 아래로 어떻게 보면 올챙이처럼, 또 어떻게 보면 인어공주처럼 자유롭게, 놀랍도록 빠른 속도로 헤엄치던 검은 그림자는 무엇일 것인가? 그렇게라도 희망을 남겨두고 싶었던 게 아니라면 말이다.

이 마지막 장면을 이창동의 영화 〈시〉에 이어붙이는 일은 단순히 호사가적인 취미에 지나지 않는 것일까? 두 영화를 이어 붙일 때 훨씬 바람직한 쪽은 당연히 〈한공주〉 이후에 〈시〉가 놓이는 것이다. 우리는 살아가면서 죄를 짓거나 실수를 저지를 수 있다. 다만 고발과 속죄와 자기성찰을 통해 보다 성숙한 상태에 도달해야만 한다. 그런데 불행히도 우리는 〈시〉 이후에 〈한공주〉를 만나야 했다. 실제로 이 나라의 어떤 상태는 〈시〉를 낭만주의로 밀어내면서 〈한공주〉라는 암울한 현실을 초래했다.

고요도 정치다

이렇게 한공주의 비극적 삶을 응시하는 동안 우리는 하나의 반복하는 의문과 만나게 된다. 그래야만 한다. 한공주에게 '왕국'은 무엇인가라는 질문이 바로 그것이다. 왕과 왕비가 지배하는 그 나라는 백성들에게서 세금을 거둬들이고 위탁된 힘을 적절히 사용하여 백성들을 잘 거둬 먹이고 있는가. 어느 왕비의 유아기적 어투를 빌자면, 이 나라는 '좋은 국가'인가 아니면 '나쁜 국가'인가.

영화 속에서 한공주의 왕국은 두 가지 장면에서만 모습을 드러낸다. 그 하나가 한공주의 죄를 추궁하는 눈먼 심문자의 모습이라면, 다른 하나는 역시 절망에 빠져 한공주의 친구가 목숨을 끊을 때 출동하지만 실제로는 아무것도 할 수 없었던 경찰들이다. 또 다른 한 명의 경찰도 영화에 모습을 드러내지만, 경찰복을 입은 그는 허깨비처럼 보인다. 그는 퇴근할 때 공공성이라는 이념을 벗어놓고 퇴근하는 존재다. 일상의 그는 애욕에 빠진 늙은이에 지나지 않는다. 나날의 일상적인 삶은 국가의 개입 없이 이루어진다. 사람들은 자신들의 상점을 열고, 모종의 관습에 따라, 관계들을 만들어간다. 그런 의미에서 국가는 언제나 위기와 관련된다. 국가는 위기를 예방하고 여기에서 국가는 숨어있다, 위기를 관리하며, 위기를 기억하도록 해야 한다. 다가오지 않은 미래의 재난을 방비하기 위한 게 아니라면, 국가가 무슨 의미가 있단 말인가. 그러나 영화 〈한공주〉에서 국가는 제대로 작동하지 않는다. 그것은 고장난 시스템이며 심지어는 위악

누가 공주를 죽였는가에 관한 잔혹한 물음

적인 것이다. 한공주는 아무에게도 도움을 청할 수 없었다. 그녀의 꿈은 정당하게 자신의 무죄를 밝히는 것이 아니라, 조용히 숨어서 자신의 삶을 살아가는 것이었다. 그러나 그것마저 허용되지 않는다. 그런 의미에서 한공주는 국가를 잃어버린 망명객, 디아스포라와 같다. 그녀는 언제나 가방을 싸놓은 채 옮겨갈 준비를 한다.

유주얼 서스펙트―누구의 손에 피가 묻었는가

이제 우리는 단도직입적으로 왜 이 영화가 우리에게 불편한 영화인가를 말해야 할 때가 되었다. 이 영화를 보면서 우리는 자연스럽게 조세희의 『난장이가 쏘아올린 작은 공』에 나오는 어떤 질문을 떠올리게 된다. 굴뚝을 청소하고 나온 두 사람 중에서 누가 얼굴을 씻는가. 맨 나중에 선생은 말한다. "두 아이는 함께 똑같은 굴뚝을 청소했다. 따라서 한 아이의 얼굴이 깨끗한데 다른 한 아이의 얼굴은 더럽다는 일은 있을 수 없다."

청년 도스토예프스키의 데뷔작 『가난한 사람들』은 물질적 가난이 사람들의 숭고한 이상과 사랑을 어떻게 파탄에 이르게 하는지를 보여준다. 파멸한 그들이 죄인이 아니라면 죄는 세계의 몫이 된다. 〈한공주〉 속의 세계는 편의점으로 이어진 세계다. 그리고 그들은 굶주림이나 추위 때문에 죽어가는 게 아니라 절망 때문에

고요도 정치다

죽어간다. 한공주는 그 세계 속에서 잘못한 게 없다.

〈한공주〉를 보는 동안에 우리는 괴물로 자라난 어떤 아이들을 목격한다. 우리의 분노와 고발은 자연스럽게 그들을 향한다. 그런데 시간이 흐르면 이 선명한 죄와 무죄의 경계가 흐릿해진다. 피해자 소녀를 찾아와서 왜 우리 아들 앞길을 망치냐고 난장을 치는 가해자의 부모도 괴물로 변한다. 괴물이 괴물을 낳았다. 왜 한공주의 부모는 그녀를 제대로 보호하지 못하는가. 그들의 무기력함과 무관심 또한 하나의 괴물이다. 최후의 보루가 사라졌으니 아이들의 방으로는 괴물들이 드나들 수밖에 없다. 그런 잘못된 현실에 개입할 어른들이 없고, 사회가 없고, 나라가 없다. 그 순간에 우리는 야만의 땅을 본다. 강한 자가 약한 자를 잡아먹는다.

모종의 휴머니즘적인 연민이 얼마나 유약하고 쉽게 동요하는 것인지를 우리는 주인공 소녀를 최종적으로 보호해주던 여인과, 우정이라는 이름으로 다가섰던 친구에게서 발견한다. 그녀가 죄 없는 피해자라는 사실을 알고 있음에도 불구하고, 이들로 대표되는 소시민적 일상의 질서는 한공주를 포용하지 못한다. 그녀는 강력한 역병의 보균자처럼 기피된다. 영화의 맨 마지막에서 한공주는 그들 모두에게 구조신호를 보낸다. 무거운 가방을 끌고 나오는 그 느릿하고 조용한 발걸음과 눈빛은 누군가 자신을 붙잡아주기를 간절히 바라고 있음을 알린다. 죽음을 앞둔 순간에는 친구에게 전화를 보낸다. 그러나 그들은 문을 걸어 잠근다. 그들에게서 확인할 수 있는 것이 소시민적인 연민의 한계다. 그들은 스스로가 피해를 보지 않을 때에만 연민과 동정을 베푼다.

그런데 여기에는 용서할 수 없는 또 하나의 죄가 자리 잡고 있다고 일찍이 젊은 예수는 갈파하지 않았던가. 한 율법 교사가 예수에게 "그러면 누가 저의 이웃입니까?" 하고 물었을 때 그는 이렇게 이야기한다. "어떤 사람이 예루살렘에서 예리코로 내려가다가 강도들을 만났다. 강도들은 그의 옷을 벗기고 그를 때려 초주검으로 만들어 놓고 가버렸다. 마침 어떤 사제가 그 길로 내려가다가 그를 보고서는, 길 반대쪽으로 지나가버렸다. 레위인도 마찬가지로 그곳에 이르러 그를 보고서는, 길 반대쪽으로 지나가버렸다. 그런데 여행을 하던 어떤 사마리아인은 그가 있는 곳에 이르러 그를 보고서는, 가엾은 마음이 들었다. 그래서 그에게 다가가 상처에 기름과 포도주를 붓고 싸맨 다음, 자기 노새에 태워 여관으로 데리고 가서 돌보아 주었다. 이튿날 그는 두 데나리온을 꺼내 여관 주인에게 주면서, "저 사람을 돌보아 주십시오. 비용이 더 들면 제가 돌아올 때에 갚아 드리겠습니다" 하고 말하였다. "너는 이 세 사람 가운데에서 누가 강도를 만난 사람에게 이웃이 되어 주었다고 생각하느냐?" 율법 교사가 "그에게 자비를 베푼 사람입니다" 하고 대답하자, 예수님께서 그에게 이르셨다. "가서 너도 그렇게 하여라."

고요도 정치다

『루카복음』 제10장 30~37절 우리는 어떠한가. 예수가 말하는 이웃됨에는 한없는 용기와 헌신의 문제가 자리 잡고 있다. 내가 옳다고 믿는 바를 향해 투신하려는 용기와 그것이 이득이 되는가를 묻지 않고 수행하는 자세가 그것이다.

그렇다면 사건이 벌어지고도 10년이라는 세월이 흐른 뒤에 이 나라에서 이런 영화가 만들어진 이유는 무엇일까? 감독은 이제는 청년이 되어 거리를 활보하고 있을 죄인들에게 초점을 맞추고 있지 않다. 그들을 잡아들여 처벌하거나 응징하는 것이 목적이라면, 영화의 끝은 그들이 숨어 들어갔을 거리 어딘가를 비춰 보여주었어야 마땅하다. 그런데 이런 식의 인민재판은 어딘가 조금 이상하지 않은가. 그토록 커다란 목소리들이 죄인을 죽여야 한다고 외쳤음에도 불구하고, 왜 이 사회는 더 나아지기는커녕 갈수록 더욱 타락 속으로 빠져드는가. 그것은 우리가 이미 '연루된 자'라는 사실을 자각하지 못하기 때문이 아닐까. 죄인을 조롱하고 돌을 던지려는 우리의 손에는 희생자의 피가 묻어 있다. 적극적으로 범죄에 가담하지 않았으니 용서해 달라는 말도, 그게 우리의 일이 아니라서 그저 방관만 했을 뿐이라는 변명도 어떤 세상에서는 납득될 수 없다. 살해가 있었고 우리 모두 실은 거기에 있었던 것이다. 그러므로 우리의 알리바이는 성립되지 않는다.

누가 공주를 죽였는가에 관한 잔혹한 물음

영화 〈케빈에 대하여〉[2012]는 실로 막막한 이야기다. 영화는 어떤 깊은 심연으로부터 시작한다. 사람들이 던지는 붉은 토마토들을 온몸에 받는 여인이 있다. 소리들이 완전히 삭제된 세계다. 당연히 맥락을 잘 알 수가 없다. 시간이 좀 흐르면 그게 어느 여인의 꿈 내용임이 드러난다. 여인은 소파에 누워 있고 그녀 주변에는 약병들이 흐트러져 있다. 그녀는 어떤 끔찍한 사건 이후를 살아가는 중이다.

영화는 『나는 살인자의 엄마입니다』란 제목의 책을 시나리오화한 것이다. 그리고 그 책은 콜롬바인 고등학교에서 있었던 총기살인범의 어머니가 썼다. 그녀에 의해 끊임없이 던져지는 질문은 이렇다. '왜 내 아들은 그런 괴물이 되었는가?' 이에 대한 답은 없다. 가정폭력은 존재하지 않았다. 집안에는 이런저런 문제들이 있었지만, 어느 집인들 그런 문제들이 없으랴. 주인공은 자꾸 자기 내부를 들여다본다. 어쩌면 거기에 죄가 있을지도 모른다.

총기사건 소식을 들었을 때 그녀는 아이의 안위 때문에 차를 몰고 학교로 달려가면서 노심초사한다. 그러다가 범인이 자기 아들이라는 사실을 알게 되는 순간에 아들이 빨리 죽게 되기를 빈다. 더 오래 살아있다는 건 더 많은 아이들을 죽게 하는 일임으로. 아이는 죽지 않는다.

영화 속 한 장면은 인상적이다. 아이가 끊임없이 울어댄다. 아이를 달래는 일에 엄마는 지쳐버렸다. 그녀는 유모차를 끌고 가다가 굴착기 공사장 옆에서 멈춰 선다. 아이의 울음 소리가 들리지 않는다. 그렇게 그녀는 거기에 서 있다. 조금은 편안한 모습으로. 굴착기 소리가 그녀에게 고요를 가져다 준 것이다. 이런 일들이 아이를 괴물로 만들었을까? 그럴 수도 있다. 그렇지만 그런 일들은 너무도 흔하다.

예전에는 길거리에서도 아이에게 손찌검을 하는 부모들이 꽤 많았는데, 우는 아이들 때문에 특히 그랬다. 떼를 쓰며 우는 아이에게 부모는 경고를 날린다. 셋을 세겠어. 안 그치면 때릴 거야. 하나, 둘, 셋. 당연히 뺨을 맞은 아이는 더 크게 울 수밖에 없다. 그래도 몇 대 맞으면 그치려고 애를 쓴다. 하지만 이미 터진 울음이 쉽게 그쳐지지 않는다. 엄마는 다시 그 아이 앞에서 숫자를 헤아린다. 하나, 둘… 아이는 분명히 울음을 참으려 한다. 하지만 훌쩍거림이 남는다. 엄마의 손이 날아가고 그러면 다시 모든 게 원점이 된다. 더 커다란 원점은 그렇게 아이를 때린 죄책감 때문에 부모는 결국 아이가 눈물로 원했던 그것을 보상으로 사준다는 것이다. 그러면서 말한다. "얘가 누굴 닮아서 이렇게 고집이 센질 모르겠어." 그렇게 자라난 아이들은 대부분 평범한 시민으로 살아가게 된다. 역시 좀 약삭빠르고 또 좀 어리석기는 할지 모르지만 말이다.

선거철이 되면 온나라는 소음의 천국이 되어버린다. 거리 도처에서 말 잘하기로 소문난 선량들이 플래카드를 내걸고 확성기를 통해 자신을 알리겠노라고 정신이 없다. 우리나라가 유독 심한 것 같다. 그것으로도 부족해서 선거운동원들이 율동을 하며 시선을 잡아끌고 자동차에 스피커를 설치해서 돌아다니며 떠들어댄다. 물론, 선거가 끝나면 그 선량들을 만날 기회는 거의 전무하다. 그렇다보니 선거철이 되면 어딘가 멀리 떠나있고 싶어지기도 하다.

이것을 정치에 대한 무관심이라고 하지 말기를. 정치에 대한 무관심을 유발하는 것은 오히려 그들 쪽이다. 시민들이 관심을 가질만한 정책들을 만들어내라. 그렇다면 아무리 조용히 말하더라도 사람들은 스스로 찾아와서라도 이야기를 들어보려 할 것이다.

"당신은 어두운 상점들의 거리에서 어떤 간판이 눈에 잘 띄는지 아십니까?" 「도둑맞은 편지」란 소설에 나오는 질문이다. 이 질문에 대한 답들은 거의 대부분 맞긴 하지만 뻔한 것들이다. 크고

고요도 정치다

화려한 것, 조명이 환한 것, 원색. 이보다 조금 나은 것이 독특한 것, 어딘가 시적인 것, 이런 답변들이다. 하지만 작가가 내놓은 답변은 '사람들이 필요로 하는 것'을 파는 간판이다. 그걸 파는 가게라면 굳이 간판이 커야 할 이유가 없다. 반대로 그렇지 않은데 간판이 크고 화려하고 조명이 환한 것은 사기꾼들의 그것이다.

언젠가 큰소리로 불러도 대꾸하지 않는 아이를 낮게 속삭이듯 부른 적이 있다. 그러자 믿기지 않는 일이 벌어졌다. 온통 휴대전화 화면에 정신이 팔린 것 같던 아이가 고개를 들어 의아한 듯이 "왜?" 하고 물었던 것이다. 아이는 크고 위압적인 소리에 대해 의식의 차단막을 내리고 있었다고 해야 할까? 작은 소리가 멀리 가지 않는 게 아니라, 누구나 예상하는 뻔하고도 부정적인 스토리야말로 아무리 가까운 곳에서 크게 울려 퍼져도 사람의 마음에 전달되지 않는다. 듣고 싶지 않은 소리인 것이다. 그러나 작은 소리라도 듣고 싶은 소리에 사람들은 귀를 기울인다.

진천에 있는 보탑사에 가면 주련 중에 "석인야청목계성石人夜聽木鷄聲"이라는 글귀가 눈에 띄인다. '돌사람이 밤에 나무닭의 울음소리를 듣는다'는 말이니, 그 뜻을 새길수록 마음이 아득해진다. 이는 지리산 화엄사의 사사자석탑四獅子石塔에서 마주한 두 석인이 서로를 그리는 마음과 어떻게 같고 다른가를 나는 알지 못한다. 고요하거라, 말들이여. 누군가 귀 기울여 듣도록.

작은 목소리로 말하고 듣기

별편지

이 저녁 당신께 물방울 하나만큼의 고요를 드리기 위해
혼자서 진천 보탑사에 다녀왔습니다.

"돌사람이 밤에 나무닭의 울음소리를 듣는다"

이 구절을 보려고요.
눈부신 햇볕이 내리는 뜨락에 누군가 돌사람 하나를 앉혀 놓았더군요.
『금강경』에 나오는 이 구절의 뜻을 가만히 헤아리노라면,
춥고 그늘진 계곡 속 작은 돌맹이 하나가 아득히 먼 별을 향해 손을 내미는
그 간절함이 떠오르곤 합니다.

서구적인 신학의 문제가 무냐 전체냐를 전제로 한다면 돌사람이 귀 기울이는
나무 닭의 울음이야말로 고요의 경지가 아닐까 싶습니다.

지리산 화엄사 사사자석탑에 갇힌 돌사람도
지금 여전히, 마주한 또 다른 돌사람을 향해
온몸을 내던지고 있겠지요.

고요도 정치다

우리 만날 날이 영영 오지 않을 것처럼 보이더라도
이 마음 하나 생겨나서 당신을 향했으니 행복했다, 싶습니다.
어느 광년이 지난 후에 당신은 이 편지를 읽고 살짝 미소지을까요.

이만 총총.

작은 목소리로 말하고 듣기

고요도 정치다

나는 미쳤다

1

주말 오후 빈방에서 홀로 영화를 보다가, 20분쯤 웃다가 20분쯤 울었다. 영화 시작 장면을 보다가 그랬다. 웃을 때도 눈물을 쏟았고 울 때는 엉엉 울었다. 도대체 살면서 거의 한 번도 크게 소리내본 적이 없는데 그랬다. 영화가 웃겼고 슬펐고 내 인생이 슬프고 웃겼다. 이미 예전에 본 영화인데도 그랬다. 나는 미쳤다.

영화는 〈홀랜드 오퍼스Mr. Holand's Opus〉1995였다. 나는 영화를 꽤 많이 보는 편이고 또 어떤 영화들을 반복적으로 보기를 좋아한다. 어쩌다보니 스무 번 넘게 본 영화들도 있다. 〈홀랜드 오퍼스〉는 내게 그럴 만한 영화가 아니다. 물론 영화는 아주 좋은 영화다. 묵직한 감동도 있고 윤리적으로도 올바르다. 그런데 무언가 〈우리말 달인〉 퀴즈쇼에 나온 사람들을 보는 느낌 비슷하다. 무척 모범적이긴 한데, 무언가 너무 깔끔해서 어떤 비밀을 숨기고 있는 듯한 느낌.

그렇지 않다면 세상이 왜 이 모양일까? 그렇게 생각했던 것 같다. 처음 보았을 때에는. 게다가 나는 그때 이 영화의 다른 무언가를 이해하기에는 충분히 늦지 않았던 것이다. 고향을 떠난 젊은 이가 도시 처녀를 데리고 고향에 와서 연신 감탄하는 아가씨 앞에서 곤혹스러워하는 그런 심사랄까? 아주 오래 시간이 흘러서 그는 문득 깨닫게 된다. 아, 그 아가씨가 나를 사랑했던 모양이라고. 또는 어느 날 그 야트막한 언덕, 마른 개여울, 보잘것없는 들풀들 속에서 어떤 눈부신 아름다움을 발견하게 된다. 예전의 나는 미처 그걸 보지 못했던 것이다.

〈홀랜드 오퍼스〉를 보는 걸 어렵게 한 다른 이유들도 있다. 젊은 내게는 불행히도 음악이 거의 없었다. 대부분의 음악이 내게는 소음으로 느껴졌다. 아니 가슴이 두근거려서 들을 수 없는 것이었는지도 모른다. 친구에게 끌려가서 〈스트리트 오브 파이어〉[1984]란 영화를 보던 순간의 나는, 이교도의 광란적인 파티 속에서 거의 정신을 잃을 뻔한, 묵언수행 중인 정교회 수사 비슷했다. 부끄럽게도 젊은 날의 내게는 존 레논도, 퀸도 없다. 나는 아주 약간 쇼팽을 좋아했다. 그는 소리를 들려주는 게 아니라 고요를 주기 위해 일부러 소리를 만드는 것처럼 느껴졌다. 바흐는 어려웠다. 베토벤은 어지러웠다. 쇼스타코비치는 조금 나았다. 그렇지만 그걸 들으려면 얼마나 나를 깊은 침묵 속으로 데려가야 했는지.

고요도 정치다

이런 이유로 〈홀랜드 오퍼스〉는 그저 한번쯤은 볼만한 영화라고 여겼었다. 그리고 그것은 첫 순간에 깨져버렸다. 한 음악가가 있다. 그는 멋진 음악을 만들어내고 싶었다. 하지만 무항산에 무항심이다. 불행히도 그는 결혼을 했다. 아이를 갖는다. 라홀라. 큰집으로 이사를 한다. 라홀라. 이게 그의 생각이고 삶이다. 그는 임시방편으로 학교 선생이 되기로 한다. 그는 학교에 도착한다. 자신의 낡은 자동차를 비아냥거리는 교감을 처음으로 만난다. 교실로 가는 길을 잃어버리고 헤매다가 마주친 교장과 자꾸 어긋나는 몇 마디를 주고받으면서 자신의 선택이 잘못된 것일지도 모른다는 생각을 한다. 실은 이미 그런 생각을 하며 거기까지 왔다. 강의실에서 만난 아이들은 엉망이다. 음악 이론을 이야기하는 순간에 아이들과 자기 사이에는 지구와 달 사이의, 태양계의, 은하계의, 우주의 거리가 생겨난다. 그래도 그는 운이 좋은 편이다. 그는 음악 선생이기 때문이다.

학생들은 관현악 편성으로 자리에 앉아 있다. "자, 여러분의 실력이 얼마나 되는지 볼까요?" 그는 지휘봉으로 탁자를 톡톡치며 말한다. 그리고 마침내 그의 지휘봉이 허공 위에 불러내는 음악은 무엇이었을까?

그 곡은 무려 베토벤의 5번이었다. 운명교향곡. 과장을 조금 섞어 말하자면, 베토벤만이 아니라 어쩌면 인류 음악사의 한가운

데쯤에 있을지도 모르는 그 곡. 물론 바로 그 교향곡이라는 걸 알아차리기엔 시간이 좀 걸린다. 그리고 그 순간에 갑자기 웃음이 터져 나오기 시작했다. 참담한 표정의 지휘자가 어디에 맞춰 지휘봉을 휘둘러야 하는지조차 놓쳐버리고도 오랫동안. 그러더니 또 눈물이 쏟아졌다. 봇물처럼. 나는 미쳤다.

2

내가 처음 강단에 선 것은 1993년의 일이다. 생각하면 아득한 시간들이다. 시간강사 생활을 할 때 일주일에 1,000킬로를 달리며 25시간을 강의한 적도 있다. 그 무렵 강사료는 형편없었다. 그리고 내겐 이미 아이가 셋이 있었다. 기형도식으로 표현하자면 "그리고 방학이었다. 나는 먹고 살기가 두려웠다"라고 표현할 수 있을까? 그리고 운 좋게도 2002년에 지금의 대학에 자리를 잡았다.

이 일에 대한 내 깊은 두려움을 무어라 표현해야 할까? 나는 "더 이상 못하겠소"라는 사표를 내던진 사람들을 존경했다. 니체처럼 아파서 그만 두는 게 아니라 조지 산타야나처럼 자의로 그만두는 사람을 무조건 좋아했다. 어느 날 강의를 하다가 칠판 위에 분필을 내려놓고, 웅성거리는 학생들을 놔둔 채, 강의실을 나와, 복도를 지나, 건물을 빠져나와, 교문을 건너, 도시 하나를 통째로 지나, 무덤가 비석 위에서 잠들었다가 깨어나는 여주인공이 나오는 영화도.

만약에 산타야나가 "역사로부터 교훈을 얻지 못한 자는 그 비극을 다시 되풀이할 수밖에 없다"는 말을 하지 않았다면, 그 무렵에 나의 가족들이 모두 IMF의 비극들을 몸에 짊어지고 허우적거리고 있지 않았다면, 무언가 달라졌을까? 문제는 대학생활이 내게 행복한 순간들이 아니었다는 것이다. 물론 배부른 소리다. 그러나 인간은 배부른 소리를 하는 존재가 아닌가.

IMF 이후의 대학 강의실을 나는 '구멍 뚫린 극장'이라고 부르곤 했다. 생존자들은 트라우마를 앓고 있었다. 가난해지면 안 된다는 불안감…… 돈만이 최후의 구명조끼라는 믿음…… 강의실에서의 강의를 들으며 학생들은 자주 뚫린 벽으로부터 불어오는 바람에 몸을 움츠렸다. 칵테일 요법이 등장한 게 그 무렵이었다. 80퍼센트는 그냥 향료 같은 것이다. 메시지는 20퍼센트를 넘으면 안 된다. 그 이후 대학은 취업 준비 학원이 되었고 죽을 때까지 끝나지 않을 구조조정의 게임 속에 바쳐졌다. 백년지계 따위를 말하는 이들은 모조리 도태되었다. 지금의 대학에는 그런 자들이 거의 존재하지 않는다. 인구절벽, 학령인구의 감소라는 쓰나미 앞에서 그것은 그저 배부른 소리였다. 마찬가지로 자기 존재의 기갈을 채우기 위해 공부하는 이들은 찾아보기 힘들게 되었다. 대학은 죽었고 우리는 유령이 되었다. 이미 죽었거나 아직 유예된 존재들.

어디든 위기대책팀이 꾸려진다. 그들에게 문제가 생기면 위기대책팀의 문제개선위원회가 다시 꾸려질 것이다. 국가도, 교육부도, 대학도, 그런 옥상옥屋上屋들로 가득해졌고 그렇다보니 오로지 위기가 그들을 존재하게 했다. 합리주의라고?

다른 하나의 사례를 들어보자. 이러한 게임의 규칙들이 무엇인가를 보게 하는. 자유무역협정체제는 이 나라를 거대한 상선商船으로 만들었다. 대체로 기업들에 유리한 반면에, 농업에는 불리했다. 기업들은 호소했다. 기업이 살아야 일자리를 만들고 그래야 국민들이 살 수 있다고. 이러한 체제를 통해 얻은 이익을 나누겠다고. 그러나 이제 우리가 보는 것은 빚더미에 올라앉은 농촌, 끊임없이 축소되어 사라지는 농촌이다.

그런데 이제 와서 기업인들은 그리고 정부와 전문가들은 농사 짓는 이들을 사갈시한다. 언제까지 국가의 도움을 빌 것이냐고. 스스로 경쟁력을 키워가야 한다고. 그런 자신들이 전국가시스템의 지원 속에서 생존해 왔다는 사실은 까맣게 잊어버린다. 그들은 최저임금에도 불만이 많다. 그런데 왜 이렇게 살아가는 일에 비용이 많이 드는가. 왜 우리나라의 생활필수품 가격은 다른 나라보다 훨씬 더 비싼가. 그것은 우리가 기업과 무역 위주의 정책을 펴고 있기 때문이다. 그들이 벌어들이는 외화는 통화량을 늘이는 반면에 그들은 애초의 약속과는 달리 그것을 나누기는커녕 사무자동화를 통해 인간의 일자리를 박탈하고 노동자들을 거리로 내몰고 나머지 돈으로 부동산 투기를 한다. 고비용사회가 되어버린 것이다.

대학도 이와 비슷한 처지다. 갖가지 재정지원사업을 따내기 위해서 구조조정을 시도한다. 그게 과연 더 나은 것인가에 대한 근본적인 성찰은 이뤄질 수 없다. 선무당들이 힘을 지닌 자리에 올라선다. 그들이 작두를 타며 너희들도 이렇게 타라고 말한다. 지금의 대학에는 오래 반복되는 것도, 먼 미래에 대한 심려도 없다. 어제 있었던 게 오늘 없는 것처럼 오늘까지 살아남았던 것은 내일 사라질 수 있다.

'시간강사법'도 그 격류 속에 있는 것이다. 언제나 그렇듯이 제도보다도 '회수'가 더 문제다. 부동산대책이 문제가 아니라, 그것에 대한 우리 사회의 흐름이 문제인 것처럼. 회수를 건너는 순간에 모든 귤은 시큼한 탱자가 된다. 법을 만드는 자들도, 법을 적용해야 하는 자들도, 오로지 '어떻게'만을 생각한다. 항거는 이뤄질 수 없다. 눈치 빠르게 적응하는 자가 당근을 독차지하기 때문이다. 그리하여 어느 순간부터 러시안룰렛 비슷한 게임이 이뤄진다. 왜 우리가 이런 게임을 해야 하느냐고 묻지 않는다. 그야말로 박 터지는 머리싸움들을 하며 자기 머리를 향해 방아쇠를 당겨댄다. 오늘 나는 죽지 않았다고 안도하며.

영화 〈홀랜드 오퍼스〉[1995]는 어찌 보면 좋았던 옛시절 이야기다. 그 시절만 해도 그래도 많은 사람들이 그를 기억하고 인정한다. 물론 그도 세월의 흐름 속에서 일자리를 잃는다. 교장은 이렇게 말한다. "바흐와 읽기와 쓰기 중에서 하나를 선택해야 한다면 나는 읽기와 글쓰기를 선택할 거요." 홀랜드가 반문한다. "바흐가 없는 읽기와 쓰기가 도대체 무슨 의미가 있을까요?" 이것은 실용성에 대한 삶의 항변이다. 이제 우리는 조금 더 심각한 흐름 속에 놓여 있다. "글쓰기와 취업특강이 있다면 나는 취업특강을 선택할 거요." 나는 그 끝에 인간의 박탈이 있을 거라고 믿는 편이다. 조금 심한 비약일지 모르지만 일자리를 얻으려는 가장 좋은 방법은 젊은이들이 스스로의 권리를 쉽게 빼앗기지 않는 존재로 키우는 것, 혁명가가 되게 하는 일밖에 없을지도 모른다.

홀랜드는 환경을 탓하며 자신은 최선을 다했다고 말하는 교장에게 이렇게 말한다. "당신의 최선은 뭔가 부족해요 Your best is not good enough" 정권이 바뀐다고 해도 크게 달라지는 것은 없다. 그것은 회수, 그러니까 우리 삶의 체질이 되었기 때문이다. 사실상 이 나라의 교육제도는 애초에 황무지처럼 그냥 방치했을 경우보다 더 좋아졌다고 말하기 어렵다. 이것은 내 생각이다. 구조조정위원회가 열리자 그는 옛제자들 앞에서 말한다. "나를 위해서 이 말을 하는 게 아니라오. 우리의 미래를 위해서지." 살아남은 자인 체육 선생에게 이렇게 말한다. "실은 두려워요."

고요도 정치다

3

요즘의 강의실에서 내가 느끼는 것은 거의 문제아가 발견되지 않는다는 사실이다. 과거에 비해 출석률이 대단히 높다. 과제물도 대부분 어쨌든 낸다. 그런데 거기에도 대부분 '어떻게'만 있다. 사회 전체가 왜냐고 묻지 않는다. 왜냐고 묻는 이들은 이미 도태되어버렸는지도 모른다. 이 전적인 모범생들의 세계에서 또한 90퍼센트의 학생들은 열패감에 시달리고 있다. 그들은 '이생망'의 세계를 살아가는 존재들이다. 그러면서도 그들은 정해진 규칙들 앞에서 순한 양과도 같다. 아니, 울타리를 넘으려는 양들을 나무란다.

서기원이 1956년에 쓴 「안락사론」이란 소설이 있다. 가끔 이 소설이 생각난다. 사람들이 골짜기로 끌려간다. 그리고 거대한 구덩이 앞에서 4열종대로 무릎을 꿇고 기다린다. 무엇을? 맨 앞 열에 이르면 군인들이 그들을 총으로 쏴서 구덩이로 떨어뜨린다. 군인들도 그게 쉬울 리 없다. 잘못 맞은 사람들이 바둥거리며 문제가 생겨난다. 그러면 장교가 와서 군인들을 야단치고 스스로 시범을 보인다. 그렇게 한 줄, 한 줄이 줄어들면 사람들은 개구리 걸음으로 빈자리를 채운다. 소설 속에서 유일하게 그 자리를 피해 달아나는 자는 내내 살아남기 위해 유다처럼 다른 이들을 배신했던 이다. 그에게 이 장면들은 끔찍하기 이를 데 없다. 결국 그는 비명을 지르며 도망치다가 죽음에 이른다. 그렇다면 그가 안락사를 선택한 존재인가. 내 기억에 작가는 이 문제에 대해 아무런 말도 하지 않았던 것 같다. 어쩌면 안락사는 수많은 사람들에게, 이미 그 이전에 침묵 속에서 이뤄졌던 것일 수도 있다.

베토벤은 어느 순간에 귀가 멀었다. 진동을 통해 소리를 느끼기 위해 피아노의 다리를 잘랐다. 그런 사실들을 떠올린다면, 그의 9번 교향곡은 얼마나 눈물겨운가? 음악 속에서는 주조선율이 내내 나타날 듯 흩어지며, 무한한 어둠 속을 탐색한다. 그러다가 마침내 어느 순간에 보다 확고하게 선율이 드러나며, 신에 대한 찬미가 울려 퍼진다. 이 모든 것들이 침묵 속에서 그려졌다니. 이에 비한다면, 이 시대의 삶 속에서 인간은 얼마나 천박한가. 나는 왜 이 무한한 굴욕을 견디며 무릎걸음으로 앞으로 나아가는가. 교육자로서의 내 삶은 도대체 무엇을 만들어냈는가. 이런 물음들은 이 시대에 아무런 의미를 지니지 못한다. 슬프게도.

고요도 정치다

내가 본 〈곡성〉

비 내리는 미명의 푸른 새벽에 그는 곡성을 듣고 잠에서 깨어났다. 흰옷을 입은 처녀가 그의 앞에 스르륵 나타났다. 부디 제 원한을 풀어 주십시오. 처녀가 채 말을 꺼내기도 전에 그가 쓰러졌다. 처녀의 모습에 그의 심장이 얼어붙었던 것이다.

두 가지 아쉬움

이미 시간이 좀 흘렀기에 〈곡성〉[2016]에 대한 내 감상을 여기에 적어 본다. 이 영화에서 내가 느낀 아쉬움을 두 가지만 미리 지적하자.

그 하나는 왜 하필이면 일본인인가 하는 점이다. 악마가 일본인이라는 게 문제가 아니라 그가 악마로 의심받고 실제로 악마로 증명되는 방식 전체를 문제 삼고자 하는 것이다. 나는 거기에 나홍진 감독의 다소 대중적인 취향이 깃들여 있다고 생각한다. 다른 하나는 곡성에 대한 이미지를 구축할 때 자연적인 이미지의 아름다움에 비해 그곳 인간의 삶에 대한 어떤 애착도 보여주지 못했다는 점이다.

물론 영화 속의 '곡성'은 지옥이다. 그러나 악마에 의해 파괴되기 전의 사람들의 삶은 무언가 다른 깊이와 격을 지닌 것이어야 하지 않았을까? 나는 고레에다 히로카즈의 영화들을 염두에 두고 이 말을 하고 있다. 물론 허진호의 〈8월의 크리스마스〉1998여도 좋다. 가령 주인공의 집에는 그가 청년이었을 때 읽었던 책들이 좀 가지런히 꽂혀 있었으면 어땠을까? 마당은 아담하고 창문은 환하고 살림은 조촐하지만 정갈했으면 좋지 않았을까? 이것이 오히려 비현실적이라고 비난하는 사람들도 있을지 모르겠다. 그럴지도 모르겠다. 하지만 나는 그러한 풍경을 소망한다. 게다가 우리가 소망 속에 구축한 삶의 상상적 양식들이야말로 천천히 시간 속에서 전통으로 화하는 것으로 안다. 모든 전통이란 만들어지는 것이니까.

근대의 서구인들이 상상하고, 메이지유신 이후의 일본인들이 이에 호명해서 만들어낸 게 일본의 전통이라면, 우리 모두는 —현대의 일본인조차— 얼마나 감쪽같이 거기에 속아 넘어가는 것일까? 나는 예술이란 보다 나은 삶의 양식을 상상하고 그것을 토대로 현실 공간을 조성하는 일이라고 여긴다.

고요도 정치다

수많은 미끼들 — 맥거핀과 얼룩

영화는 『누가복음』 24장 37~39절로 시작한다. 어둠 속에서 이 구절들이 우리들에게 제시된다. 그게 이 영화의 시초이며 우리는 모두 그걸 알고 있다. 그러므로 구절들을 다시 제시하지 않고는 아무것도 이야기할 수 없다.

그들은 놀라고 무서움에 사로잡혀서,

유령을 보고 있는 줄로 생각하였다.

예수께서는 그들에게 말씀하셨다.

"어찌하여 너희는 당황하느냐?

어찌하여 마음에 의심을 품느냐!

내 손과 내 발을 보아라.

바로 나다.

나를 만져 보아라.

너희가 보다시피,

나는 살과 뼈가 있다."

이 부분은 성경을 통해 가장 놀라운 기적의 순간과 그 기적을 바라보는 제자들의 의심을 동시에 보여준다. 이 순간에 그냥 믿어버리는 이들도 있고 내 세례명이기도 한 토마스처럼 만져보고 나서야 믿음에 이르는 자도 있고 그 살과 뼈를 만지고도 끝내 믿음을 얻지 못하는 자도 물론 있었을 것이다. 어쨌든 이 순간은 눈먼 자가 눈을 뜨거나 앉은뱅이가 일어서는 것, 문둥병 환자가 씻은 듯이 낫는 것, 심지어는 나자로가 자기 무덤에서 걸어 나오는 것과도 비교할 수 없는 기적의 시간이다. 그리고 지금의 우리는 바로 그것, 그 '있음'을 보고 만져보는 일이 가능하지 않은 세계에서 살아간다.

신약의 시작이 예수에 이르는 예루살렘 집안의 가계를 보여주는 것이라면, 현대의 종교는 그 문자를 소급해 가며 기적을 믿는 일이라 할 수 있다. 사도신경이 부활에 대한 믿음을 나누는 일임도 이러한 이유라 할 것이다.

이 문자들에 뒤이어 등장하는 것이 한 사내가 강에서 낚시하는 장면이다. 당연히 우리는 '사람을 낚는 자'의 비유를 떠올리게 된다. 예수는 그러한 말로 베드로와 안드레아를 유혹했던 것이다. 그리고 당연하게도 이후의 무수한 사이비 교주들도 그러한 모습으로 나타나서 내가 지닌 모든 것을 버리는 게 아니라 '자신에게' 바치고 뒤따르라고 말한다. 그러므로 현대의 신자들은 올바른 믿음에 이르기 위해서 신과 악마 사이를 분간해야만 한다. 신과 악마 사이는 신과 인간의 거리보다 가깝다.

풍경은 아름답다. 하나도 이상할 게 없다. 그런데 그는 물고

고요도 정치다

기를 낚아 올리지 않는다. 오로지 그가 미끼인 갯지렁이를 바늘에 꿰는 장면만이 클로즈업 숏으로 제시된다. 바늘이 지렁이의 붉은 몸통을 관통한다. 다시, 이것을 하나의 메타포metaphor로 읽는다면, 그는 물고기를 낚는 자가 아니다. 두 개의 만지는 행위가 병치된다. 하나가 눈부신 경외 속에 그 신성하고 고귀한 분의 상처에 손을 대는 일이라면, 다른 하나는 비천하고 혐오스런—도대체 지렁이가 그런 비난을 받을 이유가 어디에 있는가—몸을 날카로운 흉기로 관통하는 일이다.

영화를 시작하기 전에 이 두 개의 이미지가 서로 대립한 채, 어떠한 해석도 허락하지 않은 채, 우리에게 던져진다. 이렇게 영화에는 수많은 미끼들이 한편으로는 앞으로 전개될 이야기들을 궁금해 하게 하는 맥거핀으로, 다른 한편으로는 미심쩍은 마음에 다시 돌아보게 하는 얼룩으로 우리를 사로잡는다. 맥거핀은 그것이 등장하는 시점에서는 무엇인지 명확하지 않지만 시간이 흐를수록 명확해지는 것인 반면에, 얼룩은 호기심을 유발한다는 점에서는 유사하지만 끝까지 해석의 저편에 있다는 점에서 다르다. 이런 점에서 나홍진 감독은 제법 능수능란하게 낚시를 드리우는 자다.

내가 본 <곡성>

어둠 속에 벨이 울릴 때

비 내리는 미명에 살인사건을 알리는 전화가 걸려온다. 이게 영화의 시작이다. 잠들어 있는 가족들 사이에서 어둠 속에서 전화가 걸려오고 빛이 명멸한다.

그게 얼마나 끔찍한 사건으로 이어질 것인지 그때의 우리는 알지 못한다. 전해진 소식은 '인삼 키우는 조 씨 마누라'가 죽었다는 것인데 이는 얼마나 부정확하고 무책임한 사실인가. 확실한 것은 누군가가 죽었다는 것이고 서둘러 간다고 다시 살려낼 수 없다는 사실이다. 그래서 누군가는 밥을 먹고 가라고 말리고 주인공은 밥을 먹으며 '밥 먹듯이' 간밤의 살인에 대해 말한다.

사실, 이러한 방식은 상투적이기까지 하다. 가령 영화 〈파고Fargo〉에서도 그렇게 시작한다. 어떤 참사가 벌어졌건 간에 비극의 현장을 직접 목격하기 전까지 우리는 일상 속에서 살아갈 수밖에 없다.

여기에도 살짝 얼룩들이 끼어들어 있다. 첫째, 그것은 밥을 먹고 가라고 말린 장모의 느닷없는 '욕설'이다. 그저 리얼리즘적인 방식으로 읽기에는 무언가 과도한 느낌이 있다. 그러므로 그 '욕설'은 인간의 깊은 내면으로부터 울컥 솟구친 어떤 찌꺼기, 크리스테바가 말하는 '혼잡스런 저장소abjet' 『사랑의 역사』 중에서에 가깝다. 그것이 있어서 인간은 악마와 호응하게 된다. 둘째, 등장인물들의 미묘한 눈빛이다. 나중에 이것은 부부 간의 눈빛이 교환된 후에 자동

고요도 정치다

차 안에서 섹스를 하는 장면에서도 강렬하게 그려진다. 적어도 그들은 그 '눈빛'을 오독하지 않았다. 하지만 언어도 의심스러운 것이다. 무명이 '가지마'라고 세 번 말해도, 인간은 의심한다. 내면의 '그것'은 결코 온전히 바깥으로, 타자에게로 전달될 수 없다.

그렇게 밥을 먹고 아이를 학교에 내려주는 일상적 삶의 끝에, 한순간에 주인공은 끔찍한 비극 속으로 들어간다. 이 순간이 어떻게 그려졌는가를 정확히 알아둘 필요가 있다. 차를 세우고 어수선한 사건 현장 속으로 주인공이 걸어 들어갈 때 카메라는 정확히 관객인 우리들의 시점에서 그를 따라간다. 무언가 끔찍한 일이 벌어질지도 모른다. 그러니 눈을 감거나 영화관을 떠나면 어떨까? 그러나 우리의 호기심은 우리를 붙잡아 놓는다.

거기에 난자당한 시체들과 난자한 것으로 추정되는 범인이 동시적으로 존재한다. 우리는 아무것도 모른다. 도대체 이게 무슨 일이냐라고 물을 수밖에. 주인공과 우리는 하나의 시선으로 묶인다. 그리고 그 시선은 바로 카메라의 시선이기도 하다. 물론, 카메라는 그렇게 사건 속을 공포감에 젖은 채 들여다보는 주인공을 응시하기도 한다.

여기에 무슨 해골처럼 생기기도 하고, 뭉크의 절규 속 얼굴 같기도 한 '마른 꽃'이 보여지고 다시 클로즈업되다가 슬그머니 사라진다. 그건 도대체 무엇이었을까? 나중에 그것은 무명이 걸어

311

놓는 어떤 표징 같은 것, 결계結戒의 역할 같은 것임이 드러나지만, 지금 우리는 그 사실을 알 리 없다.

어둠 속에 벨이 울릴 때 모든 게 시작되었다. 우리는 자유의지로 선택한 것 같지만 실은 선택되었다. 우리는 그것을 본다고 믿지만, 실은 그것이 우리에게 달라붙는다.

소문과 진실 — 저 깊은 우물 아래는 무엇이 있는가

영화 〈곡성〉의 눈부신 천재성은 이 영화의 호러를 이 나라의 삶이 주는 어떤 실감으로부터 찾아냈다는 점이다. 영화 전체에 대해서라면 이견이 없지 않다는 것도 잘 알고 있다. 이 영화는 호오好惡가 명백히 갈리는 기이한 영화다. 굿판은 너무 강렬하고 사건들은 어수선해 보이며 결말은 생뚱맞은 것처럼 보일 수도 있다. 그런데 호러를 읽어내는 방식은 좀 칭찬해줘도 좋지 않을까?

"무슨 소문이 파다하면 무슨 이유가 있는 거예요, 이유가"라는 말 앞에서 사건은 두 갈래로 분화된다. 그 하나가 언론을 통해 정리되는 '야생버섯이 부른 살인'이라면 주인공은 일련의 사실들—두드러기들—을 따라 또 다른 진실 속으로 접근해 간다. 만약에 그가 헛다리를 짚은 것이라면 다시 안락한 삶 속으로 돌아오면 된다. 그렇지 않다면 그는 니체가 『선악의 피안』에서 말한 그 유명한 경구, "네가 심연을 들여다 볼 때 심연 또한 너를 들여다보리라" 라는 경고처럼 누군가가 자신을 들여다보는 상태에 빠져들 것이다.

'그것'이 하필이면 그가 가장 소중히 여기는 존재인 딸 효진을 통해 들어오는 것은 너무도 끔찍하면서도 당연하다. 그게 그에게서 가장 약한 고리이기 때문이다. 악마가 달리 악마겠는가. "누가 자꾸 문을 두들기고 자꾸 들어올려고 해요"라며 딸이 울부짖는다. '겁나게 이쁜' 딸이 무언가로 인해 변해간다. 그래서 주인공은 더 결사적으로 심연을 향해 나아갈 수밖에 없다. 그는 스스로를 '잡으려는 자'로 여긴다. 하지만 그는 누군가가 드리운 미끼를 향해 나아가는 어리석은 물고기일 뿐이다. 거리의 미친 여자는 그에게 이렇게 말한다. "그놈이 자꾸 뵈는 것은 그놈이 자꾸 찾아갖구 뵈는 것이랴. 피를 말려 죽일라구." 그놈에 사로잡힌 딸은 기갈에 들린 듯이 평소에는 손도 안 대던 생선을 먹어치운다. 그리고 꾸역꾸역 끔찍하고 생경한 욕설을 내뱉는다.

그가 다가갈수록 사실은 흐려지고 소문은 진실로 변한다. 그가 보고 싶어 하는 것은 증거다. 내가 믿을 수 있도록 증거를 달라고 그는 요구한다. 하지만 만약에 진실이 그토록 엄청난 것이라면 어떻게 그리 쉽게 증거를 볼 수 있겠는가. 증거는 불완전하거나 심지어는 우스꽝스럽다. 우리건강원의 사내는 그 눈부신 사례다. 증거를 요구하는 주인공에게 그는 당당하게 말한다. "사람이 근거도

　　　　　　　　　　　　내가 본 〈곡성〉

없이 말하는 줄 알아? 놀라지들 말어." 그러면서 그는 텅빈 저장고를 열어 보여준다. 요컨대 없다는 것이 증거라는 것. 당연히 이 증거는 쉽게 부정된다. "아따 그게 뭔 증거다요?"

이렇게 영화 〈곡성〉은 소문과 진실과 증거에 대한 이야기다. 세월호 참사와 메르스 사태 등을 통해 심각한 외상을 지닌 이 시대의 한국인에게 이것만큼 중요한 이야기가 어디에 있겠는가. 포스터의 문구는 "절대 현혹되지 마라"다. 그런데 도대체 무엇에 현혹되지 말라는 말인가? 우리는 이미 미끼에 걸린 물고기인 것을. "절대 현혹되지 마라"는 말처럼 우리를 쉽게 현혹하는 말도 드물다.

악마를 대하는 세 가지 방법

악마와의 싸움이 어차피 질 수밖에 없는 싸움이라는 걸 간파한 약삭빠른 사람들은 재빨리 악마를 자기 안에 받아들인다. 패배할 수밖에 없음에도 불구하고 처절하게 악마와 싸우는 사람들이 다른 한 부류다. 마지막 남은 한 부류를 우리는 영화 속 노신부의 모습에서 찾아볼 수 있다. 그는 믿음 속에서 사는 자이면서도 증거를 요구함으로써 딜레마에 빠져버렸음을 간파하지 못한다. 그는 악마를 외면하는 자다. 심연을 응시하지 않음으로써 악마와의 대면을 피하는 것, 끝내 그 존재를 부인하는 자에게 악마는 깃들 수

고요도 정치다

없다. 이를 일상의 삶을 살아가는 자라고 말할 수 있을까? 어떤 거대한 힘, 또는 구조에 의해 소중한 것들을 거듭 빼앗기면서도, 그는 마치 개미가 공간을 인지하지 못하듯이, 결사적으로 일상을 반복한다. 그 싸움은 쉬운 거라고 말할 수 없다.

묶여 있는 검은 개

이 영화가 지나치게 폭력적이라고 비판하는 것은 자유다. 그러나 나홍진의 문법 속에서 바라보자면 이 영화는 제법 엄격하게 폭력을 절제한다고 봐야 한다. 〈추격자〉, 〈황해〉 속에서와는 달리, 검은 개는 묶여 있다. 살해는 간접화되고 의미부여 되며 오로지 그 결과물로서 훼손된 몸과 피만이 잔혹하게 뿌려져 있다. 상상하게 만드는 것이다. 유일하게 직접 제시되는 것은 '좀비'와의 대결 장면이다. 그렇지만 앞의 영화들과는 달리 이 폭력 장면들은 잔인하면서도 유머러스하다.

폐쇄된 공간에 미친 검은 개가 풀려 있다면 어떤 일이 벌어질까라는 물음에 대한 응답이 기존의 나홍진 영화였다면, 〈곡성〉에서는 잠시 그 검은 개를 묶어 놓고 생각하고 있다. "도대체가 뭐시 어떻게 돌아가는 거시냐." "내일 다시 가봅시다. 그 놈 집에 분명히 뭔가 있어." 그것을 나는 의미화라고 부르고 싶다.

시험에든자

만약에 내가 저 자리에 서 있다면 어떻게 했을까?라는 질문에 관해서라면, 이 영화 속에서 누구나 가장 많이 떠올리는 장면은 당연히도 골목에서의 장면일 것이다. "오밤중에 어딜 가는겨?"라고 여인이 어둠 속에서 주인공을 막아선다. 그녀는 누구인가?

이 장면은 참 한없이 모자라게 생긴 부제가 홀로 낫과 묵주를 들고 동굴 깊은 곳으로 가서 악마를 만나는 장면과 절묘하게 병치된다. 후자의 선택은 적극적인 것이며 자기희생에 가깝다. 나는 믿는 자이기에 기꺼이 거기로 내려가지 않으면 안 된다. 그에게서 지식인의 전형적인 모습을 발견한다. 당연히 그는 용사가 아니다. '의식'이 문제지 '몸'은 문제가 아니다. 사르트르에 의하면 지식인은 몸은 땅에 묶였으나, 마음은 하늘을 향해 날아오르려 한다. 사실, 이 '찢긴 존재'는 3세기 초 로마에서 기록된 히폴리투스의 「사도전승Apostolic Tradition」에서 이미 발견된다. "이것은 너희를 위하여 찢긴 내 몸이다. 먹어라." 세속적인 것과 성스러운 것의 차이만 거기에 있다.

주인공이 시험에 드는 방식은 이와 다르다. 닭이 세 번 울기 전에 그는 반드시 선택해야 한다. 그는 희생 제물로 선택되었다. 그러니까 "믿는 자는 손을 드시오"라는 형태로 시험이 이루어지지 않는다. 시험은 차라리 모두 손을 들게 한 뒤에 "믿는 자는 손을 내리시오"라고 말하는 것과 같다. 가만히 있는 것도 하나의 선택이다. 그리고 그 선택의 결과로 내가 가장 소중히 여기는 것들을 빼앗길 수 있다.

의심에 빠진 주인공은 증거를 요구한다. 천사가 증거를 준다면 얼마나 안도하며 기도와 노래를 바칠 수 있을까? 그는 아마도 아브라함의 이야기를 알고 있기는 할 것이다. 그러나 동시에 그는 거짓 사도의 꾐에 빠져 자기 자식을 바치고 통곡하는 어리석은 아비 이야기도 알고 있을 것이다. 당연히 이쪽이 훨씬 더 흔하다. 증거를 요구하는 주인공에게 그녀는 그저 이렇게 말할 뿐이다. "그냥 믿어."

그 유명한 우스갯소리를 다시 상기할 필요가 있을 것이다. 한 사내가 산을 오르다가 발을 헛디뎌 까마득한 절벽에서 굴러 떨어지다가 구사일생으로 나무뿌리를 붙잡고 매달리게 되었다. 스스로 올라갈 길은 없다. 그가 간절히 기도한다. "하느님, 저를 구해주세요." 높은 하늘에서 응답이 들려온다. "내가 너의 기도를 들었다. 지금 잡고 있는 손을 놓아라, 그러면 너는 살게 될 것이다." 사내는 잠시 고민에 잠겼다가 조금 더 큰 소리로 절박하게 외친다. "거기 다른 사람 없어요?" 여기서 사람들이 놓치는 것은 그가 이미 의심하고 있었다는 사실이다. 그는 '사람'을 찾고 있는 것이다. 그가 어떻게 악마와의 싸움에서 이기길 바랄 수 있을까?

실로 보잘것없는 부제의 싸움이 의미를 지니는 이유다. 검은 숲 어디선가 부제와 악마의 대결이 주인공이 빠져든 시험과 동시적으로 이루어진다. 부제는 인류의 짐을 대신 짊어지고 악마에게로 걸어 들어간 자다. 그 최후적인 대결은 주인공이 결국은 의심에 빠져서 집으로 돌아가고 천사가 실의에 빠져 힘없이 앉아있는 순간까지 이어진다.

바로 거기에서 영화의 맨 처음에 문자^{letter}로 제시되었던 바로 그 구절이 악마의 목소리^{voice}로 다시 들려온다. 악마는 스스로의 손에 난 못 자국을 보여준다. "나를 만져 보라. 영은 살과 뼈가 없으되 너희 보는 바와 같이 나는 있느니라." 그러면서 부제에게 묻는다. "어찌하여 두려워하느냐?" 이어지는 대사는 이렇다. "어찌하여 마음에 의심이 일어나느냐. 내 손과 내 발을 보아라. 바로 나다……. 헤헤헤헤……." 악마는 바로 예수의 흉내를 내고 있는 것이다. 물론 그의 말은 성경 구절을 그대로 따라 하는 것이 아니라 슬그머니 변형시킨다.

데칼코마니처럼 영화의 앞과 뒤에 동일한 메시지가 우리에게로 전달된다. 그것은 얼마나 같고 다른가. 악마를 의심하려면 예수가 있어야 한다. 그런데 악마는 눈앞에서 자신을 만져보라고 하는 반면에, 예수는 '그냥 믿을 것'을 요구한다.

악마의 말 마지막에 따라붙는 경박하고 잔인한 웃음은 그가

고요도 정치다

결코 완벽하게 신의 목소리를 흉내낼 수 없음을 또한 보여준다. 깊이 젖은 악이 흘러나와서 가장된 빛과 색을 어둡게 만들 것이기 때문이다.

이 최후의 대결은 부제가 두려움 속에 남긴 "주여"라는 짤막한 기도로 끝난다. 나는 이 방식을 또한 사랑한다. 거의 백 프로 그 부제는 악마와의 싸움에서 질 것이지만 아직은 완전히 패배한 게 아니라는 것, 검은 숲의 대결은 여전히 희망으로 남아 있다는 것은 얼마나 나를, 우리를 안도하게 하는지.

쭈그려앉은 천사

그녀는 맨처음에 돌을 던지는 자로 우리 앞에 등장한다. 그 이미지는 그가 모르는, 그가 앞으로 저지르게 될 죄를 향한 단죄일 수도 있고 끊임없이 패배하면서도 포기하지 않는 시지프스의 몸짓 같은 것일 수도 있다. 도대체 누구냐는 질문에 그녀는 "네 딸을 살릴락하는 여자"라고 답할 뿐, 어떠한 증거도 제시하지 않는다. 게다가 왜 이런 일들이 벌어졌는가라는 질문에 대해서 오히려 '죄'를 추궁한다. "네 딸의 애비가 남을 의심하고 죽일라구 하고 결국은 죽여버렸어." '네 딸의 애비'은 '너'이면서 '너'와는 다르다. 그것은 그가 '애비'임을 말하고 있기 때문이다.

그런데 그가 미끼를 물게 하는 일에서 천사는 악마와 함께 덫을 놓은 것이 아닌가. 실은 악마가 죽은 게 아니라는 사실도 이미 알고 있지 않은가. 우리에게는 "그것은 내 딸이, 내 딸이, 내 딸이 먼저 아파서 그런 것이지"라는 항변이 훨씬 더 가깝게 다가올 수밖에 없다.

여기에 인간의 오래된 항변이 있을 수 있다. 자신에 대한 의심에 빠져 다시 패배하는 인간을 향해 "아녀. 절대 아녀. 가지 말어. 아니야─"라고 절규하다가 골목에 힘없이 쪼그려 앉은 천사를 향해, 신을 향해 우리는 인간의 역사 내내 이렇게 외치지 않았던가. "만약에 당신이 존재한다면 왜 우리를 이 비참 속에 버려두십니까." 영화 〈밀양〉의 주인공이 그토록 처절하게 절규했듯이.

그런데도 무참한 신체 위에 쏟아지는 무심한 햇볕 같은 게 천사라면, 우리가 그를 믿어야 할 이유는 무엇일까? 아직 이 질문에 대한 답이 내게 있을 리 없다.

다만 이렇게 말할 수는 있으리라. 만약에 매사에 신이 개입해서 승리를 가져온다면 그 승리가 인간의 것일 수 있겠는가 하는 점, 인간이 자연 위에 존재할 이유가 있겠는가 하는 점이다. '자유의지'란 이미 그런 싸움을 예비한 것이며 그것을 인간에게 선물한 이상, 신은 비통함 속에 쪼그려 앉은 채 인간을 바라볼 수밖에 없다.

인간이 선과 악의 격전지라면, 신은 끊임없는 패배에도 불

고요도 정치다

구하고 언젠가 인간이 스스로 싸움에서 이기기를 바라고 있을 것이라는 점. 그렇지 않다면 굳이 인간이 인간으로서 존재할 이유가 없다.

다른 한 가지 답변을 토마스만의 『요셉과 그 형제들』을 읽다가 발견했다. 신은 지상의 흙과 천상의 영혼으로 인간을 빚어냈다는 것. 뒤늦게서야 그 결함을 발견하고 정신을 선물로 줬다는 것. 그런데 정신은 오래 유지되지 못하는 한계를 지녔다는 점. 그럼에도 불구하고 신은 천상의 존재인 천사들에게 인간을 섬길 것을 요구했고 이에 반항한 천사를 타락천사로 만들어 지상으로 내쳐버렸다는 것. 그 이후로 천사들은 질투심과 두려움으로 인간을 바라보고 있다는 것.

이러한 관점에서 보면 우리는 비로소 왜 그녀가 그렇게 행동했는가를 납득하게 된다. 거기에는 우리의 오랜 의문에 대한 답변도 함께 담겨 있다. 선은 오로지 선한 방법만으로 싸우고 악은 온갖 술수를 다해 싸울 수 있다면, 그 싸움은 결국 선한 자의 패배로 귀결되지 않겠는가. 여기에 대해서 신은 이렇게 말한다. "그렇다. 그럼에도 불구하고 너희는 오로지 선한 방법으로 그 악과 싸워야 한다. 너희는 패배할 것이다. 그러나 내가 너희의 패배를 지켜보고 있지 않느냐."

그럼에도 불구하고 이 말이 조금도 위안이 되지 않는다면 악하게 사는 것도 힘든 일이라는 말을 들려주고 싶다. 신은 이 세계를 영원한 것으로 우리에게 주지 않았다는 것, 잠시 머물다가 예외 없이 모두 떠나야 하는 곳이 지상이라면 이 세계에서의 악한 승리란 참으로 부질없고 보잘것없는 헛된 꿈에 지나지 않는다는 것을.

피로 얼룩진 세계 이후

영화의 결말은 논란의 대상이었다. 진실은 늘 늦게 알려진다. 주인공은 처참하게 패배한다. 그러면서도 여전히 눈뜬 채 그 소중한 것을 지키려는 다짐을 보여준다. 악마가 너무나 소중히 여기는 것의 몸으로 왔기에 그는 결코 악마를 이겨낼 수 없다. 그는 "효진아"라고 꾸짖듯이 외치면서도 다른 한편으로는 손짓을 통해 그를 부른다. 영화는 그의 마지막 넋두리로 끝난다. "괜찮아. 우리 효진이 아빠가 경찰인 거 알지? 아빠가 다 해결할게. 아빠가." 이 무력함은 간절하다. 반대도 마찬가지다. 이 간절함은 무력하다. 나는 정확히 이 지점에서 영화가 끝나는 게 맞다고 믿는다. 처절하게 패배했지만 완전히 끝난 것은 아닌 상태. 이게 영화 〈곡성〉이 만들어진 시기 대한민국의 상태이기 때문이다. 무언가 분하고 무언가 남는다면, 이건 영화관 바깥의 지옥에서 우리가 치러내야 할 몫의 싸움일 것이라고 생각했다.

고요도 정치다

사족

영화를 어떻게 끝내는가는 메시지를 매듭짓는 일이며 상상의 문을 닫는 일이다. 문을 그냥 열어두면, 집은 미완성인 채로 버려지게 된다. 어쨌든 시작된 이야기는 끝내야 한다.

아마도 나홍진 감독은 또 다른 결말도 하나 마련했던 것 같다. 여전히 살아있는 악마가 다음 희생자를 찾아 버스정류장 근처를 배회한다. 근처에서 아이들이 놀고 있다. 이게 리얼리즘일지도 모른다. 부제는 악마를 이길 수 없다. 진실은 드러나지 않는다.

그럼에도 불구하고 그가 이러한 결말을 선택하지 않은 이유는 그것이 많은 호러물이 끝맺는 상투적인 방식이기 때문만은 아니었으리라. 여기에는 윤리성도, 미학도 아닌 '쟁이'로서의 감각이 크게 작용하였으리라. 그가 채택하지 않고 버린 결론 하나가 여전히 풍문처럼 인터넷 공간을 떠돌고 있다는 사실은 얼마나 아이러니한가.

내가 본 <곡성>

어떤 고래먼지의 날에

1

삼성이 후원한 4부작 드라마 〈고래먼지^{Ambergris}〉²⁰¹⁸는 묵시록이자 판타지다. 이 드라마 속의 2053년은 미세먼지에 대한 불안감이 어둡게 실현된 세계라는 점에서 묵시록이다. 물론 미세먼지의 문제를 2053년까지 방치해도 되는가는 이견의 여지가 있다. 그어떤 징후는 벌써 여기에 이미 도래해 있는 것이 아닌가. 확대해보자. 지금의 대기를 가득 채운 미세먼지들은 뾰족한 수가 없는 사람들에게로 흡수되어 호흡기와 혈관을 따라 몸의 내부에 쌓인다. 마치 지구 행성이 미세플라스틱으로 오염되는 것처럼. 그 축적된 결과가 무엇일지를 우리는 알지 못한다. 지금 이 글을 쓰고 있는 방의 복도를 따라 누군가 밭은 기침을 쏟으며 지나간다. 그것은 그저 흔하디 흔한 계절감기일 뿐이리라. 그렇지만 그것이 어떤 '돌이킬 수 없는' 파국의 징후라면 어찌할 것인가. 인류문명은 불확실한 미

고요도 정치다

래를 향해 자신들 전부를 내건 도박을 하는 것은 아닌가.

그것은 젠가라는 놀이를 연상케 한다. 인류문명은 하나의 거대한 바벨의 탑이다. 그것을 허무는 것은 진노한 신의 손길이 아니다. 인간들이 자신들이 쌓은 탑에서 제각기 빼어낼 수 있는 것들을 착취한다. 물론 바벨의 탑은 아스라하게 균형을 회복한다. 이것을 인류는 진보라고 부르는 것일지도 모른다. 여기에 하나의 질문이 던져질 수 있다. "인류는 과연 좀더 나은 곳을 향하여 끊임없이 진보하고 있는가?" 이 물음에 대해 『계몽의 변증법』의 저자들은 두 가지 답변으로 세분화시킨 바 있다. 그 첫째가 인류는 예견되는 모든 위기에 대한 해결책을 찾으리라는 것이라면, 다른 하나는 그러한 해결책에도 불구하고 다가올 어떤 파국이 있을지 모른다는 것이다.

끊임없는 근대숭배^{Modernolatry}에도 불구하고, 다음과 같은 의문은 여전히 유효하다. "그런데 왜 인간의 상상 속에서 미래세계는 고도의 테크놀로지와 함께 중세적인 암울함이 착색되어 있는 것일까요?" 이 불안증은 주머니 속에 담겨 있는 채무증서와 같다. 우리가 그것에 대응하는 방식은 언제나 '내일 모레'다.

어떤 고래먼지의 날에

2

그 세계는 '이후'의 세계다. 어떤 거대한 상실이 있었고 소수의 생존자들만 남겨진다. 그것이 정확히 무엇 때문인지는 알 수 없다. 더글라스 러시코프가 『카오스의 아이들』에서 제시한 인류 멸망의 징후들을 열거해보자.

지구온난화, 인종 갈등, 근본주의자들의 득세, 핵무기, 세균성 돌연변이, 제3세계 소요, 도시의 부패, 도덕의 붕괴, 종교의 부패, 마약 중독, 관료제의 경직성, 생태계 문제, 기업의 횡포, 세계시장의 붕괴, 광적인 민병대, 에이즈, 자원 고갈, 패기 없는 젊은이들……

1997년에 번역된 이 책에는 미세먼지는 없다. 그것은 그 시대의 여성들에게 몰카에 대한 걱정이 없는 것만큼이나 자연스러운 일이다. 그렇다면 인류가 말하는 진보란 하나의 문제를 해결하며 더 커다란 하나의 문제를 만들어내는 일이 아닐까? 이러할진대 근미래의 어느 날에 드론을 수단으로 한 항공기 테러가 없으리란 법도 없다. 이것은 우리가 예측할 수 없는 또 다른 위기의 징후들이 얼마든지 우리의 미래를 덮칠 수 있으리란 말과 다르지 않다.

어쨌든 드라마 속의 세계는 이미 어떤 종류의 상실을 겪었다. 한 아가씨는 외부와 차단된 밀폐 공간에서 금붕어 로봇과 함께 지

고요도 정치다

낸다. 기계 장치는 끊임없이 외부 공간의 오염지수를 알려준다. 그녀의 꿈은 바다로 가서 고래를 보는 일이다. 기상예보관인 남자는 오늘도 비 소식은 없다는 소식만을 반복적으로 전해야 한다는 사실에 절망한다. 그 또한 외부세계로 나아갈 때에는 방독면을 착용해야 한다. 그의 집에는 가상현실로 재현된 아들의 이미지가 상실된 가족의 자리를 채워준다. 아마도 과거에는 지하철이었을 장소에는 그러한 특별한 장치들에 수용되지 못한 사람들이 생존하고 있다. 특이하게도 그 세계에도 여전히 과학기술들은 얌전하게 인간의 생존을 돕고 있다. 동력은 어디서부터 오는가라고 물을 수 없다. 어떤 상실이 그들 장치들을 그대로 유지되도록 놔둔 이유도 알 수 없다. 아들의 재현된 이미지와 대화를 나누다가 종료 버튼을 누르는 아버지의 표정은 어둡다. 그러나 이 시대의 어떤 부모들은, 혹은 병적인 애정 상실자는, 변태 성욕자는, 이러한 기술에 얼마나 깊이 매혹될 것인가. 특정한 테크놀로지에 의해 밀폐되고 방역된 장소에서 인간들은 비로소 방독면을 벗고 사라져버린 세계에 대해 말한다. 방독면을 쓰지 않아도 되었던 세계의 경험들, 소풍, 푸른 바다의 기억들. 그러니까 지금 여기에는 잔존하는 자잘한 일상들.

어떤 고래먼지의 날에

3

그럼에도 불구하고 이 드라마는 낭만적 판타지다. 그들이 바다를 향해 떠나는 것은 불가피한 여행이 아니다. 〈미스트〉[2008]의 괴물도, 〈로드〉[2016]의 파국도 아니다. 미세먼지들은 그저 우울감처럼 공중에 떠 있을 따름이다. 인간 간의 갈등은 사라지고 없다. 이미 언급한 것처럼 재난 이후에도 테크놀로지는 잔존하고 문명은 이어진다. 그들은 먹을 것이나 주거지를 찾아 투쟁하지도 않고 성욕을 채우기 위해 폭력을 행사하지도 않고 전쟁을 하지도 않는다. 그런 의미에서 그들은 철학자와도 같다. 그래서 심지어 아름답게 느껴진다.

주인공 일행이 비로소 바다에 도착했을 때 오랜 가뭄 끝에 비가 내리기 시작한다. 그 이유는 알 수 없다. 그들이 바다에 도착하는 일과 비가 내리는 일 사이에는 어떠한 연관성도 없다. 그러니까 절망도 없고, 위기도 없고, 희생도 없다. 그들이 거기서 방독면을 벗는 장면은 이러한 판타지가 얼마나 가벼운 희망, 기만적인 사기술인가를 보여준다. 그래서 그들이 서로 손을 잡고 인조고래가 뛰노는 바다를 바라보는 엔딩신은 왠지 하나의 조잡한 선전극과도 같다. 모든 선전극이 그러하듯이 그것은 감동을 강요한다. 당연히 그것들은 어떤 현실을 은폐한다. 당연히 어떤 사람들에게 그러한 감동은 배신감으로 변한다.

고요도 정치다

미세먼지들로 뒤덮인 세계의 묵시록은 아직 도래하지 않은 세계를 미리 절망하는 일이다. 어쩌면 그러한 우려는 기우에 지나지 않을지도 모른다. 그런데 만약에 그러한 파국이 온다면 돌이킬 수 없다. 아니 더 정확히 말하자. 기우야말로 파국을 막는 장치일 수 있다. 그것이야말로 프로메테우스의 후손들인 지식인들의 역할이라 할 수 있다. 지성의 진정한 힘은 이미 다가오지 않은 미래의 파국을 예견하면서 그 어떠한 상황에서도 희망을 발견하는 데 있다.

4

다시 말하거니와 주인공 남자의 직업은 기상예보관이다. 그의 마지막 멘트는 늘 같다. 비 소식은 아직 없습니다. 어느 날 그는 카메라 앞에서 이제 더 이상 견딜 수 없다고 말한다. 그만 두겠다고. 현실 속의 그는 피로 가득한 욕조—그 미래의 세계에서 그것은 얼마나 호화로운 죽음이겠는가—속에서 최후를 맞이하기 쉽지만, 드라마 속의 그는 가상 이미지인 아들과 함께 바다를 향해 떠난다. 중간에 쓰러져 있는 아가씨를 발견하고 함께 바다로 가는 무인버스에 오른다. 가상 이미지가 그들의 손을 잡으며 하나의 단란한 가족 이미지를 그려 보여준다. 마침 하늘에 뜬 무지개를 보며 이제는 새로운 삶이 시작될 것이라는 가짜 희망에 부푼다. 이상하

게도 그 순간에 2018년 10월의 어느 흐린 날에 우리가 느끼는 불
안감은 할 말을 잃는다.

〈내부자들〉의 세계

　어느 순간부터 문학은 거대한 현실로부터 이탈해버렸다. 그런 부정의 정신은 놀랍게도 오히려 영화에서는 살아남았다. 이것은 예측과는 전혀 다른 상황이 아닐 수 없다. 하이테크예술로서의 영화는 자본으로부터 결코 자유로울 수 없기에 문학에 비해 친체제적일 수밖에 없을 거라고 보았던 것이다.

　〈내부자들〉[2015]은 한국사회의 어두운 이면을 묘파하는 힘을 지니고 있는 영화임에 분명하다. 재벌이라는 이름으로 불리는 졸속적 자본주의는 합리성에 기반하지 않은 것이며 스스로에 대한 어떠한 성찰도 지니지 못한 것인 만큼 자본의 증식이라는 목적만 충족된다면, 수치와 부끄러움이 없으며 환멸도 없다. 그만큼 천하고 어리석은 것이다. 그 천함과 어리석음이 돈으로 권력을 움직이고 폭력을 행사한다. 정치인들이 그의 아래에서 굽신거리고 조폭들을 거느리는 것이다. 가히 그들의 세상이기에 그들은 구태여 정치판을 기웃거릴 필요도 없다. 대통령이라고 해봐야 5년 임기의 고용직에 불과한 존재가 아닌가. 체제가 유지되는 한, 돈이야말로 권력이다. 돈으로 이루지 못할 일이 없어 보인다.

그런 식의 권력 이양이 김대중에서 노무현으로 나아가는 시기에 이루어졌다는 것은 아이러니컬해 보이지만 실제로는 다 이유가 있다. 이 시기에는 표면적인 민주주의의 성취에도 불구하고 실제로는 힘의 공백 상태가 초래되었고 그 빈 자리를 자본가들이 재빠르게 차지했던 것이다.

그들은 선거라는 제도에 기반한 민주주의에 의지할 생각이 전혀 없었다. 오히려 그러한 제도를 깊이 혐오했다고 봐야 옳다. 자본이 힘이라면 그들이야말로 무한한 잠재 능력을, 그러니까 수많은 노동자들의 생사 여탈권마저 지닌 존재가 아닌가. 그런 그들이 어떻게 일인일표의 세계와 그 이념을 수긍할 수 있으랴.

그런 이들의 눈에는 스스로 대통령이 되기를 꿈꾸었던 어느 재벌이 낡고 어리석게 여겨졌으리라. 과거의 독재체제 속에서 자본가들은 자주 정치권력 앞에 호출되어야 하는 돈의 한계에 봉착했던 만큼, 정치권력도 쥐려는 그의 꿈이 재벌들에게 결코 허황된 것으로만 치부될 수는 없다. 그러나 어느 순간에 그들은 궤도를 수정한다. 스스로 왕이 되기보다는 수렴청정의 길을 택한다. 그것이 훨씬 더 오래 가며 안전한 방법이라는 깨달음을 얻은 것인데,

고요도 정치다

요컨대 군부에 의한 지배가 소멸되었기에 가능해진다. 이 시기에 대한민국의 권력은 기업으로 넘어갔다는 노무현의 선언을 사람들은 잘 기억하지 못한다. 권력이 민주주의체제 속에 안정화되는 순간 돈이 지배자로 등장하는 것이다. 시간이 흐르면 자본=권력의 시대에 접어들게 된다. 요컨대 우리는 그러한 시대에 살고 있는 셈이다.

〈내부자들〉은 이러한 시대에 대한 문화적 민란이라 할 수 있다. 그것은 양반들의 시대에 그들을 은밀하게 혹은 노골적으로 풍자하는 마당극의 역할과 흡사하다. 그 가능성과 한계를 명확히 해둘 필요가 있지 않을까?

〈내부자들〉의 세계

고요를 찾아다니는 부랑노동자

영화의 제목은 '스틸라이프Still Life'다. 그러나 아이러니하게
도 영화에는 소음들이 가득하다. 철거 현장이라든가 거리의 도처
에서, 들려오는 일상의 자잘한 소음들을 감독은 모조리 잡아내고
있다. 그런데도 영화를 다 보고 나면 고요가 남는다. 그것은 아마
도 인간의 욕망이 만들어내는 소음들의 끝에 시선이 향해 있기 때
문일 것이다.

영화는 여행길에 있는 한 남자의 이야기다. 그는 자신에게서
떠나간 아내와 딸을 찾아다니는 중이다. 배 위에서 그는 호객꾼들
에 의해 끌려가서 마술을 관람하게 된다. 종이를, 중국돈으로, 달러
로 바꾸는 마술이다. 그 반대였던가, 정확히 기억이 나지는 않는다.
아무튼 반강제로 보게 한 뒤에 그들은 돈을 요구한다. 그는 아무것
도 없다고 말한다. 그들은 그의 가방 속 물건들을 뒤진다. 주머니
에 든 게 뭐냐고 그들이 추궁한다. 그는 접이식 칼을 꺼내든다. 두

고요도 정치다

사람의 시선이 겹쳐지고 다음 장면에는 그가 배에서 내리고 있다.

　이를 통해 두 가지를 짐작할 수 있다. 첫째, 주인공은 나름 맨 몸으로도 충분히 세상을 살아갈 만한 완력을 지닌 인물이다. 이는 곧 입증된다. 그는 도시 철거노동자로 일하게 되는데, 그의 망치질은 그가 어떤 존재인지를 그대로 드러낸다. 망치를 내려칠 때 그는 온몸을 다 쓴다. 그것만큼은 진짜라고 말할 수 있다. 그의 망치질을 보고 나는 이것으로도 영화값은 다했다고 느꼈다. 물론, 그의 옆에 있는 노동자들도 그와 마찬가지 방식으로 망치질을 한다. 그러니 그가 특별한 게 아니라 그가 속한 계급이 그러한 망치질을 하는 것이다. 예전에는 흔히 그런 망치질을 보았었다. 오로지 몸 전체를 쓰는 것. 소설 『채털레이 부인』에서 여주인공이 첫눈에 반하는 게 바로 그런 몸, 몸의 정신이었을 거라고 나는 생각한다.

　맥락을 좀 벗어나는 일이긴 하지만, 좀더 부연한다면, 사실상 남편은 귀족이라고는 하지만 전쟁 속에서 불구자가 된 몸이 아닌가. 그것을 오로지 성애의 측면으로만 해석하는 것은 편협한 관점으로 여겨진다. 어떠한 외적인 형식이나 규율에도 지배받지 않는 인간의 선언이 그녀가 몰래 훔쳐 본 도끼질에 있었던 것이다.

　그러니 그것은 사회주의와는 아무런 관련이 없다. 영화 속에서 사회주의는 국가의 대리인으로서의 공무원들로만 형해적으로 남아있는 듯 보인다. 애초에 그런 경험이 있었던가? 그것은 수천

년의 유구한 세월 동안 흐르는 중국이라는 강물 위에 잠시 번졌던
파란 같은 것은 아니었을까? 정말로 그 떠들썩했던 인류사의 기획
은 그토록 아무런 흔적도 남기지 않았을까? 강물 위에 다리를 건
설하고 거기에 휘황한 조명이 들어오도록 하고, 계곡 안에 들어섰
던 도시 하나를 지워버리고 거기에 인류역사상 가장 거대한 댐을
건설하는 일에서만 '등소평'의 유훈이 존재하는 것이라면, 그것은
현실 사회주의의 한계일까, 인간의 집요한 본능일까?

　이야기가 조금 다른 데로 흘러가 버렸다. 영화 속 사내가 찾
아가는 곳은 그 유명한 산샤댐 건설이 이루어지는 쓰촨성 지역이
다. 그래서 영화는 한 편의 극이라기보다는 다큐의 느낌을 준다.
시간이 흐를수록 더욱 그러할 것이다. 우리의 시선을 끄는 것은 도
시의 도처에 흰 페인트로 그려지는 침수 표시선이다. 오로지 물만
이 언제나 공평무사하게 차오를 것이다. 그 선이 그어진 곳의 주민
은 어딘가 다른 곳으로 떠나가야 한다.

　그렇게 해서 새롭게 만들어지는 것들에 나는 그다지 관심이
없다. 나는 그들이 놓고 떠나야 하는 것들에 자꾸 눈길이 간다. 살
아가기 위해 여인들은 병든 남편의 묵인 하에 몸을 팔고 주인공도
그런 여인 하나를 만난다. 그리고 그가 침수 표시선 아래 그녀의
집을 다시 찾았을 때, 그녀는 체념한 모습으로 낡은 집이어서 쉽게
부술 수 있을 거라고 쓸쓸하게 말한다. 그러나 세상일이 어디 그런

　고요도 정치다

가? 그 집은, 골목과 계단들은, 풍경들은 결코 그리 쉽게 사라지지 않는다.

그러한 수몰지의 풍경을 더듬고 있는 한국영화가 〈물 속의 도시〉[2014]다. 그들에게 고향은 저기 아래쪽에 있다. 고향을 떠나지 못한 이는 물 위에서 고기를 잡으며 살아간다. 그들이 보는 것은 기억이다. 분단으로 고향을 눈앞에 보면서도 갈 수 없는 사람들이 있다면, 이들은 그 수심 위를 떠도는 것이다.

그러므로 내게 영화 〈스틸라이프〉[2006]는 무언가를 세우는 영화가 아니라 허무는 영화로 기억된다. 대국굴기의 관점에서 보자면 필요해서 이러한 대공사가 이루어졌을 법하다. 그러나 그러한 거대한 기획 속에서 작은 인간들은 얼마나 쉽게 잊혀져버리는가. 다 좋다, 라고 그 시간 속의 중국인들은 고개를 주억거릴지도 모른다. 하늘이 뿌예지도록 불꽃을 피워 올리며, 그들이 그토록 소중히 여기는 종이돈을 태워버리며, 그들이 소망하는 것은 무엇인가.

그 세계에서도 돈이 주인이라는 사실이 씁쓸하다. 사내를 떠돌게 만든 것이 돈이다. 영화 속에서 남편을 찾아 나선 여인도 마찬가지다. 자신을 버리고 떠나간 아내는 빚 때문에 배 위에서 늙은 선장의 시중을 들며 살아간다. 그 아내를 빼내려면 더 많은 돈이 필요하다. 그래서 그는 고향의 탄광으로 돌아가기로 한다. 그와 함께 일하던 뜨내기 노동자들이 그를 따른다. 이는 황석영의 「객지」

고요를 찾아다니는 부랑노동자

속 세계와 흡사하지 않은가.

그가 돈을 벌어서 아내를 구해내는가는 영화 속에 나오지 않는다. 그것을 누가 알겠는가. 다만 그렇게 하려고 한다는 게 중요할 따름이다. 그렇게 영화가 끝난다. 그 끝에 감독은 사내를 통해 하나의 환각을 보여준다. 다른 일행들이 모두 멈춰 서서 그 장면을 바라보지 않았음이 그게 한낱 환각이라는 증거다.

사라져가는 도시를 떠나서—거기에는 영화 속 주윤발을 흉내내다가 거리에서 죽은 청년도, 자신이 잠시 머물렀던 여관의 주인도 기억으로 남는다—경계를 넘기 전에 그는 폐허가 된 빌딩과 빌딩 사이로 외줄을 타는 사내의 모습을 본다. 거기엔 백척간두의 아스라함보다 참 용케도 건너간다는 그런 느낌이 훨씬 더 강하다.

그렇다면 고요는 어디에 있는가? 그들이 중국인이든, 다른 어느 나라의 주민이든, 현대인이 건설하려는 세계는 고요와는 거리가 멀다. 그들은 물론 방음벽을 설치하고 이중창으로 일상의 소음들을 철저히 차단하려고 애쓸 것이다. 하지만 그들 존재에서 들려오는 소음들은 어찌할 것인가. 고요한 내실에서 그들은 온통 시끄럽다. 그러므로 고요는 차라리 그들이 버리고 떠나온 저 침수선 아래쪽의 세계에, 그들 삶의 앞과 뒤에, 아득히 자리 잡고 있다.

고요도 정치다

물 속의 도시

2014년의 영화라면 〈국제시장〉을 빼놓을 수 없다. 누적관객 수가 1,400만을 넘어서 한국영화사에서 가장 많이 본 영화 2위를 차지하고 있다. 다큐멘터리 영화 〈물 속의 도시〉도 같은 해에 만들어졌다.

충주댐이 만들어지면서 수몰된 마을을 아주 천천히 거스르며 그곳을 고향으로 둔 실향민들의 목소리를 담고 있는 이 영화의 메시지는 그리 단순하지 않다. 영화는 잡음처럼 황인용의 〈밤을 잊은 그대에게〉와 TBC 동양방송의 고별방송을 끼워 넣음으로써, 충주댐근대 이후의 역사이 무엇을 집어삼켜 버렸는가를 생각하게 해주는 좋은 텍스트가 된다. 그런데 이 영화를 본 사람은 도대체 얼마나 될까?

나는 영화의 좋고 나쁨에 대해 말하려는 게 아니다. 내가 하고 싶은 이야기는 우리 문화의 어떤 쏠림 현상, 그 빈부의 과도함에 대해서 말하고 싶을 뿐이다. 내가 살고 있는 도시는 인구가 70만이 넘는다지만 홍상수 영화도 보기 어렵다. 최근에 생긴 영화관에서 하루 두어 번 그런 영화들—사람들은 그걸 예술영화라고 부른다—을 보여준다. 그렇다면 관객을 만나지도 못하고 사라지는 영화들은 얼마나 많을까? 아예 엄두도 내지 못해서 만들어지기 전에 포기되는, 그런 현실 앞에서 좌절하는 젊은 영화인들은 또 얼마나 많을까?

이것을 단지 영화계만의 현실이라 할 수 있을까? 이것을 능력 있는 자만이 살아남는 거라고 정당화해도 될까? 우리 문화계는 종의 다양성을 지키기 위해 어떤 노력을 해야 하고 국가는 그걸 어떻게 지원해야 할까? 이 나라는 부산 같은 거대도시조차 서울이라는 블랙홀 앞에서 빛을 잃어버린다. 나는 가끔 그런 쓰디쓴 농담을 내뱉는다. 이 나라에는 서울과 서울이 되다만 도시가 있을 뿐이라고.

지난주에 다시 고향에 들렀다. 집들이, 길들이, 마술처럼 사라진 돌담 위를 고양이 한 마리가 서성이고 있었다. 나는 내가 태어난 대숲 어딘가를 바라보다 돌아서야 했다. 어쩌면 우리는 한강의 기적이 어떻다느니 떠들어대지만 동시에 돌아갈 고향을 잃고 유랑하는 실향민은 아닐런지. 그런 의미에서 〈국제시장〉이라는 대형마트는 〈물 속의 도시〉라는 작은 가게를 배려—실제로는 차라리 공정경쟁이라고 해야 할 것이지만—해야 했다. 그게 균형이고 깊이고 안정감이며 미래기 때문이다.

고요도 정치다

우리 삶이 그런 균형과 깊이와 안정감과 미래를 위해 자리를 내놓을 줄 알았더라면, 그해 봄에 그런 참극이 벌어졌을까 싶다.

평범한 길의 풍경도
쭈그려 앉아 찍으면 다르게 다가온다

고요도 정치다

길 위에서 존재는 더욱 빛난다

모든 여행은 고통스럽다. 어원에 있어서 여행^{travel}은 고통^{trouble}과 같은 곳에 뿌리를 내리고 있다고 한다. '집 나가면 개고생'이라는 말은 맞는 말이다. 여행은 내가 떠나온 집이 얼마나 소중한 곳인가를 깨닫게 하는 헛된 짓이라는 역설도 새겨볼 만하다. 그럼에도 불구하고 우리는 여행을 갈망하고 이따금 지상의 모든 걸 포기하고 바람처럼 어디론가 멀리 떠나가기를 염원한다.

까뮈의 스승이었던 장 그르니에는 어딘가에 이렇게 적었다. "나는 아무 지닌 것 없이 홀로 낯선 도시에 도착하기를 꿈꾼다." 니코스 카잔차키스가 『그리스인 조르바』에 남긴 다음과 같은 구절은 우리를 얼마나 설레게 하는가. "죽기 전에 에게해海를 여행할 행운을 누리는 사람에게는 복이 있나니." 여기에서 에게해는 그저 평범한 바다가 아닌데 그것은 우리의 삶이 죽음을 향해 나아가고 있음을 아는 자의 바다이기 때문이다.

우리가 집에 머물고 있을지라도 우리 삶은 시간 속의 여행을 멈추지 않는다. 에게해는 영원히 머물러 주지 않는다. 이렇게 어느 쪽이든 먼저 닿으면 끝나는 여행 속에 있기에 인간은 '여행하는 인간Homo viator'이라 불린다.

1998년 봄에 교보빌딩에 나붙었던 경구는 그래서 우리를 설레게 한다. "떠나라 낯선 곳으로 그대 하루하루의 낡은 반복으로부터" 그리고 너무나도 당연한 말이지만 소설도, 영화도 늘 여행 이야기다. 스탕달의 소설 『적과 흑』 13장에 인용되어 있는 생 레알의 말에 따르자면 "소설, 그것은 길을 다닐 때 지니고 다니는 거울이다." 주인공들은 언제나 여행을 떠난다.

모든 영화는 본질에 있어서 로드무비다. 우리는 영화를 통해 낯선 세계로 나아간다. 물론 로드무비는 하나의 장르이기도 하다. 〈파리, 텍사스〉1984로 대표되는 빔 밴더스 감독의 영화들이 지닌 진정한 주제는 여행이다. 영화 속의 주인공들은 걷고 또 걷는다. 주인공이 아직 길 위에 있을 때 황혼이 내린다. 그런데도 주인공은 '먼 곳에의 그리움Fernweh'을 멈추지 않는다.

감옥에 갇힌 수인은 간절히 바깥세상의 자유를 갈망한다. 내 의지로 길을 걸을 수 있다는 것은 얼마나 아름답고 설레는 일인가. 그런데 바깥의 자유인들은 너무 쉽게 일상에 갇혀버린다. 창밖의 세계에 매혹되지 않는 인간이야말로 진짜 죄수일 수밖에 없다.

고요도 정치다

요즘 영화에서 가장 인기를 끄는 여행담은 스페이스 오딧세이라 불리는 우주 탐험담이다. 지구에서의 삶이 한계에 봉착한다. 새로운 삶의 터전을 찾아서 인류는 우주 속으로 나아간다. 1961년에 러시아의 우주비행사 유리 가가린이 인류 최초로 우주로 나아가서 "지구는 파랗다. 얼마나 멋지고 놀라운가!"라는 말을 타전한 이후로 우주는 인류에게 하나의 목적지가 되었다.

이에 대한 다음과 같은 반론도 귀 기울여 들을 만하다. "인간은 지구 바깥으로 170억km 이상 나아갔지만, 지구 내부로는 12km밖에 가지 못했다. 달에는 지금껏 12명이 갔지만, 11km 지하를 간 사람은 3명뿐이다." 물론 누군가는 여전히 의혹에 찬 시선으로 인류가 달에 간 적이 있다는 게 맞기나 하느냐고 하겠지만 아마도 더 중요한 사실은 인류가 인간 자신에 대해서 얼마나 무지한 존재인가를 촉구하는 도스토예프스키의 지적일지도 모른다.

그런 의미에서의 상이한 여행을 담은 두 편의 영화를 나는 이야기하고 싶다. 그 하나가 청년 체 게바라의 여행을 그린 〈모터사이클 다이어리〉[2015]라면 그 영화의 주제는 다음과 같은 장면에 오롯이 담겨 있지 않을까.

어쩌면 돈키호테처럼 무모한 여행─그들이 타고 가는 오토바이는 '포데로사'[힘센 녀석이라는 뜻]인데 그것을 그들은 로시난테에 비유하기도 한다─을 계획하며 그들 중의 하나는 길거리 카페에서 졸고 있는 중년 사내를 가리키며 말한다. "저 사람처럼 살다가 죽을래?"

이것이야말로 삶에 안주하지 않고 여행을 떠나는 젊은이의 정신이리라. 또 다른 재산으로 세계를 소유하기 위해 떠나는 속물로서의 여행이 그 반대편에 있으리라. 그들은 여행지에 가서 자신의 보잘것없는 재력을 자랑하고 사진을 남긴다. 스스로는 절대 바뀌지 않는다.

또 하나의 영화는 〈꽃잎, 춤〉2013이라는 일본영화다. 우연히 만난 세 여성이 어쩌면 스스로 바다에 투신했을지도 모르는 한 여성의 생사를 확인하기 위해 길을 떠난다. 영화는 그야말로 잔잔하고 여행에서는 별다른 일이 생겨나지 않는다. 그저 조용한 일본의 하루를 가로질러 갈 뿐이다. 거기서 그들은 바람이 빚어 놓은 나무들을 본다. 어느 곳에서부턴가는 눈이 내리기도 한다. 〈레버넌트-죽음에서 돌아온 자〉2016의 경우처럼, 광대하고 깊은 숲에서 거대한 곰이 온몸을 찢어 놓기 위해 기다리고 있는 격렬한 여행만이 여행이 아니다. 어떤 여행은 조용히 이루어지는데 우리 삶을 온통 뒤바꿔 놓는다. 이 영화를 소개하는 다른 이유를 들자면, 영화 내내 반복되는 소망이 "부디 살아있기를"이기 때문이다. 아무도 절망 속에서 스스로 죽어서는 안 된다. 우리는 사랑과 의지 속에서 우리의 삶을 만들어가야 한다. 이런 영화에 비하면 한국영화는 갇힌 채 어

고요도 정치다

둡다. 여전히 〈내부자들〉2015이나 〈아수라〉2016에서 보여주는 악몽 같은 현실에 빠져 있거나, 〈멋진 하루〉2008나 〈최악의 하루〉2016처럼 미니멀한 감옥을 떠돈다. 낭만주의가 현실을 외면하기 쉽다면 현실주의는 우리를 지치게 만들 수 있다. 등대는 어디에 있는가.

영화 〈마지막 사랑〉1996에서 베르톨루치는 여행자를 두 부류로 나누어 놓는다. 그 하나가 관광객tourist이라면 다른 하나는 여행자traveller다. 영화 속의 분류에 따르자면 관광객은 돌아오는 걸 염두에 두고 떠나는 부류라면 여행자는 오로지 떠나기 위해서 떠나는 자이다. 여행을 또 다른 종류의 임사 체험臨死體驗이라고 부른다면, 우리는 여행을 통해 타자와 만나고 새롭게 태어난다. 여기까지 읽고도 왜 굳이 여행을 떠나야 하는가를 묻는다면 나는 베르톨루치의 또 다른 영화 〈마지막 황제〉를 상기시키고 싶다. 이 영화 속의 주인공 부의는 격변하는 시대 속에서 황제에서 식물원의 정원사로 전락하는 인물이다. 우리의 삶 또한 그만큼 파란만장한 게 아닐까? 여행의 끝에서 우리는 모두 예외없이 소멸해가는 여행자이기에. 그 머나먼 길 끝에서 짙푸른 잿빛의 에게해가 출렁이며 우리를 부른다. 그렇게 살다가 죽을 거냐고. 언젠가 다 놓고 떠나갈 집에서 무의미를 반복하다가 늙어 죽어갈 거냐고.

리에종 : 나무에서 나무까지 이어지는 전쟁의 악몽

영화 〈1917〉에 대한 짧은 메모

젊은이 하나가 나무 아래 누워 있다. 무슨 꿈에서 깨어난 것일까? 슈베르트의 가곡 '보리수'를 떠올릴 만큼 평화롭다. 그는 어떤 기척 때문에 깨어난 것이지만, 주변을 둘러보다 곧 다시 눈을 감는다.

마침 전령 하나가 찾아와 바로 그의 곁에 있는 병사를 찾는다. 그리고 그 병사에게 다른 병사 하나와 함께 장군을 찾아가라고 명령을 내린다. 옆에 있었기에 그가 선택이 된다. 그도 별다른 생각 없이 따라간다. 나중에 그는 왜 자신을 선택했는지 항변한다. 그에게는 가야 할 이유가 없다.

장군에게서 두 병사는 아무도 원하지 않는 사지로 가야 한다는 명령을 받는다. 바로 곁에 있던 병사의 형이 소속된 부대가 곧 독일군들이 파놓고 기다리고 있는 함정에 빠져 몰살될지도 모르기 때문이다. 게다가 그 병사는 지도를 잘 읽을 수 있다. 그렇지만 옆에 누워 있던 젊은이에게는 이 모든 게 억울한 일이다. 그냥 객관적으로 생각해도 명령은 납득할 수 없다. 그들은 살아남지 못할 것이다. 마침내 진지의 바깥을 향해 발을 내딛자마자, 철조망에 걸리고, 전쟁이 남긴 끔찍한 지옥들을 발견하고, 썩어가는 시신에 손을 짚는다.

그럼에도 불구하고 몽롱한 채로 그는 명령받은 곳을 향해 한 걸음씩 힘겹게 나아간다. 심지어 그를 지목했던 병사마저 예기치 않은 사건으로 죽으면서 오로지 혼자서 불가능해 보이는 임무를 띤 채 버려진다.

그렇다. 이게 영화 〈1917〉[2019]의 서사인데 이는 정확히 말하자면 전쟁의 악몽이다. 영화의 서두에서 그는 잠에서 깨어난 게 아니라 악몽을 꾸기 시작한 것일지도 모른다. 그러니 그런 중요한 임무에 왜 단지 두 사람이 가야 하고, 전쟁터의 모습이 그리 몽환적으로 그려지는지, 왜 집요한 하나의 롱테이크 속에서 세계가 불쑥 나타났다가 삽시간에 사라지는지를 물어선 안 된다. 그 모든 순간들에 음악은 왜 그리 장중하게 흐르는지를.

영화는 모든 꿈들이 그러하듯이, 하나의 사건에서 다른 사건으로 이어지고, 부침을 거듭하며, 불가해한 세계들을 펼쳐 보여준다. 그러므로 빈 오두막이, 여전히 따뜻한 우유가, 폐허의 여인이, 물 위에 가득한 시신들이 어떻게 가능한가를 물을 수는 있지만, 마땅한 답을 얻을 수는 없다.

다만 그 꿈을 꾸는 이가 시온을 꿈꾸는 백인이며 아메리칸이라는 걸, 영화를 보는 동안 우리는 알게 된다. 영화는 왜 전쟁이 시작되었는지, 적과 아군을 나누는 경계는 무엇인지, 결국에는 그 전쟁을 어떻게 끝내야 하는지에 대해서는 이야기하지 않는다. 아름답고 강렬하지만, 거대한 상투적인 세계의 일부다. 말하자면 〈라이언 일병 구하기〉나 〈덩케르크〉의 흔적이 강렬하다.

영화의 끝에서 젊은이는 다시 나무 아래로 가서 선다. 먼 길을 걸어서 그는 원하던 곳에 당도한 것이다. 그러니 이 영화는 나무 아래서 시작해서 다시 나무 아래로 가는 긴 이야기인 셈이다. 하지만 정말로 주인공은 원하던 답을 얻었던 것일까? 그 답은 진실한가?

나는 단 하나의 질문에 대한 해답을 찾기 위해 이 영화를 보았다. 왜 할리우드는 이 영화를, 〈조커〉를, 〈원스어펀어타임인할리우드〉를, 〈아이리시맨〉을, 그 밖의 수많은 다른 영화들을 놔두고 봉준호의 〈기생충〉을 선택했는가 하는 문제. 그에 대해 내가 얻은 답은 대략 다음과 같다. 이 세상에 잘 만들어진 영화들은 너무나 많다. 어떤 상이 주어진다고 그 작품이 다른 모든 작품들보다 더 좋은 작품이 되는 것도, 이전보다 더 빛나게 되는 것도 아니다. 다만 당대의 담론들이 찾아 헤매는 어떤 이야기나 의미가 그에 어울리는 적당한 대상을 발견하는 일이 아니겠는가라고.

고요도 정치다

그러니까 악명도 높은 '노벨문학상'을 예로 들어서 말해도 좋다. 어떤 작품이 이 상을 받으려면 물론 그 소설은 위대한 작품이어야 한다. 그러나 위대한 작품이라고 해서 노벨문학상을 받는 것은 아니고, 노벨문학상을 받은 나라의 문학이 특별히 더 눈부신 것도 당연히 아니다. 모든 위대한 작품들은 각기 다른 언어로, 서로 상이하게, 당면한 물음들에 대해서 질문을 던지고 답을 찾는다.

요약하자면 다음과 같다. 최근의 수많은 영화들에서, 작년의 오스카 수상작에서, 그리고 이미 열거한 할리우드 영화들 속에서, 할리우드는 이미 오래전에 스스로 봉착했던 한계, 흔히 '너무 하얀 오스카Oscar So White'라 불리는 장벽에 그대로 갇혀 있었던 것인데, 때마침 우리의 '봉 선생'이 새로운 세계 하나를, 생동하는 주제를 들고와서, 당당한 낯선 손길로 건네주었던 것이라고. 심지어 너네들이야말로 '촌놈local' 아니냐고 일갈했던 것이니, 그 순간에 그들에게는 퇴로마저 막혀버렸던 것이라고. 그런 마당이니 나도 제법 당당하게 한마디하고 싶다.

고마운 줄 알아, 이것들아.

(샤론 최, 이걸 뭐라고 해야 되나요?)

05

고요를 찾아서

세 모녀의 죽음

오래전에 대구에서 세 모녀가 자기 아파트에서 죽은 채 발견된 적이 있다. 사인은 뜻밖에도 아사였다. 도시 한복판에서, 그것도 자기 집에서 굶어죽은 거였다. 남편이 세상을 떠나기 전까지 그들은 중산층의 삶을 살았다. 죽으면서 남편은 빚을 남겨 놓고 떠났고 사람들은 그들을 멀리하기 시작했다. 세금을 내지 못해 가스가 끊기고 전기가 끊겼다. 살던 아파트를 떠나야 하는 날들이 가까워 왔다. 죽어가면서 세 모녀가 내다보았을 도시의 불빛은 어떤 것이었을까?

우리는 한 해 만 오천 명 정도가 스스로 목숨을 끊는 그런 나라에 살고 있다. 이 수치는 같은 기간 동안 시리아 내전의 희생자보다 적지 않다. 총성 없는 이 전쟁에서는 가난한 사람들, 병든 사람들, 소외된 사람들에게 포화가 집중된다. 그런데 이 전쟁에는 휴전협상의 기미도 보이지 않는다. 무언가 나아질 거라는 희망은커

넝, 점점 더 어둡고 암울한 생존경쟁 속으로 사람들이 내몰린다. 이런 세상을 살고 있는 우리는 모두 무서운 죄를 짓고 있는 것인지도 모른다.

시험 기간인지라 조금 한가한 시간에 내 마음은 하릴없이 토마스 홉스의 『리바이어던』과 칸트의 『실천이성비판』을 만지작거리고 있다. 잘 알려져 있는 것처럼 홉스는 이 책에서 '만인의 만인에 대한 투쟁The war of all against all'을 주장한다. 인간은 얼마나 이기적이고 잔혹한가.

프랑스의 철학자 사르트르는 그래서 이렇게 냉소하기도 했다. "인간의 잔인한 숙적이 그를 습격하려고 잠복하고 있지 않았다면 금세기는 훌륭한 시대가 되었을 것이다. 인간을 파멸시키기로 작정한 그 육식동물, 털도 안 난 악의의 짐승인 바로 인간 자신 말이다."

영화 〈에일리언 2〉1986를 보면 여성의 신체 속에 괴물을 집어 넣어 지구로 밀반입하려는 탐욕스런 자본가가 나온다. 생명의 존귀함도, 지구의 운명 따위에도 관심이 없다. 그런 의미에서 그 사람이야말로 진정한 괴물이다.

봄바다에서의 참극을 통해 우리는 귀한 생명들을 잃었으며 무엇보다도 인간에 대한 믿음을 잃었다. 신뢰할 수 없는 정부의 발표들은 의혹을 키우고 음모론의 온상이 된다. 그리고 그 음모론 속

고요도 정치다

에서 구체화되는 것은 언제나 차고 음험하고 끔찍한 괴물의 형상을 하고 있다. 무서워라. 무서워라. 그런데 정부의 발표에 따르자면 가장 무서운 괴물 대신에 이상하게도 박봉에, 비정규직에, 제대로 대우받지도, 무언가를 교육받은 적도 없는 이들에게 책임이 돌려진다.

현실은 어떠한가. 배는 일본에서 폐기된 낡은 것인데 그걸 가져다가 더 위험하고 허술한 것으로 만들어서 바다에 띄우게 허락한 사람들은 전문가들이고, 그걸 가능하게 법령을 개정한 이들은 법조인들이고, 그것을 승인하고 방치한 자들은 공무원들이다. 직위고하를 따지지 않고 책임을 묻겠다고 대통령이 말할 때 그 칼끝은 늙은 선장에서 멈추는 게 아니라 돌고 돌아서 '그네'에게로 가야 했다.

그런 이성의 힘을 추구한 이가 칸트였다. "너의 의지의 준칙이 항상 동시에 보편적 법칙 수립의 원리로서 타당할 수 있도록, 그렇게 행동하라"라고 칸트는 말한다. 그게 얼마나 엄격했으면 그는 살인자가 칼을 들고 돌아다니며 집에 숨어있는 누군가를 찾을 때조차 거짓말을 해서는 안 된다고 주장했단다. 솔직히 나는 그를 제대로 읽을 만한 능력이 되지 않고 지금은 그럴 마음도, 여유도 없다. 그렇지만 젊었을 때 그의 경구 "하늘에는 별이 빛나고 내 안에는 도덕률이 빛난다"를 읊조리던 기억이 떠오른다. 그렇지. 우리가 겨우 선할 수 있는 이유는 내가 나만의 욕구에 사로잡히지 않고 어떤 기본적인 명령, 하늘의 별빛과 도덕률에 의지할 수 있기 때문이 아닐까?

배가 기울고 물이 차오를 때 얼마나 무서울까? 아마 언젠가 한번 구사일생으로 구조된 적이 있기에 더 무서웠을 수도 있다. 그래서 늙은 선장은 비겁하게 도망쳤는데, 똑같은 상황에서 대부분의 선생님들은 학생들과 운명을 같이 했고, 비정규직 선원 하나는 수영도 못하면서 구명조끼를 양보하며 선원은 가장 늦게 떠나야 한다는 준칙을 따른다. 나는 그들에게서 비로소 인간을, 희망을, 별빛을 보았다.

실은 세월호 참사가 일어나기 바로 전인 그해 2월에 서울 석촌동에 살던 또 다른 세 모녀가 역시 생활고에 시달리다가 스스로 목숨을 끊은 사건이 있었다. 큰딸은 만성질환에 시달리고 있었고 어머니는 실직한 상태였다. 그들 곁에는 전 재산인 현금 70만 원과 함께 "마지막 집세와 공과금입니다. 정말 죄송합니다"란 짧은 메모가 남겨져 있었다. 작은 딸은 만화가 지망생이었고 그동안 아르바이트로 가족을 부양해 왔다. 만화가 지망생인 딸을 둔 아비로서 그 젊은이에게 차마 할 말이 없다.

따지고 보면 어찌 이들 뿐이랴. 이들은 모두 세월호 이전에 세상을 떠났으나, 기울어져 가는 배에서 간절히 구조를 기다리다

고요도 정치다

'가라앉은'^{프리모 레비의 표현}이들이라는 점에서는 다를 바가 없다. 세월호 참사는 2014년 4월 16일에만 일어난 것이 아니다.

세 모녀의 죽음

슬픈 낙서

이틀째 몸이 좋질 않다. 해야 할 일들을 놓고 가만히 몸을 다독거리고 있다. 연구실 문을 닫아걸고 잠시 쉬다가, 손님들 맞을 생각에 청소를 하는데 버리려는 종이에 아무렇게나 이런 메모가 남겨져 있다.

한 나이 어린 병사가 무엇에 홀린듯이 용감하게 적진을 향해 달려가다 치명상을 입고 쓰러졌다. 들판 가득히 그의 처절한 비명이 울려퍼졌다. 이를 견디다 못한, 마음이 여린 늙은 병사가 다시 참호 바깥으로 뛰어나갔고 다른 동료들도 따라나섰다. 그들을 향해 집중포화가 쏟아졌다. 시간이 흐르자 나이 어린 병사의 비명소리도 잦아들었다. 깊은 고요가 찾아들었다. 마지막으로 참호에 홀로 남은 병사는 결코 귀를 막지 않았다. 그는 자신의 피가 차가움을 자책했고 여전히 살아있음을 저주했다. 그는 왜 이런 전쟁이 벌어졌으며 어떻게 해야 이것을

고요도 정치다

끝낼 수 있는지를 그 참혹한 참호 속에서 고민했다. 적어도 시작은 그렇다.

그들은 지금도 여전히 어두워가는 들판 어딘가 고립된 진지에서 각자 홀로 싸움을 계속하고 있을지도 모른다. 이미 그들이 전멸했다는 소문도 파다하지만. 짐작컨대 어느 비평가에 대해 생각을 정리하다가, 불쑥 떠오른 단상을 적어놓은 것인 듯하다. 몇 줄 아래에는 게오르그 리히트하임으로부터 다음과 같은 말을 인용해놓았다.

누구나 알고 있듯이, 또는 알아야 하듯이, 인텔리겐챠는 현대적인, 즉 중세 이후적인 현상이며, 그 먼 조상들은 15, 16세기의 휴머니스트들이다.

또는 다음과 같은 낯익은 구절.

작가는 아직도 이름 지어지지 않은 것 혹은 감히 이름 지을 수 없는 것에 대해 이름을 붙이는 사람이라는 것을 스스로 알고 있다. 작가는 아무도 이 세계에 대해서 나는 책임이 없다고 말할 수 없게 만드는 데 있다.

사르트르의 말이다. 정명환의 책에서 가져왔다. 앙가주망

슬픈 낙서

Engagement은 단순한 실천이 아니라 이 세계의 문제들에 나를 붙들어 놓고 책임을 묻고 무언가를 하기를 촉구하는 일들이 아닐까 싶다.

심지어 이런 '자작 낙서'도 있다.

철두철미 그는 차갑다

세상은 근본으로부터 뒤집혀야 한다

어두운 밤에서 황홀한 새벽까지

동지의 곱은 손으로

마른 나뭇가지마다 검은 등사를 밀더니

은밀한 살수殺手처럼 불시에 세상에 스며들어 세상을 바꾼다

세상의 모든 뒷골목과 가깝고 먼 골짜기들을

순백의 꿈으로 바꾸려는 그의 뜨거운 욕망

그러나 그가 만들어내는 세상은 슬프도록 차갑다

곧바로 찾아드는 더러운 복고

참담한 심회로 그는 모습을 감춘다

세월이 흘러 그를 떠올리는 순간

사람들의 기억에 남아있는 것은

순백의 천지가 아니라

그 아득한 길 위에서 잠시 마주친

고요도 정치다

어느 저녁의 따스한 불빛일 뿐이다.(2014.12.13)

　쓰레기통에 버리려다가 어리석은 애착에 여기 이렇게 남긴
다. 아마도 2014년 12월 13일엔 '그'가 왔었나 보다. 눈.

간장 두 종지에 대하여

한때 '간장 두 종지'가 널리 회자된 적이 있다. 『조선일보』에 실린 칼럼 제목이었다. 식당에 가서 탕수육 하나와 짬뽕, 짜장, 볶음밥 등을 시켰는데 탕수육에 간장이 두 종지만 나와서 더 달라고 했다가 거절당한 경험을 다루었다. 아우슈비츠의 상황에 빗대기도 한다. 자기가 돈을 낸 갑인데도 제대로 항변도 못하는 게 "이 이상한 도시에서 살아가는 방식"이라고 말한다. 그래도 견딜 수 없었는지 옹졸한 방식으로 복수도 한다.

나는 그 중국집에 다시는 안 갈 생각이다. 간장 두 종지를 주지 않았다는 그 옹졸한 이유 때문이다. 그 식당이 어딘지는 밝힐 수 없다. '중화', '동영관', '루이'는 아니다.

— 한현우(주말뉴스 부장), 2015.11.28

고요도 정치다

이 글에 대한 반응은 실로 뜨거웠다. 의외로, 재미있다, 솔직해서 좋다, 문화면인데 이 정도는 허용해야 하지 않느냐는 의견들도 적지 않았다. 물론, 대다수는 어처구니없다는 반응이었고 분노를 표현하기도 했다.

이 '간장 두 종지'는 너무도 자연스럽게 김수영의 시 「어느 날 고궁을 나오면서」를 떠올리게 한다. 나로서는 이렇게 나란히 놓고 둘을 비교한다는 게 너무 싫다. 하지만 그렇게 해야만 겨우 말할 수 있는 것이 있다.

왜 나는 조그마한 일에만 분개하는가

저 왕궁王宮 대신에 왕궁王宮의 음탕 대신에

오십五十원짜리 갈비가 기름덩어리만 나왔다고 분개하고

옹졸하게 분개하고 설렁탕집 돼지 같은 주인년한테 욕을 하고

옹졸하게 욕을 하고

한번 정정당당하게

붙잡혀간 소설가를 위해서

언론의 자유를 요구하고 월남越南 파병에 반대하는

자유를 이행하지 못하고

이십二十원을 받으러 세 번씩 네 번씩

찾아오는 야경꾼들만 증오하고 있는가

옹졸한 나의 전통은 유구하고 이제 내 앞에 정서情緒로
가로놓여 있다
아무래도 나는 비켜서 있다 질정絶頂 위에는 시 있지 않고
암만해도 조금쯤 옆으로 비켜서 있다
그리고 조금쯤 옆에 서 있는 것이 조금쯤
비겁한 것이라고 알고 있다!

(…중략…)

모래야 나는 얼마큼 적으냐
바람아 먼지야 풀아 나는 얼마큼 적으냐
정말 얼마큼 적으냐……

—「어느 날 고궁을 나오면서」 부분

'간장 두 종지'는 우리 모두의 식탁에 다소곳이 놓여 있다. 얼
핏, 고요한 정물 속으로 들어와 있는 것도 같다. 둘의 반응은 '옹졸
함'이라는 점에서 일치한다. 그러나 시인은 아주 빠르게 그 옹졸한
분개와 욕설에서 벗어나서 자기성찰로 나아간다. 정작 왕궁의 음

고요도 정치다

탕 같은 것에는 분노하지 못하고, 언론의 자유도 주장하지 못하는 자기 자신이 부끄러워진다. 오래 그런 삶을 살아왔다. "모래야 나는 얼마큼 적으냐 / 바람아 먼지야 풀아 나는 얼마큼 적으냐 / 정말 얼마큼 적으냐⋯⋯"라는 구절에 이르면 '간장 두 종지'가 놓였던 자리에는 온전히 '시인 자신'이 놓여 있게 된다.

「간장 두 종지」의 기자가 이 시를 모를 리 없다. '옹졸함'이라는 단어를 앞세운 게 그 증거다. 하지만 그는 표나게 다른 길을 선택한다. 그게 이 칼럼이 전혀 새로운 종류의 선언처럼 읽히는 이유다. "간장 두 종지를 주지 않았다는 그 옹졸한 이유 때문이다"라고 당당하게 말할 때, 그는 단순히 '간장 두 종지'에 관한 작은 글을 쓰고 있을 뿐인 게 아니다. 어떤 확고한 신념을 실천하고 있는 셈이다. '작은 인간Little People'들의 권리장전이 그것이다.

작은 인간들은 세계를 오로지 주관적인 이해득실로 판단한다. 나중에 한 언론사가 실제로 그 중국집을 찾아가 취재한 바에 따르면 사실은 달랐다. 그들의 주권은 '돈'이다. 돈을 치렀다면 당연히 요구할 수 있다. 글을 쓰는 이유는 자신의 당연한 권리가 좌절된 것에 대한 적개심 때문이고 원하는 것사적인 복수와 돈을 얻기 위해서다. 시인 김수영을 짓눌렀던 더 커다란 세계의 문제들과 그것들을 실천하지 못하는 지식인으로서의 양심의 가책 따위는 벗어던져야 할 낡은 의상에 지나지 않는다. 그래서 그는 '간장 두 종지'에 대한 항변이 '옹졸'한 것임을 알면서도 바로 '그 옹졸한 이유' 때문에 다시는 그 집을 가지 않겠다고 당당하게 선언하는 것이다.

이후에 도처에서 그런 '작은 인간'들이 더 자주 발견된다. 실은 이러한 인간들의 증가가 어떠한 바이러스보다 빨랐고, '신천지'라는 종교단체보다 더 위험할 수도 있다. 『중앙일보』에 실린 「나라 전체가 세월호다」_{안혜리, 2020.2.28}는 이렇게 시작한다.

대한민국이 멈췄다. 법원이 줄줄이 휴정에 들어가고 성당 미사가 중단됐다. 학부모 출입을 막은 졸업식에 이어 전국 모든 유치원과 초중고 개학이 미뤄졌다. 이러니 영화 보고 맛집 가는 소소한 즐거움은 언감생심, 당연하게 누렸던 거의 모든 일상이 마비된 채 친지 방문이나 해외여행 등 국내외 이동의 자유마저 제약받으며 국민 모두가 불안과 공포의 나날을 보내고 있다.

그의 눈에 비친 코로나바이러스 감염증이 퍼진 대한민국의 풍경이다. 대구는 더욱 심각한 상태다. 이 모든 게 정부의 잘못된 대처 때문이라고 진단하는데, 초기에 중국을 차단하지 못한 탓이다. 이게 세월호 때와 무엇이 다르냐고 그는 항변한다. 당연히 이것도 하나의 입장일 수 있다. 「간장 두 종지」가 그랬던 것처럼.

그런데 그는 오랜 전통 속에서 우리가 그러리라고 믿는 '논설위원'이라는 막중한 자리에서 말하지 않고, 오로지 한 작은 인간으로서 말한다. 아무렇게나 말한다는 점에서 인터넷 댓글과 별다른 차별성이 없다. 많은 전문가들의 의견은 그녀와 다르다. 해외의 언론들은 한국정부의 방역대책에 대해서 찬사를 보내고, 적지 않은 일본인들은 자신들의 정부와 비교하며 부러워한다. 물론, 이러한 의견들에 공감하지 않을 수도 있다. 그렇지만 그런 사실들을 놓고 고민한 흔적이 전혀 보이지 않는다는 건 심각한 문제다.

초기에 성공적이었던 방역작업이 난관에 봉착한 것은 31번 환자가 나타나면서부터이고 그의 수상한 행적과 감염 경로에 대한 추적 끝에 '신천지'라는 종교단체가 나타났고 그들의 비상식적인 행동들이야말로 확진자가 급속도로 늘어나는 이유가 되었다. 그녀의 글에는 단 한마디도 이러한 내용에 대한 언급이 없다.

마스크 부족사태에 적절히 대처하지 못했다고 준열하게 정부를 꾸짖는 그 글을 실은 『중앙일보』는 구독료를 내는 사람들에게 마스크를 나누어 준다고 당당히 선전한 신문이기도 하다. 명백한 사재기 아닌가. 이런 국가비상사태에 사익을 탐한 파렴치한 행동에 대한 내부고발이나 자기반성이 그녀의 글에 담겨 있을 리 없다.

돌이켜보건대, 「간장 두 종지」라는 글은 그저 작고 솔직한 일상 이야기가 아니라, 어떤 말들을 절대 하지 않겠다는 단호한 의지의 표현에 가까웠다. 바로 그 곳, 광화문에서 왕궁의 음탕함에 맞선 시민들의 저항들에 대해서, 세월호 참사 이후에 시작되었고 장차 촛불혁명으로 성장하게 될 그 커다란 외침들을 묵살한 자리에, 그는 고작 '간장 두 종지'를 놓았고, 그런 스스로의 글재주에 희희낙락했던 것이다.

「나라 전체가 세월호다」라는 글은 그 작은 인간의 후예에 의해 씌어졌다. 이 젊은 논설위원은 눈앞의 소위 '코로나' 사태를 세월호에 비유하면서도 "영화 보고 맛집 가는 소소한 기쁨"을 잃었다고 아무렇지도 않게 말한다. 두 사람의 글 어디에도 세월호 참사에 대한 아픔은 없다. 전자에서는 '간장 두 종지'만을 이야기했고, 후자에서는 세월호를 정치적으로 이용했을 뿐이다. 하나는 작은 사실들에 옹졸하게 집착했고, 다른 하나는 자기 주장을 위해 더 많은 사실들과 진실을 옹졸하게 버렸다.

아주 다른 성격의 글들이지만 이상하게도 「간장 두 종지」라는 글을 칭찬하는 독자들이 「나라 전체가 세월호다」에도 공감한다. 김수영 시인의 「어느 날 고궁을 나오면서」는 보편적인 인간 정서에 호소하는 데 반해서 두 편의 글은 서로 다른 방식으로 옹졸함을 과시하기와 과시를 옹졸하게 하기 정교하게 짜여진 탓에, 특정 부류의 사람들만 선택적으로 반응하게 된다.

문제는 다시 '간장 두 종지'다. 세 편의 글은 모두 '간장 두 종지'의 경험에서 출발한다. 「간장 두 종지」는 작은 세계의 바깥에서

고요도 정치다

벌어지고 있는 일에 대해서는 단호하게 침묵하겠다고 선언한다. 「나라 전체가 세월호다」는 자신의 주장을 펼치기 위해 '간장 두 종지'만 한 증거들을 선별적으로 동원하여 입장을 강화한다. 만약에 자신의 주장에 어긋나는 사실들이 있다면, 그 사실들이 잘못된 것이라고 기꺼이 말하려는 부류가 여기에 있다. 이렇게 해서 그들은 그저 '간장 두 종지'만 한 세계를 망망대해로 믿고 살아가는 크고 교만한 인간, 다시 말해 '작은 인간'에 머문다. 김수영의 시만이 더 크고 넓은 인식에 이른다.

「간장 두 종지」가 유행하던 무렵에 나는 깊은 우울증에 빠져들었다. 세상과 인간이 모두 혐오스러웠다. 멀고 외딴 곳에 숨어들어가서 남은 생을 소진하고 싶었다. 읽고 있는 책들도, 쓰는 글들도 하나같이 '간장 두 종지'같은 것으로 여겨졌다.

그런 울적한 마음으로, 자주 책을 덮고 어두운 밤길을 유령처럼 오래 걸어 다니곤 했다. 그러면 내가 사는 좁은 도시는 너무도 쉽게 가난하고 버려진 골목으로 나를 데려다 놓았다. 그곳에서는 자주 누군가 고함을 지르고, 무언가가 깨져나가고, 비명소리가 들려왔다. 어린 아이가 홀로 어두운 골목길 위에서 두려움에 떨며 서 있기도 했다. 광화문의 그 광화와는 너무도 절연되어 있던 세계. 그곳에서 '나라 전체가 세월호'라는 생각에 전율했다. 그 세계의 낮과 밤들을 통해, 거기서 마주치는 사람들의 삶을 통해, 나는 내 작은 절망과 우울에 부끄러움을 느꼈고, 겨우 더 걸어가야 할 이유와 힘과 의지를 얻었다. 흐릿하게나마 내 안에 자리한 '간장 두 종지'도 보이는가 싶었다.

'소소한 일상'이라는 말 참 좋다. 웰빙wellbeing이 중요한 화두가 된 지 이미 오래다. 그럴수록 정치는 어딘가 우리를 불편하게 하는 것으로 여겨진다. 정치는 자꾸 편을 가른다. 그래서 우리는 어느 순간에 우리들의 '소소한 일상'에 덩치 큰 정치가 들어오지 않기를 바라게 된다. 가족끼리 해서는 안 되는 이야기가 정치와 종교 이야기라고, 어디선가 제임스 조이스는 말한 적이 있다. 쉽지 않다는 이야기라는 것이지, 하지 않는다는 말도 아니고, 하지 말라는 이야기일 수도 없다. 다른 정치적 관점 속에서 서로를 이해하지 못하거나 심지어 받아들이지 못하는 가족은 얼마나 불행한가.

게다가, 우리가 어디에 있든지 정치는 단 한순간도 우리를 자유롭게 놔둔 적이 없다. 나와 다른 정치적 의견들을 보면 간신히 얻은 마음의 평정이 깨진다. 그런데 내가 침묵하는 동안에도 '간장 두 종지'가 주는 '소소한 일상의 기쁨'을 통해 정치는 은밀히 퍼져 나가고 우리의 삶을 결정한다. 정치적으로 가장 힘이 없는 이들이 가장 심각하게 정치에 의해 파괴될 수 있다. 심지어 자신이 먹어도 모자랄 작은 양식을 내주며 괴물을 키울 수도 있다. 그 괴물은 자라나 불을 내뿜어 집을 불사르거나 소중한 아이를 흔적도 없이 집

고요도 정치다

어삼킬 수 있다. 뒤늦게 피눈물을 흘리며 통곡하는 이들이 거의 모두 그런 조용한 삶을 살아왔다.

'간장 두 종지'의 세계는 고요한 세상이 아니라 모든 이들이 식탁 위에서 옹졸한 자기 몫을 스스럼없이 요구하는 세상이다. 다른 누군가의 희생 위에 당당하게 자신의 '소소한 일상의 기쁨'을 누릴 수 있다고 여기는 자들이 세월호 참사를 불러왔다. '간장 두 종지'가 주는 거짓 고요에 속는다면, 비극은 우리가 알지 못하는 사이에 다시 되풀이되리라. 마음의 평화가 깨지고 이익에 반하더라도, 어떤 사실들에 눈감거나 거짓 주장을 쉽게 받아들이면 안 된다. 어쩌면 그것은 자기 안에서 자기를 숨아내는 일에 가깝다. 자기를 가장 많이 오래 속이는 것은 언제나 자기 자신일 테니까.

'간장 두 종지'가 능수능란한 야바위꾼의 손끝에서 어지럽게 돌아간다. 그 모든 순간에 그들은 늘 우리가 듣기를 원하는 말들만 해준다. 그런데 그들의 목적은 언제나 하나, 우리가 무심코 따라간 곳에 우리가 원하는 바로 그것이 없도록 속이는 일이다. 그러한 속임수에 속지 않으려면 어떻게 해야 할까? 더 멀리, 더 넓게 바라봄으로써, 그들이 끌어들이려고 하는 작은 무대에서 최대한도로 벗어나려 하는 수밖에 없다. 그들이 실은 언제나 '작은 인간'들임을 잊지 말자. 안타깝게도 '간장 두 종지'의 인간은 결코 이렇게 자책하는 법이 없다.

간장 두 종지에 대하여

모래야 나는 얼마큼 적으냐

바람아 먼지야 풀아 나는 얼마큼 적으냐

정말 얼마큼 적으냐……

고요도 정치다

어느 '말'부를 위한 묘비명

얼마 전부터 틈틈이 묘비명들을 모으고 있다. "나는 아무것도 바라지 않는다. 나는 아무것도 두려워하지 않는다. 나는 자유다"니코스 카잔차키스, 1883.2.18~1957.10.26 같은 것들. 아직 묘비명이 없는 문인들이 누워 있는 곳에도 그런 귀한 말들이 새겨져 있어서 지나가는 사람들로 하여금 잠깐이라도 생각에 잠기게 하면 좋겠다. 삶과 죽음에 대하여.

가령 『혼불』의 최명희 묘 앞에는 소설 속에 나오는 구절인 "봄바람은 천지사방에서 차별 없이 불어오지만, 살아있는 가지라야 눈을 뜬다"같은 말들로. 거기 남겨진 구절들은 그 사람의 삶 전부로부터 온 것이어야 하리라. 묘비명이 무의미하거나, 거짓이거나, 사소한 오자 속에 있는 경우에도, 죽은 이의 삶 전체가 의심받게 된다. 그렇다고 묘비명을 미리 공들여 써 놓아서야 될까? 묘비명은 죽은 이가 남기는 최후의 말―자네는 누군가? 같은―이 아니라 남겨진 자들이 떠맡을 첫 몫이기 때문이다.

그런데, 우리가 쏟아놓는 모든 말들이 본질에 있어서 유언은 아닐까? 내가 살았던 삶이 후세에게 남긴 인상이 묘비명이 되는 것이고. 100세가 되던 해에 스스로 곡기를 끊고 죽음으로 걸어 들어간 스코트 니어링1883~1983의 묘비명은 그래서 아름답다. "당신이 살았던 한 세기 덕분에 세상은 조금 더 나아졌습니다."

평범한 사람들도 그러한 마음으로 살고 또 떠나고 싶을진대, 언론인들이나 문인처럼 직업적으로 말을 부리는 이들은 천 년 뒤에 자신을 들여다볼 누군가의 눈길 앞에서 떳떳하기 위해 '필사적으로' 싸워야 하지 않을까? 함부로 날뛰게 만든 말들이 부끄럽다. 먹고살자고 탔던 말들을 없애버리고 싶다. 그때 그 말은 얼마나 어리석은 말이었던가?

요즘 이 나라의 언론들, 거기 실리는 지적인 칼럼들을 보노라면, 리챠드 세네트가 『현대의 침몰The Fall of Public Man』에서 말한 '자본의 노예들'이 남긴 말들 같다. 공공의 이익을 위해 더 커다란 관점에서 바라보려고 하지 않는다. 눈부신 지식으로 무장했으나 주인의 눈치를 보느라 본말을 잃는다. 숨겨진 사실 또는 진실을 찾아서 눈 내리는 외딴 숲에 서서 아직은 더 가야 할 길이 남았다고 말을 달래는 기자나 문인들, 아득한 소명을 향해 나아가려는 지식인의 말이 드물다. 모두들 혈색 좋게 비루한 말 위에 올라탄 주제에

고요도 정치다

부끄러워할 줄을 모른다.

세상이 참 쉬워 보인다. 책상 앞에 앉아서 자본가가 주문한 대로 되는 대로 몇 자 말들을 부린다. 때로는 그것도 귀찮아서 '복붙'한다. 그래서 그 말이 그 말 같다. 말도 안 되는 이런 상황을 억지를 부려 말이 되게 만든다. 생각하는 대로 살지 않으니 사는 대로 생각하게 된다. 종자가 좋고 학벌이 좋은 말들은 멀지 않은 곳에서 비슷비슷한 말들과 만나 친분을 쌓고 말을 나누다가 끼리끼리라는 말을 듣는다. 그런 말이 부끄럽지도 않다. 그 말들 속에 뭉개고 앉았으니 만사가 편하다.

이따금 잔머리를 써서 거짓말을 만들어내고, 대가로 맛난 콩깍지를 받아먹고, 비슷한 말들과 몸과 마음을 섞다보니 거짓말처럼 생각도 바뀌어버린다. 거짓말이 생활이 되고 신념이 된다. 모두 그렇게 살고 있지 않은가. 모두. 그렇게 혼잣말로 위안을 삼기도 한다. 심지어 자기 말을 정당화하기 위해, 자신들 속에서 아주 드물게 태어나는 말들, 하룻밤에 천리를 가거나, 날개가 달렸거나, 눈 맑고 진실한 말들을 잡아 죽이기에 이른다.

여기에 막말들이 누워 있다. 그들은 늘 배불리 먹었고 또 주인의 사랑을 듬뿍 받았다.

오늘 나는 봄비 내리는 들판으로 나아가 그 말들의 묘비를 세워주었다. 내 말도 몇 묻어 주었다. 그래도 남는 말들로 인해 나중에 어떤 부끄러운 묘비명이 그들 가슴 속에 새겨지게 될까? 어떤 말들은 이미 자신들이 죽었다는 사실을 모른다. 나는 그들을 좀비Zomma라고 생각한다. 적어도 그런 말들은 되지 않아야 한다. "여기 한때 부자였던 이가 누워 있다"는 묘비명을 얻기 위해 하는 말.

고요도 정치다

그녀의 기이한 역사학

우리는 모두 모호한 욕망을 가진 인간들이다. 살과 뼈와 피와 체액들이 우리 존재를 이루는데 그것만도 복잡미묘하기 이를 데 없다. 그 몸과 알 수 없는 대화를 하며 두뇌는 모종의 감정과 생각들을 만들어내는데 그것은 시간과 장소가 바뀌면서 끊임없이 변화한다. 아침에 집을 나서는 나는 퇴근할 때의 내가 아니다. 같은 강물을 두 번 건널 수 없는 이유는 강물만 흐르는 게 아니라 강물을 건너는 나도 바뀌기 때문이다.

예컨대 우리는 근래의 김지하 선생의 발언을 놓고 아주 조심스럽게 그런 사상의 뿌리가 애초에 그의 다른 작품들 속에도 뿌리를 내리고 있는가를 살펴볼 필요도 있지만, 시간의 흐름 속에서 단절되고 변모된 것들도 있음을 알아야만 한다.

한 사람의 역사가가 누군가의 증언을 통해 역사에 이르고자 할 때 그 어려움과 위험성은 더욱 커진다. 누군가의 '증언'은 유적지에서 발굴된 유물과는 다르다. 그것은 정직한 경우에도 다양한 말 중의 하나일 뿐이며 진실이라는 거대한 코끼리의 작은 일부에 지나지 않는다. 그것은 코일수도 있고, 몸통일 수도 있고, 다리일 수도, 귀일 수도 있는데, 그 어느 것도 아닐 수도 있다. 심지어 이미 침묵 속으로 사라져버린 무수한 목소리들의 존재도 유념해야 한다. 일본 제국주의가 폭력적인 식민체제인 또 다른 이유는 어떤 말들을 억압하고 왜곡하고 말살했기 때문이다. 게다가 모든 기억들은 얼마나 쉽게 왜곡되고 유동하는가. 사정이 이럴진대 역사학자는 살얼음 위를 걷는 사람처럼 매사에 조심스럽고 겸허해야 한다. 일찍이 프로이트는 그래서 이렇게 말한 바 있다. "최상의 경우에 정신분석 치료는 환자가 자기 자신의 이야기를 쓰는 '소설가'가 되도록 고무합니다." 좋은 분석가도 그렇다. 섣불리 끼어들어서 해석하려 하지 않고, 그저 열심히 귀 기울여 듣는 사람이어야 한다는 말이다.

자신의 저서 『제국의 위안부』라는 책을 두고 여러 논란이 생기자, 박유하 교수는 고 배춘희 할머니와의 대화 녹취록을 공개했다. 그걸 증거로 삼아 그분들이 투사가 아니라 조금은 착종된 욕망을 지닌 인간이라는 주장을 펼친 것이다.이러한 논리의 흐름에는 비약이 숨어 있기도 하다. 하지만 그런 걸 다 시시콜콜히 지적할 필요는 없으리라.

그런데 누가 그분들을 그렇게도 철저히 '투사'로 보는가. 백

고요도 정치다

번을 양보하더라도, 할머니들이 투사가 아닐 수도 있다는 사실이 뭐가 그리 중요한가. 안중근 의사는 하나에서 백까지 투사인가. 거의 놀라울 정도로 자신을 절제하고 싸워내지만 그도 인간이 아닐 것인가. 그런 작고 모호한 인간이 시대와 역사가 얹어준 무거운 짐을 어떻게 짊어지고 살아내는가 하는 물음을 떠나서 그도 인간이었다고 지적하는 일이 무슨 의미를 지니는가. 만약에 그 결론이 인간이기에 어쩔 수 없는 한계를 지닌다는 것이라면 이것처럼 우스꽝스런 촌극은 있을 수 없다.

내가 읽고 판단한 바에 따르면, 그 녹취록이 보여주는 바는 노년에 처한 한 위안부 할머니의 고독과 불안감 같은 것들이었다. 게다가 그 증언을 녹취하는 질문자는 거의 객관적인 존재로 보이지 않았다. 그녀는 그냥 증언을 '듣는 존재'가 아니라 묻고 확인하고 이미 지니고 있는 어떤 선입견을 강화하기 위해 재질문하는 존재로 대화 속에 깊이 개입하고 있는 듯 보였다. 증언사의 경우, 대상자가 이미 녹취의 의도를 간파하는 경우에는 실패할 수밖에 없다. 하지만 이런 치명적인 결함을 지닌 녹취록을 공개함으로써 '고 배춘희 할머니가 그냥 보통 할머니였다', '혼자만이라면 보상을 받고 끝내고 싶었다'는 결론을 이끌어내고, '정대협'을 정치적 의도를 지닌 불순한 단체로 몰아가는 게 도대체 학자로서 온당한 일인가를 나는 도무지 모르겠다. 거기에 무슨 대단한 소명 따위가 있는가. 녹취록을 이런 식으로 이용하는 것은 고인의 명예를 심각하게 훼손하는 일일 수도 있겠다 싶기도 했다.

협소한 민족주의적 관점에 갇힌 한일관계의 대립을 넘어서야 한다는 전제에는 수긍한다. 지금까지와는 다른 '새로운' 관점이 필요하기도 하다. 아마도 군 위안부 문제가 걸림돌이 되는 게, 그녀로선 퍽 답답하고 그래서 나름대로 두 나라 사이에 놓인 학자로서 나름의 소명의식을 품었을 수도 있다. 그런데 '거기'까지다. 구체적인 지점에서 그는 너무 쉽게 식민사관을 그대로 반복한다. 그것을 새롭다고 우기고 심지어 여성주의로 치장한다. 제국주의의 모든 악행에 대해서는 슬쩍 눈을 감는다.

『제국의 위안부』라는 책에는 강박적으로 '해결책'이라는 말이 반복된다. 이런 종류의 조급증이 본질에 있어서 학자의 것이 아니라 정치가의 것임은 이미 다른 글*에서 지적한 바 있다. 그녀는 이렇게 말한다. 당시 조선은 일본 제국주의의 일부로서 일본에 속해 있었고 그 제국에 깊이 오염된 상태였으니 민족적 경계로 선과 악을 나누어 따지는 건 무의미하다. 그리고는 새롭게 읽는다는 미명하에 식민사관에 기대어 당대의 텍스트들을 읽어낸다. 또한 이렇게 묻는다. 베트남전쟁 때 한국군도 비슷한 짓을 저지르지 않았

• • •

* 손종업 외, 『제국의 변호인 박유하에게 묻다』, 도서출판 말, 2016 참조

　　　　　　　　　　　　　고요도 정치다

는가라고. (모든 침략 행위와 전쟁 범죄는 철저히 비판되어야 한다. 거기엔 다른 조건이 있을 수 없다. 미군부대 주변에서 벌어지는 유사한 문제들도 마찬가지로 다뤄져야 한다.) 그런데 그녀는 이 문제를 일제의 군위안부 문제를 면책하려는 의도에서만 제기한다. 결과적으로 일본 우익의 변호인이 되었던 것이다. 그녀의 '해결책'은 이렇다. 서둘러 포괄적으로 합의하고 보상하라고. 이게 진정한 '해결책'이 될 수 있다고 믿는 것일까? 왜 이러한 악역을 자처했는지도 궁금하다. 그것은 순수한 열정일까? 아니면 어떤 궁극적인 무지 때문일까? 어쩌면 오래 어떤 삶을 친밀한 것으로 받아들이며 살다 보면 사는 대로 생각하게 되고, 그게 이득이 되면 편해지고, 깊게 믿어버리게 되는 것인지도 모르겠다. 거기에 '이성'은 제대로 작동하지 않는다.

그녀가 '해결책'이라는 말 만큼이나 자주 입에 담는 말은 모든 반론에 맞서서 '내 책을 읽어보았는지'를 묻는 일이다. '내 책을 읽었다면 그런 말을 할 리 없다'는 것이다. 그런데 정작 그녀는 자신이 해결하고자 하는 그 착잡하고 아픈 시대에 대해, 희생자들의 아픈 삶이나 역사에 대해 얼마나 읽어본 것일까? 주로 일본어로 쓰여진 몇 권의 책, 몇 가지 사실들, 지극히 작은 편린에 해당하는 몇 사람의 주관적이고 변덕스러울 수도 있는 증언을 마치 법전처럼 숭배할 때, 그는 선택적 기억상실 환자가 될 수도 있다. 여전히 많은 부분이 암흑과 침묵 속에 놓여 있는 그 잔혹한 시대에 조심

그녀의 기이한 역사학

스럽고 세심하게 다가가는 게 아니라, 성급하고 재능 없는 역사소설가가 그러하듯이 자신의 주장으로 역사 자체를 덮어버리려 하고 있는 것은 아닌지. 그게 궁금하고 답답해서 이렇게 묻는다. 왜 이렇게까지 해야 하느냐고.

고요도 정치다

법대로

법法이라는 한자를 곰곰이 들여다본다. 물이 가는 대로라는
뜻이겠다. 물이란 자연스러움이겠고 자연스러움이란 민심이고 천
심이다. 보통 사람들의 법 감정을 떠나서 법이 따로 존재할 수 없
는 이유다. 그런데 대체로 우리의 법은 강압적인 힘으로 민심을 다
스리는 도구로 쓰여왔다.

1948년 12월 1일에 공포된 국가보안법이 대표적인 예다. 이
법이 제정되었을 당시의 대한민국은 이미 전쟁터였다. 이태준의
「첫전투」는 이제 남은 수단은 무력봉기밖에 없다는 결의를 드러
낸다. 두 힘이 크게 맞부딪쳤고 서로 힘을 키웠다. 그래서 법은 무
소불위의 힘과 권위를 지녀야 한다고 생각했는지도 모른다. 이후
법은 사유화되었고 부패한 권력을 유지하는 부당한 수단으로 악
용되었다. 법관은 무소불위의 힘을 지닌 존재로 여겨졌다. 그래서
한때 공부 잘하는 학생들은 무조건 법대로 진학했다. 그런 이들

중의 상당수는 돈과 권력을 위해 법을 엿장수처럼 다루었고 스스로 권력이 되기도 했다. 법은 어디로 갔을까.

그런 젊은이가 있었다. 늘 일등을 도맡아 하던 친구. 서울대에 갔고 3학년 때 사법고시에 합격했다. 사법연수원에서의 성적도 최상위였다. 검사가 되어 지검에 파견된 지 반 년만에 숙소에서 스스로 목숨을 끊었다.

고3 시절이 가장 행복했다고 했던가. 가장 잘하는 일인 공부만 하면 주변 사람들에게 칭찬을 받았으니까. 그가 즐겼다는 노래의 제목은 슬프게도 〈나의 눈부신 날들은 지나갔다〉였다.

또 다른 젊은 검사 이야기도 떠오른다. 회식이 끝나갈 무렵 상급자가 불러서 말했다. 어디 분위기 있는 술집 하나 알아보라고. 그는 허겁지겁 거리로 나와 정말로 분위기 있는 작은 맥주집을 찾아냈다. 심지어 자기 주머니를 털어서 예약을 했다. 거리에서 상급자가 그 젊은 검사의 정강이를 걷어차며 말했다. 장난하냐. 십중팔구 그 상급자는 승승장구의 꽃길을 걸었을 것이고 젊은 검사는 자신이 품었던 포부와는 너무나 다른 현실에 서서히 지쳐갔으리라.

상급자가 원했던 분위기 있는 술집이 어떤 곳인지를 우리는 대충 짐작한다. 술집 주인들은 기꺼이 술과 안주와 여자들을 바쳤을 것이다. 술값도 받지 않고. 대신 어떤 어두운 청탁을 넣었을 것이다. 그 법복도, 술집 주인도 서로 이기는 게임이라고 생각했을

고요도 정치다

것이다. 그러한 세계에서 법은 어디로 흘러가겠는가. 물 흐르듯 민심을 따라, 천심을 따라 흘러가야 할 법이 돈을 따라 흘러가게 된 이유다. 속이 텅 비어버린 '볏짚인간' 검사들이 아가씨를 껴안고 거나하게 취해 춤을 춘다. 왜 이렇게들 살아야 하는가.

법의 내부에는 언제나 법의 정신을 수호하고자 하는 용기 있는 법관들이 있었을 테고 당연히 지금도 여전히 있을 것이다. 자신의 본분을 다할 때 우리는 겨우 인간일 수 있다. 우리는 그런 이들의 존재를 찾아내서 존경을 표하고 용기를 주어야 한다. 그래야 그들이 법을 흐리는 '법꾸라지'들을 이겨낼 용기와 힘을 얻게 된다. 그들은 충분히 할 수 있는데 자기 양심의 판단에 따라 월권을 하지 않았다. 눈앞의 손쉬운 이익을 보고도 선을 넘지 않는다는 건 실로 얼마나 어려운 일인가. 그들이야말로 정의의 여신 디케의 진정한 후예들이라고 생각한다. 반대로 법의 미명하에 불법을 자행했던 법조인들을 질타하고 비판해야 한다.

1970년에 청년 전태일이 온몸을 불사르며 외친 말은 뜻밖에도 "노동법을 준수하라"였다. 그토록 조악한 법조문조차 지켜지지 않던 현실과의 절박한 싸움이었던 것이다. 그런 소망마저 지켜주지 못했다는 자책감이 자라나 '민주사회를 위한 변호사모임^{약칭 민변}으로 실현된 것은 훨씬 훗날인 1988년 5월 29일의 일이었다. 물론, 그 직접적인 계기는 다름 아닌 박종철 치사사건이었고 이로부터 촉발된 1987년 6월항쟁이었다. 여기에도 대한민국의 운명이 선명하게 아로새겨져 있음을 볼 수 있다.

반대로 우리나라의 법조인들이 모두 부끄러워해야 할 사건은 '인혁당사건'이라고 할 수 있다. 흔히 우리가 사법살인이라고 부르는 가장 대표적인 사례로 이 사건의 절차를 보면 조선조에서도, 윤봉길 의사를 살해하다시피한 일본의 법원마저도 차라리 신사적으로 여겨질 정도다. 김원일의 『푸른 꽃』이라는 장편은 이 사건을 다룬 훌륭한 소설이다.

사법살인이라고 부르는 사건들은 이외에도 많다. '강기훈 유서대필 조작사건'도 그렇다. 1991년에 명지대생 강경대 씨가 경찰의 쇠파이프에 맞아 숨지는 사건이 벌어졌고 이에 항의하는 대대적인 시위가 일어났다. 그 무렵에 김기설 씨가 서강대 옥상 건물에서 항의의 뜻으로 분신자살한 적이 있었는데, 검찰은 그가 남긴 유서를 당시 그의 동료였던 전민련 총무부장 강기훈 씨가 대신 써주었다고 발표함으로써 민주운동 세력의 도덕성에 심각한 손상을 입혔으며 강기훈이라는 개인을 철저히 파괴했다. 이 사건은 얼마 전에야 무죄판결이 확정되었다.

이렇게 법이 흘러온 역사를 가만히 되짚어보노라니, 참 기이한 느낌도 든다. 그 특성상 법은 우리 사회가 보수적으로 합의한 것일 텐데도 우리는 여전히 겨우 법을 엄정히 지켜내는 법복을 보면 환호하는 것이니. 어쨌거나, 영화나 드라마 속에서 만나는 멋진 법복들을 현실 속에서 더 많이 자주 만날 수 있기를 희망해 본다. 그런 멋진 배역을 놔두고, 법복 속에 하찮고 냄새나는 욕망을 숨기고 있다니, 세상에, 그런 법이 어디에 있는가.

법대로

비논리적인 것에 대한 경멸

1

'헛똑똑이'라는 말이 있다. '겉으로는 똑똑한 체하지만 실제로는 아무런 실속이 없는 사람'을 일컫는다. 얼핏 똑똑해 보인다. 그런데 어딘가 물렁하다. "그 사람 참 헛똑똑이야"라는 말은 실망감의 표현이다. 이 판단의 옳고 그름은 맥락에 따라 달라진다.

때로 이 말은 똑똑하긴 하되 큰 맥락에서 사태를 읽지 못하는 사람에게도 쓰인다. 이런 '헛똑똑이'들은 작은 전투에서는 곧잘 이기는데 큰 전쟁에서는 패배하곤 한다. 자기 꾀에 자기가 넘어가서 그렇기도 하고 모든 사태를 너무도 명확한 것으로, 자기 중심적으로 판단하기 때문에 그렇게 되기도 한다. 이런 경우에는 똑똑하다는 게 오히려 해가 된다. 이게 어느 정도는 지식의 속성이기도 해서 『삼국지』에서 제갈량은 덕이 뛰어난 유비를 군주로 섬길 때 훨씬 빛난다고들 하지 않던가. 마음속에 새겨둘 말이다.

그런데 이 말에는 어딘가 씁쓸한 면도 있다. 어느 자리에 예

고요도 정치다

고되지도 않았고 업무와 전혀 관련이 없는 정치인이 불쑥 참석해서 이런저런 말도 안 되는 이야기들을 늘어놓는 경우를 당했다고 하자. 다들 내심 불쾌하지만 최선을 다해 참는다. 그게 표정으로 드러나기도 한다. 그때 어떤 사람이 일어나서 상황의 부당함에 대해 항의를 표한다. 모임의 분위기는 일시에 얼음을 끼얹은 듯 차갑게 가라앉는다. 나중에 부당하게 정치인을 불러들인 상사가 그를 불러서 꾸짖는다. "아, 사람 참, 헛똑똑이네, 헛똑똑이야. 그걸 누가 모르나. 다 생각이 있어서 부른 거고, 이유가 있으니 참는 거지." 여기에는 논리가 끼어들 틈이 없다.

사실, 논리는 가장 감동적일 때에도 무언가를 더하거나 합치는 일이 아니라 나누는 일에 가깝다. 어떤 치밀한 논박은 통렬하고 감동적이기까지 하다. 그러나 그 논박에 공감하는 경우에만 그렇다. 반대편에서 보면 '따박따박' — '또박또박'이 어느 순간에 '따박따박'이 되는지는 알 수 없다 — 말대꾸하는 모양이 얄밉기 이를 데 없으리라.

2012년 대선 당시 대통령 후보들의 토론회는 '뜨거운 감자' 같았다. 유감스러운 것은 그때 토론회를 극도로 꺼려서 결국 시간을 줄인 사람이 대통령이 되었다는 사실이다. 어느 시대, 어떤 나라에서도 마찬가지다. 그런 사람을 지도자로 뽑았을 때는 반드시 대가를 치르게 된다. 제대로 검증되지 못했기 때문이며 앞으로도

비논리적인 것에 대한 경멸

무언가를 감추려 할 것이기 때문이다.

당시의 토론회에서 그이는 그냥 대놓고 읽는다고 해서 '수첩 공주', 엉뚱한 말들을 한다고 해서 '닭'이라는 오명까지 얻었다. 오래 가는 '헛소문'은 없다. '저격수' 역할을 맡아서 그의 논리적인 허점을 파고든 이는 진보정당의 후보였다. 그게 너무도 쉬워 보였다는 게 문제라면 문제였다. 차라리 조금 물러나서 다른 경쟁자에게 더 많이 발언할 기회를 주었다면 어땠을까? 그 설전의 승패는 너무도 명백해 보였는데 엉뚱한 패자도 있었으니 토론에 가담할 기회를 얻지 못한 또 다른 야당후보였다.

선거 결과에 토론회가 어느 정도로 영향을 미쳤는지는 알 수 없다. 토론회의 승패와 전혀 반대되는 결과로 나타났다는 사실만을 안다. 살짝 물러남으로써 자신이 원하는 것을 얻을 수도 있다지만, 현실 정치에서 그것은 얼마나 어려운 일이겠는가. 시원했다는 사람이 많았다. 그 젊은 후보를 지지하게 되었다는 사람도 있었다. 반면에 소위 '버릇없는 젊은 것'의 무례함을 비판하고 동정하던 이들도 많았다. 전투에서는 이겼으나 전쟁에서는 졌다고 할 수 있는 경우다. 여러 점에서 좋은 대화술은 무엇일까 물을 때 나는 곧잘 이 토론회를 떠올리곤 한다. 나는 그 젊은 정치가의 영민함을 좋아했으나, 더 깊은 맥락 속에서 그가 사유했으면 좋지 않았을까 아쉬워하곤 했다.

고요도 정치다

이런 태도를 어떤 사람들은 '차악次惡'의 정치라고 조롱하곤 하는데 내 생각은 꼭 그렇지 않다. 선거라는 제도 속에서 최선을 다 한다는 의미는 그때마다 다르다. 투표하는 일을 자기 내면에 신념을 견지하는 일이나 혁명 같은 것으로 오해하지 않는다면 말이다.

어쨌든, 그 무렵에 급속도로 어처구니없게도 그이에 대한 '연민의 서사'가 퍼져 나갔다. 어린 나이에 비극적으로 부모를 잃었다고. 논리적으로 이러한 이야기를 논박하기란 쉽다. 그러나 그 공감의 정서가 공격받을 때 사람들은 승복하는 게 아니라, 오히려 자신의 존재가 위협당하고 있다고 느낀다.

어떤 통계에 따르자면 가족 내의 정치적 이견에서—실은 가족 내의 정치 이야기는 모두 어렵겠지만—가장 어려운 상황은 진보적인 아들이 보수적인 어머니를 설득하려는 경우였다. 처음에는 뜻밖이라고 생각했는데 나중에는 납득이 되었다. 어머니 앞에서 진보적인 아들은 섣불리 확신을 드러내게 된다. 어머니는 그런 아들의 주장이 아니라 태도를 더 서운하게 받아들인다. 애초에 논리가 문제가 아니었던 것이다.

여기에 우리 사회에 소위 '세대전쟁'이 강력하게 자리잡은 이유가 있다고 판단된다. '젊은 것들'이 그들 세대가 힘겹게 성취한 것들을 송두리째 부정하려 한다고 노인들은 분노한다. 전 세대가 자기들만의 편협한 기준으로 전혀 낯선 시대를 살아가야 할 자

비논리적인 것에 대한 경멸

신들을 재단하려 한다고 젊은 세대는 또 항변한다. 노인들은 상처 받은 동물처럼 쉽게 공격성을 드러내고 젊은이들은 모든 짐을 자신들에게 떠넘기고 있다며 거리감을 드러낸다.

이렇듯이 인간은 결코 논리적인 차원에서만 작동하는 존재가 아니다. 우리의 관계에서 논리가 작동하는 순간은 의외로 적고 또 모호하다. 내가 논리라고 믿는 것들은 거대한 빙산의 드러난 일부다. 더 깊은 바닥에 가라앉은 무의식이나 육체의 이런저런 감각들이 드러날수록 논리는 기이하고 유동하는 지반 위에 겨우 뿌리를 내린 것임을 깨닫게 된다. 그러한 논리가 다른 사람에게로 가서 그의 사상이나 느낌의 지반을 바꿀 수 있다는 믿음은 얼마나 순진한가. 만약에 누군가가 상대방에게 완전히 논박당할 경우에 그는 거기에 승복하기보다는 증오감을 키울 수 있다.

"나는 생각한다 고로 나는 존재한다"는 믿음이 무너지는 지점이다. 프로이트라면 당연히 "나는 내가 생각하지 않는 곳, 바로 무의식 속에 존재한다"라고 재정의再定義하려 할 것이다. 당연히 그러한 인간들 사이에서 이루어지는 생각의 거래는 영원히 시원스럽게 결산될 수 없다. 이상한 찌꺼기를 남기기 쉽고 그 잔여물이 원래 메시지보다 더 강렬한 영향을 미치기까지 한다. 그러므로 이렇게 말할 수도 있다. 누군가가 내 말에 설복당했다면, 이미 그는 내부로부터 변화하고 있었던 것이라고.

고요도 정치다

2

　'한방 치료'라는 무서운 우스갯말을 들었다. 어느 나라에서 전염병에 걸린 사람에 대한 강력한 치료법을 개발했는데, 환자더러 입을 벌리게 한 뒤 총알 한 방을 쏘는 일이라는 것이다. 나는 그런 세계에 살고 싶지 않은 만큼, 이런 농담도 싫다.

　대부분의 공상과학소설에서 논리를 통해 구축된 미래세계는 유토피아가 아니라 디스토피아를 만들어낸다. 도스토예프스키는 『지하생활자의 수기』라는 소설에서 논리적으로 이상향을 만들어가려는 인간들의 헛된 꿈을 '수정궁'에의 열망이라 부른다. 그 꿈은 '인간 내부의 진흙탕'을 이해하지 못한다는 점에서 대단히 위험한 사상이 될 수밖에 없다. 『죄와 벌』에 그려진 살해 장면은 모든 인류가 더 깊이 귀 기울였어야 할, 지금도 여전히 '뜨거운 상징'이다. 아마 주인공이 다락방에서 외롭게 키워낸 사상이, 실은 '한방 치료'에 가까운 것이 아닐까 싶다. 그러나 그는 자신이 전혀 의도하지 않은 살인도 저지르게 되는데, 언제나 일어날 수 있다는 점에서 그것은 우발적인 사고가 아니라 차라리 필연적인 사건이다. 인류의 어떤 꿈이 러시아혁명을 이뤄냈다면 그 방에서 바로 '킬링필드'가 저질러질 수도 있음을 예언한 셈이다. 물론, 세상을 더 나은 것으로 바꾸어 나가려는 열망은 포기될 수도 없고 포기되어서도 안 된다. 마찬가지로 이렇게 말할 수 있다. 그 새로운 세계에 대한 꿈은 내가 의도하지 않았던 것들의 연쇄와 왜곡을 견딜 수 있지 않으면 안 된다. 나는 나를 모를뿐더러, 무수한 관계 속에서 생겨날 탐욕과 원한과 복수와 공포의 연쇄작용과 폭발을 또한 모른다.

소위 '한방 치료'가 불가능한 것이라면, 결국 우리는 훨씬 더 어렵고 긴 싸움 속에서 그것을 추구해 나갈 수밖에 없다. 악을 격리하고 선을 격려하는 일, 선이 잘 자라 오르도록 세상을 좀 더 환하게 만드는 일, 거리의 깨진 유리창을 갈아 끼는 일들이 그렇다.

그들이 저열해도, 우리는 기품 있게
when they go low, we go high

2016년 미국 민주당 전당대회에서 미셸 오바마가 남긴 연설의 한 대목이다. 이것은 패배하는 순간까지도 지켜져야 하는 가치이기에 어렵다. 기품이라는 말은 가라앉는 타이타닉호의 갑판 위에서 연주를 계속하며 죽어간 이들을 떠올리게 한다. '죽은 놈만 억울하지'라고 생각하면서 가라앉는 세월호에 어린 학생들을 버려두고 도망친 선장과 선원들만을 비난하는 일은 어딘가 잘못되었다. 그리고 여기에 다시 논리가 모습을 드러낸다.

사람은 모든 존재가 그런 것처럼 살아남기를 갈망한다. 악착같이 살아남으려는 투쟁을 누구도 비난할 수는 없다. 그런데 그 어

고요도 정치다

느 순간에 인간 안에 최소한의 어떤 생각들이 눈을 뜬다. 차마, 인간으로서 그럴 수 없다. 그래서 기꺼이 자신을 희생하기도 한다.

흔한 오해와는 달리, 기품을 지키는 일은 방관과도 다르고 체념도 아니다. 기품 속에서도 우리의 싸움은 치열해야 하고 끝까지 포기하지 않는 의지를 보여주어야 한다. 때로 더럽고 어두운 지하로 내려가는 일도 서슴지 않아야 한다. 악은 개싸움을 통해 환멸을 키워내는 데 능수능란하다. 차라리 고개를 돌리고 싶다. 양들의 침묵은 그렇게 시작되고 악은 어느 정도에서 멈추는 법이 없다. 이 모든 상황 속에서 이겨내려는 의지는 포기되어서는 안 된다.

그리고 논리는 그 싸움의 전부일 수 없지만, 끝까지 인간으로 살아남으려는 싸움의 출발점이며 판단의 근거로서 작동해야 한다. 논리만으로 모든 게 결정될 수는 없다. 그렇지만 논리를 포기하지 않을 때 우리는 거기서 인간적인 무엇을 느낀다.

예전에 인기를 끌었던 드라마 〈형사 콜롬보〉 속의 범죄자들은 형사가 제시하는 증거들과 추론 앞에 기꺼이 패배를 시인했다. 가령 이런 식이다. 마침내 수긍한 범인은 이렇게 형사에게 말한다. 물론 옷을 갈아입을 시간은 주시겠지요? 형사는 고개를 끄덕인다. 잠시 후 그가 들어간 방 쪽에서 권총 소리가 들려온다. 형사는 슬픈 표정으로 그쪽을 바라보다가 담배를 태워 문다. 비슷한 이유에서 히가시노 게이고의 소설 『용의자 X의 헌신』도 인간의 이야기

비논리적인 것에 대한 경멸

다. 모녀를 살인죄로부터 구해내려는 주인공의 완벽한 계획은 가장 끔찍한 경우에도 끝까지 인간으로 남으려는 의지를 넘어가지 않기에 실패한다. 그 너머에는 온갖 폭력과 정념이 뒤엉킨 지옥이 자리 잡고 있음을 우리는 안다.

3

악은 온갖 수단을 다해 악한 반면에 선은 오로지 선한 방법을 통해 싸울 수 있다면 어떻게 선이 악을 이길 수 있을까? 다시 대면하게 되는 이 물음에는 절망감이 담겨 있다. 그래도 우리는 인간다움을, 논리를 포기할 수 없다. 논리가 애매하고 유동하는 지반 위에 놓인 작고 흐릿한 불빛 같은 것이라는 사실을 아는 것과 논리를 포기하는 것 사이에는 아득한 거리가 자리 잡고 있다.

삶의 도처에서 우리는 이런저런 비논리들을 만날 수밖에 없다. 물론, 모든 비논리적인 것들이 쉽게 눈에 띄는 것은 아니다. 나의 판단이 삶의 습관 속에서 오기 때문이다. 이미 오래전에 파스칼이 간파한 것처럼.

정신은 오직 증거만을 통해서만 확신할 수 있다. 습관이야말로 가장 근거있고 가장 믿을만한 증거를 제공한다.[*]

고요도 정치다

두 문장 사이에서 '증거'가 어떻게 변화되는가를 주목해보자. 논리적 게임 속에서 '증거'는 누구에게나 동일한 의미를 지닌다. 잘 짜여진 추리소설에서 범인이 누구라는 사실에는 이의가 생겨나지 않는다. 그러나 실제 현실 속에 떨어져 있는 피 묻은 칼이라면 사정이 다르다. 우리는 각자의 삶의 습관 속에서 그 칼에 대해 해석하려고 할 것이다.

다음의 그림은 언론이 어떻게 자신들의 프레임을 통해 사건을 왜곡시킬 수 있는가를 잘 보여주는 훌륭한 텍스트라 할 수 있다. 카메라에 담긴 장면은 실제 사건을 철저히 왜곡한 결과다. 하지만 이것만으로 하나의 사건이 '오독'되는 과정을 모두 설명한다고 말할 수는 없다. 뉴스의 시청자인 우리도 은밀히 거기에 가담한다. 우리가 지닌 어떤 편견이 눈 앞의 사건을 해석하는 데 많은 영향을 미치는 것이다. 파스칼의 말처럼 그 증거가 습관으로부터 오는 것이라면, 실로 우리의 정신은 얼마나 무지하고 편견에 가득 찬 위험스런 판관일 것인가.

인간은 생각을 통해 증거를 찾지만, 나날의 삶 속에 습관화된 방식으로 증거가 제시된다. 그것을 원점으로 돌려놓고 판단하는 데에 사유의 힘이 있는 것이지만, 오로지 소수의 강력한 정신의

• • •

* Blaise Pascal, Pensées, Harmondswortn. renguin, 1966, p.274. 슬라보예 지젝, 이수련 역, 『이데올로기라는 숭고한 대상』, 인간사랑, 2004, 74쪽에서 재인용.

비논리적인 것에 대한 경멸

프레이밍 ─ 누가 칼을 들었는가에 관한 문제

고요도 정치다

소유자만이 그러한 상태에 도달할 수 있다. 결국 우리가 객관적 진실이라고 생각하는 많은 것들은 삶의 습속들, 예컨대, 혈연, 지연, 학연과 같은 요소들에 의해 오래 받아들여져서 익숙해진 사고체계 위에 존재하는 것이다.

슬라보예 지젝은 이런 의미에서 "우리는 우리 자신이 이미 믿고 있기 때문에 우리의 믿음을 입증해 줄 이유들을 발견하는 것이다"*라고 말한다. '습관'들이 '믿음의 체계'로 고착되는 순간이다. 이러한 세계 속에서 매번 그 밑바닥까지 내려가서 보고, 듣고, 경험한 모든 것에 대해 회의하며 오로지 자신만의 판단을 구해 올라오는 사람은 실로 얼마나 희귀할 것인가. 위대한 철학자가 아니면 광인만이 그럴 수 있을지도 모른다.

도대체 무엇 때문에 이 긴 글을 써야 했을까? 우리 사회가 최소한의 '비논리적인 것에 대한 경멸'을 보여주는 데에도 실패하고 있다는 슬픔 때문이 아니라면 말이다.

다시 반복하건대, 누구나 모든 것들에 대해 근본적으로 사유하기란 불가능한 일에 가깝다. 다만, 매번 눈앞에 나타나는 비논리들을 향해 최선을 다해 경멸해 줄 수는 있지 않을까? 설령, '헛똑똑이'란 비난을 받거나 분위기를 '깨는' 한이 있더라도 말이다. 그

• • •

* 슬라보예 지젝, 이수련 역, 앞의 책, 75쪽.

일상의 자잘한 싸움들 속에서 조금씩 물러나고 양보할 때, 우리의 안과 바깥에서 거대한 괴물이 자라나서, 결국은 우리와 우리의 아이들을 집어삼키게 되는 것이니까. 그 싸움이 전부가 아니더라도 말이다. 시인 김수영이 침을 뱉듯이. 우리도.

김영하는 『빛의 제국』이라는 소설을 이런 경구를 시작한다. "생각하는 대로 살지 않으면 사는 대로 생각하게 된다." 소설 속의 인물은 '선'이 끊긴 채 오래 일상의 삶을 살아가는 동안, 자신이 간첩이었다는 사실마저 잊어버린다. 그런 그에게 어느 날 복귀 명령이 내려진다. 모든 일상의 낯익음과 편안함이 일거에 장막처럼 걷어지고, 그는 스스로의 삶을 다시 바라보고 정리해야 한다. 그러자 삶은 얼마나 기이한 것으로 드러나던가. 생각하는 대로 사는 일, 아마도 이 말의 참뜻은 거대한 이념이나 목표를 의미하는 게 아니라, 거듭해서, 늘 새롭게, 끊임없이 성찰하는 삶을 뜻하는 거라고 나는 가만히 짐작해본다.

고요도 정치다

영원히 격렬한 슬픔

케테 콜비츠(Kathe Kollwitz, 1867~1945)
〈죽은 아이를 안고 있는 어머니〉(1903)

이 판화에는 자식을 잃은 어미의 격렬한 고통이 새겨져 있다.

실제로 케테 콜비츠의 아들은 군인으로 전사했다.

여기를 보라. 죽은 아이는 이미 평화롭다. 그림에서 아이의 이마가 가장 환하다.

엄마의 소망이 그렇게 표현되었으리라.

엄마는 간절히 아이를 끌어안는다. 마치 그 아이를 다시 품속으로,

자궁 속으로 되돌리려는 것처럼.

가능하기만 하다면 어떠한 고통이 따르더라도 그렇게 할 것이다.

엄마는 한순간에 늙어버렸다. 아이를 잃은 엄마는 여자가 아니다.

심지어 인간의 형해마저 잃고 흉하게 일그러져 있다. 이 슬픔을 어찌할 것인가.

이런 고통이 있는 사회에서 우리가 어떻게 고요할 수가 있겠는가.

그녀가 싸우는 이유

1

그녀가 어떤 이인지 나는 알지 못한다. 어떤 꿈을 꾸며 자라났는지, 어떻게 결혼을 하고 어머니가 되었는지를. 나는 그녀가 어떤 아픈 상처를 지녔는지를 알게 되었다. 그것도 뉴스를 통해. 뉴스를 보는 내내 나는 눈물을 흘렸다.

그녀는 여전히 그 건널목 옆에서 가게를 하고 있다. 그러한 삶에서 잔인함을 느낀다. 다시 생각해보았다. 나라면 어떻게 했을까? 필경 나도 그 자리를 떠날 수 없었을 거라고 아프게 자인한다.

그녀는 내가 사는 곳에서 멀지 않은 곳에 있는 사거리에 가게를 차렸다. 아이는 길 건너 학교에 다녔다. 스쿨존이라지만 신호등은 없었다. 폐쇄회로 티비에 잡힌 장면은 처참했다. 아이들이 길을 건넌다. 차 한 대가 아이들을 발견하지 못하고 그대로 돌진한다. 뒤늦게 엄마가 비명을 지르며 달려간다. 이제 절대로 다시 돌

고요도 정치다

이킬 수 없는, 그녀에게는 가장 소중한 아이를 향해.

그녀의 어떤 삶은 어쩌면 거기서 끝나버렸을지도 모른다. 다행히도 그 젊은 엄마는 모든 아픔을 견뎌낸다. 그리고 아픈 심정으로 청원을 낸다. 아이의 이름으로 된 법안을. 다시는 어느 누군가가 그런 비극을 되풀이하지 않도록 하기 위해서.

한무숙의 단편 하나를 떠올린다. 「우리 사이 모든 것이…」[1971]는 사고로 자식을 잃은 어머니의 아픔을 다뤘다. 낯선 미국 땅에서 전문의가 되기 위해 필사적으로 노력하던 아들은 응급전화를 받고서 죽어가는 환자에게로 간다. 그리고 불의의 사고로 먼 세상으로 떠나버린다.

실제 경험을 소설화했다. 소설 속에서 엄마는 자식의 성공보다는 행복을 비는 존재다. 아들에게는 다른 삶의 계획들이 있고 그것들을 좌절케 하는 것들과 싸워나간다. 아마도 죽음은 그가 전혀 생각지 않았던 방식으로 찾아왔을 것이다. 한적한 고속도로에서의 교통사고. 당연히 엄마는 바로 전에 아들과 함께 한 만찬 — 그것은 최후의 만찬이 되었다 — 의 기억을 반추하게 된다. 그 장면은 이렇게 술회된다.

만복이 된 그는 비로소 배를 내밀 듯이 허리를 펴고 피아노 쪽을 흘
낏 쳐다보았다.

아들은 음악가가 될 수도 있었다. 그런 아들이 왜 피아노 쪽을 쳐다보았는지는 알 수 없다. 말하지 않은 채로 세상을 떠나버렸기 때문이다. 그런데, 만복이라니. 필경 배가 부른 걸 의미할 텐데도 이 말은 의미심장하게 들린다. 언제 우리 삶은 그 무수한 일상의 밥상 속에 최후의 만찬을 예비하는가. 우리는 미처 그걸 알지 못한 채 밥을 먹거나 거른다. 아들은 서두른다.

또 올게요, 어머니. 오늘 밤은 짐 아저씨가 죽는 밤이니깐 어서 가줘야 해요. 통 말을 듣지 않아 속을 썩였지만 되도록 고통을 덜어주겠어요. 의사란 결국 이거거든. 고통을 받는 사람의 그 고통을 덜어주는 것—그것은 사명이야. 나는 좋은 의사가, 진정으로 좋은 의사가 되구 싶어요.

이게 어머니에게 남긴 아들의 마지막 말이 되어버렸다. 삶의 아이러니란 이런 것이다. 짐 아저씨는 그날 밤에 죽지 않고 슬픔 가득한 조장弔狀을 보내온다. 어머니를 위해 이따금 첼로 연주를 들려주던 아들이었다.

이 슬픔을 표현할 수 있는 이는 오로지 같은 아픔을 나누고 있는 사람들뿐이다. 그들만이 서로에게 상처를 털어놓을 수 있다. 그들은 그들이 짓지 않은 '죄'로 서로 연결된다.

고요도 정치다

우리 집에 잘 모이는 자녀를 잃은 어머니들은 한결같이 "죄가 많아서요" 한단다. 죄 많은 여인이 자식을 잃는다. 자식의 죽음은 가차없는 단죄斷罪가 아니겠는가. 정오 열두 시는 나에게는 절대시絶對時다. 단죄의 시간이다. 그 때부터 시간은 정지되고 영원히 시작된다. 너에게는 평화의 영원을 기구하며 참회와 애상哀傷의 영원을 산다.

다시 이야기로 돌아가자. 눈앞에서 아이를 잃은 엄마의 비통함이 어떠한 것인지를 나는 짐작할 수 없다. 그런 사고를 겪어내고도 그 자리를 떠날 수 없는 엄마의 심정을 어렴풋이나마 헤아리며 젊은 엄마를 위해 기도했을 뿐이다. 아이가 죽으면 엄마 가슴에 묻는다는 말이 있다. 예전에 사람들은 죽은 아이를 묻은 장소를 엄마에게 알리지 않았다. 그 장소를 안다는 것, 그것은 영원히 결코 떠나갈 수 없는 슬픔과 고통 속에 붙잡혀 있게 되리라는 걸 의미하기 때문이다.

그 젊은 엄마가 누군가가 자신과 같은 비극을 되풀이하면 안된다는 심정으로 법안을, 그것도 죽은 아이의 이름으로 냈다는 소식을 들었을 때 나는 깊이 감동했다. 당리당략 때문에 그런 법안에 대한 심리가 한없이 미뤄지고 있다는 이야기를 들었을 때는 분통이 터지고 미안했다. 국회에 가득한 하이에나들을 어찌해야 하나. 그 뒤에 그녀가 대통령 앞에서 눈물로 호소하는 장면이 방송되었

　　　　　　　그녀가 싸우는 이유

고 그래서 공분을 불러일으켰다는 소식을 들었다. 그리고도 진전이 없자, 비슷한 법안을 낸 다른 부모들과 함께 국회의원들을 만나서 호소했다. 그들에게는 몹시 불편했을지도 모른다. 내가 그녀를 다시 방송에서 본 것은 바로 그런 장면이었다. 그녀는 법안의 상정을 가로막고 있는 자들의 이름을 그대로 말했다. 나는 숨이 막혀왔다. 아, 어쩌면 또 하이에나들이 저 여인을 향해 달려들겠구나.

그 후에 우여곡절 끝에 법안이 통과되었다. 그런데 문제는 거기서 끝나지 않았다. 그 법안은 우리의 삶 도처에서 만나는 스쿨존과 관련된 것이다. 법안을 눈앞의 현실로 받아들이게 된 이들이 이런저런 구체적인 사례들을 내놓고 그 법이 지닌 문제점을 비판하기 시작했다. 대부분은 법의 취지조차 모르는 시비 같은 것이지만, 어떤 사례들에서는 분명히 문제가 생길 소지가 있어 보였다. 심지어는 사건의 가해자도 논란에 끼어들었다. 억울하다는 호소였다. 이 소란함을 바라보면서 나는 다시 기도했다. 이 모든 사태 때문에 그 젊은 엄마가 상처받지 않기를. 당신이 잘못한 일은 하나도 없다. 아니, 얼마나 장한 엄마인지, 세상을 떠나야 했던 아이가 무척 자랑스러워할 거라고 전하고 싶었다.

한편으로는 이 사건과 관련된 온갖 소란함에 대해 이런저런 생각들을 해보았다. 우리 사회는 늘 정동이 넘치는 사회였다. 긍정적인 점도, 부정적인 점도 있다. 당연히 장점은 살려야 하고 단점

고요도 정치다

은 보완해야 한다. 나는 이 사태에도 동일한 문제가 걸려 있다고 생각한다.

그 어머니는 잘못한 게 아무것도 없다. 너무도 훌륭하게 그 끔찍한 아픔을 견디면서 다른 이들의 고통에 눈을 돌렸다. 그 아픈 호소에 귀 기울이는 게 마땅하다. 이게 정동이 넘치는 우리 사회의 장점이라면 단점은 이렇다. 국회의원들이 당리당략을 위해 법안을 볼모로 삼아서 법안에 대한 심의를 제대로 하지 않은 것, 이것이야말로 직무유기고 범죄다. 아무리 그럴 듯한 평계를 대더라도 이건 용서하기 어렵다. 그들 중 누군가가 정치적인 입장 때문에 법안을 상정하지는 못하지만, 조용히 법안의 내용들을 검토했다는 이를 보지 못했다. 그들은 어머니의 호소를 외면했을 뿐 아니라, 자기들의 직분마저 소홀히 했다.

다른 방식을 상상해보자. 눈물로 호소하는 어머니의 아픔에 공감하고 위로를 표한다. 당의 입장이 어쨌든, 법안에 대한 치밀한 검토를 통해 그 취지가 살 수 있도록 최선의 수정 법안을 제시한다. 국민들의 반대가 심하다면 합리적인 이유를 들어서 해명하고 설득한다. 이 본분을 다하지 못할 때 세상은 늘 시끄러울 수밖에 없다. '목소리 큰 사람이 이긴다'가 철칙이 되는 사회는 그렇게 생겨난다.

고요한 삶은 그냥 주어지는 게 아니다. 그것은 일상의 단단한 토대 위에 법과 질서를 세우고 그것들을 잘 지켜나가면서 또 문제가 생기면 그것들을 서둘러 고쳐 나가는 과정과 관련된다. 그러니까 고요한 삶에는 진보도, 보수도 함께 있다. 탐욕이 보수일리 없다. 법을 어기는 자들이 어떻게 보수가 되랴. 진짜 보수는 편법을 알면서도 기꺼이 위엄 있게 패배를 받아들이는 자여야 한다. 진짜 진보도 마찬가지여야 하지 않을까? 다만 내가 가지지 못한 것을 주장하는 것이 진보일 수 없다. 대체로 그쪽으로 인류가 지향해야 하기 때문에 필요한 조건일 뿐이다. 입이나 머리가 진보일때, 내 몸이나 존재는 어디에 있는가를 살펴야 한다. 살아오면서 그런 경험들을 많이 한다.

이상주의적이라고 비판할 수도 있다. 너는 그렇게 하고 있느냐고 반문할 수도 있다. 부끄럽게도 그렇게 하지 못하고 있다. 잘 안 된다. 나누며 살고 싶은데 내 몫은 챙겨야 하고, 법을 지키고 싶은데 손해보거나 바보 소리는 듣고 싶지 않다. 부끄럽게도 스쿨존에서 규정속도를 위반한 적도 많다. 나는 늘 충분히 예상되는 위험에 대비한다고 했지만, 뜻밖의 사고로 나 자신이 내가 이제까지 이야기한 그 법, 민식이법의 사례가 될 수도 있다. 그러고도 억울하다고 생각할 수도 있다.

법은 이 모든 입장들과 혼돈 사이에 놓여진 표석이다. 그리고 그 애매한 경계에서도 늘 사건이 벌어진다. 그것들을 어떤 방식

고요도 정치다

으로 조정해 가느냐가 바로 한 사회의 성숙도를 재는 바로미터라 할 수 있다.

아이를 잃은 어머니의 슬픔 앞에서 우리는 고개를 숙여야 한다. 그리고 그 비극이 되풀이되지 않도록 인간적으로, 사회적으로, 법적으로 노력해야 한다. 동시에 정념이 법이나 제도를 움직이는 것도 경계해야 한다. 두 태도 사이에 모순은 없다. 다만 끊임없는 고민과 성찰과 대화가 있을 뿐이다. 정념에 휘둘리지도, 법에 모든 걸 떠넘기지도 않는 사회에서 비로소 우리는 조금쯤은 고요에 이를 수 있다.

그녀가 싸우는 이유

구멍가게의 추억

어렸을 때 마을 앞 구멍가게는 마법의 장소였다. 그곳엔 없는 게 없는 것처럼 느껴졌다. 무언가를 원하면 주인 할머니는 파리채를 내려놓고 시렁 어딘가를 뒤적거려서 그것을 찾아주곤 했다. 그때 우리가 원하던 것들의 목록이 워낙 소박한 것이기 때문이었겠다. 그곳에서 마텔사에서 출시된 바비인형이나 에이징 처리된 카나레 동선 케이블 따위를 찾은 건 분명히 아닐 테니까. 주인 아저씨가 녹슨 짐자전거를 타고 오가던 신작로 길은 은밀한 동경으로 빛나곤 했다.

마을 앞 간이역이 폐쇄되기 전에 서울로 떠나왔다. 세월이 흐른 뒤에 잠시 그곳엘 들른 적이 있었다. 모든 것들이 조금씩 축소되고 낡아 있어서 꼭 날림으로 만들어진 무대 장치를 보는 느낌이었다. 인생에 지친 자여. 여름 황혼의 고향을 찾지 마라. 유리창이 깨진 간이역은 붉게 녹슨 쇠사슬로 잠겨 있었다. 구멍가게는 기

고요도 정치다

적처럼 남아 있었다. 반가운 마음에 가게 안으로 들어섰다. 낯선 얼굴의 중년 여인이 무료하게 텔레비전을 보고 있었다. 갑자기 당황스러워졌다. 절반쯤 비어 있는 선반에는 먼지가 뽀얗게 쌓여 있었고 심지어는 곰팡이가 끼어 있기도 했다. 과자들도 대부분 유통기한을 넘겼다. 아주 힘겹게 겨우 메로나 하나를 들고 나와서 나무 그늘 밑에 앉아 봉지를 뜯었다. 개똥처럼 녹아있던 아이스크림은 혓바닥으로 조금 핥자마자 바닥으로 떨어져 내렸다. 내 어린 날의 눈부신 성채가 무성한 잡초들 속으로 사라지고 있었다.

아내가 아파트 단지 내 구멍가게에 다녀오더니, 걱정이 한가득이다. 최근에 바로 근처에 하나로마트가 생긴 터라 어렵긴 할 거라고 생각했다. 얼마 전에는 그 마트랑 경쟁하기 위해 돈을 들여서 입구를 수리했으니 적잖게 은행빚을 내기도 했으리라. 밤늦게까지 부부가 교대로 문을 열어놓고 있는데, 나보다 몇 살쯤 젊은 주인 남자는 늘 얼굴이 불콰했다. 아내 몰래 술을 마시기 때문이다. 작은 딸은 학교에 다니고 있고 아들은 군에 가 있다. 한때 그 가게에도 거의 없는 게 없었다. 문구와 김밥, 과일들이 모두 구비되어 있었다.

그런데 아무래도 대형마트와는 경쟁이 되질 않는다. 손님들이 줄어들면, 과일이나 야채처럼 상하기 쉬운 것들을 들여놓기가 어려워진다. 순환이 느려지니 상품의 질이 떨어진다. 가게에는 차

츰 없는 것들이 늘어난다. 이렇게 악순환이 거듭되다 보면 결국 도 태될 수밖에 없다.

그런 과정을 통해 어엿한 사장님으로 가게를 꾸려나가던 사람들이 어느 순간에 대형마트의 비정규직 점원로 전락한다. 이것이 발전이라는 이름으로 불린다. 촌스러운 가게들이 세련된 디자인의 기업형 슈퍼마켓들로 대체된다. 점원들은 화려한 유니폼을 차려입는다. 보는 눈들은 높아진다. 그런데 정작 이러한 변화들이 적은 자본으로는 점점 더 내 상점을 갖기 어려워진다는 걸 뜻한다는 사실을 알고 있는 사람들은 많지 않다. 주민들의 소비는 그 거리에서 순환하지 않고, 몇몇 부자들의 금고로 모이고 거기서 탐욕이라는 이름으로 하늘로 사라진다.

파이가 커지면 파이를 담는 그릇이 더 커진다. 분수는 아래로 흘러내리지 않는다. 이런 세상을 가장 잘 표현하는 사자성어가 상화하택上火下澤이다. 위에서 불이 타니, 물이 따뜻해질 리 없다. 위와 아래가 뒤집힌 것이다. 그래서 다시 위와 아래가 뒤집힌 상태를 의미하는 카타스트로피Catastrophe를 떠올리게 한다. 물을 데우려면 불이 아래서 타올라야 하듯이 돈은 언제나 사람의 아래에 있어야 한다.

〈돈의 맛〉2012이라는 영화를 보면, 주인공 젊은이는 굴욕적인 노동을 통해 벌어온 돈을 거울 뒤에 아무렇게나 쌓아 놓는다. 실제로 먹고 사는 일을 넘어서면 돈은 환영이거나 괴물로 변한다. 아마 어디에서든, 작은 구멍가게들이 사라지는 걸 우리는 목도할 수 있으리라. 이러한 붕괴들을 막아낼 방안을 찾지 못한다면 아마 미래는 파국에 이르거나 로봇들이 지배하는 디스토피아의 세계에 이르고 말 것이다. 거기서 로봇들은 이렇게 외치고 있으리라.

"하이패스는 빠르고 편리합니다. 그리고 인간이라는 비용과 무능함을 제거합니다."

구멍가게의 추억

사과 할머니

돌이켜보면 내가 사과 할머니를 만나게 된 것은 그렇게 되려니 일어난 일이라 생각된다. 건강이 나빠진 후 나는 가능하면 자주 집 앞 들판으로 산책을 다녔다. 그러려면 초등학교 옆으로 난 숲길을 지나 계단을 몇 개 건너 다리 아래로 들어서야 했다. 지금은 그 어수선했던 빈터에 아파트가 들어서 있다.

이차선 도로를 지나면 하천을 따라 산책로가 이어진다. 운이 좋으면 자전거를 타고 지나가는 젊은 여인과 마주칠 수 있다. 물론 그녀에게 말을 걸어보기는커녕 똑바로 쳐다본 적도 없다. 그냥 느낀다. 그녀의 자전거가 쓰윽 지나간다. 내 안의 무언가가 출렁한다. 이걸 바람기라고 부른대도 어쩔 수 없다. 그녀가 왜 그렇게 결사적으로 자전거를 타는지도 당연히 알 수 없다.

하천으로 내려가면 다리가 나타난다. 사과 할머니가 사는 곳은 그 다리 밑이었다. 그러니까 시에서 산책로를 만들기 전에 거기에 움막을 짓고 살았다. 사실 그곳에 누가 사는지 아는 사람은 없었다. 너무 후미진 곳이어서 사람들이 잘 찾지 않았다. 움막에 이르려면 작은 비탈길을 올라야 했다. 몸도, 마음도 아픈 게 아니라면 나도 구태여 거기까지 가보려 하지는 않았을 것이다. 그 무렵 나는 사람들에 지쳐 있었고 사람 없는 곳을 찾아다녔다.

비탈을 오르니 밭이 나타났다. 수줍어하는 밭이었다. 자기 존재를 드러내고 싶어 하지 않는 밭. 눈 여겨 보면 누군가의 정성이 담뿍 담겨 있는 정갈한 밭이었다. 그제서야 비탈길 전체에 비밀스럽게 무언가가 심겨져 있는 걸 알아차릴 수 있었다. 콩 몇 포기, 호박넝쿨, 옥수수대 몇 개. 그런 식이었다. 조그만 밭 자락 뒤에 나무기둥에 철조망으로 엮은 어엿한 담장이 나타났다. 다 주워온 물건들이었지만 솜씨가 조촐했다. 움막집은 다리 아래 숨어 있었다. 처음엔 그저 노숙자가 사는 곳이려니 했는데, 느낌이 달랐다. 낡고 초라했으나 또 맑고 깨끗했다. 어쨌거나 사람이 사는 곳이니 얼른 피해 내려왔다.

마음이 생기니 보인다 했던가. 며칠 뒤에 그 밭에 움츠리고 앉아 일을 하고 있는 작달막한 할머니 한 분을 보았다. 작은 생수병에 든 물을 마시며 할머니를 살피다가 그만 눈이 마주쳤다. 나는 황급히 걸음을 옮겨 산책로를 따라 내려갔다. 마음은 길과 같아서 한 번 그리 가면 자주 또 눈에 띌 수밖에 없다. 뜻밖에도 집 앞 공

사과 할머니

원에서 그 할머니와 다시 마주쳤다. 이미 오래 낯을 익힌 모양인지 길고양이들이 할머니 곁으로 모여들었다. 고양이들에게 나눠 줄 무엇이 있는 것일까?

나는 지나가는 척하며 유심히 할머니를 살폈다. 놀랍게도 할머니는 주변에 떨어져 있는 담배꽁초며 비닐봉지, 유리쪼가리 같은 것들을 주워 모으고 있었다. 도대체 저런 걸로 무얼 하려는 것일까? 나는 뉴스에서 그런 병이 있다는 이야기를 본 적이 있다. 가비지 콜렉션Garbage Collection이라고 한다고. 치매 걸린 노인에게서 자주 발견되는 증상으로 자꾸 폐품들을 집안으로 가져다 놓는다고 했다.

할머니가 떠나고 난 뒤에 나는 그 자리에 가서 앉아 보았다. 깨끗했다. 고양이 한 마리가 멀찍이서 그런 나를 이상하다는 듯이 올려다보았다. 할머니는 청소를 하신 거였다. 왜 그러신 걸까? 어떤 분일까? 야옹아, 너는 알고 있니?

내가 다시 그 비탈길을 올라간 것은 할머니에 대한 그런 호기심 때문이었다. 그런데 그만 비탈길 위에서 할머니와 딱 마주쳐 버렸다. 나는 무어라고 허둥지둥 변명을 늘어놓으려 했던 것 같다. "기… 길을 잃어서……"라고 했던가. 하지만 할머니 눈에는 내가 보이지 않는 듯했다. 할머니는 허둥지둥 비탈길을 내려가 시내 쪽으로 자취를 감추었다.

고요도 정치다

철조망 사이에 판자로 엮은 문짝이 살짝 열려 있었다. 내게 무슨 나쁜 마음이 있었거나 호기심 때문에 그 마당에 들어선 것은 아니었다. 실제로 나는 움막 안은 들여다보지도 않았다. 그냥 무언가가 걱정스러웠을 뿐이었다. 작은 드럼통 하나가 보였다. 자주 불을 땐 모양인지 새까맣게 그을려 있었다. 재가 가득한 그 위에 여기저기서 주워온 쓰레기들과 찢어진 담뱃갑 은박지가 놓여 있었다. 라이터가 옆에 놓여있는 걸로 보아서 그걸 또 태우려다가 무슨 급한 일이 생겨 외출한 모양이었다.

은박지엔 놀랍게도 작은 글자들이 빼곡히 쓰여 있었다. 나는 조심스럽게 그것을 주워들었다. 몇 조각으로 이미 찢긴 은박지에 씌어있는 글은 이랬다. 순서가 정확한 것인지 나는 모른다.

접시 위의 사과가 말라간다.

지금 사과는 전쟁 중이다.

사과들에게 향기는 피 비린내다.

성은 함락 직전이다.

생명이 자꾸 안으로 숨는다.

내 젊음이 주름진 피부 속으로 도망치듯이

사과의 달콤한 시체가 우주선처럼 떠 흐른다.

불타는 선체를 포기하고 생존자는 자꾸 내부로 기어들어간다.

사과 할머니

또 다른 쪽지에는 이런 구절들이 적혀 있었다.

나도 사과를 먹었다.
뱃속에 든 사과를 생각한다.
씨가 사과를 먹고 살듯이
나는 사과를 먹고 이렇게 살아 있다.
나는 궁금하다.
접시 위에 놓인 사과 속 씨앗들은
내 뱃속에 든 사과와 서로 교신하는지

  다음 구절은 귀퉁이가 조금 젖은 대형마트 전단지 귀퉁이에
적혀 있다.

나는 밤하늘을 오래 올려다보았다
나를 낳은 사과인 엄마와 내가 키운 씨앗인 내 새끼는
지금도 내게 어떤 신호를 보내오는지

  다음에도 여러 장에 무어라고 쓰여있는데 볼펜으로 까맣게
지워버려서 읽을 수가 없었다. 엄마, 엄마, 엄마라고 쓴 것도 같고,
얼마, 얼마, 얼마라고 쓴 것도 같고 누구 이름을 쓴 것도 같다. 이

런 곳에 사는 할머니가 시를 쓰다니. 놀라웠다. 궁금하기도 했다. 어떤 분일까?

움막집 마당에 서서 나는 교량 저편으로 낮달이 사과 쪽처럼 떠있는 하늘을 올려다보았다. 개천물이 졸졸 흐르고 있었다. 개천 건너편엔 흑염소가 그게 자기 소임이라는 듯이 풀을 뜯으며 열심히 한눈을 팔고 있었다. 어쩌자고 그 쪽지들을 내 주머니에 집어넣었는지. 아마도 그냥 재로 변해서 밭에 거름으로 뿌려질 게 너무나 아까웠는지도 모른다.

다음 날 오후에 나는 사과 몇 알을 사들고 할머니를 찾아갔다. 움막집은 비어 있었다. 나는 사과봉지를 문 앞에다 내려놓고 비탈길을 내려왔다. 그런 내 모습을 할머니가 지켜보고 있는 줄은 전혀 몰랐다. 이후 가끔씩 할머니 집 앞에 무언가를 놓고 왔다. 찐빵을 놓고 오기도 했고 수첩과 펜 따위를 놓고 오기도 했다. 그렇지만 할머니와 다시 마주치는 일은 없었다.

가을에 접어드니 햇볕이 더 많이 그리웠다. 나는 산책로를 따라 걷다가 징검다리를 건너 흑염소한테로 갔다. 하지만 흑염소는 전혀 내가 필요하지 않은 듯했다. '당신 속에 사랑의 언어가 들어 있지 않다면 어떤 하소연으로 당신에게 가닿을 수 있으리…….' 이런 뜬금 없는 구절이 떠올랐다. 어디서 읽은 구절일까? 내게서 이런 멋진 표현이 나왔을 리 없다. 나는 자조적으로 큭큭 웃었다. 흑

사과 할머니

염소가 '메에' 하고 함께 울었다. 내 뒤에 할머니가 와 서 있었다. 할머니가 이 흑염소의 주인일까?

할머니는 내게 무언가를 쑥 내밀었다. 그건 내가 놓아둔 수첩과 펜, 그리고 사과 한 알이었다.

"이런 건 내게 필요 없다우. 먹는 것도. 나는 아주 조금씩만 먹으니까. 그래도 그냥 두면 너무 아까워서 이 아이와 나눠 먹었지."

"아…… 예" 나는 할머니가 건네주는 물건들을 황망한 심정으로 받아들었다.

"그건…… 태우긴 너무 아깝지" 할머니가 옆에 앉아서 흑염소를 쓰다듬으며 말했다. 나는 할머니가 여사제처럼 염소를 태우는 걸 상상하다가, 그게 내가 건넨 수첩을 말한다는 걸 깨달았다.

"여기에 시를 쓰시면 좋을 듯해서……" 나는 억울하게 누명이라도 쓴 사람처럼 한마디했다.

"그게 시였던가…… 하긴 뭐라도 상관없지. 나는 사라져가는 거에 관심이 더 많다우. 실은 나는 청소부가 되었다면 아주 좋았을 거야. 아니, 먹고살기 위해 어쩔 수 없이 하는 일 말고. 그냥 나 때문에 세상이 조금 더 깨끗해졌다는 느낌이 너무도 좋아."

"할머니 시를 더 보고 싶습니다. 제가 문학 평론을 하거든요. 대학에서 학생들을 가르칩니다." 부끄러운 줄도 모르고 이렇게 떠들어댔다.

고요도 정치다

할머니가 희미하게 미소를 지었다.

"아마 그게 전부였을 걸. 자네가 가져갔다면 말야. 그걸 어쩌자는 건 아냐. 그건 이미 내 것이 아니니까. 그게 나는 좋아. 간절하게 생겨났다가, 어떤 애착도, 흔적도 없이 사라지는 거."

나도 모르게 목소리가 커졌다.

"그건 너무 아깝잖아요. 누군가가 읽고 좋아해 주고 또 그 사람에게 감동을 줄 수도 있는 건데." 직업이 그렇다보니 할머니의 시들을 모아서 시집을 엮는 상상을 했던 모양이었다. 할머니는 자신이 쓰레기를 치운 곳에서 아이들이 뛰어노는 게 더 기쁘다고 말했다. 그럼 시는 왜 쓰냐니까, 그게 차오르니까 쓴다고 했다.

앞으로 쓰시는 시는 내게만이라도 보여주면 어떻겠냐는 말에 할머니가 다시 희미하게 웃었다. "그러다보면 나도 모르게 태우지 못할 것들이 생겨나겠지." 할머니가 자리에서 일어났다. 체구가 너무 작아서 좁쌀 할미라 불려도 좋을 듯했다. 그렇게 떠나려던 할머니가 내게 말했다.

"굳이 내게 무언가를 선물하려면 말이우. 사과나무 묘목 하나만 구해다 주시겠소? 딱 한 그루만. 내 아들이 많이 아파서." 나는 고개를 끄덕였다. 아, 그래서 그때 서둘러 어딘가를 가셨구나 짐작을 했다. 그런데 왜 사과나무가 필요한지는 묻지도 못했다. 어떤 질문들은 너무 늦게 생겨나서 그냥 내게 남겨진다. '그때 왜 나

사과 할머니

를 떠난 거예요'라고 묻고 싶은 실연한 젊은이처럼.

다음 날 근처 묘목집에 가서 어린 사과나무 한 그루를 제법 튼실한 놈으로 사서 할머니 움막집을 찾았다. 아쉽게도 할머니는 집에 없었다. 나는 철조망 옆에 사과나무를 내려놓고 돌아왔다.

그 후로 다시는 할머니를 만나지 못하리라곤 생각도 못했다. 며칠 뒤에 다시 가보니 뜻밖에도 움막집이 허물려 있었다. 밭에는 '무단경작금지'라는 팻말이 세워져 있었다. 나중에 들으니 산책로가 건설되면서 미관을 해치는 무허가 움막이어서 헐린 것이라 했다. 할머니에 대해서는 아는 바가 아무것도 없었다.

그렇게 몇 개의 계절들이 지나는 동안에 나는 할머니의 존재를 잊어버렸다. 몇 년이나 지나서였을까? 어느 봄날 쓸쓸한 마음으로 그곳을 지나다가 문득 고개를 드니 비탈길 위에 작은 나무 한 그루가 꽃을 피워놓고 있었다. 사과꽃이었다.

고요도 정치다

10년 후에 우리는 '무엇'이 되어 있을까?

청년이었을 때 나는 한없이 궁금했다. 여건은 암울했고 전망은 어두웠다. 내 자신이 흐릿한 존재로 이 세상을 떠돌다가 물거품처럼 허망하게 사라질까봐 두려웠다. 세상은 철옹성처럼 내 앞길을 가로막고 있었고 손톱 하나 들어갈 자리도 보이지 않는 것처럼 보였다. 참 어려운 시절이었다.

안정효의 소설을 영화화한 〈헐리우드 키드의 생애〉1994를 보면 강에 소풍 나온 아이들 중의 하나가 무심코 툭, 이런 질문을 던지는 장면이 나온다. "야, 10년 후에 우리는 무엇이 되어 있을까?" 사실, 이 질문은 슬픈 것이 아닐 수 없다. 왜냐하면 그 질문을 던졌던 아이는 단속 나온 선생들을 피해 달아나다 영화관 난간에서 추락사하기 때문이다.

나도 그게 한없이 궁금했다. 10년 후에 내가 무엇이 되어 있을지. 그 모습을 미리 볼 수만 있다면 영혼이라도 팔 수 있을 것 같았다.

돌이켜보면 다행히도 내게는 특별한 재주가 없는 대신에 꿈이 있었다. 아마도 가고 싶은 곳, 살고 싶은 삶에 대한 꿈이 없었다면, 어떤 난관에 부딪힐 때마다 나는 더 쉽고 가까워 보이는 다른 길을 선택했으리라. 어두운 밤길을 걷게 하고 고통스러운 날들을 견디게 하는 것이 다름 아닌 꿈이다. 이제 나는 안다. 10년 후에 우리는 누구나 무엇이든 되어 있을 거라는 걸. 무슨 일이든 10년쯤 열심히 노력하면 자기가 원했던 목표를 이루지는 못할지라도 적어도 그 근처에는 도달해 있을 거라는 사실을 말이다.

훌륭한 낚시꾼은 절대로 고기를 찾아 조급하게 자리를 옮기지 않는단다. 떡밥을 던지는 현재의 매 순간이 언젠가 대어大魚가 되어 돌아올 거라는 신념을 품은 채 오래 기다릴 줄 안다는 것이다.

딸아이가 어렸을 때 잠에 취해 있는 내게 무언가를 물었다. 나는 뭐라고 대꾸해 주고는 곧 다시 혼곤하게 잠에 빠져 들었다. 다음날 아침에 아내가 내게 쪽지 하나를 내밀었다. 아이의 질문에 대한 내 답변이라는 것이다. 아이의 질문은 "아빠, 나도 크면 꿈이 생길까?"였는데 그 질문에 대한 내 답변은 이랬다. "얘야, 크면 꿈이 생기는 게 아니라 꿈이 너를 키우는 거란다."

어떻게 하다보니 꿈같은 이야기들을 하게 되었다. 요즘 청년

고요도 정치다

들을 보노라면 참 어려운 날들을 살고 있다는 생각이 들곤 한다. 살아가는 형편이야 예전보다 못할 리는 없겠지만, 이래저래 꿈을 품기 어려운 세상인 것이다. 그토록 치열하게 스펙전쟁을 벌여도 꿈은 쪼그라들기 쉽고 성공의 길은 아득하다.

가끔 꿈이 무어냐는 물음에 학생들은 '공무원'이라든가 '교사'라고 대답한다. 그 자체가 꿈이 아닐 리 없다. 그러나 다른 많은 사람들이 원하기에 나도 꿈꾸는 그것이 진정한 의미의 꿈일 리 없다. 꿈은 사랑과 같다. 내가 어떤 꿈을 지니게 된다면, 나는 나도 모르게 '그 집 앞'에 발이 머물게 된다. 꿈은 꾸는 것이면서 나를 변화시키는 것이다. 나를 변화시키지 않는 건 꿈이 아니다.

가도 가도 목적지가 나타나지 않고 심지어 더 멀어져 보일 수 있다. 그럴수록 조금 더 긴 호흡으로 꿈이 무엇인가를 생각해보는 시간을 가져보라고 권해주고 싶다. 그게 10년 후에 대한 꿈이고 그 꿈을 향해 나아가려는 의지다. 사막을 건너는 여행자와 노예의 모습을 여러분이 상상해 보라. 누가 그 모든 고달픔을 견디며 눈앞의 세계를 끊임없이 살피며 지평선 너머의 세계를 꿈꾸는 자일지를.

꿈은 현실 저편에 아득히 빛나는 무지개가 아니라 지금 여기서 우리가 만나고 있는 현실의 벽에 맞서 고독하게 싸우는 순간들이라는 걸 잊지 않았으면 한다. 그래야 이 낯선 세계의 진짜 주인공이 된다.

10년 후에 우리는 '무엇'이 되어 있을까?

그가 이곳 해미읍성에 부임한 것은 1579년의 일이다. 약 10개월의 짧은 부임 기간 동안 그 훈련원 교관은 병사들과 함께 수시로 성을 개수했다.

세종 때 완성된 읍성이었다. 백성들은 들판에 나가 농사를 짓다가 왜구가 침략하면 성으로 뛰어와 숨었다. 그래서 남쪽을 향한 성문의 이름은 '진남문鎭南門'이다.

그의 나라는 스스로를 지키고자 할 뿐, 바다 건너 섬나라를 탐낸 적이 없었다. 지금도 그렇다. 반대로 왜구들은 작은 배들에 스스로의 목숨을 걸고 바다를 건너왔고 죄없는 사람들을 죽이고 노략질을 일삼았다.

그는 무관으로서 백성들을 지키는 일을 자신의 본분으로 여겼다. 칼을 함부로 휘두르지 않았지만, 군율을 엄히 했다. 나는 무너진 성벽을 보수하는 그를 생각한다. 십여 년 뒤에 적들은 정말로

고요도 정치다

7년 전쟁을 일으킨다. 어디서든 그는 전쟁에 대비했고 방비를 철저히 하려 했다. 공功은 우연히 찾아온 것이 아니라, 그런 길고 철저한 삶의 결과였다.

가끔 이곳을 찾을 때면, 나는 성루 위에 올라가 서해바다가 있을 들판 끝을 바라보곤 한다. 만약에 그저 한몸의 입신출세를 원했다면 들판은 그에게 얼마나 궁벽한 곳으로 여겨졌을까? 이곳에서 그는 자신이 훗날 한 나라를 구한 영웅이 되리라는 걸 상상이라도 했을까? 그의 삶의 역정을 돌이켜보건대, 의지를 꺾을 만한 곤경은 많았고 유혹들도 자주 찾아왔다. 할아버지는 조광조와 뜻을 같이했다 역적으로 몰려 죽임을 당했고, 자기 뜻을 펼칠 수 없던 아버지는 시골로 내려와 오로지 한적에만 의지해 살았다. 그의 아버지는 어쩌자고 자식들에게 삼황오제三皇五帝의 이름들을 붙여 주었을까? 『난중일기』에는 기이한 꿈 이야기도 나온다. 왕을 알현했는데, 백성들이 자꾸 자신에게 절을 했다는 이야기. 하지만 그는 끝까지 자신에게 고인 힘을 사용하려 하지 않았다. 이게 그의 또 다른 아름다움이다. 만약에 그가 역의를 품었다면 그는 필경 나라를 얻었을 것이나 지금과 같이 모든 이들의 존경을 받지는 못했으리라.

그는 전쟁에서만 이긴 무장이 아니었다. 그저 칼부림에 능한 자들은 왜장들이었다. 그들은 전쟁에서도 졌고 전쟁을 기록하여 후세에 교훈을 전하는 일에서도 패배했다. 오늘 문득 그를 생

각한다. 허물어진 성탑을 정성껏 다시 쌓은 후에 진남문 위에 서
서 들판을 바라보는 그의 환한 미소를 떠올린다. 그 작고 사소한 싸
움이 12척의 배로 수많은 외적에 맞서야 했던 기적적인 해전에
비해 결코 가볍지 않다고 나는 생각한다.

고요도 정치다

치열한 고요

1

이제 긴 여행의 끝에서 우리는 다시 우주를 바라본다. 어쩌면 거기에는 처음에 올려다보았을 때와는 달리, 파란 별 하나가 떠 있을지도 모른다. 삶의 대척점對蹠點. 책을 읽는다는 일은 나라는 좁고 더러운 창자를 통과해서 다른 창문窓門에 이르려는 행위니까. 우리는 한 개의 창문만으로 이 세계를 바라보지 않도록 주의하지 않으면 안 된다.

자신의 안과 바깥에서 들려오는 소음들에 귀를 막는 일로 고요를 찾기란 그다지 어려운 일이 아닐지도 모른다. 자기만의 작은 정원을 가꾸며 사는 일은 물론 아름답다. 화병에 꽃을 꾸미고, 정성된 마음으로 가족들을 돌보고, 조용한 음악과 함께 평온한 저녁을 보내는 삶을 우리 모두는 소망한다. 헛된 욕심 때문에 거기에 이르지 못하고 증오에 사로잡혀 어두운 음모를 꾸미고 전쟁을 원하는 자도 물론 적지 않다. 삶은 그런 욕망들의 시소놀이 같다. 여기서 더 나아가고자 할 때 삶은 비로소 기도 같은 것이 된다.

"치열한 고요……."

어디선가 키에르케고르는 이렇게 말한 적이 있다. 이 역설적인 문장은 우리를 다시 시인 김수영의 어느 겨울 아침으로 데려다 놓는다. "마루의 난로 위의 주전자의 물 끓는 소리"가 들리는 그곳으로. 거기서 시인은 세계의 비참함 앞에서 차라리 거지가 될 수는 없는가라고 묻는다. 살아있는 한 그러한 소망은 매 순간 좌절당할 수밖에 없다. 그러나 동시에 그러한 좌절과 고뇌 속에서 우리는 겨우 인간으로 남을 수 있다. 우리 안에서 '거지 성자'가 사라지는 순간에 우리는 짐승보다 무섭고 흉포한 짐승이 된다.

2

마음에 위안이 되는 고요를 찾아서 여기까지 온 분들에게 미안해지는 순간이다. 그런 분들에게는 그저 몇 걸음만 더 걸어 가장 어두운 곳으로 가서 밤하늘을 올려다보라고 말해주고 싶다. 눈동자에 담겨온 문명의 빛이 사그라지고 어둠에 충분히 익숙해질 때까지 기다리면 거기에 언제나 예외 없이 멋진 고요가 아득히 펼쳐져 있으리라. 또는 다음과 같은 시들을 읽어도 좋을 것 같다. 천천히.

고요도 정치다

하이얀 모색暮色 속에 피어있는

산협촌山峽村의 고독한 그림 속으로

파—란 역등을 달은 마차가 한 대 잠기어 가고

바다를 향한 산마루길에

우두커니 서 있는 전신주 위엔

지나가던 구름이 하나 새빨간 노을에 젖어 있었다

바람에 불리우는 작은 집들이 창을 내리고

갈대밭에 묻히운 돌다리 아래선

작은 시내가 물방울을 굴리고

(…중략…)

외인 묘지의 어두운 수풀 뒤엔

밤새도록 가느란 별빛이 내리고.

공백空白한 하늘에 걸린 촌락村落의 시계가

여윈 손길을 저어 열시를 가리키면

날카로운 고탑古塔 같이 언덕 우에 솟아있는

장 프랑수아 밀레, 〈만종〉

　　　　　　　　　　　　고요도 정치다

퇴색한 성교당聖敎堂의 지붕 위에선

분수처럼 흩어지는 푸른 종소리.

— 김광균, 「외인촌」, 『김광균문학전집』, 소명출판, 2014, 30~31쪽

어쩌면 이제는 번역이 필요할 만큼 고색창연한 언어들로 변했는지 모르겠다. 모더니스트라는 점에서 김수영의 선배에 속하는 이 시인을 보노라면 고흐가 떠오른다. 고흐와 마찬가지로 그도 그의 언어감각으로 눈앞의 세계를 마음의 화폭에 담아내려고 애썼다. 이렇게 해서 눈앞의 세계는 마술처럼 낯선 것으로 확장되어 아득히 빛나게 된다. 공들여 찍어낸 아름다운 풍경 사진처럼. 혹은 '고요' 하면 맨 먼저 떠올리게 되는 밀레의 그림 〈만종晩鐘〉처럼.

시를, 그림을 오래 가만히 들여다 보노라면, 거기 어디선가 고요한 종소리가 들려오는 것 같다. 더 정확히 표현하자면, 현실도, 흰 종이나 캔버스 위도 아닌 어떤 제3의 공간에서 그 고요한 종소리와 우리들의 소란한 마음 속에서 살그머니 빠져나간 영혼이 서로 마주치는 느낌이다. 다른 세계 속에서.

이렇게 말하고 싶다. 온갖 소음들의 끝에서 나온다는 점에서 시는 고요다. 하루에 한 편씩 시를 읽는 사람은 날마다 서서히 어둠이 내리는 호숫가로 산책을 다녀오는 고독한 산책자와 같다. 고요가 그 뒤를 따른다.

만약에 일주일 뒤에 내가 죽는다는 사실을 알게 되었다면, 놀라움과 두려움과 분노, 슬픔 따위가 모두 지나간 뒤에, 내게 남겨진 날들에 해야 할 일들을 지금도 떠올릴 수 있다면, 지금 그 일을 시도하는 게 마땅하지 않을까? 우리는 모두 일주일 후에 어떻게 될지 알지 못한다. 우리가 이렇게 나날의 일상을 아무렇게나 반복하다가 잠드는 이유는 그 오랜 습관 속에서 속고 있기 때문일지도 모른다. 시간을 앞뒤로 돌릴 수 있거나 공간을 아득히 움직일 수 있다면, 우리는 예외 없이 삶의 마지막 순간에 이르러 거친 숨을 몰아쉬는 우리 자신을 목격하게 되리라. 그때 우리는 무엇을 간절히 소망하게 될까? 시를 읽는 일은 우리를 그 물음과 대면하게 해준다.

3

마침내 우리의 마지막 여행은 다음과 같은 아득한 풍경과 만난다. 참 집요하게 고요 속에 살았던 시인 에밀리 디킨슨Emily Dickinson, 1830~1886의 시.

나는 뱃전에서 바다를 향해 놓은 널빤지 위를 눈 가린 채 걷네
천천히 그리고 조심스럽게

고요도 정치다

머리 위로 별들이 느껴지고

발 아래에는 바다가 있네

다음 한 걸음이 내 마지막 걸음이 될지도 몰라

나는 불안하게 걸음을 옮기네

누군가 ☐이라 부른 그것을.

— 해롤드 블룸, 최용훈 역, 『교양인의 책읽기』(해바라기, 2004, 18~19쪽)

번역한 이는 독자들이 이해하기 쉽도록 원래의 시에는 없는 '눈을 가린 채'라는 구절을 집어 넣었다. 다음 구절을 보면 그 상황이 짐작이 된다. 그렇지 않다면 머리 위의 별들과 발 아래의 바다를 그저 느끼기만 할 리 없기 때문이다. 또한, 그 한 걸음들이 왜 그렇게 느리고 조심스러워야 so slow and cautiously 했는지를 말이다. 당연히 어느 한 걸음이 내 인생의 마지막 한 걸음이 될지도 모른다. 그리고 그러한 깨달음이 내게 삶의 매 순간 '불안하게' 걸음을 내딛게 한다. 원래 시에 쓰인 단어는 'precarious'로 '위태롭게'의 긴장감이 더해진다. 언제 총알이 날아올지 모르는 전방을 향해, 한 걸음을 내딛을 때의 그 치열함 말이다.

시를 인용하면서 나는 일부러 시의 제목이기도 한 마지막 행의 단어 하나를 지워버렸다. 거기 들어갈 단어는 무엇일까? 그

치열한 고요

런 순간들을 다른 이들은 무어라고 부를까? 시인은 그것이 '경험 experience'이라고 말한다. 습관 속에서 참 쉽게 지나치는 나날의 평범한 경험이 실은 얼마나 기적적이고 긴장된 것인지를 드러내 보여주는 것이다.

4

철학자 파스칼은 이미 『팡세』에서 이렇게 말한 적이 있다. "우리는 절벽이 보이지 않게 무엇인가로 앞을 가린 다음 그곳을 향해 태연하게 달려간다"[*]고. 이 직설적인 산문은 힘을 품었지만, 나는 에밀리 디킨슨의 시 쪽에 더 끌린다. 거기엔 바다가 있고 또 밤하늘의 별들이 아득히 펼쳐져 있기 때문이다.

다시 원점에 서서 파스칼이 말한 "무한한 공간의 영원한 침묵"[**]을 바라보라. 우리는 한 마리의 개 또는 한 개의 작은 점으로 우주를 향해 여행을 떠나지 않았던가. 고요를 찾아. 이 여행이 너무 광대해서 제대로 느낄 수 없다면, 우리는 차라리 시인 릴케를 통해 널리 알려진 하나의 이미지를 떠올리면 될지도 모르겠다. 과육 속으로 파고 들어가는 벌레의 이미지. 벌레에게 한 알의 사과는 우주

•••

[*]   블레즈 파스칼, 이환 역, 『팡세』, 민음사, 2011, 179쪽.
[**] 위의 책, 213쪽.

고요도 정치다

가 아닐까?

이 상상 속의 여행을 통해서 우리는 세계 바깥의 거주자가 된다. 아마도 2003년에 세상을 떠난 에드워드 사이드라면 이러한 여행의 비유를 '지식인'과 '망명'의 관계로 설명하려 했으리라. 『지식인의 표상』이라는 책에서 그는 어떤 지식인을 이렇게 망명객에 비유했다. "그것은 온전히 적응하지 못하는 상태, 언제나 본토인들이 거주하는 허물없고 친근한 세계로부터 벗어나 있다는 느낌" 속에서 사는 일이며, 그런 의미에서 지식인의 망명은 "쉼 없는 운동이며, 영원히 불안정한 상태의 타자가 되는 것"이며 "더 이상 이전의 상태, 고향에 있는 것처럼 안정된 상황으로 돌아갈 수"도 없으며 동시에 "어처구니없게도 새로운 고향이나 환경에 온전히 정착할 수도 그에 합일될 수도 없는" 운명을 자초하는 일이다,* 라고.

이쯤해서 하나의 의문이 떠오를 수밖에 없다. 한 사회 안에서 이러한 운명을 짊어지는 이들은 언제나 소수에 불과하지 않은가. 또한, 어떻게 이것이 고요와 닿아 있는가.

영적 순례자라고 불리는 토마스 머튼은 젊은 날의 일기에 다가오는 세계대전에 대한 불안감과 함께 이렇게 적는다. "이 순간 모든 소유를 버리는 것이다. 내가 소유한 것에 대한 애착 때문에

• • •

* 에드워드 W. 사이드, 최유준 역, 『지식인의 표상』, 마티, 2012. 66쪽 참조.

439

어느 곳에서는 누군가 죽을 수도 있다는 사실이 두렵다."* 1940년 6월 16일이다. 수십 년 뒤의 어느 겨울 "마루의 난로 위의 주전자의 물 끓는 소리" 곁에서 시인 김수영이 두려워했던 것과 다르지 않다. 「삼동유감」이라는 글의 조금 앞부분으로 가면 "한적한 마루의 난로 옆의 의자에 앉아서 사과 궤짝에 비치는, 마루 유리를 통해 들어오는 따스한 햇볕을 바라보고 있으면 잠시나마 이런 안정된 고독을 편하게 즐기고 있는 것이 한없이 죄스럽기까지 하다"는 문장과 만난다. 그 정도를 누리는 것마저 너무 많은 것 같아서 죄스럽고 어느새 타락해버린 것 같아 끔찍하다. 그러다가 그가 다시 떠올리는 것이 "역시 마루의 난로 위에 놓인 주전자의 조용한 물 끓는 소리"다. 그리고 이미 다른 곳에서 이야기한 것처럼, 이 조용한 소리가 어쩌면 "거수巨獸와도 같은 현대의 제악諸惡을 거꾸러뜨릴 수 있다고 장담하기도 힘들지만, 못 거꾸러 뜨린다고 장담하기도 힘들"다고 결론짓는다.

조금 전에 던진 첫 번째 물음에 대한 답은 이렇다. 이 세상 안에서 살아갈 때 우리는 평범한 시민이지만 바깥에서 삶을 응시할 때는 지식인이다. 우리가 잠시라도 그렇게 되려고 노력하거나 소망하지 않는 삶을 대신 살아줄 지식인은 존재하기 어렵다. 적어도

• • •

* 토마스 머튼, 오지영 역, 『토마스 머튼의 영적 일기』, 바오로딸, 2009. 60쪽.

고요도 정치다

우리는 그 등에 같은 불편한 존재를 응원하지 않으면 안 된다. 그래야 우리가 가다가 멈춘 길을 지식인이라고 불리는 이들이 더 오래 고통스럽게 걸어가지 않을까?

이러한 깨달음에 이미 두 번째 물음에 대한 답도 들어 있는 것 같다. 어떤 침묵이 강요되는 세계 속에서 우리는 결코 온전한 고요에 이를 수 없다. 첫 번째 고요는 '저만치'에 쏟아지는 따스한 햇볕처럼 빛나고 있다. 우리는 그 고요에 빠져들면서 동시에 그런 자신이 부끄럽다. 세계의 비참함으로부터 자신만이 홀로 건져 올려진 듯한 느낌이다. 평범한 인간임에도 불구하고 우리는 결단한다. 그리고 여행자로서, 망명객으로서, 지식인으로서, 시인으로서, 한 걸음 더 "천천히 조심스럽게" 심연을 향해 내딛는다. 그 한 걸음 속에 어떤 싸움이, 고통이, 절제와 기다림이 있어야 하는지는 알 수 없다.

그 어느 순간에 우리는 비로소 "치열한 고요"와 만난다.

그가 누웠던 자리

윤동주의 「병원」

1

우리가 끊임없이 돌아와야 할 최종적인 장소는 바로 여기다. 이 고요. 고요한 투쟁과 투쟁의 고요. 이곳이야말로 한국문학이 도달한 가장 성스러운 지점일지도 모른다. 나는 이 시를 사랑한다.

시 속의 병원은 어디일까? 이곳은 실제의 장소일까 아니면 그의 내면이 그려내는 심상 속의 공간일까? 이곳이 실제의 장소라면 청년 윤동주는 병원을 찾아 요양한 적이 있다. 아마도 그런 병원은 가슴을 앓는 이들이 찾는 병원일 테지만, 그는 가슴을 앓기에 온 것은 아니다. 심지어 의사는 그가 건강하다고 말한다.

청년 윤동주가 병원을 찾아가서 어떤 여인을 보았던 것인지 아니면 당대의 세계 자체를 병원 같은 곳으로 그리고 있는 것인지를 확정하기란 어렵다. 시는 더할 나위 없이 구체적이며 산문적인 단순함이 그러한 세계 감각을 강화한다. 천천히 시를 읽어보자.

살구나무 그늘로 얼굴을 가리고, 병원 뒤뜰에 누워, 젊은 여자가 흰
옷 아래로 하얀 다리를 드러내놓고 일광욕을 한다. 한나절이 기울도록
가슴을 앓는다는 이 여자를 찾아오는 이, 나비 한 마리도 없다. 슬프지
도 않은 살구나무 가지에는 바람조차 없다.

나도 모를 아픔을 오래 참다 처음으로 이곳에 찾아왔다. 그러나 나
의 늙은 의사는 젊은이의 병을 모른다. 나한테는 병이 없다고 한다. 이
지나친 시련, 이 지나친 피로, 나는 성내서는 안 된다.

여자는 자리에서 일어나 옷깃을 여미고 화단에서 금잔화 한 포기
를 따 가슴에 꽂고 병실 안으로 사라진다. 나는 그 여자의 건강이—아
니 내 건강도 속히 회복되기를 바라며 그가 누웠던 자리에 누워본다.
(1940.12)

— 윤동주, 「병원」 부분

여러 사정으로 볼 때 12월에 쓰여진 시의 시간적인 배경은 7
월에서 8월 중의 어느 하루다. 인상파의 그림 하나를 떠올리게 할
정도다. 살구나무에는 무성하게 잎이 매달렸다. 그 그늘에 젊은 여

인이 누워서 일광욕을 하고 있다. 관능적이기까지 하다.

그런데 그런 그녀는 가슴을 앓고 있으며 찾아오는 이도 없다. 정적 속에 살구나무가 서 있다. 그도 오래 아팠다고 그는 고백한다. 하지만 늙은 의사는 젊은이의 병을 모른다. 그가 할 수 있는 일이란, 그와 그녀의 병이 낫기를 빌며 '그녀가 누웠던 자리'에 누워보는 일이다.

아마도 환자를 진료하는 의사의 시선에 비하자면 '누웠던 자리'에 누워보는 일은 비과학적이고 주술적인 일이라 할 수 있다. 그렇지만 이 행위는 우리 안의 무언가를 치유하는 힘을 지녔다. 가만히 시를 읽는다. 그러면 한낮의 고요가 흘러들어 오고, 빈 공간이 생겨나고, 우리는 다시 '그가 누웠던 자리'에 누워보게 된다. 이것이야말로 시의 힘이다.

도시샤同志社 대학 교정 한구석에 서 있는 그의 시비에 대해서 한마디 하자. 그게 거기에 있다는 것은 기념비적인 일일지도 모른다. 그래도 거기에 적힌 윤동주의 서시에 대한 이부키고伊吹鄉의 번역은 못내 아쉽다. "죽어가는 것들과 모든 살아있는 것은 같은 의미이니 문제 없다"는 해명은 더욱 그렇다. 그러한 번역이 "윤동주의 시는 보편적 사랑의 표백으로 읽어야 하며 일본에 대한 저항이라는 문맥에 갇혀서는 안 된다"는 태도에서 비롯된 것이기 때문이다. 이러한 태도가 시를 낮의 정원에 놓인 화초 같은 것으로 만들

고요도 정치다

어버린다. "모든 죽어가는 것을"이라는 표현이 일본에 대한 저항에 한정되는 것도 아니다. 죽음에 이르는 모든 존재의 본질 속에서 비본질적인 것들, 잘못된 것, 그런 인간의 본래적 삶을 파괴하는 악에 대한 저항이 모두 거기에 담겨져 있다. 일본에 대한 저항만이 아니라, 잘못된 것, 인간의 삶을 파괴하는 악에 대한 저항이 그의 사랑을 구체화한다.

'죽어가는 것'을 노래하는 일은 '살아있는 것'을 노래하는 일과 전혀 다르다. 하이데거는 말한다. "죽음 속에는 존재의 가장 지고한 은닉성이 집결되어 있다"*고. 죽어가는 것에 대한 깊은 연민을 통해서만 삶은 건강성을 회복할 수 있다. 앓는 이의 자리에 누워보는 일처럼.

• • •

* 하이데거, 신상희 역, 『언어로의 도상에서』, 나남, 34쪽. 이런 의미에서 『강연과 논문』에서 죽음을 '존재의 집수처(das Gebirge des Sein)'라 부른다고 각주를 통해 역자는 밝히고 있다.

막 숨 거둔 사람의 얼굴 고요하다

그 얼굴 기슭

아직 남아있는 숨 꼬리

고요하다

애통 사절

―고은, 「숨」(『부끄러움 가득』, 시학, 2006,29쪽)

고요도 정치다

젊은 날의 어머니

그가 누웠던 자리

그 여름의 끝에 저는 서울의 외곽도로 위에서 가다 서다를 반복하고 있었습니다. 가족들 모두 잠들어 있었지요. 갑자기 소나기가 요란하게 쏟아져 내렸습니다.

'아, 돌아가셨나보다.'

혼잣말처럼 나지막히 중얼거렸습니다. 오래 치매를 앓으셨고 그 무렵 몇 번인가 위독한 상태에 이르셨는데, 그런 생각이 든 건 처음이었습니다. 아마 아시는 분은 아실 겁니다. 가족 중의 누군가가 치매라는 건 '천천히 다가오는 죽음'을 목격하고 견디는 일이라는 걸요. 처음엔 무언가를 잊어버리거나, 길을 잃는 일에서 출발합니다. 조금 늦게 '아들 왔네' 하고 알아차리던 것이 시간이 흐르면 '동생 왔네'로 변해 갑니다. 조금 호전되기도 하지만, 시간 속에서 늘 더 멀어져가는 현실을 받아들이지 않으면 너무 힘들

고요도 정치다

어집니다. 그 무렵엔 거의 아기처럼 작아져 계셨습니다. 품에 、
요양병원을 빠져나와 내 자동차 뒷자석에 모시고 저물녘의 서
바다쯤을 오래 달리면 어떨까 그런 깊은 유혹에 빠져들곤 했습니
다. 그렇게 보내드리는 게 좋을 것 같았던 순간들.

　류인선 화가가 삽화를 그린 책『엄마, 우리 힘들 때 시 읽어
요』라는 책을 아시나요? 두 자매가 치매에 걸린 어머니를 제주의
병원에 모신 뒤에 함께 시를 읽어드리는 이야기입니다. 우리도 그
런 일을 안 한 게 아닌데, 지나고 나면 모든 게 후회스럽습니다.

　조수석에 앉은 아내가 무어라 물으려다가 쏟아지는 소나기
를 함께 바라보았습니다. 다리 아래마다 바이킹을 하던 시민들이
비를 긋고 서 있었지요. 다행히 저희가 병원에 도착할 때까지 어머
니는 버텨주셨습니다. 의식은 없으셨지만요. 가족들이 모두 모여
기도를 올리고 한 사람씩 작별 인사를 드렸습니다. 땀에 젖은 어머
니의 이마에 입을 맞추어드렸습니다.

　그동안 고생했어. 엄마. 다음 생에도 내 엄마였으면 좋겠어.
많이 힘드셨겠지만. 고마워요.

　귓속말을 속삭였습니다. 그렇게 마지막 숨을 거두셨습니다.
그 순간에 고통 때문에 늘 일그러져서 거의 표정처럼 여겨졌던 얼
굴이 거짓말처럼 활짝 펴지면서 환하게 빛났습니다. 마치 속박束縛
에서 풀려나시는 것처럼요.

…렇게 평화롭게 저희 곁을 떠나셨습니다. 어느
…습니다. 눈이 참 탐스럽게 내리던 밤이었지요. 어
…끼고 골목길을 걸었습니다. 제가 대학생 시절이었
…다. 마당에 포도나무가 있던 상도동 옛집이었습니다.

…길 위에서 어머니는 하염없이 내리는 눈꽃들을 올려다보
…습하셨지요.

"오늘 쌀도 들여놨겠다, 한없이 내려서 세상이 폭 덮였으면
좋겠다."

그때 처음으로 저는 어머니에게서 한 작은 소녀를 보았습니다. 육남매의 엄마로, 그리고 실질적인 가장으로 집안을 이끄시던 당찬 분이 아니라요. 이야기가 길어졌습니다. 맨 마지막엔 꼭 '어머니의 자리'에 누워보고 싶었습니다. 고요히. 돌아가는 날에 다시 뵐 수 있을까요? 다시 내 어머니가 되어 주실까요?

생각하면 삶은 기적과도 같습니다. 그런 기적같은 시간들을 함께 하며 이런저런 이야기를 나눠주신 많은 분들에게 고맙다는 인사를 드리고 싶습니다. 그리고 고요를 빕니다.

고요도 정치다